KB261503

아비뇽의 여자들

아비뇽의 여자들

ⓒ 이청해, 2001

초판 1쇄 인쇄일 · 2001년 1월 17일
초판 1쇄 발행일 · 2001년 1월 19일

지은이 · 이청해
펴낸이 · 김현주
펴낸곳 · 이룸

출판등록 1997년 10월 30일 제10−1502호
121−210 서울시 마포구 서교동 395−101 우신빌딩 5층
전화 (02)324−1570 | 팩스 (02)324−2348
e-mail | 나우누리, 천리안, 넷츠고 · jamo7
　　　　　하이텔 · jamo
ISBN 89−87905−36−5 03810

값 8,000원

● 잘못된 책은 교환해 드립니다.
● 저자와의 협의하에 인지는 붙이지 않습니다.

아비뇽의 여자들

이청해

이룸

| 차례 |

지금이 어느 땐가

새벽은 푸른 어스름 속에서 은연중 다가온다. 밤새 골목을 밝혔던 노란 나트륨 등이 쇳빛으로 힘을 잃고, 군데군데의 검은 덩어리들이 검푸른 나무로 되살아나며, 교회의 빨간색 네온 십자가는 멋쩍어지고, 안개가 어둠의 발치에 베일처럼 깔릴 때—그때가 밤중과 새벽의 경계선이며, 미조가 자리에서 일어나는 시각이다.

미조는 우선 일어나서 부엌 창가로 간다. 드넓게 펼쳐진 아랫동네가 눈에 들어온다. 이상하게도 다섯 시경이면 몸이 사르르 깨어나며 눈이 번쩍 떠진다. 아무런 할 일이 없는데도. 어젯밤 늦게 잤더라도. 잠든 동네는 안개에 젖어 정겹고, 마을 왼쪽으로 나 있는 한적한 차도로 이따금 택시가 희미한 경적을 내며 지나간다. 어슴푸레함 속에서 빨강과 초록의 신호등 불빛은 우단빛처럼 우아하다. 그녀는 흠모하듯이 그 색감을 바라본다. 저렇게 아름다운 빨간색과 초록색을 본 적이 없다. 미조는 이 새벽이 마음에 든다. 신중하그, 분위기가 있으며, 부드럽다.

　오늘도 하루가 밝는구나!

　미조는 사오 분 가량 부엌 창가에 섰다가 잠옷을 입은 채로 베란다로 나간다. 그녀는 이때 아주 용감하다. 전 같으면 추워서, 아니 추울까봐 미리 가운이나 스웨터 같은 것을 걸치고 그것도 모자라 숄 같은 것을 덧두르고 간신히 나갔을 것이다. 그러나 이제는 새벽녘의 써늘한 공기를 목덜미며 맨등에 맞는 것이 스릴처럼 기다려진다. 찬 바늘들이 밤송이처럼 전신을 콕콕 찌르며 공격해 온다. 그녀는 가능한 한 상체를 꼿꼿이 세우고 추위를 참으면서 외기를 견딘다. 예감 같은 것이 번뜩이며 몸 안으로 들어온다. 기쁨 같은, 기다림 같은……. 오늘도! 여기저기에서! 마치 그녀가 지금 일어난 것을 알기라도 하듯이! 거의 동시에 화답을 해온다. 몇 집의 커튼 안으로 미색 불이 켜진 것이다. 미조는 희열을 느낀다. 가슴속에 숨어 있던 불씨들이 빨갛게 타 들어가는 것만 같다. 이내 뜨거운 불씨들이 미세한 떨림이 되어 그녀의 심장으로 지나간다. 아직도 살아 있다, 아직 내 가슴에도 불씨가 있어……. 간절한 갈망이 목젖까지 차오른다. 누군가와 소통하고 끌어안고 싶은 욕구를 싸안으며 그녀는 대답한다. 그래, 나도 살아 있어. 당신들처럼. 지금 막 일어났어요. 역시 당신들처럼……. 단정하고 깨끗해 보이는 커튼 너머의 미색 불빛들이 수험생의 집인지도 모른다고 미조는 생각한다. 저 안에서 아이는 찬물에 눈을 씻고 어머니는 부연 김을 피워 올리며 도시락을 싸리라. 미조는 아이들의 어머니가 도시락을 다 쌀 때까지, 작은아이를 두드려 깨워 욕실로 밀어넣을 때까지, 예쁜 막내에게 준비물을 챙기게 할 때까지 아이들의 이모마냥 다정히 불빛을 지킨다. 가슴 저 안에서 바퀴 도는 소리가 또 들려온다. 그녀는 잠깐 두려움에 젖어 안으로 귀를 기울이고 시간이 흘러가는 소리를 듣는다. 스륵 스륵 스륵 스륵…… 중년도, 노년도, 죽음도 이렇게 은연중 다가오는 것일까. 전생도, 후생도…… 이처럼 소리 없이 다가왔다가 스러지는 것일까. 스륵 스륵 스륵…… 시간이 옷자락을 끌며 문턱을 넘어간다. 등덜미에 소름이 돋는다. 불현듯, 생과 사를 만져본 듯하다.

온몸이 얼얼해지고 턱이 부들부들 떨려서 더 이상 서 있을 수 없을 지경이 되어서야 미조는 안으로 뛰어들어온다. 그녀는 덜덜 떨며 가스레인지에 불을 켜고 찻주전자를 얹는다. 밀크티를 만들어 큰 잔에 부은 뒤 두 손에 감싸쥐고 이번에는 거실 베란다 쪽으로 간다. 동녘이 벌게지고 있다. 산 위의 구름들이 층층이 붉은빛을 싸덮으며 일출을 방해했으나, 해는 어느 결에 말간 몸체를 슬쩍 하늘로 내밀었다. 순간 미조는 신의 얼굴을 본 듯했다. 그의 얼굴은 매끄럽고 깨끗했다. 믿어도 될 것 같았다. 또한 그는 빙긋이 웃고 있었다. 세상을 향한 그녀의 안간힘, 사람들을 향한 마음을 알기라도 하듯이.

2월의 하늘은 더없이 쾌청했다.

유배지.

열여덟 평짜리 유배지 안을 그녀는 돌아본다. 서랍장 위에 놓여 있는 어머니의 사진틀을 바로 세운다. 이곳은 지난 몇 년간 그녀가 세상으로부터 유배당한, 절대고도다. 이제 유배 기간은 끝났고, 지키는 사람도 없다. 세상으로 나가야지, 어서 빨리 나가야 해. 더 이상 이렇게 두문불출하고 있어선 안 돼…… 그녀는 끊임없이 스스로를 세뇌하고 북돋우고 있다. 벌써 여러 해째다. 얼마나 시간이 흘렀는지 감각에도 없다. 오늘도 그녀는 자기 자신에게 되뇐다. 너 나이 스물아홉이 아니냐, 대체 언제 직업을 갖고 결혼을 하고 인생이란 걸 살아볼 거냐, 아예 그만둘 거냐, 결국 죽지도 못했지 않느냐…… 그녀는 스스로를 힐난하고, 채근하며, 달랜다.

그러나 막상 무엇부터 시작해 사람들 사이로 스며들어갈지 알 수 없었다. 아침이면 결심, 결심을 하고 일어나 결의를 다지지만, 해가 떠올라 허연 대낮이 되면, 사람들이 썰물처럼 자기들 일과 속으로 밀려가버리면 그녀는 아파트에서 혼자 두려움과 막막함에 휩싸여 어제보다 더한 혼란과 싸워야 했다. 새벽녘의 용기와 기분은 어느덧 사라져버리고, 불안이 그 자리를 넘실넘실 채웠다. 그녀는 넘쳐나는 불안 때문에 블라인드를 내리고, 블라인드 날개 사이로 죄인처럼 몰래 바깥을 내다보거나, 기능이 정지된 위장을 움켜쥐고 죽을 끓여 먹었다. 그녀의 안색은 푸르다 못해 보랏빛으로 어두워지고, 위장은 돌처럼 단단하게 뭉쳐져 갔다.

미조는 결국 오전 열한 시쯤 다시 자리에 누웠다. 이건 너무하다, 너무해, 시퍼런 스물아홉의 청춘이 대낮에 자리를 펴고 눕다니, 생각하면서. 잠도 오지 않고, 그렇다고 기력을 차릴 수도 없는 시간이 두어 시간쯤 흘러갔다. 그녀는 갑자기 불에 덴 듯 일어났다. 카세트 라디오를 서랍장 위에서 가져다가 테이프를 넣고 틀었다. 두 유 라이크 에스프레소? 그녀는 머리맡에서 교재를 찾는다. 노 아이 돈트, 이츠 투 스트롱. 얼마 전부터 시작한 영어 공부다. 두유 라이크 재즈, 준? 데어스 어 콘서트 인 더 파크 넥스트 선데이. 그녀는 영어를 익혀서 무엇에 써먹을지 아직 알 수 없었다. 그러나 그녀가 세상에 끼어들기 위해서는 영어와 컴퓨터 같은 것이 필수로 여겨졌다. 그녀는 구체적으로 무엇을 하자는 작정도 없이 영어와 컴퓨터에 매달렸다. 책을 놓은 지가 구 년째나 되는 것이다. 스무 살 때…… '그 일'이 있고부터 ―그녀는 어머니의 죽음과 관련되어 법의 심판을 받았다― 책 같은 것은 그녀의 인생에서 사라져버렸다. 도저히 살아낼 것 같지 않던 교도소에서의 삼 년과 그 뒤의 암흑 같은 기간을 토내고 나서 미조가 깨달은 것은—끊임없이 밖을 향하고 있는 자기 자신의 시선이었다. 이상한 일이었다. 그러나 그 사실을 인정해야만 했다. 강도든, 원수든 자기에게는 지금 누군가가 필요하다는 것을. 미워하든지, 할퀴든지, 꼬집든지 누군가와 주고받아야 한다는 것을. 삶의 에너지는 사람들과의 관계에서 생겨나는 것 같았다. 아무리 사람들이 자신을 패륜아 취급하고 손가락질해댔지만, 이제 혼자서는 연극을 할 수가 없었다. 조연도, 엑스트라도, 스태프도 필요했다. 자신의 둥지엔 곰팡이가 피고, 기둥이며 지붕이 썩어갔다. 지루하고, 골치가 아프고, 지겨웠다. 방구석에서 혼자 지내기에는 더 이상 할 일이 아무것도 없었다. 그녀는 매일처럼 밖을 내다보고, 낡은 수첩을 뒤지고, 티브이를 보고, 신문을 읽으며, 세상 사람들의 동태에 신경을 썼다. 그러고는 지난달부터 영어 공부와 컴퓨터 익히기를 시작한 것이다.

어 맨 워크드 인투 어 바 앤 오더드 어 글라스 오브 프레시 오렌지 주스……. 미조는 미국인 강사의 발음을 따라 한다. 강사의 목소리는 부드러운 듯 흐르다가는 맺혀지고, 맺혀졌다가는 도로 흐르며 유연하게 콩트를 읽어나간다. 미조는 눈을 감고 히어링에 신경을 집중시킨다. 시냇물은 졸졸 흐르다가 돌더미에서 잦아들고, 다시 강약을 수급하며 흐른다. 한 남자가 바(술집)에 들어가서 신선한 오렌지 주스 한 잔을 주문했습니다. 바에 있던 사람들이 그를 쳐다보았죠. 바텐더가 미소를 짓고 물었어요. 스트레이트로 할까요, 온 더 락스로 할까요? 모두들 소리내어 웃었습니다. 여기는 스낵바가 아니고 바, '바'(술 파는 진짜 바)예요. 아, 바버(이발소)라구요? 그 사나이가 대답했지요. 그러면 이발을 해주시오! 강사의 음색은 감미롭게, 혹은 돌돌거리며 미조의 귓속을 파고든다.

　컴퓨터를 끄고서, 미조는 청바지와 카디건을 입었다. 백을 메고 갈까, 말까? 열쇠를 찾으며 미조는 생각한다. 그녀의 외출은 늘 이렇게 어정쩡하다. 아주 멀리 정식으로 나가는 것도 아니고, 그렇다고 집 앞으로 라면을 사러 가는 것도 아닌, 기분에 따라서는 시내 백화점까지 갈 수도 있고, 아니면 아파트 밖 골목 어귀에서 그냥 되돌아올 수도 있는—그래서 언제나 차림새가 어중간했고, 그런 자기를 뜯어보며 그녀는 재차 망설이게 된다. 오늘도 일단 캐주얼한 가방을 어깨에 걸쳤지만 거울 앞에서 또 화장을 하고 갈까 말까 망설인다. 뒷등에 어머니의 시선이 느껴진다. 그녀는 재빨리 간단한 화장을 마친다. 언제나, 어떤 행동에나 어머니의 시선이 와 닿으면 그녀는 한 발 물러난다. 거기에는, 형용할 수 없는 감정들이 들어 있다. 사랑과, 연민과, 죄책감과, 애틋함…… 화장한 얼굴로 뒤돌아 어머니를 바라본다. 액자 속에서 어머니는 희미하게 웃고 있다. 뻐근하고 뻘건 덩어리가 앙가슴 사이로 밀려올라온다. 미조는 고개를 꺾고 깊이 읍한다. 넘어오는 오열을 꿀꺽 삼키는 것이다. 물론…… 이건 어머니가 원하는 것이 아닐 것이다. 어머니가 이런 걸 원할 리가 없다. 그녀는 가까스로 자신을 수습한다. 언제나 이렇다. 모든 것이 무디어질 만큼 무디어졌지만, 잊을 건 잊고 정리할 것은 다 정리했지만…… 아직도 어머니를 기억하는 것은 괴롭기 그지없다.

　은행은 혼잡했다. 전산망이 또 헝클어진 모양이었다. 오늘이 벌써 십일 일이군. 한 열흘 더 있으면 이번 달 공과금을 내야 할 텐데……. 그녀는 머릿속으로 돈 계산을 하며 여성지들을 뒤적인다. 지금이 어느 땐데 그러고 다녀? 갑자기 새된 소리가 공간을 뒤흔든다. 모두들 소리나는 쪽을 바라본다. 공중전화를 걸고 있는 뚱뚱한 아주머니다.

수화기 저쪽에서는 아들이나 동생, 아니면 동서가 전화를 받는지도 모른다. 지금이 어느 때야 글쎄? 그녀의 목소리는 깨진 유리 조각 같다. 뽀글뽀글한 파마 머리에 분홍빛 쫄바지를 입은 아주머니의 흥분은 쉽사리 가라앉을 것 같지 않다. 미조는 커다란 셔츠로 가린 아주머니의 불룩한 배를 바라본다. 그 배가 봉긋 솟았다가는 들어가고, 또 봉긋 솟았다가는 들어간다. 아주머니는 분해서 거칠게 쌕쌕거리고 있다. 지금이 어느 땐가? 미조는 생각해 본다. 지금이 어느 때인가? 세상 사람들은 모두들 이런 말을 내뱉으며 동분서주, 좌충우돌, 귀밑 털이 날리게 살고 있다. 지금이 어느 땐가? 얼마나 바쁘고, 얼마나 중요한 때인가? 얼마나 피치 못할 때이며, 얼마나 기회인 때인가? 얼마나 돈 벌 수 있는 때이며, 얼마나 공부해야 하는 때인가? 얼마나 뛰어야 하는 때이며, 얼마나 축적해야 할 때인가? 지금은 오직 닥쳐올 미래를 위하여 투자되어야 할 긴장의 시간이다. 자연스럽게 흘러가는 물 같은 시간이 아니고 긴박한, 응집된, 악으로 버티는, 옹이를 박아넣는 ―시간이다. 누구에게나, 지금은. 누구에게나…….

미조는 통장을 받는다.

그녀는 맥이 빠져 잔액을 확인한다. 아직까지는 버티고 있지만 자꾸만 원금이 줄어들고 있다. 사오 년 전에는 이만하면 이자로만 생활은 되겠구나 여겼는데 지금은 턱없이 모자란다. 다달이 안간힘을 쓰지만 돈은 손가락 사이로 모래알 빠져나가듯 새어나가버린다. 이것도 다 어머니가 남긴 집을 팔아 생긴 돈이다. 아파트도 물론 그 돈으로 샀지만. 지금이 어느 때인가? 예금이 떨어져가고, 대신 위기가 닥치는 때가 아닌가? 미조는 허탈하게 은행 문을 나선다.

집으로 갈까, 말까? 돈을 찾은 날은 웬일인지 마음이 싱숭생숭하다. 무엇인가 그럴싸한 것을 사고 싶은 욕구가 스멀스멀 인다. 돈이라는 것, 그것을 주고 얻게 되는 물건, 물건을 새로 내 것으로 지니게 됨으로써 느끼게 되는 기쁨과 만족감…… 그런 것들에 대한 기대가 은연중 미조를 끌어당긴다. 미조는 시내 쪽으로 가는 버스 정류장을 쳐다본다. 바람이 장난스럽게 휘장들을 들치고 휴지를 날리며 불어왔다. 어깨를 움츠린 사람들 몇이 버스가 오는 쪽을 바라보고 있다. 미조는 일단 길을 건넌다. 그러나 시내까지 갈 생각은 없다. 그녀는 보도를 천천히 걷는다. 걸으면서 기분에 맡겨볼 참이다. 혼자라는 것은 이런 때 여간 좋지 않다. 홀가분하고, 자유스럽다. 그러나 또 한편 심심하고, 외롭다. 좋은 것 옆에는 항상 나쁜 것이 붙어 있지. 나쁜 것 옆에도 물론 좋은 것이 붙어 있고……. 고등학교 때 국어 선생님이 하셨던 말이다. 이 세상에 좋기만 하고 나쁘기만 한 것은 정말 없다고 그는 예를 들어가며 말했었다. 일류 대학에 붙어, 군대가 면제돼, 복권에 당첨돼 좋기만 한 줄 알지만 나중에 살펴보면 그 옆에는 그에 값할 만한 나쁜 것들이 꼭 곁들여져 있다고. 또 남편이 죽어, 재산을 잃어, 집에 불이 나 나쁘기만 한 줄 알지만 이상하게도 거기에는 남들이 알아차리지 못하는 행복감이나 만족감이 어떤 형태로든 반드시 함께 자리하고 있다고. 이처럼 좋은 것 속에는 나쁜 것이 있고 나쁜 것 속에도 좋은 것이 포함되어 있으니 너무 실망하거나 너무 좋아하지 말고 현상을 응시하는 깊은 눈을 가지라고. 새옹지마나 전화위복이란 말도 그래서 있다고 했다. 세상 이치가 바로 그렇다고.

사각형의 얼굴에 수염이 많았던 국어 선생님의 얼굴이 떠오른다. 그는 불교 신자였을까? 그의 말이 과연 사실일까? 긴 인생에서 보면? 그렇다면 암에 걸린 것에도 나름의 좋은 점이 있다는 말인가? 앓다가 죽으면 그만 아닌가? 죽은 후에 살아 있는 사람들에게 좋은 일이 일어난다는 뜻인가? 그러나 진정으로 사랑하는 이가 죽어가는 것이라면? 애석함과 슬픔 외에 무엇이 있을 수 있는가? 미조는 아무리 생각해도 짐작되지 않는다. 인생에는 분명 순전히 나쁜 것으로만 얽힌 일들이 있는 것 같고, 또 좋은 것으로만 어우러진 일들이 있는 것 같다. 자신에게는 나쁜 일만이 일어났었다.

"들어와서 보세요."

머리를 뒤로 묶은 나이 든 남자가 가게의 출입문을 열고 미조에게 권한다. 그녀는 새로 개업한 듯한 스포츠용품 가게의 쇼윈도 앞에 서 있는 자신을 발견한다. 검은 수영복 위에 검정 망사로 된 덧옷을 껴입고 있는 가운데의 마네킹을 아까부터 유심히 바라보고 있었던 모양이다. 자신도 모르는 사이에.

"저거…… 붙은 거예요?"

미조는 묻는다. 다른 생각에 젖어 있으면서도 그 덧옷이 수영복에 부착된 것인지, 따로 떨어진 것인지 궁금했다.

"붙었어요. 붙어서 나왔어요. 예쁘죠? 여성스럽고……."

남자는 미조를 끌어들인다. 미조는 수영복을 살 생각은 아니었다. 그러나 웬일인지 그냥 매장에 따라들어가게 되었다. 사내도 꼭 미조에게 무엇을 팔 생각은 아닌 듯했다. 그저 심심했거나, 새로 차린 점포를 지나가는 이들에게 알리려고 하는 중인지도 몰랐다. 강매당할 것 같지는 않은 기분으로 미조는 수영복이며 에어로빅화, 스키용품들을 구경한다.

"수영하세요?"

"아녜요, 그냥……."

"체격이 늘씬해서 무얼 입어도 예쁘겠는데요."

"아녜요."

미조는 웃는다.

"구경이나 하고 가세요. 이거예요."

남자는 마네킹이 입은 것과 똑같은 검정 수영복을 상자에서 꺼내 비닐을 벗긴다. 수영복은 탄력 있는 반질반질한 스판덱스로 만들어졌고, 윗부분에 레이스 모양의 망사로 귀여운 덧옷을 만들어 붙여놓은 형태였다. 덧옷은 카디건이나 볼레로 식으로 뒷목과 뒷등을 가리고 앞으로 내려와 가슴 부분에서는 살짝 벌어진 형태로 봉제되어 있었다. 사용한 망사도 잘 늘어나는 고무 성분이어서 입고 벗을 때 불편하지 않을 것 같았다. 이 정도면 어깨는 완전히 가려질 것이다……. 수영복을 사볼까? 미조는 순간적으로 생각한다. 이런 것이라면, 이렇게 특별히 자신에게 맞춘 듯 알맞은 것이라면 사두어도 때에 따라 요긴하게 입을 수 있지 않을까. 피서를 갈 때라든지 여행을 갈 때……. 여고 시절에도 영주 언니 친구들과 함께 콘도에 갔을 때 그곳에 있는 실내 수영장에 단지 수영복이 없어서 들어가보지 못했다. 물론 빌려주는 데가 있긴 있었지만……. 그녀는 어깨를 드러내는 보통 수영복을 입을 수가 없는 것이다. 어깨에 보기 흉한 상처가 있으니까. 이것을 사두면…… 그런 경우 간단히 짐 속에 넣어 갈 수 있지 않을까?

"한번 만져보세요. 자, 이런 것들과 비교해 보세요."

만져보니 아닌게아니라 다른 것들은 두껍거나 꺼칠꺼칠하거나 두 겹으로 되어 있는 반면, 그것은 얇고 반질반질 광택이 나면서 탄력이 좋았다.

"스완덱스라고, 우일에서 새로 개발한 신섬유로 만든 거예요. 이거 봐요, 탄력이 뛰어나죠? 물에도 강하고 염소에도 대단히 내구성이 있어요. 거기서는 지금 환상의 섬유라고 야단들이죠. 디자인도 특별하 잖아요."

"아저씨, 이거 정찰이에요?"

미조는 붙어 있는 가격표를 곁눈으로 보며 물었다.

"네, 정찰이에요. 그렇지만 개시니까 내 싸게 드리지. 우수리는 떼고…… 끝자리 없이 맞춥시다."

"비싸다아!"

"육만 원이 비싸요?"

"제게는요."

"아가씨가 몰라서 그렇지 우리 집 정찰은 백화점 가격의 칠십 프로 선이에요. 공장도 가격보다도 싸요. 사가지고 가서 언제 한번 백화점과 비교해 보세요. 거기에 다 있는 신상품이에요. 정말 싸다니까요."

미조는 다시 수영복을 만져본다.

"이거, 작지 않을까요?"

"맞을 텐데요. 백칠십 센티쯤, 키가? 그렇죠?"

아저씨는 미조를 위아래로 훑어본다.

"네."

"맞아요. 원래 수영복은 조금 작게 입으니까요. 물에 젖으면 유연해지고, 곧 조금 늘어나요."

"그래요?"

못 이기는 듯 미조는 수영복을 산다. 이런 것을 또 어디서 만나랴 생각하면서. 자신에게 맞춤으로 디자인해 놓은 상품이 세상에 있다는 것이 믿어지지 않았다. 이 세상에 이것이 딱 한 벌뿐이면 좋을 텐데…….

끝없이 펼쳐진 어두운 풀밭

왜 이렇게 덥지? 왜 이렇게 더워? 두자는 갑작스런 화답증에 불현
듯 정신이 든다. 그녀는 코로 숨을 쿡쿡 들이쉬며 가슴을 퍽퍽 쳤다.
왜 이렇게 덥지? 정말 이상한 일이네. 입고 있는 옷들을 후닥후닥 벗
어버리고 선풍기라도 꺼내 돌렸으면 싶었다. 이미 창밖은 어둑어둑해
져 있었다. 내가 졸았군. 이삿짐을 풀다가 깜박 잠이 들었어. 참, 꿈을
꾸었던가? 뭔가 아리송하게 꾸긴 꾼 것 같은데…… 떠오르진 않
고…… 그러나 어떤 느낌 하나가 분명하게 감각에 남아 있었다. 이제
오십을 넘어섰다는 생각……. 쉰 살을 넘은 것이 벌써 이삼 년 전이
라는 생각이 어깨에서 가슴 쪽으로 지렁이가 기어내려온 듯 선명하게
남아 있었다. 이상한 일이었다. 증세가 아닌 생각이 몸으로 감각되다
니 야릇하기 짝이 없었다. 나이에 대한 걸 느낀 것도 그랬다. 오십이
라는 나이에 대해 회한이나 아쉬움을 느끼려면 마흔 끝이나 쉰 고비
에 느껴야 마땅하지 왜 이렇게 뒤늦게, 또한 갑작스럽게 이삿짐을 풀

다가 해괴한 느낌이 든단 말인가. 그녀는 꿈속을 다시 더듬는다. 캄 캄한 풀밭이 끝없이 펼쳐져 있다. 캄캄하고 푹신한 풀밭이었다. 그녀 는 거기에서 깨어나고 있었다. 잠깐 동안이지만 원체 고단한 끝이라 소파에 기댄 채 꽤 깊이 잠들었던 것 같았다. 전에 없이 맑고 깨끗한 머리로 싸악 깨어나던 중이었다. 새파란 가을 하늘과도 같은 느낌이 온몸에 남아 있었다. 참 오랜만이다, 아 참 오랜만에 잘 잤어, 하고 느낄 사이도 없이 지렁이 같은 무엇이 어깨에서 가슴 쪽으로 께름칙 하게 기어내려왔던 것이다. 끔찍해서 몸서리를 치며, 모처럼의 개운 함을, 잠을, 꿈을 망쳐버린 것이 짜증이 나서, 뭔지 모르게 불쾌하고 화가 나서…… 순간적으로 화답증에 빠져들며 잠에서 소스라친 것 같았다.

의식이 돌아온 순간 물증처럼 분명하게 남은 것은, 지렁이 지나간 자국 같은—쉰 살이 넘었다는 선명한 그 느낌이었다.

오십…….

두자는 어둠 속에 그대로 앉아 멍한 생각에 젖는다. 그래, 쉰이 넘 었어. 넘어도 한참 넘었지. 올해로 바로 쉰셋이 아니냐. 그녀는 엄청 나게 불어난, 푸짐한 자기 나이를 안쓰러이 쓸어본다. 언제 이렇게 나 이를 먹었지? 지금까지 도대체 무얼 한 거야? 무얼 하며 어떻게 살아 왔지? 네 현주소는 어디야? 네가 걸려 있는 씨줄 날줄을 한번 짚어 봐…….

두자는 한숨을 토해 낸다. 공중에 붕 떠 있던 자신의 몸체가 땅으 로 내려앉고 있다. 그녀는 명백해져 오는 현실의식을 꽉 잡았다. 여 기는 성북구 정릉동의 서른두 평짜리 아파트다. 나는 이사온 지 사흘 되었고, 짐 정리를 다 하지 못해 집 안은 아수라장이고, 남편은 지난 여름 간암으로 죽었다. 그의 유언에 따라 뼛가루를 낙동강 근처에 뿌렸으며, 아들 진욱이는 군대로, 딸 소혜는 인도로 떠났다. 물론 둘 다 계획된 일이었다. 그리고 올해 쉰세 살인 나 이두자는 이십 년간 살던 사당동의 주택을 팔고 여기 이 정릉의 새 아파트로 이사온 것이다. 아침 일찍부터 부엌 용구들을 정리하기 시작했으나, 살던 집의 다락에 켜켜이 싸놓았던 물건들을 그대로 다 가지고 왔던 터라 정리에 골머리를 앓지 않을 수 없었다. 결혼식 때 누군가가 선물했던 찻잔 세트까지 상자에 담긴 채 먼지를 뒤집어쓰고 고스란히 있었으니 장장 몇 년간 축적된 물건들인가. 당시에는 예뻤으련만 이젠 구식이 되어 쓰지도 못할 물건들이 그녀의 손끝에서 하루종일 부침을 거듭했다. 소유를 결정하는 것만큼 어려운 일이 없었다. 버리려 하면 아깝고, 그대로 두자니 짐만 쌓이고…… 버릴까 말까 고심하느라 점심을 어떻게 먹었는지조차 기억나지 않는다. 그녀는 녹초가 되어, 머리가 거의 마비 상태에 이르러 소파 등걸에 기댄 채 잠이 들었던 것 같았다. 그리고 지금 막 깨어난 것이다. 일곱 시나 여덟 시쯤 되었을 —이 2월의 저녁에.

그녀는 눈을 바로 떴다. 어둠 속에서 짐들이 다정하게 그녀를 맞았다. 어쩐지 든든했다. 짐들은 말하는 것 같았다. 우리들이 같이 있지 않느냐고. 예전부터 우리는 내내 같이 있었지 않느냐고. 앞으로도 당신만 우리를 버리지 않는다면 죽을 때까지 같이 있을 수 있다고. 그럴 수 있는 상대는 아마 우리뿐일 거라고. 두자는 웃었다. 버리려고 내놓은 짐들을 다시 모두 들여놓아야겠다는 생각이 들었다. 이것들을 다 끌어안고 어떻게 살지? 그러나 자신의 진정한 벗들은 이것들밖에 없다는 설움이 그녀를 잠깐 처연하게 했다. 그동안, 사용되지는 않았어도, 오래 같이 있었으므로 이것들과 자신 사이엔 달무리 같은 아우라가 빚어져 있는 게 아닐까?

바닥이 따듯해져 왔다. 난방이 들어오는 모양이었다. 이게 아파트로구나. 중앙난방식의 아파트. 내가 보일러를 올리지 않아도 저절로 난방이 들어오고 일률적으로 관리비를 내는. 신혼 초에 그렇게도 살고 싶었던 '맨션 아파트'. 이제 남편이 죽고, 시댁붙이들도 완전히 떨어져나가고, 아이들도 독립해 나간 뒤에야—비로소 나는 이곳에 오게 되었구나.

이두자.

두자는 어둠 속에서 이두자, 이두자, 이두자…… 하고 자기 이름을 불러본다. 생경하고, 생소하다. 그녀는 지금까지 이렇게 자기 이름자로 불려본 적이 거의 없었다. 결혼 후로는. 아마도 결혼식에서 주례가 "신부 이두자는 신랑 최태식을 맞아……" 하고 말했던 것이 마지막이었는지 모른다. 그 뒤로는, 신혼 초에는 친구들이 더러 두자야, 두자야 하고 전화를 해댔지만, 어느덧 아이들이 생기고 그 아이들이 크면서부터는 그냥 소혜 엄마, 진욱이 엄마가 되었지 이두자라고 어디 가서 소개되어본 적이 없었다. 남편도 항상 '여보'나 '당신'이라고 불렀을 뿐 남들처럼 '두자 씨'라거나 '이두자에게'라고 생일날일망정 능청을 떨어오지 않았다. 낭만하고는 거리가 먼 사람이었다. 그러므로 그녀의 이름은 자연 소혜 엄마, 진욱 어머니, 애들 에미, 에미, 여편네, 마누라쟁이, 여보, 당신, 엄마…… 그런 것들로 채워졌다. 어떤 때는 주체가 전도되어 아예 '소혜야', '진욱아'로 불리기까지 했다. 다음으로는 아마 '할머니'가 될 것이다.

나만이 너무 뒤떨어진 삶을 산 것인가. 두자는 새삼 회한에 젖는다. 그 흔한 카드 하나 내 이름으로 만들지 않았으니. 그저 모든 것을 남편 이름으로만 했었다. 남편은 경상도 칠곡 사람이었고, 겉은 그저 그런 서울 사람으로 살았으나 마음밑은 대단히 보수적이었다. 사사건

건 부딪치는 것이 귀찮아서, 오히려 그를 컨트롤하느라 두자는 짐짓 남편 위주로 모양을 내주었던 것이다. 한 번도 그녀 스스로 돈을 번 적은 없으니까.

그러나 지금은—남편도 죽고, 아이들도 떠나버렸다. 물론 아직 궁색하게나마 소혜 엄마나 진욱 어머니로 있을 수는 있다. 가만히 있으면 물론 그런 이름들로 늙어갈 것이고, 또 죽어서도 그렇게 기억될 것이다.

그런데, 오늘, 두자는 이상한 기분이 든다. 아니, 딱 오늘 처음 든 생각은 아니다. 이리로 이사와서 혼자서 짐을 풀 때부터 '소혜 엄마'나 '진욱 어머니'가 뜨악하게 느껴졌던 것이다. 사당동에서 이삿짐을 쌀 때도 혼자 쌌지만 그곳에서는 이웃들이 모두 소혜와 진욱이를 잘 알고 있었고, 두자가 그 애들의 어머니라는 사실도 너무나 익숙히 알고 있었다. 그래서 당연히 소혜 엄마와 진욱이 어머니인 '그녀'가 짐을 쌌던 것이다. 그러나 여기에 와서 짐을 풀면서는, 아무도 소혜와 진욱이를 모른다는 데 생각이 미쳤고, 그것이 그녀를 불편하게 했다. 또한 그 애들이 지금 옆에 없었다. 아무것도 모르는 이웃들에게 나를 어떻게 소개할 것인가? 지금이라도 당장 옆집 여자가 현관문을 열고 이러저러하게 말을 걸어와서 '나'라는 개인을 드러내야 한다면 어떤 호칭으로 나를 알리나? 내게는 이러이러한 애들이 있는데 그 애들이 지금 무얼 하러 집을 떠나 있고 이름은 무엇무엇이니 나를 그 애들의 엄마라고 불러주시오, 라고 구차스럽게 설명을 해야 할 판이었다. 자신의 얼굴을 직접 마주 보고 서 있는 그 여자에게 아이들에 대한 것부터 상세히 알리지 않을 수 없는 자신이 우스꽝스러웠다. 그러나 별수 없었다. 자기라는 여자는, 이두자라는 사람은—오직 식구들에게 달려 있는 부차적인 존재였으니까. 남편이 죽은 지금까지도.

이두자.

두자는 다시 한 번 자기 이름자를 발음해 본다. 이름은 여전히 귀에 낯설었다. 도대체 나는 왜 이 이름을 갑자기 불러보기 시작했을까? 이 집에는 아무도 없으니까. 사람이라곤 나밖에 없으니까. 그저 심심해서 불러봤을까? 이두자…… 이두자…… 이두자, 이두자, 이두자…… 그 이름자에서는 쓸쓸하고도 고적한 냄새가 났다. 낙엽 타는 냄새 같기도 하고, 꽃들이 말라가는 냄새 같기도 했다. 또는 장마지기 전 광에서 나던 곰팡이 냄새 같기도 했다. 마귀할멈의 검은 두건을 쓰고 그 이름은 자꾸 눈앞에 어른거렸다. 두자는 불확실한 형체에 대고 거듭 물었다. 네가 너야? 네가 이두자 맞아? 두자는 자기가 언제 적에 진짜 이 이름으로 불리었던가를 더듬는다. 이두자, 이두자…… 양 갈래로 머리를 땋은 소녀가 흰 칼라가 달린 교복을 입고 걸어간다. 그녀는 책가방을 들고 있다. 다음 순간, 어린 여자아이는 군용담요로 만든 '몸뻬'를 입고 있다. 가슴에 가제 수건을 달고 코를 훌쩍거린다. 보리밭이 물결쳐 지나간다. 앳된 이두자가 봄바람처럼 날아다닌다. 훈풍이 불고, 그리움이 솟는다. 그러나 옛 시절이 멀게 그리운 것처럼 가까운 시절이 가깝게 그립다. 지금 이 순간 두자는 '여보'와 '당신'이 애틋하게 그립다. 회귀에의 그리움은 바로 전 상태로, 익숙한 그 상태로 먼저 가고 싶은가 보다. 마지막만 그렇지 않았다면…… 살아 생전 서로 절실하게 사랑했다고는 말할 수 없으나…… 금슬 좋은 잉꼬부부였다고는 자랑할 수 없으나…… 그래도 남편이 불러주던 '여보'와 '당신'이 그리워진다.

이두자…….

어쨌든, 이제 이 이름으로 살아야 하리라. 나는 혼자니까. 아이들이 돌아온다 해도 그 애들은 이미 둥지를 떠난 새였다. 곧 결혼을 할 테고, 금방 자기 둥지에서 새 생활을 시작할 것이다. 이두자. 너는 혼자야, 이제 진짜 혼자가 된 거야. 두자는 두렵고, 조금 서럽다. 이 풍진 세상을 혼자서 어찌 살아갈꼬오…… 노랫가락이 저절로 읊어져 나온다. 이런 노래가 정말 있었던가? 언제 들어봤던 곡조 같기도 하고 지금 즉흥적으로 그녀가 지어낸 가락 같기도 하다. 참, '이 풍진 세상을 만났으니……' 하는 노래가 있지. '나의 갈 길이 무엇이냐'로 이어지지, 아마? 두자는 웃는다. 에이, 모르겠다. 커피나 한잔 타 마시자. 두자는 어둠 속에서 몸을 일으킨다.

나의 갈 길이 무엇이냐…….

시원하게 원두커피나 한잔 걸러 마시면 속이 후련해질 것 같아서 짐더미 사이에서 커피머신을 찾아내고, 필터와 커피통들도 찾고 하는 동안 두자의 머릿속에는 내내 그런 의문이 꼬여들었다. 나의 갈 길이 무엇이냐…… 너의 갈 길이 무엇이냐…… 두자는 한숨을 쉰다. 간단히 말하면 한 걸음 한 걸음 걸어서 죽음으로 가는 길밖에는 없었다. 혹 살기 어려워져서 무슨 다른 일을 하게 될까? 그렇더라도 그건 죽음으로 가는 길에 단조로움을 덜기 위해, 아니 좀더 더디게 가기 위해 잠깐 부려보는 앙탈 같은 것이리라. 이제 그녀의 앞에는 시커먼 죽음이 분명하게 아가리를 벌리고 있었다. 그녀는 그 시커먼 아가리를 향해 걸어들어갈 뿐이었다.

죽음은 살다가 그냥 숨만 쉬지 않는 것이 아니었다. 사람이 숨이 끊어지기 위해서는 엄청난 에너지가 필요하다는 것을 두자는 바로 얼마 전에 목격했다. 죽음은 그야말로 끔찍한 과정이었다. 죽어가는 자에게도 그것은 잔인했지만 살아 있는 자에게는 더할 수 없는 고통이었다. 죽어간다는 것 때문에 양보할 수밖에 없었던 말도 안 되는 것들…… 그것은 육체를 가진 자에게 가해지는 유린이었다. 살아 있는 사람은 다른 살아 있는 사람에게 그런 형벌을 가할 수 없다. 두자는 새삼 돌이켜지는 끔찍함에 몸서리를 친다. 유방 근처가 쑤시듯 아파 왔다. 남편의 장례식 때 이미 태우고 없애버린 알록달록한 블라우스가 떠올라 등덜미에 소름이 돋았다. 육체는 시들고 쪼그라들어 말라 비틀어진 오이장아찌처럼 되었는데도 왜 그렇게 성욕은 사그라지지 않고 기승을 부렸을까? 남편만이 그랬을까? 왜 그는 그랬을까? 그는 평생 넘치는 성욕 때문에 군침을 흘리며 이리저리 방황했었나? 끝에 가서, 자기 몸을 움직일 수 없는 지경이 되어서도 그는 팔을 내밀어 마누라 가슴을 실크 블라우스 겉으로, 안으로 만지고 쓰다듬고 잡아뜯고 꼬집었다. 통증에 대항하는 방법이 그것 한 가지였다. 때문에 늘 그녀더러 얼룩덜룩한 그 블라우스를 입고 있으라고 했다. 간호사나 의사들이 들어오면 아무렇지도 않게 떨어져 앉아 언제 그랬느냐는 듯 태연할 수 있도록. 그러나 송장이 되어가는 남자한테 가슴을 잡아뜯기는 끔찍함이라니! 그것은 살아 있는 여자에게는 형벌이요, 고문이었다. 그런데도 그녀는 가슴을 들이밀고 가만히 있었다. 참을 수 없는 고통을 참으면서. 속으로는 그를 증오하면서. 오직 죽어간다는 이유 하나 때문에 그의 가학적인 행동을 제지할 수가 없었다. 이승에서는 이것이 마지막이라는 생각이 그녀에게 올가미를 씌웠다. 이런 것쯤 견디는 것이 죽음의 끈을 쥔 사람에 대한 산 사람의 갸륵함이요, 평생을 같이 살아온 아내로서의 도리라고 생각했었다. 그러나 죽은 자도, 죽어가는 자도 산 사람에게 그렇게 큰 끔찍함을 남겨서는 안 되었다. 딸 소혜의 경우라면 두자는 철저히 나서서 말릴 참이었다. 이제 멍들었던 자국들은 가셨지만…… 마음의 멍은 원한이 되어 하늘로 분분히 날아다닌다. 언제까지나, 언제까지나…… 생각만 하면 몸서리가 처지게…….

　두자는 드디어 일회용 종이 필터를 찾아내 커피머신에 넣는다. 그러나 원두커피통이 비어 있었다. 그녀는 냉동고에서 커피 봉지를 찾아냈다. 원두를 분쇄기에 갈아 반은 통에 붓고 반은 갈무리해 냉동실에 넣어두었었다. 그때그때 한 스푼씩 갈아서 걸러 마시면 물론 더 고소하지만 차 한잔 마시는 데 그렇게까지 공을 들이는 것이 싫어 그녀는 봉지째 가는 방법을 쓰고 있었다. 찾아낸 분쇄 커피를 통에 쏟아붓고, 필터에도 한 스푼 떠넣은 다음, 머신을 작동시켰다. 쪼르르 쪼르르…… 커피가 걸러져 나왔다. 그녀는 스위치를 끄고 걸름통을 열었다. 머신을 청결하게 유지하기 위해 그녀는 언제나 필터를 먼저 꺼내버리는 버릇이 있다. 이상하게도, 필터에는 찌꺼기가 남아 있지 않았다. 괴이쩍다 생각하면서 걸러진 커피를 잔에 따랐다. 아니나다를까 찌꺼기까지 다 내려버린 커피는 너무 진해서 마실 수가 없었다. 그녀는 개수대에 던져버린 필터를 들어 살펴보았다. 커피물에 젖어 있기만 할 뿐 이상이 없어 보였다. 웬일이지? 두자는 필터를 앞뒤로, 안팎으로 다시 살펴보았다. 주둥이를 벌리고 손가락을 이음매 여기저기에 디밀어보기까지 했다. 아래쪽 가운데 부분으로 손가락이 쑥 들어갔다. 여기 이음선이 벌어져 있었구나! 불량품이로군. 그녀는 필터를 새것으로 갈아넣고 다시 커피를 걸렀다. 그러나 이번에도 똑같이 찌꺼기가 새어나가버렸고, 걸러진 커피 역시 진해서 마실 수 없었다. 정말 이상하네. 두자는 필터갑을 꺼내 필터 전부를 확인하고 가장 완전한 놈을 골라 다시 커피를 걸렀다. 그러나 이번에도 또 마찬가지였다. 이상한 일이었다. 두자는 하는 수 없이 걸러진 커피를 또 개수대에 쏟아버렸다. 그러면서야 글라스 안에도 찌꺼기 가루가 전혀 내려와 있지 않다는 사실을 알아차렸다. 자기가 지금 계속 거르고 있는 커피는 원두가 아니라 인스턴트였던 것이다! 이런 젠장. 왜 이 모양이지? 그녀는 혀를 차며, 그러나 엉뚱하게도 생각이 다른 데로 미쳤다. 내 지난날들도 혹시 이렇지 않았을까? 앞으로도 그렇다면? 계속 그렇다면 어떻게 하지? 남편과 결혼을 하고 아이들을 낳고 내 나름으로는 그때그때 최선이라고 생각해 선택한 일들이 다 이런 형국이었다면?

우주만물, 세상만사에 대한 자신의 감식 능력에 부쩍 의심이 든다.

인생은 실수와 시행착오로 점철되는 것인가.

맥이 빠져, 두자는 멍하니 허공을 바라본다.

카페 안은 담배 연기로 자욱했다. 두자는 머리를 쓸어올리며 창가의 자리로 가 앉았다. 배도 고프고 커피도 꼭 한 잔 마시고 싶고 해서 그녀는 겉옷을 걸치고 나왔던 것이다. 원두커피 맛이 괜찮을 성싶은 커피점을 겉모양으로 고르다 보니 어느덧 큰 사거리까지 나오고 말았다. 들어오긴 했으나, 카페 안은 젊은이들로 북적거렸고, 남자 여자 할 것 없이 모두 담배를 피워물고 있었다. 소혜도 저렇게 담배를 피웠을까? 두자는 생각해 본다. 젊은이들이 대부분 저렇게 담배를 피우는 것이라면 소혜라고 해서 그렇지 않았을 리가 없다. 그 애는 지금 무얼 하고 있을까? 뒤늦게 인도 문학을 공부하겠다고 뉴델리로 떠난 지가 벌써 육 개월이 넘었다. 생활비는 적게 들지만 교통비나 책값이 비싸다고, 문화비도 아주 비싸다고, 또한 휴지가 귀하다고 몇 차례 편지가 왔었다. 한국보다 세 시간 남짓 느리다니 거긴 지금 오후 다섯 시나 여섯 시경일까. 두자는 시계를 본다. 밤 아홉 시였다. 2월 중순의 밤 아홉 시. 그곳은 아직 몬순이 시작되기 전이라 건조하고 더운 날씨가 계속된다고 했다. 한국의 여름 날씨쯤 되는 모양이었다. 그러나 습도가 낮아서 낮에도 긴소매 옷을 입는다고 했던가.

딸.

딸이라는 존재.

저기 저렇게 앉아 있는 아이들처럼 생머리를 기르고 청바지를 입었던 아이. 아마 엄마 모르게 담배를 피워물고 남자 친구들과 주거니 받거니 어울렸겠지. 카페 안은 환기 장치 하나 없어 보였고, 창문은 굳게 닫힌 채였다. 낮부터 젊은이들의 폐를 휘돌아 나왔을 담배 연기가 나갈 곳을 찾지 못하고 뿌옇게 부유한다. 두자는 기침을 한다. 계산대 쪽에 앉은 중년 남자 일행이 두자를 쳐다본다. 그녀는 이제야 차림에 신경이 쓰인다. 젊은이들은 자기들 이외의 타인에게 별 관심이 없는데 어른들은 주변 사람을 돌아보며 자주 흉보는 듯한 눈길을 보낸다. 뭐 이런 행색이 다 있냐는 듯. 어쨌거나—화장을 하지 않은, 나이 든 여자는 이 카페 안에 그녀 혼자였다. 그것도 밤늦은 시간에, 동행도 없이. 아마 시선을 끌 만할 것이다. 두자는 슬그머니 일어나서 카페를 나온다.

모퉁이를 돌아 아파트가 있는 방향으로 걷는다. 이른 봄 밤의 정적이 가볍게 땅 위에 내려앉아 있다. 그녀는 어둠을 발길질하며 천천히 대기에 젖어든다. 아직 바람은 찼으나 목밑을 파고드는 바람 가장자리에 부드러운 기운이 묻어 있다. 턱이며 귓불이며 폭신하게 애무당하는 것 같다. 그녀는 사르르 눈을 감는다. 벗은 나뭇가지와 나트륨등, 주택의 작은 덧채 위에 올려놓여진 예쁘장한 장독들……. 그녀는 어느새 주택가 옆의 숲 쪽으로 난 길을 걷고 있다. 그래, 여기 숲이 있었지. 아파트를 보러 오며 가며 이쪽에 숲이 있다는 것을 눈여겨보아 두었었다. 저 숲이 어디로 통하는지, 숲의 끝은 어디에 닿아 있는지 늘 그것이 궁금했다. 숲 주변 길은 불빛이 환해서 위험할 것 같지 않

았다. 초원제과, 오성약국, 남송학원, 탐라스포츠 같은 오색 네온들이
아기자기하게 길을 밝혀주고 있다. 커다란 건물이 나타났다. 담장 안
으로 정원이 넓고, 나무들이 울창하게 우거져 있다. 종합병원이나, 조
그만 대학일까? 혹은 무슨 연수원일까? 두자는 정문을 살핀다. 한일
재활원. 아, 여기에 이런 시설이 있었구나! 두자는 재활원을 지나 숲
속 소롯길로 접어든다. 구부러진 길 양쪽으로 가로등이 고즈넉하게
켜 있다. 침엽수들과 잡목들의 마른 향기를 맡으며 그녀는 언덕배기
로 오른다. 언덕 위의 평퍼짐한 곳에, 이제 막 산이 시작되려 하는 곳
에 네모난 건물이 오똑 서 있다. 두자는 다가가서 건물을 뜯어본다.
여기에 이런 건물이 어째서 서 있을까? 건물 뒤로는 큰 산이 황금박
쥐의 망토자락처럼 검게 품을 펼치고 있고, 하강기류를 탄 안개가 자
욱하게 내리깔리고 있다. 일층의 입구에서는 아직도 불빛이 새어나오
고 있다. 그녀는 고개를 젖히고 위를 올려다보았다. 어둠침침한 가운
데서도 '삼일 수영장'이라는 글씨를 뜯어읽을 수 있었다. 여기에 수
영장이 있다니! 놀라웠다. 이런 숲 안에, 언덕 위에, 이렇게 큰 산 아
래에 실내 수영장이 있다니……. 두자는 신선한 바람 한 점을 쐰 듯
멍하니 서 있다. 몇 걸음 뒤로 물러나며 건물의 주위를 살펴본다. 왼
쪽으로는 커다란 주차장이 있고, 오른쪽으로는 예닐곱 개쯤의 코트를
거느린 테니스장이었다. 그 뒤로, 골프 연습장인 듯한 초록 철망이 허
공에 매달려 있고, 다른 부속 건물들도 띄엄띄엄 보인다. 푸른 달빛
속에 이 모든 것들은 순한 짐승처럼 고른 숨소리를 내며 잠들어 있다.
두자는 골프 연습장을 지나 오솔길을 더 올라가본다. 작은 산허리에
예쁘게 지은 삼층짜리 유치원이 나타났다. 유치원 뒤로 올라가자 다
시 구릉이 펼쳐지고, 물 뺀 옥외 수영장이 두 개 나란히 붙어 있었다.
상당히 큰 종합 레저 시설인 모양이었다. 사주는 취미삼아, 또는 나라

의 장래를 위하여, 혹은 교육에 대한 투자로, 그것도 아니면 혼자가 된 며느리나 딸을 위하여 예쁜 스포츠 유치원을 마스코트처럼 시설에 포함시켰을까?

두자는 왠지 든든해져서 산을 내려온다. 자기가 이사온 동네에 유흥가나 음식점들이 아닌 이런 스포츠 교육 시설이 있다는 것이 뿌듯하고 자랑스럽다. 그녀는 자기가 운동을 한 것 같고, 소혜나 진욱이가 이 유치원에 다닌 것 같다. 숲의 향기를 맡으며 골프 연습장을 지나 테니스 코트를 지나 수영장 건물까지 내려왔을 때, 수영장에서 한 떼의 사람들이 몰려나왔다. 물에 젖은, 수영을 하고 나오는 사람들이었다. 이 늦은 시간에도 수영을 하는구나! 그들의 젖은 머리와 투명한 비닐백, 그 안에 들어 있는 수영복들이 신선하다. 나도 수영을 할까? 그들은 재잘거리며 차를 나누어 타고 금세 사라졌다. 나도 수영을 해 보면 어떨까? 두자는 어린 시절 냇가에서 노닐던 생각에 젖는다.

넘칠 듯한 답답함

"예희야, 너 빨리 안 일어나? 빨리 일어나서 수영장 안 갈 거야?"

계단 아래서 엄마의 화난 목소리가 들렸다. 알람 소리는 벌써 탱크 지나가는 소리로 바뀌어 무섭게 진동하고 있었다. 칠 분 전에, 예희 자신이 일어나 연속부저를 눌렀다는 증거였다. 그녀의 서랍장 위에 올려져 있는 전자 알람시계는 연속부저를 누르면 칠 분 간격으로 더욱 심한 신호음을 내도록 설정되어 있었다. 맞춰놓은 시각이 되면 처음에는 바닷가의 파도 소리가 자연음으로 듣기 좋게 처얼썩 처얼썩 난다. 갈매기도 사이사이 울고, 먼 등대와 돛단배가 느껴지는 제법 한가로운 분위기다. 그러나 칠 분 후에는 탱크 지나가는 소리가 요란하게 나고, 너무 시끄러워 도저히 잘 수가 없어 어느 결에 일어나 스위치를 누르면, 그 당장은 소리가 그치나 다시 칠 분 후에 빌딩이 무너지는 굉음이 난다. 예희가 하도 잠을 추스르지 못하자 엄마가 어디선가 구해온 강력 모닝콜이었다. 예희는 자기가 언제 일어나 스위치를 눌렀는지 전혀 짐작할 수가 없다. 어젯밤 잠자리에 눕던 생각만이 까마득하게 나는 것이다. 그래도 칠 분 전에 일어나 비몽사몽간에 연속 부저를 눌렀다는 얘기였다. 탱크 지나가는 소리가 나고 있으니까. 새벽에 수영을 가려고 어제 자리에 누우며 시간을 맞춰놓았었다.

"아이, 웬 잠이 저렇게 많담? 어제 몇 시에 잤길래 시계가 지축을 흔드는데도 못 일어나는 거야?"

엄마의 짜증 섞인 목소리와 부저 소리와 아침이 되는 다른 소리들로 귀가 먹먹했다. 그것들을 어지럽게 분별하면서도 예희는 잠의 물결에 떠내려갔다. 바둥바둥 안간힘을 쓰는데도 물살에서 몸을 건져낼 수가 없었다. 물살은 더욱더 거세어지고, 이제 큰 바다로 휩쓸려 나가려 했다. 그 거친 힘에 빨려들지 않으려고 예희는 사력을 다해 발버둥친다. 출렁출렁, 어질어질…… 몸이 간신히 조금 도는 듯했다. 마침 나뭇가지 같은 것이 가슴께에 받쳐지며 몸이 위로 솟았다. 엎드려 자던 그녀는 두더지처럼 다리를 접고 엉덩이를 하늘로 올리고, 오른손을 부저 쪽으로 뻗었다.

탱크 소리가 멎었다. 귀가 띵했다. 그녀는 침대에 쭈그리고 일어나 앉아, 아직도 잠 속을 헤매고 있었다.

"안 일어나? 오늘이 첫날인데 오늘부터 지각할 거야? 지금 빨리 안 일어나?"

방문이 벌컥 열리며 엄마의 생목소리가 날아왔다. 예희는 아 뜨거라, 눈을 뜬다. 머리를 이리 부딪치고 저리 부딪치며 경황없이 계단을 내려가 식탁에 앉는다. 전자레인지에서 따끈한 우유가 날라져 왔다. 그녀는 습관적으로 그것을 꿀컥꿀컥 삼킨다. 맛도 모르고, 배가 고픈지도 의식할 수 없다. 고등학교 때부터 비롯된 버릇이다. 이 서울에서, 아니 대한민국에서 고등학교 삼 년을 다닌 사람이라면 거의 그럴 것이다. 수험생이라는 것이 어디 제 마음대로 무엇을 할 수 있는 신분인가. 대개 엄마가 시키는 대로 로봇처럼 조종되는 것이다. 그러니 엄마가 중요하다고 할밖에. 엄마에 따라서 일류대학에 가기도 하고 못 가기도 한다. 그런데, 예희는 훌륭한 엄마를 가졌지만 대학에 대해 떨떠름하게 되어버렸다. 설명하자면 좀 길다. 엄마는 예희에게 남 못잖은 공을 들였지만 예희는 좋은 대학에 가지 못했다. 좋은 대학이 다 뭔가. 지방에 있는 전문대학엘 간신히 입학하긴 했었다. 수학능력시험에서 반 정도는 맞았으니까. 아주 형편없이 못한 것도 아니다. 출제위원들은 언제나 중간 정도의 아이들에게 초점을 맞추고, 그 애들이 자기네가 낸 문제를 얼마만큼 푸느냐에 따라 출제 성공도를 따진다지 않는가. 다시 말해 중간쯤인 우리들이 사실은 주인공인 것이다. 더 잘한 애들도 많지만, 더 못한 애들도 아주 많다. 말이 나왔으니 말이지 수능 문제란 것이 얼마나 어려운가. 문제의 내용도 내용이지만 네 개나 다섯 개의 답안 중 하나를 골라내기란 지나가는 사람을 찍어 김가이가 맞추기보다 쉽지 않다. 이것이 그것 같고, 저것이 이것 같고……. 아마 고등학교 선생님들이나 엄마 아빠들, 사회에서 이렇다 하는 저명인사들도 우리와 함께 시험을 치른다면 큰소리를 치지는 못할 것이다. 그들에게 시험 공부할 기회를 준다고 해도 우리보다 더 잘하리라고 믿기 어렵다. 고등학교의 해당 과목 선생님들조차 우리와 공정히 겨룬다면 그렇게 많이 맞추지는 못할 것이다. 우리는 찍는 데는 어느덧 귀신이 되었으니까. 잘하는 애는 잘하는 애대로, 못하는 애는 못하는 애대로 우리는 모두 찍는 데는 도사다. 초등학교 때서부터 그런 훈련만 해왔지 않은가. 그 재주가 아무것도 아니라고 생각하는가. 십 년 넘게 기르고 닦아온 기술이 얼마나 오묘한 경지에 이르렀는지 어른들은 잘 모르는 것 같다. 내 말을 인정하기 싫거든 당신들이 한번 수능 시험을 쳐봐라. 반을 맞추기가 얼마나 힘든지. 아주 밑바닥 애들은 시험 문제를 거의 읽지도 않는다. 읽지도 않고 이름만 쓰고 엎드려 잔다. 자다가 일어나서 전부 3번을 찍든지 4번을 찍든지 번갈아 아무거나 찍든지 한다. 그러나 반 정도를 맞추려면 골머리를 썩여가면서 그 문제들을 다 읽어야 한다. 다 읽고서 이게 맞을지 저게 맞을지 고민해야 하는 것이다. 시험을 치르는 애들 중 가장 괴로운 애들이 이 반쯤 맞는 애들일 것이다. 이것도 맞는 것 같고 저것도 맞는 것 같고…… 시험을 치르는 동안 지옥의 불구덩이에다 머리통을 처박고 있는 것 같다. 잘하는 애들은 답이 썩썩 보일 테고, 아주 포기하는 애들은 마음이나 편하겠지만, 우리는 이도 저도 아니면서 괴로움만 산더미처럼 안고 쩔쩔매는 것이다. 그게 얼마나 고통스러운지 아는가. 그렇다고 시험 치고 집에 돌아가서 환영받는 것도 아니다. 잘하는 애들처럼 학교에서 깃발 날리는 것도 아니다. 예희는 그렇게 괴롭게 반을 맞았다. 반을 맞기가 얼마나 힘드는지 모르는 사람과는 더 이상 얘기할 필요가 없다. 그런 인간은 사라져 죽어버렸으면 좋겠다. 어쨌든 예희는 반을 맞았고, 반을 맞은 성적에 맞추어 대구에 있는 전문대학의 안경공학과에 갔다. 갈 때는 모두들 전문대학이 더 좋다고, 취직도 더 잘 되고 특히나 안경공학과는 앞길이 창창하다고 입이 마르도록 격려들을 해주었다. 예희도 엄마 아빠도 기대했던 게 사실이다. 안경공학이라는 것을 잘 배워 안경사 자격을 따가지고 졸업한 뒤 시내의 커다란 안경점에 실습 겸 잠시 취직해 있다가, 독립적인 최신식 안경점을 차린다는 희망도 가져보았고, 또 외국으로 유학 가는 꿈도 꾸었다. 사람들의 말에 따르면 안경공학이야말로 외국에 가서 공부하기에 아주 유망한 분야라는 것이다. 예희는 짐을 싸들고 대구로 내려갔다. 그 대학에는 기숙사가 있었다. 예희는 물론 처음에 그 기숙사에 들어갔다. 그러나 기숙사에서 주는 밥을 도저히 먹을 수가 없었다. 네 명씩 쓰는 방에서 퀴퀴한 냄새가 난다든지 다른 아이들이 그녀의 물건을 함부로 쓴다든지 걸핏하면 남 상관 안 하고 음악만 튼다든지 하는 것들은 그래도 참을 수 있었다. 솔직히 말하지만 다른 건 다 견딜 수 있었다. 정말 견딜 수 없었던 것은 끼니 때마다 코를 파고드는 기숙사 식당의 그 냄새였다. 코를 막고 숨을 쉬지 않아도 창자에서 위를 거쳐 목구멍으로 괴상망측한 냄새가 역류해 올라왔다. 그 시큼하고 누린 냄새를 설명하기란 도저히 불가능하다. 몇삼 년 묵은 쌀을 커다란 스테인리스 식판에 증기로 쪄서 익힌, 보리가 반쯤 섞인 밥의 냄새라니! 거기에다 그놈의 식당에서는 매일 대구식 쇠고기국이란 걸 끓였다. 쇠기름을 넣고 무와 파, 나물 같은 건지를 잔뜩 넣고 뻘겋게 끓이는 그 괴상한 국! 그 밥과 그 국이 어울려내는 이상한 냄새를 맡아본 사람이라면 예희의 비위를 충분히 짐작할 수 있을 것이다. 예희는 나중에는 식당 건물로 들어설 수조차 없었다. 그 근처로 지나갈 수도 없었다. 눅눅하고 미지근한 식탁과 식판, 수저, 물컵을 떠올리기만 해도 구역질이 나고 느글느글한 침이 넘어왔다. 그녀는 한 달 가량 학교 바깥에 나가서 밥을 사먹었다. 그러나 돈도 너무 많이 들고 사먹는 밥도 노상 먹으니 코에서 신물이 났다. 그녀는 기숙사를 나가겠다고 집에다 알렸다. 마침 한방에 있던 정민이도 같은 지경이어서 둘이 같이 방을 얻기로 했다. 그녀들은 집 전체를 십여 개의 원룸으로 꾸며 학생들에게 임대하는 자취촌으로 들어갔다. 거기에서 일이 벌어졌다. 뭐 예희가 나쁜 짓을 한 건 아니었다. 처음에 엄마 아빠가 내려왔을 때는, 여학생들이 예쁘장하게 방을 꾸며놓고 냄비 두어 개를 가지고 소꿉놀이처럼 사는 것을 보고 미소지으며 돌아갔다. 그러나 두 번, 세 번 내려오면서…… 엄마는 실상을 파악하게 되었다. 여러 애들이 사니까 뭐 별별 일이 다 있었다. 어물전 망신은 꼴뚜기가 시킨다지 않는 가. 예희의 룸메이트인 정민이나 옆방 친구들이 어떻게 산다는 것을 엄마는 알고 말았고, 기절초풍해서 뒤로 넘어져버렸다. 그 애들에게 는 남자 친구가 있었고, 더러 놀러오기도 했으며, 옆방 경희는 아예 현수를 불러들여서 같이 살고 있었다. 혜란이도 남자 친구가 자주 놀 러왔고, 가끔 자고 갔다. 정민이도 예희의 양해를 구하고 그녀들 방에 서 더러 데이트를 했다. 여관에 가서 돈 쓸 게 뭐 있는가. 아직 돈도 못 버는데. 늘 용돈이 궁한 아이들의 입장을 예희는 알고도 남았다. 젊음이 뭔가. 둘이 만나면 뜨거워지고, 곧 끌어안고 싶을 게 아닌가. 예희도 처음에는 좀 이상하긴 했지만, 곧 아무렇지도 않게 되었다. 자 기도 빨리 남자 친구를 사귀어서 같이 자고 싶다고 생각했다. 친구들 이 아무렇지도 않게 남자하고 자고, 그 경험을 다 얘기하고, 또 줄곧 섹스 비디오를 보고 그러니까 매일매일 몸이 달고 자극이 되었다. 그 때 엄마가 온 것이다. 엄마는 옆방에서 나는 이상한 기미를 눈치챘고, 예희가 변한 것도 알아차렸다. 예희는 솔직히 대학에 간 뒤로 많이 변 했다. 아니, 변한 게 아니라 속 안의 기질이 밖으로 튀어나왔다고나 할까. 거칠긴 하지만 용감하고 낙천적이고 배짱 좋은 친구들이 왠지 구미에 맞았다. 반항적이고 케세라세라식인 생각들이 너무 좋았다. 집에서 등록금을 타와 학교에는 내지 않고 일본어 학원에 등록한 뒤 하루 가보고 마땅찮아 그냥 노는 친구를 보노라면 가슴에 불이 화르 르 타는 듯 쾌감이 일었다. 남학생이랑 동거 생활을 한다든가, 매일 비디오만 대여섯 개씩 빌려 본다든가, 락카페에 365일 출근한다든가 하는 짓거리들도 한편으로는 약간 걱정스러우면서도 다른 한편으로 는 흥미롭고 멋졌다. 자췻집 친구들은 무슨 일에나 대강대강이고, 되 는대로 해버리고, 속마음을 아무에게나 툭 털어놓았으며, 어디서나 시원시원했다. 유머러스한 애들도 많았고, 인정스러웠고, 데데하지 않았다. 무엇보다도 좋았던 것은 서로 경쟁심이 없다는 것이었다. 그래서 누구나 만만했고, 편했다. 고등학교 때까지의 친구들한테서는 느껴볼 수 없던 점이었다. 예희는 오랜만에 몸에 꼭 맞는 옷을 찾아 입은 기분이었다. 그녀는 생각했다. 내게도 원래부터 이런 기질들이 있지 않았을까? 남보다 더 반항적이고 대담하지 않았나? 그녀는 이미 일곱 살에 엄마에게 거짓말을 시킨 기억이 있는 것이다. 엄마 아빠가 곱게 길러주어 부정적인 기질들이 발휘되지 않았을 뿐이지, 친구들 이상으로 삐딱한 성향이 있었던 것 같았다. 예희는 친구들을 보면서 속으로 쾌재를 불렀다. 안면몰수하고 어른들을 싹 무시하거나, 눈한번 깜박이지 않고 바닥부터 뒤집는 행동이 그렇게 재미있을 수가 없었다. 가슴 가운데로 '씨원한' 불이 화르르 타내려가며 이십 년 묵은 체증이 싹 내려갔다. 그러나 그렇게 짜릿짜릿하던 기간도 잠깐, 그녀는 채 일 년도 학교를 다니지 못하고 집으로 돌아왔다. 억지로 휴학원을 내고, 끌려올라온 것이다. 엄마는 자췻집 친구들이 예희를 버려놓았다고 단정지었다. 예희가 때묻지 않은 백지처럼 깨끗했기 때문에 더 빨리 물이 들었다는 것이다. 그러나 그건 '아니올시다'였다. 동생 예명이가 초등학교 때부터 뛰어나게 공부를 잘해 수학 올림피아드에 나가고, 중학교 때는 전체 수석을 하고, 결국은 과학고등학교에 진학하고…… 그러는 동안 예희는 겉으로는 아무렇지도 않은 척 가만히 있었지만 속으로는 칼날을 벼리고 있었다. 아버지의 지독한 편애에, 그 독단에…….

"공부를 못하면 딴 재주들이 있지!"

아빠가 즐겨 사용하는 말이다. 그 말을 할 때 아빠는 입가를 비죽이며 눈은 아래쪽 사선방향을 바라본다. 눈초리에는 잔인한 기운이 묻어 있는데, 능멸한다는 느낌이 방바닥에 꽂힌다. 아버지는 결코 예희를 바로 바라보지 않는다. 생리적으로 예희를 싫어하고 있다는 걸 알 수 있다. 총명한 예명이는 자기를 닮았지만 멀대 같은 예희는 어디서 나온 돌연변이인지 모르겠다고 한탄하고 있는 것이다. 아버지는 예희를 창피하게 여겼고, 업신여기기까지 했으며, 체질적으로 미워했다. 자식이니까 별수없이 데리고 있는 날까지 데리고 있다가, 임자 나서면 얼른 시집보낸다는 것이 아버지의 방책이었다. 예희는 차라리 아버지가 너는 왜 그렇게 머리가 나쁘냐고, 왜 그렇게 공부를 못하느냐고 고래고래 소리라도 쳐주었으면 좋겠다고 생각한다. 그렇게 야단맞고 매라도 실컷 맞고 나면 좀 나아질 것 같았다. 그러나 아버지는 알량한 인격자라 절대로 그런 방법을 쓰지는 않는다. 그런 아빠가 정말로 싫지만, 뭐 이제 상관도 없었다. 자췻집 친구들을 안 이래로 아버지건 누구건 애달아하지 않게 되었다.

살구나무집을 돌아 예희는 깐닥깐닥 산 쪽으로 올라간다. 손끝에서 수영복 가방이 가볍게 흔들린다. 아직 3월인데도 공기는 의외로 푸근했고, 동쪽에서 동이 터오고 있었다. 상쾌한 아침이었다. 예희는 이제야 완전히 잠에서 깬다. 그녀는 아침빛에 눈부셔 하며 깊게 심호흡을 한다. 얼마 만인가. 이렇게 일찍 일어나 어디엘 가보는 것은. 11월에 서울로 올라와 지금까지 서너 달 이상 오직 잠만 잤다. 자고, 자고, 또 자서 그녀도 어안이 벙벙할 지경이었다. 왜 그렇게 한없이 잠이 오는지 알 수 없었다. 더구나 아침시간에 나 몰라라 하고 들입다 엿가락 늘이듯이 자는 맛은 달콤한 천국행 기차와도 같았다. 그러나 그것이 엄마의 신경을 건드려서, 결국 새벽 수영 강습에 오지 않을 수 없었다.

수부에서는 이제 막 새벽잠을 깬 듯한 아가씨가 부숭부숭한 눈으로 회원증을 체크하고 있었다. 예희는 회원증을 들이밀고 열쇠를 받아들고 탈의실로 들어갔다. 예희는 이 동네에서 나고 자랐지만 이 실내 수영장 안에 들어와보는 것은 처음이었다. 초등학교 시절 동생 예명이와 함께 저 위쪽 산중턱에 있는 옥외 수영장에는 몇 번 가본 적이 있었다. 수영도 할 줄 모르면서 그저 동무들하고 첨벙대다 돌아가곤 했다. 정식으로 수영을 배워본 적이 없어서 수영 강습이 약간은 기대도 되고, 또 걱정도 된다. 내가 잘할 수 있을까? 혹시 수영도 공부 같은 것이라면 어떻게 하지? 그녀는 학교에서 체육도 잘해 본 적이 없다. 올림픽에서 금메달을 딴 선수들을 보면 운동도 공부 이상으로 어렵다는 것을 알 수 있었다. 어쩐지 마음이 답답해진다. 암만 생각해도 수영은 달리기나 턱걸이와도 다를 것 같다. 물에 떠서 부력을 이용해 가는 것이니 선천적인 균형 감각 같은 게 중요할지도 모른다. 목소리나 색채 감각 같은 것이 음악이나 미술에서 중요하듯이. 내게 균형 감각 같은 게 있을까? 전혀 알 수가 없다. 어쨌든 또다시 투지나 패기, 열성, 노력 같은 말들이 들먹여진다면 죽고 싶을 것이다. 그녀는 야심이니 인내심이니 하는 말들이 이 세상에서 제일 싫다. 시간이 나서 수영 좀 배우는데 이를 악물고 배울 게 뭐 있는가. 서로 머리를 처박고 악머구리같이 극악을 떠는 건 고등학교 때까지만으로 충분했다. 앞으로도 그래야 한다면, 그것만이 살아가는 길이라면 그녀는 차라리 남은 삶을 포기하고 싶었다. 빌어먹을! 까짓거 잘하면 뭐해? 예희는 스스로를 위안한다. 그녀는 어느덧 삐딱하게 되어버렸다.

예희는 긴장하지 않으려고 애쓰며 옷장 문을 연다. 이 수영이—그녀에게는 사회에 나와서 처음 해보는 공부 아닌 최초의 것이었다. 첫번째 단추를 잘 끼워야 어쩌고 하는 말이 생각난다. 그녀는 차곡차곡 옷을 벗어 걸고 수영복으로 갈아입는다. 옷장 문을 잠그고 아래층의 샤워실로 내려간다. 이 수영장에 매일 다니는 듯한 아주머니들이 벌

거벗은 몸으로 수영복을 싸쥐고 예희를 앞질러 계단을 내려가 샤워장
으로 뛰어들어간다. 그녀들은 샤워를 한 뒤 수영복을 입는 것 같았다.
예희도 아주머니들을 따라 온몸을 돌려가며 샤워기의 물을 맞는다.
수영복이 젖어오고, 따듯한 물에 어깻죽지가 나른해진다. 곁눈질로
슬쩍슬쩍 보니, 아주머니들은 수영 전에는 물 샤워만 하는 모양으로,
복부며 겨드랑이 같은 곳을 비누로 씻어내고 있다. 저렇게 하는 것이
원칙이겠구나 생각하며, 수영복을 물에 적셔 재빨리 몸에 꿰는 아주
머니들을 바라보았다.

　서른 명 정도의 젊은이들이 수영장의 첫번째 레인 부근에 웅기중
기 모여 있었다. 물어보나마나 초급반에 온 사람들이었다. 예희도 그
들 뒤에 서 있었다. 대개가 직장인들 같았고, 대학생으로 보이는 이들
도 있었다. 예희는 좀 계면쩍었다. 모두들 바쁘게, 또 열심히 살고 있
는데 자기만 아무 할 일도 없이 빈둥대다가 그저 아침잠을 물리려고
엄마 채근에 의해 쫓겨왔다는 사실이 약간 부끄러웠다. 그러나 그녀
는 곧 그 기분을 털어버린다. 당신들은 당신들이고 나는 나야. 언제나
솟는 다람쥐 같은 명랑함이 순간적으로 그녀를 건져낸다.

　수영 팬티만 입은 강사가 그들 앞으로 걸어왔다. 175센티쯤의, 잘
생긴 이십대 후반의 남자였다. 아니, 삼십대인지도 모른다. 상의를 벗
고 수영장에 서 있어서 그렇지 흰 와이셔츠에 회색 싱글 같은 것을 입
고 사무실에 앉아 있다면 수영 코치로는 알아보지 못할 핸섬한 인상
이었다.

　그는 제법 끼는 트렁크 형의 수영 팬티를 입고 있었는데, 설명을
하는 동안 사람들의 시선이 자기 복부에 미쳐도 조금도 개의치 않았
다. 오래 수영 강사 노릇을 한 것 같았다. 그는 자기 이름을 '노준호'
라고 밝혔다.

그는 수강생들을 일단 1레인의 물 속으로 데리고 들어갔다. 전원을 석 줄로 세우더니, 이 클래스는 삼 개월 완성반이므로 진도가 좀 빨리 나갈 것이라고 말하고, 그 당장 손을 앞으로 내뻗고 고개를 물 속으로 넣은 후 발차기를 하며 나아가는 연습을 시켰다. 황당했다. 앞에서부터 차례로 세 명씩 나란히 출발을 하고 있었다. 물론 중간에서 대개 첨벙대며 돌아오긴 했지만, 모두들 강사가 시키는 대로 따라 하고 있었다. 그러나 예희는 머리를 물 속으로 넣어본 적이 없었다. 무턱대고 머리를 물 속에 처넣고 손과 발 동작까지 하며 앞으로 헤엄쳐 나가라니, 정말 언어도단이었다. 예희는 자꾸 뒤로, 뒤로, 구석으로, 구석으로 물러났다. 이제 모두가 출발하고 예희만 남았다. 그래도 예희는 한 걸음도 앞으로 나설 수 없었다. 강사가 쳐다보며 웃었다.

"수영, 안 배울 거예요?"

예희는 멀거니 그를 쳐다보았다.

강사는 곧 다른 사람들을 제자리로 모으고, 다음 동작을 지시했다. 예희에게 시선을 한 번 주었었지만, 한 개인에게 더 이상 시간을 할애할 수는 없다는 듯이 자기 진도를 나갔다. 용감하게 끼어들어 하지 않으려면 네 마음대로 해라, 그는 그렇게 말하는 것 같았다. 예희는 학교에서처럼 소외감을 느꼈다. 학교에서는 그래도 동료들이라도 있었다. 예희 같은 애들도 많았고, 예희보다 못한 애들도 많았다. 그러나 여기서는 전혀 따라가지 못하는 사람이 예희 하나였다. 다른 사람들은 모두 어딘가에서 수영 강습을 좀 받았거나, 물에서 허우적거린 경험이 있는 듯했다. 여름을 앞두고서 두세 달 정도 제대로 배워 멋지게 써먹으려고 온 것 같았다. 예희는 구석에서 꼼짝하지 않았다. 그녀에게는 좀더 자세히, 천천히, 처음부터, 기초부터 가르칠 클래스가 필요했다. 강사가 몇 번 더 시선을 주었지만, 그는 예희만을 특별히 따로 취급할 방법이 없는가 보았다. 세상은 예희의 사정과는 상관없이 제 나름대로 흘러가고 있었다. 예희 따위는 어떻게 되든 돌아보지도 않고 속전속결로 나아가고 있는 것이다. 학교에서처럼 뒤처진 축들에 대한 배려조차 없었다. 예희는 정말로 기가 죽었다. 그녀는 자유자재로 물 속을 노니는 다른 레인의 인간물개들을 바라보았다. 간단치 않군. 만만치 않아. 뭐든 장난이 아니야…….

강습이 끝났다.

강습생들의 출근 시간 때문에 강사는 종료 시간을 엄수하는 듯했다. 그는 지체하지 않고 인사를 하고, 앞으로 결석하지 말라고 당부하고, 레인을 나갔다. 계단을 올라서던 그가 마지막으로 예희를 휙 돌아보고 오른팔을 경쾌하게 휘저어 손가락을 튀겼다. 답답하면 자기한테 와보라는 신호 같기도 했다. 그러나 많은 사람들을 상대하는 탓인지 따로 불러 뭐라고 말하지는 않고, 강사실로 들어가버렸다.

골목 어귀에 세워져 있는 철제함에서 지역신문을 한 아름 빼들고 예희는 집으로 들어간다. 벼룩시장, 가로수, 교차로, 개미시장……
가로수에는 성북/강북/도봉/노원 판이라 씌어 있는데, 벼룩시장에는 강북/노원/도봉/성북 판이라 씌어 있다. 이게 무슨 차이일까? 왜 이렇게 순서를 다르게 썼을까? '가로수'의 순서는 시내에서부터의 지리적인 위치순이라는 판단이 곧 왔지만, '벼룩시장'의 순서는 무엇을 기준으로 한 것인지 알 수 없었다. 뒤늦게야 그녀는, 아, 기역 니은순이구나, 깨닫는다. 예희는 오늘 이 신문들로 하루를 죽일 셈이다. 그러자면 첫 면의 첫 글자부터 마지막 면의 마지막 글자까지 읽게 될지도 모른다.

그녀는 수영복을 헹구어 널고 주방으로 간다. 수영을 해서인지, 아니 하지도 않았지만, 아무튼 배가 고프다. 평소에는 이맘때 배가 고프지 않았었다. 물 속에 서 있는 행위는 그 자체로 피로감을 주는 것일까? 부력 때문에 땅 위에 서 있는 것보다 더한 에너지를 필요로 할까? 그녀는 냉장고를 열고 사과를 꺼내 깎아 먹는다. 거실에서는 벌써 할머니의 티브이 시청이 시작되었다. 할머니는 온종일 쇼핑 채널을 본다. 할머니 시대에 비해 속속 달라진 편리한 상품들 때문에 할머니는 매일 감탄에, 감탄에, 감탄을 연발하는 중이다. 젊은 시절이 지금 펼쳐지지 않고 옛날에 흘러가버린 것이 못내 억울한 모양이다. 저런 것들을 입고! 저런 것들을 사용하며! 저렇게 편리하고 깨끗하게 살 수 있으련만! 그 아쉬움이 뼈에 사무치면 할머니는 공팔공 전화를 건다. 일주일에 두 번 정도는 물품을 사고야 마는 것이다. 처음에는 매일, 어떤 때는 하루에도 두세 가지의 물건들을 사서 문제가 됐었다. 그러나 아버지가 할머니에게 카드를 만들어 드리면서 일주일에 한 가지씩만, 십만 원이 넘지 않는 것으로 사시라고 권유해 해결을 보았다. 아버지는 효자다. 할머니를 위해 한 달에 기백만 원 정도는 버려도 좋다고 생각하고 있다. 그래서 할머니는 안심하고 물건을 산다. 뭐 카드가 있으니, 전화만 하면 되는 것이다. 상품 채널을 눈 떼지 않고 쭉 보다가 정말 마음에 드는 것이 있으면 무선 전화기를 꾹꾹 눌러 주문을 한다. 선수가 돼서 이제는 그 행동이 가히 딜러 수준이다. 결제는 물론 월말에 아버지가 한다. 그래서 집에는 할머니가 사들인 냄비류와 프라이팬, 주전자, 청소기, 압력밥솥 같은 것들이 선반에 즐비하다. 할머니는 특히 신기술이나 뉴아이디어에 약하다. 원적외선을 이용한 오븐기, 게르마늄을 부착한 찜기, 내열 세라믹 수지로 된 탕기, 금빛이 벗겨지지 않는 티타늄 코팅 수저, 정전기로 먼지를 빨아들이는 총채, 물걸레가 부착된 청소기, 끈 없는 다리미, 반사경을 이용해

음식물을 넘치지 않게 하는 냄비뚜껑, 기름때를 삭이는 세제…… 할
머니의 호기심은 끝이 없다. 예희가 지금 갖고 다니는 코털 깎는 기계
도 할머니가 산 것이다. 할머니는 이것들을 배달받아 한나절씩은 아
이처럼 만지고 논다. 그러나 곧 엄마가 오면 다시 포장지에 싸여 선반
으로 올라가버린다. 그리고 할머니의 시선은 다시 상품 채널로 향하
는 것이다. 엄마도 이젠 할머니의 구매 행위에 대해 완전히 포기한 상
태다. 처음에는 왜 이런 것을 사셨느냐고, 이런 건 집에도 있고 또 전
번에도 사셨지 않느냐고 어떻게든 말려보려 하고, 또 기왕에 산 것을
사용해 보려고 궁리궁리했지만, 이제는 단지 할머니의 취미 활동으로
만 여기는 것 같다. 오직 사는 행위로 만족감을 얻는, 스트레스 해소
용 소일거리 같은 것 말이다. 편해진 할머니는 한평생의 내핍을 벌충
이라도 하듯이, 불편하게 살아온 세월을 보상이라도 받으려는 듯이
매일매일 저렇게 물건들에 빨려든다.

"할머니, 엄마 공장에 갔어?"

예희는 사과 껍질을 음식물 쓰레기통에 버리며 할머니에게 묻는
다. 그러나 할머니는 알아듣지 못했는지 묵묵부답이다. 예희는 거실
로 나간다.

"할머니, 엄마 공장에 갔어?"

그녀는 커다랗게 소리를 지른다. 할머니가 쳐다본다. 간신히 티브
이에서 빠져나오는 모양, 할머니의 눈동자가 더듬더듬 예희를 향한
다. 그러나 현실로 돌아오는 데 시간이 걸린다.

예희의 아버지는 컴퓨터 미싱 자수업을 하고 있다. IMF 이후 규모
를 줄여 기계를 두 대만 돌리는데, 필리핀 언니 두 사람이 기계 옆에
서 숙식을 하며 작업을 한다. 한국인 공원도 세 사람 있지만 그들은
출퇴근한다. 그래서 엄마는 이삼일 간격으로 반찬을 만들어 가지고

공장에 나가곤 한다.

"아냐, 거기 갔다. 그 뭐냐. 예명이 학교에…… 설거지하러 갔다."

모처럼 밖으로 빠져나왔던 할머니의 시선이 다시 티브이로 들어간다. 엄마는 또 오늘 얼마나 기분이 좋아서 돌아올까? 하루종일 식당 일을 해서 몸은 피곤하겠지만 천재들만 다닌다는 과학고등학교에 아들을 보낸 자긍심을 한껏 만끽하고 돌아올 것이다. 전교생을 기숙시키는 예명이 학교에서는 경비 절감과 학부모 참여를 위해 한 달에 한 번 꼴로 돌아가며 어머니들이 기숙사 식당 봉사를 한다.

집 안은 티브이 소리만 웅웅거리고 물 속 같다. 예희는 마당으로 나간다. 흰둥이가 엎드려 졸고 있다가 일어난다. 예희가 '벤지'라고 이름지었지만 녀석은 예희네 식구들한테 여전히 '흰둥이'다.

"야, 인마. 왜 밥은 안 먹니? 어디 아파?"

벤지 밥그릇에는 사료가 그대로 담겨 있다. 이놈은 순하고, 대접도 못 받고, 그저 집 지키는 개로 평생 묶여 있다. 예희는 녀석의 턱밑에 손을 넣어 털을 쓰다듬어준다. 녀석이 혀를 쭉 빼고, 좋아서 할할거린다. 예희는 다시 녀석의 정수리 털을 등허리 쪽으로 쓰다듬는다. 너무 빡빡 쓰다듬자 녀석의 눈이 흡떠진다. 그래도 좋은지 녀석은 고개를 내밀고 몸을 예희 옆에 바짝 붙이며 다정하게 앉는다. 더 귀여워해 달라는 신호다. 예희는 손가락으로 녀석의 털을 헝클었다가는 다시 빗어주고, 또다시 헝클어뜨리고 하면서 하늘을 본다. 대기는 부드러웠고, 햇빛은 안개 속에서 희부윰히 빛나고 있다. 썩 괜찮은 오전이다. 그러나 예희는 별로 기분이 좋지 않다. 흰둥이가 묶여 있는 것처럼 그녀도 사실 집에 묶여 있는 것이다. 그녀에게는 지난 11월 이래 용돈이 완전 봉쇄되었다. 그 누구도 그녀에게 돈을 주지 않는다. 철저히 무일푼이다. 수영복도 엄마가 직접 사주고, 수영장의 회원권도 엄마가 직접 끊어주었다. 다 쓴 크림통 같은 델 찾아보면 동전 몇 개는 있을 것이다. 아마 이삼천 원은 끌어모을 수 있을지 모르지만…… 그걸로 외출하기에는 역부족이다. 엄마 아빠는 얼마나 더 나를 집에 붙잡아둘 수 있다고 생각하는 걸까? 그녀는 벤지의 목줄을 끌러준다. 녀석은 뱅뱅이질을 치다가 조금 앞으로 가볼 뿐, 시원스럽게 뛰어다니지를 못한다. 저 넓은 잔디밭으로, 앞마당과 뒷마당으로 자유롭게 돌아다니지를 못한다. 제 기능을 잃어버린 것 같다. 나도 저렇게 되는 것이 아닐까? 예희는 고등학교 때 생물책에 써 있던 '순치'라는 말을 생각한다. 순치…… 사람은, 동물은 환경에 적응한다. 그래서 주인이 원하는 대로 길들여진다. 엄마 아빠가 원하는 것. 그것은 국으로 가만히 있다가 선을 봐서 시집을 가는 것이다. 언제? 어떻게? 누구하고? 차라리 빨리 그렇게 되었으면 좋겠다는 생각도 들지만, 그러기에는 너무 이르다는 생각도 든다. 그녀는 이제 겨우 스물한 살인 것이다. 스물한 살에 결혼한다는 것은 여러 모로 보아 너무하지 않은가. 가서 애를 낳고, 기저귀를 채우며, 남편 뒷바라지에, 시부모나 시집 식구들한테 굽신대는 생활이란…… 그리 만만치 않을 것이다. 그러다가 남편이 바람이라도 피우면? 어떤 경우에도 가정을 버리지 않는 아버지 같은 남자가 요즘 세상에는 있을 것 같지 않다. 모두들, 사랑이 식으면 헤어진다고 하지 않는가. 예희도 사랑이 없는 결혼생활을 지속하기는 싫다. 그럼 어떻게 해야 하나? 아이를 낳았다면 그 애는 어떻게 될까?

아무리 생각해도 결혼은 예삿일이 아니다.

그렇다고 오 년 후에 결혼이 이루어지기를 바랄 수도 없다. 오 년 동안 이렇게 무작정 집에 묶여서 살아야 하니까.

그녀는 집 안으로 들어간다. 아까 가져다 놓은 지역신문을 펼친다. 구인광고란부터 예희는 자세히 들여다본다. 줄광고들은 거의가 유아용품 판매거나, 기술 계통의 학원, 판매직, 또는 서빙이나 유흥업소 종사자들을 찾는 광고다. '유아교육 상담 및 자료 작성', '베이비 자료 꾸미기', '어린이 그림 만들기(평생직)', '여성 전문직 유아 정보 관리', '유아 성장 카드 작성 및 상담(여)', '고물가 고실업 시대 조기 교육 관리(여 23세 이상)', '베이비 정보 활용 주 5일 근무', '(주)해피 0세 교육자료 작성 및 상담', '유아 발달 체크 관리 및 상담(출산 휴가)', 'IQ, EQ, MQ, SQ 자료 정리' 등등의 문안은 말만 조금씩 조금씩 다르지 결국 똑같은 광고인 것이다. 경험 없는 초짜 엄마 아빠들을 현혹시켜 푸짐한 이윤을 남기는 — 유아용 서적이나 유아용품들을 판매하는 직종. 이것들이 줄광고의 반을 넘었다. 우리나라의 엄마 아빠들이 아이를 낳자마자부터 얼마나 자식 교육에 목을 매는지 알 수 있었다. 또, '가장 쉬운 일—월수 2백 보장', '외모에 자신 있는 20대 이상 구함', '참신한 여사원 모집', '젊고 참신한 남녀사원 모집' 같은 것은 보나마나 유흥업소 종사자를 찾는 광고이리라. 사원을 뽑으면서 직종도 밝히지 않고 참신한 사람을 뽑는다니 우습기 짝이 없었다. 어디가 참신해야 된단 말인가. 몸이? 마음이? 게다가 젊고 참신한 것을 동시에 찾는 곳이 그렇게도 많았다. 언제부턴가 참신하다는 말은 새로운, 그러니까 초보자라는 의미로 쓰이는 것 같다. 창의성이나 독창성 같은 것을 두고 하는 말이 아닌 것은 분명하다. '목소리와 외모에 자신 있는 분', '자상한 음성 상담', '전화만 받아주실 분', '전화 상담 자재관리', '전화 받는 사무직 네 시간 월수 2백' 같은 광고도 의심이 가기는 마찬가지다. 아마도 떳떳하지 못한 전화를 받거나, 속임수가 개재된 업무일 것이다. 그렇지 않다면 무슨 전화를 하고 받는 곳인지 밝히지 않겠는가. 사채시장 안의 어느 방일지도 모르고, 전화방, 또는 폰팅 같은 업을 하는 데라고 생각되었다. 보수도 너무 많았다. 네 시간 일하고 월수 이백이라니, 거짓말이거나, 함정이었다. '남녀 때밀이 전신 마사지 지압 및 안마', '남녀 목욕 관리 경락 마사지 안마 지압', '도배 강습 4계절 취업 국가 지정 제1호', '세탁 기술 수선 배워 취업 개업 이민' 같은 것들은 '취업 구인'으로 사람들을 끌어들여서 돈을 받고 뭘 가르치는 학원들이었다. 예회는 쉬지 않고 광고들을 쫓는다. 아랫단에는 대부분 주부사원들을 모집하는 곳이 나열돼 있고, 대개 '고객 관리'나 '고객 상담'이라는 어휘를 사용해 사무직인 듯 판매직을 뽑고 있었다. 전혀 진의를 알 수 없는 광고들도 많았다. '일찍 출근해서 평생 같이할 수 있는 믿음의 가족 특채'라든지, '아침 일찍 출근할 수 있는 성실한 분 모집' 등은 아무리 봐도 그 진의를 짐작키 어려웠다. 이쪽의 근면이나 부지런함, 양심을 이용해 부정적인 어떤 것을 도모하려는 듯 느껴지기도 하고, 그래서 어떻게 보면 더 가증스러웠다. 차라리 '판매 및 서빙 여직원 모집', '관광호텔 나이트클럽 여 21에서 28세 모집', '골프(여) 진행원 안내 아르바이트생 모집' 등은 솔직해서 믿음이 갔다. '죽어서라도 큰돈 필요한 분'이라는 대담한 미끼 광고를 끝으로, 예회는 구인광고란을 덮었다.

비디오 가게에나 취직이 되었으면…….

그녀는 소파에 눕는다. 비디오도 실컷 보고 돈도 벌련만. 할머니는 여전히 상품 광고를 보고 있다. 광고, 광고…… 돈, 돈…… 정말 광고와 돈의 세상이었다.

"얘, 저거 봐라. 물을 부었는데 금방 없어져!"

할머니는 '돌샷갓 요리박사'라는 내열 도자기 그릇에 마음이 팔려 있다. 쟁반같이 생긴 넓적한 도기 그릇에 고슬고슬하게 지어진 인삼밥이 화면에 떠오른다. 먹음직스럽다. 그 옆에는 갓 구워진 피자도 있다. 치즈며 다른 재료들을 듬뿍 넣어 노릇노릇하게 구워놓았다. 침이

절로 나온다. 그 이상한 도기 그릇은 물을 부어도 금방 스며들어 없어지고, 또 물 없이도 모든 요리가 된다고 한다. 타지도, 눌어붙지도 않는다는 것이다.

"참 희한하지? 꼭 소당뚜껑 뒤집어놓은 것 같은데……."

할머니는 요리 전문가와 쇼핑 호스트의 감언이설에 홀딱 넘어가 있다. 물이 스며들어가서 없어지는 모습이 신기해 미칠 것 같은가 보다. 그들은 단위 시간 내에 일정 수량 이상을 팔면 특별 수당이 붙는 모양으로, 꽁지에 불 붙은 닭처럼 지금 빨리 주문하라고 난리를 쳐댄다. 몇 개밖에 안 남았다고 뻔한 거짓말을 하면서 남은 수량을 전광판으로 표시, 분초를 다투어 닦달을 한다. 웬만한 사람은 그대로 빨려들어가 자기도 모르게 물건을 살 것만 같다.

"할머니, 저거 사지 마아? 전번에도 저런 거 샀잖아. 물 없이도 요리된다는 거 말야. 거기다 계란 삶았더니 흰자가 찔깃찔깃하게 꼭 고무줄처럼 됐잖아."

"얘, 요새 그것보다 더 좋은 거 나왔어. 근데 그게 이상허드라. 우리 산 거는 뚜껑에 그 뭐 붙어 있지 않던? 근데 요새 보여주는 건 그런 돌멩이가 안 붙어 있어. 그런데도 음식이 속부터 먼저 익는다는 거야. 왜 그런지 모르겠구먼."

"어유, 할머니두. 그때 산 건 게르마늄 덩어리를 직접 뚜껑에 붙였지만 요새 건 그 성분을 안쪽에 칠한 거야. 그래도 성능은 마찬가지래."

"칠을 해?"

"응, 뚜껑 안쪽에."

"그렇구나. 그래서 잘 익는구나! 아무튼 고구마가 십 분도 못 돼서 다 익어."

할머니는 또 감탄을 한다. 틀니를 한 입이 아래로 벌어져 있다. 예희는 할머니에게서 눈을 돌린다.

"할머니, 우리 점심에 국수 해 먹을까?"

예희는 그렇게 말해 본다. 심심하기도 하고, 할머니 비위를 맞추어 뭐 하나 얻어 가질까 하는 생각도 있다. 빨리 요리기구 판매가 끝나고 장신구를 파는 시간이 되었으면, 하고 속으로 바란다.

"그거 덮고 해봐라. 내가 전번에 산 그 뚜껑 있지? 진짜 안 넘치나 또 한 번 해봐라."

"응, 그래, 할머니."

예희는 일어난다.

멸치국물을 끓이고, 꾸미를 마련하고, 양념간장을 만들고, 김치를 쫑쫑 썰어 무치고…… 예희는 할머니를 부른다. 할머니가 보는 앞에서 국수를 삶을 생각이다. 뚜껑 안쪽이 반사경으로 고안된 요상한 물건을 덮어야 하니까. 그 신기함을 할머니에게 직접 보여드려야 하니까.

할머니는 옛날에 공부를 했으면 과학자가 됐을 것이다. 아니 적어도 의장등록을 몇 개 냈거나, 발명상을 받았을지도 모른다. 저렇게 신과학에 신기해하니까. 새로운 아이디어에 저토록 열광, 감탄하는 사람은 아마 대한민국에 둘도 없을 것이다.

끓는 물에 국수를 넣자 곧 냄비 안이 부글부글 끓어오른다. 그러나 반사경 뚜껑을 덮으니 거품이 이내 잦아든다. 끓어오르던 국물이 위쪽의 반사경 때문에 위로 솟아오르지 못하고 아래로 잦아드는 것이다.

"정말 넘치지 않네!"

할머니는 예희 곁에 지키고 서서 요술을 보듯 신기해한다. 그러나 예희는 이까짓 거 넘치지 않으면 뭘 하나 생각한다. 어차피 국수를 삶으려면 그 옆에 지켜 서 있어야 한다. 다른 데로 가서 다른 일을 할 수는 없다. 그러니 끓어오르더라도 재빨리 뚜껑을 열면 되는 것이다. 보그르르 끓는 거품에 찬물을 얼른 붓고 젓가락으로 휘젓고…… 그렇게 두 번만 하면 된다. 게다가 이놈의 뚜껑은 어느 그릇에나 덮을 수 있도록 무작정 크게 만들어져 있어 작은 냄비에 덮으니 꼭 아이가 어른 웃옷을 입은 듯 우스꽝스럽다. 이런 걸 할머니는 매일 산다. 자신은 용돈 한푼 없는데. 불현듯 아버지에게 화가 솟는다. 그러나 방법이 없다. 할머니는 아버지의 어머니인 것이다.

"할머니, 나 반지 하나 사주라. 이따 저기 예쁜 거 나오면."

예희는 그렇게 마음을 다스린다.

"요것이? 그럴려고 국수 삶아준다 했구나?"

"에이, 아냐."

"아니긴 뭐가 아냐?"

국수를 다 먹고 할머니와 같이 티브이를 봤지만 오늘은 웬일인지 장신구 시간이 돌아오지 않는다. 스포츠웨어와 부인복 파는 시간만이 길게 이어지고 있는 것이다. 예희는 지루하다. 그녀는 신문을 본다. 신문 1면에 3월 한 달 동안 실업자가 14만 명 증가했다고 쓰여 있다. 예희는 뭐가 뭔지 모르지만 겁이 난다. 매일매일 직장을 잃는 사람이 5천 명 꼴이라는 것이다. 그러나 이는 지난 2월의 하루 만 명보다는 현격히 줄어든 것이라고 신문에서는 '증가 추세 둔화'라는 표현을 썼다. 이제 전국의 총 실업자 수는 137만 8천 명 선으로, 전체 근로자의 6.5프로, 1986년 이래 12년 만에 최고를 기록했다고 한다. 예희는 어쩐지 마음이 암담하다. 자신은 전문대학을 일 년 다니다 말아 이렇다 할 곳에 취직하긴 틀렸지만, 그래서 정식 신문에 나는 대문짝만한 사원 모집 광고들은 보지도 않지만, 이렇게 세상이 무너져내려 혼란해

지면 전문대학을 일 년 다니다 만 사람이 들어감직한 개미구멍만한 일
자리도 온통 똑똑한 사람들로 꽉꽉 찰 것이다. 그럼 어떻게 되는가?
예희의 동기생들은 올 연초에 다 졸업을 했지만 예희가 알기로 그 중
한 명만이 안경점에 취직이 되었다. 그러나 그 애도 한 달 만에 그곳
을 그만두었다. 안경점 사장 부인이 아기를 낳았는데, 그 막돼먹은 아
주머니가 새로 들어간 점원을 종 부리듯 부려먹었다는 것이다. 돈 만
원을 주며 시장에 가서 미역을 사와라, 뭘를 사와라, 해서 그대로 사
오면, 또 그것을 비싸게 잘못 사왔다고 악다구니를 쓰고, 말끝마다 욕
을 퍼붓고, 아예 인간 취급을 안 했다고 한다. 빌어먹을! 예희는 신문
을 슬렁슬렁 넘긴다. 비디오 가게에나 취직이 되었으면……. 반짝,
좋은 뉴스가 눈에 들어온다. 네 시에 영화 전문 채널에서 후샤오시엔
감독의 〈펭쿠이에서 온 소년들〉을 방영한다고 쓰여 있다. 후샤오시엔
감독……. 그녀는 그의 〈비정성시〉를 다섯 번 보았다. 처음에는 이해
가 안 되어서. 나중에는 어쩐지 마음이 묵직해져서.

영화에 대한 그녀의 전력은 설명하기에 좀 복잡하다. 영화 전문가
들이나 심리학자들도 그녀의 심상 변화를 알아내기 힘들 것이다. 아
무튼 그녀는 요즘 예술 영화를 즐긴다. 가치를 알아서 일부러 찾아 보
는 게 아니다. 더 나은 것을 얻고자 보는 것도 아니다. 가슴에 찰랑찰
랑 가득 차 있는 물 때문이라고 할 수밖에 없다. 가슴에 무엇인가가
찰랑찰랑 차서, 물 같은 그것이 곧 넘치려고 해서, 꿀컥 넘어오려고
해서…… 숨도 쉴 수 없고, 답답하고, 미칠 것 같아서…… 그래서 영
화를 본다. 이런 증상이 나타난 것은 대구에 있을 때부터다. 비디오를
백여 편 이상 보고 났을 때부턴가 보다. 대구에 가서는 정말 매일매일
비디오만 보았다. 하루에 두 편, 세 편……. 물론 처음에는 섹스 영화
와 액션물, 만화 영화, SF물 그런 것만 보았다. 포르노도 봤다. 자극적

이었고, 짜릿했고, 재미있었다. 혹은 무시무시했다. 이 방 저 방의 아이들이 이 비디오 저 비디오를 돌려가며 죄다 봤다. 그러던 어느 날부터 가슴이 답답해지기 시작했다. 섹스물은 다 똑같았다. 보나마나 다 똑같았다. 뭐 여자 하나에 남자 둘이 등장한다. 또는 남자 하나에 여자 둘이. 여자 둘에 남자 둘, 셋 이상의 집합이 나올 때도 있다. 내용은 다 마찬가지다. 정상적인 애인이나 남편을 놔두고 폭력적이거나 잔인하거나 무생물 같거나 비양심적인 인물들과 희한한 성을 이리저리로 즐기는 것이다. 숨어서 보는 것, 겁탈하는 것, 남자끼리, 혹은 여자끼리 하는 것, 둘이나 셋이서 혼성으로 한꺼번에 하는 것, 폭력을 사용하는 것, 상식적으로 할 수 없는 짓거리를 하는 것…… 처음엔 이런 모든 것들이 희한했지만 자꾸 보니 사실 희한할 것도 없었다. 성 행위는 간단하고 별게 없는 게 아닌가 하는 생각마저 들었다. 그러니까 저렇게 공연히 헛폼들을 잡고 별별 재주를 다 부리며 안간힘을 쓰는 게 아닌가. 어쨌든 그런 영화를 너무 많이 보자 남자 여자의 관계는 어느 경우나 짐승 비슷하게 보이고, 성에 대해서도 무감각해졌다. 남자애들은 그런 걸 보면 볼 때마다 흥분이 되는 모양이었지만 여자애들은 그렇지도 않았다. 남자애들은 대개 영화를 보면서, 또는 보고 난 후, 실제로 실습해 보려 하거나, 흥분을 풀려 했지만, 여자애들은 받아주지 않았다. 여자애들은 자기와 아주 친밀한 상대와, 서로 좋은 감정을 가지고 있을 때, 분위기에 따라 흥분되지, 화면 속의 내용 같은 것으로는 잘 끌려가지 않았다. 지금에 와서 생각이지만 섹스에 대해 잘 알고 있었더라면, 잘 느낄 수 있었더라면 절대로 그런 영화를 마구 보지는 않았을 것이다. 영화는 어떤 것이나 엉성하게 만들어졌고, 배우들도 삼류들이었다. 내용 또한 진해질수록 변태로 갈 뿐이었다. 그 결과 지금도 예희에게는 성이 좋지 않은 느낌으로 자리잡아 있

다. 때에 따라 추잡하고 구역질나고 걸쭉하고 파렴치한 것으로까지
느껴지는 것이다. 이런 느낌들이 점점 물이 되어 차오른 것 같다. 점
점 더 차올라, 가슴에 찰랑찰랑 꽉 차, 넘치려 해서 숨을 쉴 수가 없었
다. 어떤 때는 답답해 미칠 지경이었다. 예희는 턱을 쳐들고 다녔다.
소녀시절에 상상하던 순수하던 것들은 사라지고, 데이트도, 사랑도,
산다는 것도—다른 무엇도—다 그저 그렇고, 추잡했다. 액션물은 여
기에 뻔뻔함만을 보태주었다. 만화 영화나 공상과학물도 말 그대로
스티로폼으로 뿌리는 눈처럼 비현실적이었다. 그때던가. 그녀는 영화
한 편을 보았다. 〈나쁜 피〉라는 영화였다. 그 영화가 예술 영화인지
에로 영화인지 그녀는 모른다. 아무튼 그 영화를 영화관에서 보는 순
간 가슴에 찰랑찰랑 차 있던 물이 싸아 내려가면서 온몸이 시원해졌
다. 너무 신기해서 그녀는 극장 앞에 한참을 서 있었다. 그 뒤, 집에서
티브이를 통해 우연히 본 영화가 〈라이언의 딸〉이었다. 데이비드 린
감독이라던가. 그가 70년대에 만든 영화라고 했다. 그녀는 그 영화를
세 번 보았다. 너무 감동해서 이튿날 재방송을 보고, 또 비디오로 빌
려다까지 보았다. 1,2편으로 되어 있는 긴 영화였다. 아일랜드 시골
마을의 술집 주인 딸인 여주인공이 전쟁의 상처가 있는 적군 장교를
사랑하다가 마을 사람들에 의해 머리를 깎이고 내쫓기는 내용이었다.
이미 학교 교사의 아내였던 아름다운 그녀가 마을 사람들의 시샘 속
에 운명처럼 영국군 장교를 사랑하고, 어느 순간에나 자기 사랑에 충
실하려 했던 진실한 행위들이 뭉클하게 예희를 사로잡았다. 감독은
그 영화에서 사랑은 곧 섹스라고 말하는 것 같았다. 두 남녀는 만나자
마자 말을 주고받을 사이도 없이 긴박하게 몸으로 사랑하게 되고, 그
래서 그런지 농염한 장면들이 많이 나왔다. 70년대 영화라는 점을 감
안한다면 아주 대담하고 진한 장면들이었다. 그런데도 장면 하나 하

나가 감미롭고, 가슴을 아프게 했다. 조금도 추잡하거나 더럽지 않았다. 부정적이거나, 뻔뻔하지도 않았다. 그들은 만나서는 안 될 사이였다. 더구나 서로 사랑해서는 절대로 안 되는 사이였다. 그런데도 예희는 자기도 저런 사랑을 한번 해보았으면, 하고 속으로 바랐다. 설혹 마을 사람들에게 발가벗기우고 머리를 깎이는 모욕을 당한다 할지라도. 그들에게 내쫓겨 이 세상을 작별한다 해도. 그만큼 영화는 예희를 깊이 움직여놓았다.

예희는 몇 날 며칠을 깊은 울림으로 가만히 앉아 있었다. 그녀는 다시 아름다운 사랑을 꿈꾸게 되었다. 사람과 사람 사이의 진실한 관계에 대해서도 생각해 보게 되었다.

얼마 후에 〈그린파파야 향기〉라는 영화를 보았다. 동양적인 조용한 분위기에, 느린 템포였으나, 화면이 처음부터 끝까지 너무나 아름다웠다. 그것을 보고 있노라니 마음이 깨끗해지고 맑아지는 것 같았다. 그녀는 이런저런 예술 영화가 있다는 것을 알게 되었다.

그 뒤로 그녀는 좋은 영화를 찾아서 보게 되었다.

우연찮게 시작된 그녀의 이런 영화 여행은 이제 제법 어떤 수준에 이르렀다. 그녀는 영화를 통해 인간관계를, 삶을…… 이 세상 모든 것을 감득한다. 그동안의 감상 역사가 순전히 비디오 개수로 그녀를 변화시킨 것이다. 서당개가 풍월을 읊다 보니 한 경지에 이르렀다고나 할까.

(네 시에 〈펭쿠이에서 온 소년들〉을 봐야 하는데…….)

예희는 뇌까린다. 그러나 할머니를 움직여 쇼핑 채널에서 영화 채널로 돌리기는 중동 전쟁을 종식시키는 것보다도 어렵다. 엄마도 이런 건 못할 것이다. 유선방송에 연결된 티브이는 거실에 있는 이것 하나밖에 없는데…….

“할머니 어디 안 나가?”

그녀는 떠본다. 할머니는 나갈 것 같지 않다. 방법이 없다. 순간 친구 경희가 떠오른다. 그 애들은 상계동에 집을 얻었는데, 핀 장사를 시작했다는 말을 들었다. 미도파 건너편의 지하도 입구라고 했다.

“할머니, 오늘 어디 안 놀러가?”

“가긴 어딜 가냐? 에미도 집에 없는데.”

“할머니 그럼 나 만 원만 주라.”

예희는 어리광을 부린다. 남동생 예명이를 낳기 전까지는 예희가 할머니의 사랑을 독차지했다고 한다. 지금도 집에서 예희에게 가장 동정적인 사람이 할머니다.

“뭐 하게?”

“그냥.”

“그냥?”

“친구네 집에나 갔다 오게.”

“에미가 돈 하나도 안 주냐?”

“하나도 안 주잖아. 할머니, 나 돈 하나도 없어.”

“에이, 그렇게 인정머리 없이 굴면 어떡허누? 사람 사는 덴 돈이 힘인데.”

할머니는 자기 핸드백을 가져오라고 한다. 예희는 검정색 가죽으로 된 땅땅한 할머니 백을 갖다 드린다.

“에따! 아껴 써라. 그리고 돈 정 없으면 할미한테 말해라. 에미한텐 내색허지 말고.”

할머니는 만 원짜리 네댓 장을 예희에게 준다. 예희는 얼른 받는다. 황감하다. 돈을 받고 보니, 아닌게아니라, 할머니 말처럼 힘이 난다. 가슴이 두근두근하고, 약간 흥분되기까지 한다. 이걸로 무얼 할까? 우선 집에서 나가고 싶다. 나가서, 무엇이든 결정하리라.

예희는 옷을 입는다. 마음이 급하다.

"일찍 들어와라. 에미 뭐라 할라."

"네, 그럴게요."

예희는 고분고분하다. 돈의 힘이다.

현관문을 열고 나가니 벤지가 꼬리를 흔든다. 향나무 밑의 둥근 화단 안에 나팔꽃 싹들이 새끼손톱만하게 고개를 내밀었다. 귀엽다.

손수레만 덩그렇게 서 있다. 경희는 눈에 띄지 않는다. 그래도 그것이 경희의 좌판이라는 느낌이 든다. 핀을 파는 손수레는 근방에 그것 하나였다. 물건도 많지 않고 어딘지 허술한 것이 경희의 첫 장사인 게 분명했다. 삼천만 원 주고 코딱지만한 아파트를 전세로 얻었는데, 남은 돈이 하나도 없다는 소리를 전화로 들었었다.

경희의 부모는 시골에서 특수작물을 재배한다고 한다. 가끔 목돈을 줄 수 있는 모양이다. 이번에 서울에서 경희가 아파트를 얻은 것도 결국 경희 부모의 돈이 올라와서 이루어진 일이리라. 물론 대구에서 살던 자췻방을 빼서 밑돈을 마련했겠지만. 경희와 함께 살고 있는 현수는 이상하게도 둘의 생활에서 아무것도 책임지지 않는다. 처음부터 그랬다. 처음이 그러니까 나중에도 달라지지 않는 것 같다. 생활비며 방값이며 현실적인 것은 모두 경희 혼자서 해결한다. 경희는 현수와 살기 위해 무엇이든 할 각오다. 그 애는 현수를 너무너무 좋아하는데, 현수는 그렇지 않은 것 같다. 그것이 남의 눈에도 훤히 보인다. 현수는 그저 거저 밥 먹여주고 재워주니까 경희와 마지못해 산다는 태도다. 그걸 감추지도 않는다. 경희는 현수를 그냥도 좋아하지만 밤에 더 좋아하는 것 같다. 늘 만나면 밤에 어떻게 어떻게 했다는 얘기를 한다. 예희는 경희와 현수를 생각할 때마다 〈라이언의 딸〉을 떠올린다. 정말 사랑은 섹스일까.

넓은 챙모자를 쓴 경희가 뒤에서 달려왔다.

"어디 갔었어?"

"응, 앞집 아줌마하고 얘기하고 놀았지."

"물건 누가 훔쳐가면 어떻게 하려고?"

"훔쳐가긴. 아직 애들 하교 시간이 안 되어서 손님 없을 때야."

"잘 돼?"

"그냥. 아직 밑지진 않았어."

"왜, 양말 떼어다 판다고 했잖아?"

"글쎄, 생각하다가 양말보다 핀이 나을 것 같아서 이걸로 시작했는데 아직 모르겠어. IMF시대긴 해도 양말이 잘 안 될 것 같았어."

중고등학교 여학생들이 주로 손님인 모양이었다.

"뭐 깡패 같은 거 신경 안 써? 주간지 읽어보면 그런 사람들이 못 살게 군다던데."

"남들 주는 대로 조금씩 집어주면 되지 뭐. 아직 아무 일도 없었어."

경희는 용감하다. 특히나 세상살이에. 아무런 체면도, 아무런 거리낌도 없이 몸이 시키는 대로 솔직하게 산다. 예희는 경희가 부러우면서도, 또한 조금 두렵다.

"서울에 오니 좋아?"

"좋지. 누구 만날 일도, 체면 차릴 일도 없으니."

"집에다는 뭐라고 말했어?"

"흐응, 사 년제 대학에 편입했다고 했지. 그래서 편입비하고 등록금이랑 타낸 거야."

“현수는?”

“아직 놀아.”

경희의 얼굴에 약간 그늘이 진다.

“그건 어떻게 됐어? 캐디 되는 학원엔가 등록했다고 했잖아.”

“글쎄 그걸 하려고 했는데…… 그것도 못해 먹겠어. 더러워.”

“왜?”

“아무튼 수강료만 날렸어. 삼십만 원이나. 더 묻지 마.”

따지고 보면 전쟁이나 굶주림 같은 극한상황은 아니지만 경희는 서울에 와서 무척 살려고 애쓰는 눈치였다. 아무리 어려워도 시골집으로는 내려갈 생각이 없었다.

“너, 우리 집에 가 있어라. 이렇게 길에 계속 서 있을 수도 없으니.”

“어딘데?”

“바로 요기야.”

경희는 턱으로 상가 뒤편의 아파트 단지를 가리킨다.

“너네 케이블 티브이 나오니?”

“응, 그거 먼저 살던 사람이 해놓았더라.”

“현수는?”

“어디 나갔어. 있다 들어오면 우리 한잔 하자.”

“그래, 그럼 그러자. 내가 밥 다 해놓을게.”

예희는 〈펭쿠이에서 온 소년들〉을 볼 욕심으로 경희에게서 열쇠를 받아가지고 경희네 아파트로 향한다. 벌써 네 시가 다 되어가는 것이다. 동과 호수를 찾아 문을 여니, 거실 겸 식당인 듯한 공간이 보이고, 그 안으로 커다란 방이 하나 있었다. 입구에 널따란 욕실과 조그마한 창고가 붙어 있는, 원룸 형태의 집이었다. 삼십 인치가 넘는 커다란 티브이가 대왕님처럼 방 윗목에 자리잡고 있었다. 오디오와 비디오도 옆에 구색 맞추어 놓여 있었지만, 옷장은 없었다. 두 사람의 옷들이 여기저기 마구 쌓여 있다.

티브이를 틀고, 예희는 냉장고를 연다. 냉장고 속은 아주 빈약하다. 예희는 냉장고 문을 도로 닫는다. 쌀을 씻어놓을까 하고 솥을 찾다가 그만둔다. 냉장고 위에 올려져 있는 연시가 보인다. 이 봄에 웬 연시가? 예희는 침을 삼킨다. 배가 출출한 것이다. 더구나 연시는 예희가 아주 좋아하는 과일이다. 예희는 할머니랑 살아 부드럽고 단 과일을 즐겨 먹는 버릇이 있다. 연시는 말랑말랑하고 껍질이 얇아서 곧 터질 것 같다. 예희는 그것을 둘로 쪼개 한쪽부터 먹는다. 약간 이상하다. 뜨뜻미지근한 것이, 조금 상한 듯 시큼하다. 달긴 달지만 어딘지가 야릇하다. 냉장고에 넣어놓지 않아서 그런가. 예희는 연시를 대강 먹고 껍질을 치운다. 티브이에서는 벌써 시그널 뮤직이 흘러나왔다. 영화를 시작한다는 신호다. 예희는 티브이 앞에 앉는다.

대만의 작은 섬 펭쿠이. 거기에 사는 아청이라는 소년이 주인공이다. 그는 친구들과 어울려 다니며 당구도 치고, 극장에도 몰래 들어가고, 남들 골탕도 먹이고, 패싸움에 휘말리기도 한다. 학교나 집에서는 불량 소년이라고 낙인 찍혔지만, 특별히 나쁘다고는 할 수 없고, 그저 그런 사춘기의 소년 같다. 이상한 것은 카메라가 도무지 인물을 따라가지 않는다는 점이다. 〈비정성시〉에서도 그랬지만 이놈의 감독은 카메라를 어딘가 한 곳에 고정시켜 놓고 그냥 그대로 길거리며 뛰어가는 사람, 집 안을 롱 테이크로 찍는다. 감독이 아니고 식구 중 누군가가 집안에 무슨 행사가 있어서 무비 카메라를 한 곳에 장착해 놓고 식구들의 움직임을 찍은 것 같다. 가능한 만큼만 카메라의 시야가 따라가다가, 정 미치지 못하면 장면을 잘라버린다. 그러한 고집이 집요해서, 절대로 장비가 부족하거나 여건이 안 돼 그렇게 찍었을 리가 없다는 생각을 하게 한다. 등장인물들의 생김새나 차림새도 도무지 영화배우거나 영화 속의 차림이라고 믿기 어려울 정도르 현실 그대로다. 제작비는 도통 안 들었을 것 같다. 또, 언제 만든 영화인지, 80년대 초에 만들었다고 처음 자막에 써 있었던 것 같은데, 주인공들이 입은 옷이 요즘 우리나라에서 유행하는 몸에 붙는 스타일이다. 티셔츠도 허리가 붙고, 바지도 다리가 꼭 붙고, 가끔 바지 끝이 판탈롱일 때도 있고……우리나라에도 그 시절에 저런 옷들이 유행했는지 알 수가 없다.

사춘기 특유의 반발심으로 좌충우돌하던 그들은 드디어 깡패들과의 싸움으로 경찰서에 붙잡혀 가고, 돈을 물어주고, 학교를 중퇴한 채 친구의 누나가 있는 고웅이라는 도시로 간다. 거기에서 친구의 누나는 소년들을 고향 친구인 황금화에게 소개한다. 황금화의 도움으로 그들은 공장에 취직도 하고 그의 집에 방을 얻어 살게 된다. 황금화는 밤에 공장에서 부품들을 몰래 빼내 팔다가 발각되고, 도망 겸 배를 타러 떠나고, 아청은 은연중 황금화의 동거녀인 소행을 사랑하게 된다. 이 사춘기 소년 아청의 마음에 곱게 사랑이 깃드는 과정, 그의 깨끗하고 순수한 마음을 영화는 〈G선상의 아리아〉인지 아무튼 그 비슷한 감미로운 음악과 함께 고운 선율처럼 전달하고 있었다.

예희는 소년들이 어른들의 '사람 되라'는 잔소리에 충동적으로 화를 내며 그릇을 던질 때라든가, 싸움을 할 때, 몽둥이로 상대방을 후려칠 때 알 수 없는 쾌감을 느꼈다. 또 그들이 바닷가에서 저희들끼리 어깨동무를 하고 스타킹 선전처럼 한 다리씩 다 함께 올리며 놀 때 눈물이 났다. 그들의 외로움과 죄책감, 답답함이 절실하게 느껴졌던 것이다. 갑자기 화면이 하얘지며 아청의 어린 시절 회상이 나오면 또 마음이 싸아해졌다. 아청에게는 야구하다 공에 맞아 '이마에 구멍이 난 (두개골이 부서진)' 아버지가 있었는데, 그는 평생 의자에 앉아 식물 인간처럼 살았다. 아버지의 장례식에 가서 아청은 흰 회상을 통해 인생의 여의치 않음과 덧없음을 느끼는 것 같았다. 그런 대사는 한 마디도 없었지만 하얀 장면 속에서 다치기 전의 젊은 아버지와 어머니의 모습이 나타나고, 그것을 무연히 바라보던 어린 그가 등장하고, 이제는 비어 있는 의자와, 장례식의 현실이 이어지면서 아청의 마음속에 깃들여 있는 외로움과 고독감, 어떤 무상함이 느껴졌다.

가장 재미있었던 장면은 아청이 고향에 있는 부모님에게 편지를 쓰는 장면이다. 편지지 묶음을 내놓고 첫 장을 몇 자 쓰다가 뜯어내버리자 두 번째 장에 바퀴벌레같이 생긴 날벌레가 죽어 말라붙어 있었다. 아청은 무심히 날벌레를 중심으로 등고선처럼 봉글봉글 선을 그려나간다. 한 겹, 두 겹, 세 겹, 네 겹…… 그 장면에서 예희는 너무나 우스워서 깔깔 웃었다. 어쩌면 그렇게 우리들의 마음을 잘 아는가. 뭐라 쓰긴 써야 하고…… 얼른 생각은 안 나고…… 그럴 때 흔히 꽃을 그리거나, 일없는 낙서를 하기도 하는 것이다. 날벌레가 있다면, 필시 아청처럼 저렇게 등고선을 그릴 것이다. 봉글봉글, 한 겹, 두 겹, 세 겹…… 감독의 뛰어난 감각이 신기하기만 하다.

영화가 끝나고 광고에 정신이 팔려 있을 무렵 경희에게서 전화가 왔다. 뭐 하고 있느냐고. 아직 밥 안 해놓았다고 하니까 떡볶이 먹게 그냥 나오라고 했다. 예희는 문을 잠그고 경희에게로 간다.

"우리만 떡볶이 먹으면 어떻게 하니? 조현수 저녁을 해놓아야지."

"먹고 들어온대. 그래서 나오라고 했어. 우리끼리 뭐 궁상맞게 밥 해 먹고 어쩌고 하니?"

경희는 오늘은 장사 걷어치우련다고 손수레 밑에서 가방을 꺼내 핀들을 쓸어 담았다. 손수레를 앞가게의 뒤편에 갖다 놓고, 가방도 그 집에 맡겼다. 그녀들은 네거리를 건너 먹자골목으로 갔다. 불빛이 휘황하고, 사람들이 버글버글했다.

"여기 굉장하구나! 이렇게 번잡한지 몰랐는데?"

"그렇지? 자리를 잡고 보니 요지는 요지야."

경희는 빨리 장사해 돈 벌어서 조그마한 점포를 갖는 것이 꿈이라고 했다. 자기 손수레 앞 가게의 사분의 일이나 오분의 일만한 공간이라도 괜찮다고 했다. 예희는 구체적인 꿈을 갖고 있는 경희가 부러웠다. 경희는 가게를 갖기만 하면, 장사를 아주 잘할 것이다.

"넌 요새 허구한 날 뭐 하니?"

경희가 물었다.

"뭐 하긴. 그냥 시간 죽이는 거지. 어디 비디오 가게에나 취직되었으면 좋겠다."

"취직하려고?"

"그런데 그게 어디 입맛 같으냐?"

"입맛 따지다간 취직 못 하지."

경희가 '입맛'이라고 발음하며 라볶이의 면을 감아올릴 때 예희는 갑자기 아까 먹은 연시 생각이 났다.

"얘, 니네 집 냉장고 위에 있는 연시 내가 먹었다? 봄에 웬 연시가 있니?"

"연시를? 그 감을 먹었단 말야?"

경희는 갑자기 웃음을 참지 못하고 젓가락을 내던지고는, 심장병 환자처럼 키득키득 웃어댔다.

"왜 그래? 뭐가 우스워서 그래?"

"그래 맛이 어떻든? 맛이 좋아?"

"맛이 좀 이상하더라. 조금 시큼하고 너무 흐물흐물하고…… 가을 연시처럼 달고 쫀득쫀득하지가 않았어."

경희는 한참을 더 혼자 자지러지게 깔깔거렸다. 그러다가 입을 뗐다.

"너, 그거 우리가 뭐 한 건지 알아?"

"뭘 한 건데?"

"이 바보야, 밤에……."

경희가 옆 테이블을 힐끗대며 조그맣게 말을 삼켰다. 그제야 예희는 깨달았다. 둘이 밤에 장난치고 논 건가 본데…… 에이, 역겨워! 하는 소리가 저절로 목구멍을 타고 올라왔다. 둘이서 몸 사이에 끼고 야릇한 장난을 했단 말이지? 갑자기 배에서 가슴으로 다시 물이 찰랑찰랑 차오르는 느낌이 났다. 물은 점점 더 위험스럽게 차올라, 곧 넘칠 것 같았다. 예희는 숨을 쉴 수가 없었다. 가슴이 답답하고, 목구멍으로 회충 같은 것이 넘어오려고 했다. 참는 것이 한계에 다다랐을 무렵, 예희는 자리를 차고 일어섰다.

"속이 안 좋아서 그래. 빨리 집에 가는 게 나을 것 같애. 가서 내일 전화할게."

예희는 경희를 뒤에 두고 손사래로 잘 있으란 인사를 하며 분식집을 나온다. 택시 정류장을 찾다가, 드디어 예희는 길모퉁이에 으윽 토하고 말았다.

기차놀이

"거기 구석에 서 있기만 하는 사람들 이리 와보세요."

첫 시간에 자기 이름을 황무선이라고 소개한, 체격이 자그마하고 얼굴이 앳된 코치가 레인 안 출발선에 등을 기대고 서 있는 여자들에게 소리쳤다. 강습생들을 삼렬 종대로 세운 뒤, 모두 킥판(발차기 연습용 보조기구)을 쥐고 연차적으로 발차기를 하며 앞으로 나가도록 출발시킨 다음이었다.

"안 빠져요. 이 킥판만 쥐고 있으면 절대 물에 안 빠져요. 그러니까 해보세요. 몸에 힘만 안 주면 돼요."

그러나 뒤처진 예닐곱 명의 여자들은 누구도 킥판을 쥐고 엎드리려고 하지 않았다. 말이 쉬워 안 빠지지 도무지 엎드리는 흉내도 낼 수 없었다. 엎드리면 바로 얼굴이 물로 들어가고, 몸이 기우뚱 넘어가기 때문이었다. 몸을 수평으로 한 채 균형을 잡고 고개만 꼿꼿이 물 위로 내밀기란 결코 쉽지 않았다.

"그럼 어떻게 배워요? 뭐 하러 수영장에 오신 거예요? 자, 이렇게
해보세요."

코치가 킥판을 두 손으로 잡고 팔을 쭉 뻗어 그녀들 앞에서 수평으
로 엎드려 보였다. 그러나 여자들은 서로 쳐다보기만 할 뿐, 용기를
내지 못한다.

"안 되겠네. 그럼 뜨는 것부터 해야겠어요. 물 먹을까봐 무서워서
그러죠? 물 안 먹어요. 절대로 한 모금도 안 먹게 할 테니까 나를 따
라 해보세요. 자, 이렇게……."

그는 물 위에 사지를 벌리고 두둥실 누웠다. 설명처럼 몸은 가라앉
지 않고 찰랑찰랑 이불이 덮이듯 물이 살짝 덮이며 고개만 물 위로 떴
다. 주황색 수영모를 쓴 젊은 여자가 그를 따라 하려다 꼬르륵 꼬르륵
물만 먹고 기겁을 해서 일어났다.

"몸에 힘만 안 주면 된다니까요. 몸에 힘만 안 주면 사람 몸은 물에
다 뜨도록 되어 있어요. 이렇게 그냥 누우면 되는데……."

천하에 쉬운 듯 다시 한 번 물 위에 누웠다 일어난 코치는 안 되겠
는지 이번에는 고개를 팍 숙여 몸을 동그랗게 말고 물 속으로 들어갔
다 나왔다.

"자, 이것부터 해요. 이건 새우등 뜨기라고 하는데 숨을 일단 멈추
고 고개를 물 속에 넣으며 무릎을 끌어당겨 팔로 안는 거예요. 물 밖
에서 보면 등허리만 새우등처럼 떠 있죠? 그래서 새우등 뜨기라고 해
요. 이걸 먼저 익히면 물이 무섭지 않을 거예요."

모두들 멀뚱멀뚱 코치를 쳐다보았다.

"물이 무섭다는 것만 극복하면 그 다음은 쉬워요. 아마 저 사람들
보다 더 빨리 배울지도 몰라요. 다 같이 해봅시다. 내가 하나 둘 셋,
하면 모두 숨을 멈추고 고개를 물 속으로 넣는 겁니다?"

그가 구령을 셌다. 모두들 너무 열성적으로 가르치는 나이 어린 선생님에게 미안해서 물 속에 머리를 박는 시늉을 했다. 그러나 간신히 얼굴만 물에 댔다가 캑캑거리며 나왔다.

"정말 겁들이 많으시네. 그럼 이리 와보세요. 한 명씩 이리 와보세요. 숨만 쉬지 않으면 되는 겁니다."

코치는 쭈뼛거리는 여자들을 한 명씩 데려다 억지로 머리를 물 속에 밀어넣었다. 들어가지 않으려고 버둥거리는 머리통을 과감하게 물 속으로 꾹꾹 처박아 뒤통수가 보이지 않도록 세게 눌렀다. 첨벙첨벙하면서 여자들의 머리통들이 처음으로 물 속 구경을 했다.

"이제 할 수 있죠? 거 봐요. 하나도 안 무서워요. 이젠 머리를 물 속에 박은 채 무릎을 띄워 두 팔로 안는 겁니다. 동그랗게 서세요. 강강술래 할 때처럼. 다 같이 동시에 하는 거예요?"

그가 여자들을 휘둘러보며 다시 하나 둘 셋, 구령을 불렀다. 그러나 아직도 물이 무서운 여자들은 그가 시키는 대로 몸을 말아 띄우지 못하고 허우적대기만 했다.

"그럼 이번엔 한 사람씩!"

그는 한 사람씩 잡아주며 새우등 뜨기를 시켰다. 그렇게 몇 차례가 돌아가자 뒤처진 여자들은 이제 조금 몸을 풀고 새우등 뜨기라는 것을 할 수 있었다. 그 다음은 가재 뜨기라는 것. 사지를 벌리고 물에 수평으로 엎드리는 것이었다. 이때에도, 얼굴이 물에 닿게 되므로, 숨만 안 쉬면 되었다. 또 여자들은 해파리 뜨기라는 것도 배웠다. 맨 처음에 코치가 시범을 보인 것처럼 물 위에 벌렁 눕는 것이었다. 이때에는 고개만 약간 앞으로 당겨 물 위에 띄우면 되었다. 일부러 물 위에 띄우지 않아도 온몸에 힘을 완전히 빼면 고개는 저절로 뜨게 돼 있다고 했다. 그러나 여자들에겐 그 상태가 잘 되지 않았다. 자연 부들부들 떨며 고개를 빳빳이 앞으로 당기곤 했는데, 그러자 몸은 수평을 잃고 다리 쪽이 물 속 깊이 들어가거나 몸이 사선으로 뒤틀리곤 했다. 아무튼 이제 여자들은 몸이 물에 슬쩍이라도 뜨는 것을 경험했고, 물 속에 머리도 박아보았고, 그래도 아무 일이 일어나지 않는다는 것을 몸소 체험했다. 전혀 수영을 해보지 않은데다 물과는 상관없이 살아온 여자들에게는 신기하기 짝이 없는 경험이었다. 다른 이들은 삼렬 종대를 허물었다 다시 구축했다 하면서 이십오 미터 수영장의 레인을 턴 지점까지 왕래하고 있었다. 비록 킥판을 쥐고 발차기를 하며 건너가는 것이지만 가운데의 깊은 곳을 지나치려면 목에 핏대가 솟도록 긴장해야 했고, 그 힘과 열기가 천장까지 치솟아 수영장 안은 물보라와 아우성으로 귀가 먹먹했다. 안쪽 레인들에서도 고수들이 힘껏 자기 재량을 발휘하고 있었다.

그러나 이쪽 초급반 구석에서는 아직도 물이 무서운 예닐곱 명의 여자들이 조그만 동그라미를 지어 손을 잡고 빙빙 돌면서 물 속에 머리를 넣는 연습을 했다. 처음에는 숨을 멈추고 머리를 박았지만 나중에는 음,파, 음,파, 하면서 물 속에서는 숨을 내쉬고 물 밖에 나와서는 숨을 들이쉬었다. 차차 물 속에 있는 시간을 더 길게 끌어 잠깐 나와서 뻐끔 입을 벌린 후 곧 물 속으로 들어가 오래 숨을 내뱉었다. 그 모습이 물고기들처럼 우스웠지만 몸이 물에 붕실 뜨는 이상한 감각과 머리를 물 속으로 집어넣는 새로운 경험에 남의 모습들이 눈에 들어오지 않았다. 이제 막 대학을 졸업했음직한 황 코치도 틈을 주지 않고 찾아와서 새록새록 새 방법을 알려주며 학습시켰다. 그는 뒤처진 축들을 조금도 포기하거나 소외시키지 않고, 인내심을 가지고 열성적으로 가르쳤다.

"아까 새우등 뜨기랑 가재 뜨기, 해파리 뜨기를 해보았죠? 모두들 물에 뜰 수 있었죠? 그리고 지금 물 속에서 숨쉬는 방법을 배웠죠? 일단 물에 머리가 들어가면 꾸르르 하며 숨을 내뱉는 겁니다. 절대로 들이쉬지 말고요."

"그런데 왜 이렇게 물 속에 오래 있어야 하죠? 잠깐 잠깐씩 있으면 안 되나요?"

감색 스트라이프 무늬의 수영복을 입은 땅땅한 여자가 물었다. 물 속에 있는 시간이 견디기 어려웠던 모양이다.

"아 참 그 질문 잘했어요. 여러분의 상식을 바꾸어야 할 때가 되었어요. 수영이란 뭐지요?"

모두들 함구하고 가만히 코치를 바라본다.

"수영이란 뭐라고 생각하세요?"

무슨 대답을 해야 할지, 그가 요구하는 대답이 무엇인지 여자들은 알 수 없었다.

"바로 물 속에서 하는 운동이에요. 물 밖에서 하다가 가끔씩 물에 들어가서 숨을 쉬는 것이 아니라, 물 안에서 온몸으로 헤엄쳐 가다가 가끔씩 고개를 빼 뻐끔 숨을 쉬고 다시 들어가는 거예요."

아하, 하고 모두 깨닫는다. 수영이란 정말 물 안에서 하는 것인데도, 그것을 모르지 않으면서도, 물 밖에서 생활했던 사람들은 당연히 물 밖 위주로 생각했던 것이다.

"그러니까 물 안에 오래 있어야 하겠죠?"

여자들이 끄덕인다.

"자, 이제 뜰 수도 있고, 물 속에 처박혀드 숨을 쉴 수 있게 되었죠? 그러니까 저 가운데를 한번 건너가보는 겁니다. 아무리 잘못되어도 여러분은 빠지지 않아요. 자신감을 가지세요."

그는 뒤처진 여자들을 두 줄로 세웠다.

"두 가지만 꼭 명심하시면 됩니다. 물 속에서는 언제나 눈을 뜰 것, 그리고 일어날 때는 항상 동작을 천천히 하면서 다리를 먼저 바닥에 짚고 일어설 것. 아시겠어요?"

그는 앞에 선 주황색 모자의 키 큰 여자에게 물안경 고무줄을 너무 조여 쓰지 말고 느슨하게 하라고 일렀다. 물 속에 머리를 박자 물안경 가장자리로 물이 새어들어와서 초심자들은 죽어라 고무줄을 팽팽히 하여 썼기 때문에 모두들 눈 주위에 마차바퀴 자국 같은 게 나 있었다. 주황색 모자가 물안경을 벗어 고무줄을 만지작거렸으나 쉽게 조정되지 않았다. 코치가 수경을 가져다 능숙하게 줄을 늘여주고 말했다.

"이렇게 수경을 눈에 가볍게 댄 후 가장자리를 살짝살짝 눌러 고무 빨판이 피부에 밀착되도록 하는 겁니다. 고무줄 힘으로 잡아당겨 물을 막는 게 아니라 빨판을 이용하는 거예요. 그래야 나중에 골치도 아프지 않고 자국도 남지 않아요."

여자들이 전부 물안경을 벗어 줄을 조정해 다시 썼다. 산만해진 분위기를 그러모으며 코치가 다시 강조했다.

"당황하면 손이나 몸을 아무렇게나 허우적대는데 그렇게 하면 안 돼요. 우선 천천히, 물에는 부력이 있잖아요, 그러니까 물에서는 모든 동작을 천천히 해야 해요. 천천히, 발로 땅을 짚은 후 일어나세요. 손만을 허우적대서는 결코 일어날 수 없어요. 지금 단계에서는."

물빛 킥판이 하나씩 여자들에게 주어졌다.

"발차기 하는 것 알죠? 아까 시작하기 전에 다 설명했죠? 양다리를 번갈아가며 팍팍팍팍 차는 겁니다."

주황색 모자와 스트라이프 수영복의 여자가 킥판을 두 손에 잡고 엎드려 출발했다. 그러나 스트라이프는 바로 균형을 잃고 모로 기우뚱 뒤집어지려 했다. 코치는 그녀를 바로 돌리고 마부처럼 두 여자의 킥판을 양손에 쥐고 끌며 앞으로 나아갔다. 깊은 부분에 이르러 세게 밀어 저쪽으로 건너가게 했다. 이리 삐뚤 저리 삐뚤 두 여자가 혼신의 힘을 다해 사해를 건너갔다. 주황색 모자는 비교적 속도가 붙었으나 스트라이프 수영복은 이쪽에서 민 힘으로 조금 간 뒤 거의 제자리에서 맴돌기만 했다. 다행히도 저쪽에 섰던 다른 이들이 끌어당겨 심해를 건너간 후 일어섰다. 다음으로, 걸대가 크고 나이가 좀 든 여자와 이목구비가 동글동글한 여자가 뒤이어 건너갔다. 나이 든 여자는 걸대 때문인지 아니면 검정색 수영모 때문인지 남자 같은 느낌이 났다. 이미 수영 경험이 있는 듯한 우등생들이 삥 둘러서서 아슬아슬 건너가는 새내기들을 새새거리며 구경했다.

두자는 뒤처진 축에서 마지막으로 혼자 발차기를 하며 앞으로 나아갔다. 두 명씩 두 명씩 쌍을 이루어 모두 건너가고, 그녀만 남았던 것이다. 젖 먹던 힘까지 다해 양다리로 물을 찼으나 물보라는 욕심껏 일어나지 않았다. 사실 그녀는 어린 시절 냇가에서 허우적거리며 놀았던 경험이 있다. 그때는 머리를 물 속에 넣지 않고 가재가 기어가는 듯한 동작으로 둔하게 옆으로 조금씩 나갔었다. 누가 가르쳐준 것이 아니라, 오래 물에서 놀다 보니 자연 그런 요령이 터득되었던 것이다. 그러나 지금은 동료들 전부가 쳐다보고 있어서 여간 신경이 쓰이지 않았다. 오늘 사흘째 수영장에 오긴 왔으나, 자기보다도 더 나이가 든 여자들이 더러 있다는 것을 알아차렸으나, 나이 쉰이 넘어 이 짓을 한다는 생각이 온몸의 근육을 긴장시켰다. 이사온 뒤 밤늦은 시각에 우연히 산책을 하다가 이 수영장을 발견하고서는, 깊은 산 아래 숲속에 이런 수영장이 있다는 사실이 하도 신기해서, 그날 삼삼오오 무리지어 나오는 젖은 사람들이 또한 너무 신선해서, 자신도 수영을 해보고 싶다고 생각했었다. 그러나 푸르른 시절은 이미 지나갔고 이제 내리막길로 접어드는 나이였다. 두자는 계속 망설였다. 며칠 전, 화답증 끝에 역시 산책을 하다가 엉겁결에 등록을 해놓고서도—막상 수영복을 입고 남 앞에 서게 되는 것을 더없이 꺼렸던 터였다. 두자는 다행히도 심해를 무사히 건너갔다.

코치가 손뼉을 팍팍 쳐서 모두들 자기를 주목하게 했다.

"지난 이틀간 여러분의 상태를 대강 파악했는데요, 생각보다 좀 천천히 나가야 할 것 같아요. 그러니 앞으로는 제 임의로 진도를 나가겠습니다. 다른 반이나 다른 사람, 다른 어떤 수영장…… 뭐 그런 것하고 비교하지 마세요. 여럿이서 배우는 것인 만큼 개인차가 있다는 것을 아시고, 모두들 열심히 따라와주십시오."

웅성웅성 자기의 경험들을 얘기하기 시작했다. 코치가 다시 박수를 쳐서 시선을 모았다.

"여러분들 중 수영장 경험이 있는 분들이 있다는 것을 압니다. 숨쉬기를 좀 해보았거나, 발차기를 해본 분들이 있는 것 같아요. 그러나 완전치가 않아요. 그러니까 이제부터는 처음부터 다시 하겠습니다. 자기가 좀 할 수 있다고 해서 손해 본다고 생각지 마세요. 뭐든 연습을 많이 하면 실력이 더 탄탄해지고 좋으니까요. 자세들도 많이 교정해야 하구요."

그는 모든 강습생들을 일렬로 세워 앞사람의 어깨에 손을 얹게 했다. 두자와, 스트라이프와, 주황색 모자와, 꽃무늬 수영복, 훤칠한 어린 처녀 등 뒤처졌던 축들도 맨 뒤에 꼬리처럼 붙었다. 그들은 길게 기차를 이루어 코치가 시키는 대로 깡충 뛰어 물 속으로 들어가서는 '으음' 소리를 내며 숨을 부르륵 내뱉고, 또 살포시 뛰어 물 밖으로 솟아서는 '파' 하고 들이쉬었다. 그런 동작을 다 같이 앞으로 나아가며 사뿐사뿐 계속했다. 유치원 아이들의 기차놀이가 때아니게 수영장 안에 재현되었다. 다른 레인들에서도 이 색다른 유희를 웃음 섞어 바라보았다. 여자들은 어린아이로 돌아간 듯 쉼없이 까르륵대며, 물에 붕붕 뜨는 자기 몸의 감각과 앞사람의 맨어깨, 뒷사람의 고물고물한 손의 촉감을 물 안에서 간지럽게 느꼈다. 잃어버렸던 유년의 감각은 한층 재미스런 기분을 몰고 왔고, 그것이 물살을 타고 차르르 차르르 퍼졌다. 깊은 물로 들어갈 때의 두려움도 장난으로 바뀌어 키 작고 경험 없던 여자들도 자기 키가 넘는 심해에서까지 탄력 있게 폴짝폴짝 뛰어올랐다. 두자도 이 유희 같은 수업에 점차 빨려들었다. 물 때문인지 웃음 때문인지 간지러움 때문인지, 한평생의 긴장이 풀리는 것 같았다. 그녀는 생각했다. 이런 거라면, 이런 정도라면 나도 충분히 할 수 있어. 어느덧 결혼한 지 삼십 년이 지나…… 이제 남편도 죽고 아이들도 떠나고 내게는 빈 껍데기 같은 생활만 남았지만…… 이런 정도라면, 이 정도라면 나도 충분히 따라 할 수 있지. 아암, 있고말고. 내 그동안 밖에 나가 돈을 벌어오진 못했지만…… 인내심으로 뭉쳐진 내 인생이 아니더냐…… 이까짓 붕어 흉내쯤은 얼마든지 낼 수 있어……. 그러자 웬일인지 눈물이 솟았다. 여자들의 하체가 물 속에서 부옇게 흐려지곤 했다. 빨갛고 파랗고 까맣고 무늬진 수영복 아래서 여자들의 하얀 다리가 두 개씩 조를 이루어 일제히 구부러졌다가는 탄력을 받으며 펴졌다. 군무 같았다. 아름다운 홍학들의 군무. 지금 실내 수영장 안에서 여자들은 시간을 넘어—유년을, 꿈을, 헛되이 스러졌던 모든 것들을 자기 관절에 실어내고 있었다.

뽀그르르, 폴싹…… 뽀그르르, 폴싹…… 뽀그르르, 폴싹…….

들어갔다, 나왔다…… 들어갔다, 나왔다…… 들어갔다, 나왔다…….

수영장 안은 어느 순간 진공 상태처럼 조용하다. 여자들의 귀에는 아무 소리도 들리지 않는다. 그저 먹먹한 느낌일 뿐. 수면 위로 하얀 물살이 둥그렇게, 둥그렇게 일어난다. 힘 좋은 선두에 이끌려 기차놀이는 레인 안을 세 바퀴, 네 바퀴 돈다. 여자들은 얼굴이 벌게지고, 점점 숨이 차다. 기차가 산마루턱을 올라갈 즈음, 코치가 기관사를 세워 달리는 대열을 정지시킨다. 앞칸부터 기차가 꿈틀꿈틀 멈춘다. 모두들 숨을 몰아쉰다.

"오늘은 너무들 많이 하셨어요. 수고하셨습니다. 내일 숨쉬기 연습을 다시 좀더 하고요, 그리고 발차기 연습을 하겠어요. 한 사람도 빠지지 마세요. 빠지지 않는 게 가장 중요해요. 이만 마치겠습니다."

머리를 꾸벅 숙여 인사를 하고 물 밖으로 나가려던 코치가, 기차 꼬리가 있는 쪽으로 다시 헤엄쳐 왔다.

"아까 저기서 나머지 공부했던 분들이죠? 이리로 좀 모여보세요."

두자와 스트라이프와 주황색 모자, 걸대가 큰 여자와 동글동글한 이목구비와 또 다른 두엇이 다시 모였다.

"연습 좀 하고 가세요. 사실 저쪽 분들 중에는 수영을 할 줄 아는 분들도 많아요. 기초부터 차근차근 해나가겠지만 전체를 끌고 나가야 하니까 너무 더디게 나갈 수도 없어요. 그러니 항상 연습 좀 하고 가세요. 숨쉬기와 발차기는 하면 할수록 다음이 유연하고 쉬워집니다. 저는 저기 있을게요. 잘 안 되면 저를 부르세요."

그는 일곱 사람을 고루고루 바라보며 양해를 구하듯, 다짐을 받듯 또박또박 말했다. 그러고는,

"나중엔 경험 없던 분들이 더 잘해요."

하고 격려하는 것도 잊지 않았다.

"저 코치 말야, 붙임성 있지?"

"그러게. 참 성격이 좋네."

"어쩌면 못하는 사람한테 저렇게 친절하지?"

"소외감 전혀 주지 않고."

"학교 때 선생들 봐라. 공부 잘하는 애들만 가지고 어쩌니 저쩌니 했지 못하는 애들은 취급도 안 했잖아. 학교 때 선생들도 저랬으면 아마 우리 모두 우등생 됐을 거다."

그런 소리들이 여자들 사이에서 들린다.

시계가 정오를 가리키자 유치원 아이들이 꽃잔디처럼 몰려와 수영장 안은 갑자기 재잘대는 어지러움으로 숨을 쉴 수도 없었다. 오색 자갈들이 수영장 양쪽에 한꺼번에 깔린 것 같았다. 산 어귀에 있는 스포츠 유치원 아이들인 모양이었다. 양쪽 가장자리 레인에서 코치들이 아이들을 한 명씩 안아 물에 적신 후 다시 뭍에 올려놓았다. 그 과정도 무서워서 눈을 꼭 감고 그악스럽게 울어대는 녀석들도 있고, 코치의 품안에 있는 것이 양에 안 차는 듯 제멋대로 마구 허우적대다 올라가는 맹랑한 꼬마들도 있었다. 이십여 분 후, 아이들은 거짓말처럼 사라졌다. 샤워도 안 하고 나가는지, 녀석들은 순식간에 기척도 남기지 않고 없어져버렸다.

수영장 안은 이제 아주 조용하다.

두자와 다른 여섯 명의 여자들은 이제야 정신을 차렸다.

"빨리 연습합시다. 연습하려고 남았는데 애들 등쌀에 그만 시간이 많이 갔네요."

그녀들은 둥그렇게 둘러서서 숨쉬기 연습을 했다. 그러나 유연하게 헤엄쳐 다니는 베테랑 물개들을 피해 이 레인 저 레인으로 자꾸 자리를 옮길 수밖에 없었다. 몇 년 이상 수영장에서 산 듯한 그 여자들은 초급반 연습생들은 안중에도 없는 듯, 날렵한 잠수함처럼 여기저기서 마구 치고 들어왔다. 텃세를 하는 것 같았다. 초급반 여자들은 어쩔 수 없이 조금 위축되어, 한 식구처럼 엉겨 자기들이 차지한 자리를 지키려 애썼다.

두자는 물 속으로 들어갔다 나왔다 숨을 토해 내며 정면에 마주 서 있는 꽃무늬 수영복의 여자를 바라본다. 자기의 정 건너에 서 있기 때문이기도 했지만, 알 수 없는 무엇인가가 자꾸 시선을 잡아당겼다. 강습 시간 동안에는 내내 곁에 있었지만, 물 속에 머리를 박는다든지 발차기를 하며 깊은 곳을 건넌다든지 하여 그 부담감 때문에 옆에 신경을 쓸 수가 없었던 모양이다. 그러나 지금 보니 그 여자는 확실히 다른 이들과는 다른, 야릇한 분위기를 풍기고 있었다. 겉모습은 연약한 듯한데, 그 느낌이 밖으로 표출되지 않고 자분자분 스펀지처럼 남의 시선을 흡수해 들인다고 할까. 수영복 때문인가? 두자는 그 여자의 수영복을 뜯어본다. 알록달록하긴 한데, 원색의 꽃무늬가 화려하게 프린트되어 있는 게 아니라, 옥색과 연노랑, 분홍, 보라 같은 중간색들이 딱히 꽃 형태를 이루지는 않고 자잘하게 동글동글 엉겨 있는 무늬였다. 그 위로 금박 선이 반짝반짝 빛을 내며 귀엽게 장식되어 있었다. 눈에 확 뜨이지는 않지만 뜯어보면 은근히 화려한, 시선을 잡아끄는 맛이 있었다. 그러나 수영복이 눈길을 끌었다고는 생각되지 않았다. 물 속에서는, 노출된 부분이 워낙 많고 푸른 물이 사람을 휩싸고 있어서, 얼굴과 신체가 먼저 다가오지 수영복이 느낌을 주도하지는 않았다. 숨쉬기 연습을 멈추고 모두들 수경을 벗었을 때에야 두자는 비로소 깨닫는다. 눈빛…… 바로 저 눈빛이었다. 여자는 두자보다 십년쯤 아래로 키가 크고 조금 야윈 체형이었는데, 역시 야윈 얼굴 가운데에서 두 개의 눈이 형용할 수 없는 빛을 뿜어내며 타고 있었다. 정말 이상한 빛이었다. 야심이나 탐욕의 빛은 아니고, 단순히 총명한 느낌도 아니었다. 검은 동자 안에 쌀알만한 빛이 촛불처럼 흔들리면서 빛나는 것을 두자는 유심히 쳐다본다. 보는 사람마저 조마조마하고 불안했다. 그러나 얇게 다문 입매에서는 어떤 결의가 느껴졌다. 모두들 수영을 하는 와중이라 무덤덤하게 표정을 풀고 있는데 그녀만은 아주 긴장되게 표정을 완결짓고 있었다. 두자는 생각해 본다. 저 여자도 남편이 죽었을까? 이제 굳세게 살겠다고 결심한 것일까? 상상력은 체험을 멀리 벗어나지 못한다. 두자는 기껏, 그 여자가 지금 굉장히 사랑했던 남편을 잃어 충격 속에 있는지도 모른다고 막연히 생각한다.

　샤워실은 한창때의 새떼들이 지나가버려 한산하다. 늦게 나온 일곱 명의 여자들이 샤워실을 독차지하고 천천히, 여유 있게 몸을 씻는다. 물을 틀고, 젖은 수영복을 벗어버리고, 머리를 감고, 비누칠을 한다. 맨몸들이, 알몸들이 눈에서, 눈으로 만난다. 서로들 서로의 몸을 훑고 나이와 생활을 짐작한다. 두자는 안쪽 구석에 서서 물을 맞고 있다. 거기엔 두 대의 샤워대가 더 있고, 바로 옆에서는 주황색 모자가 수영복과 수영모를 벗어버리고 수건에 비누칠을 한다. 모자를 벗은, 수영복을 벗은 그녀의 몸을 곁눈질해 보며 두자는 흠칫 놀란다. 허리께까지 내려오는 머리채는 검고 탐스러웠으며, 훌쩍 큰 키에, 놀랄 만큼 늘씬하고 아름다운 몸매였다. 패션 모델들보다는 엉덩이와 허벅지에 볼륨이 있고, 유방도 제법 매끈히 컸다. 노르스름한 듯 약간 검은 살결이 가늘어지는 발목 부근에서 까무잡잡하게 짙어지면서 더 섹시한 느낌을 주었다. 주황색 수영모 아래로 보이는 얼굴로 젊은 여자라는 것은 짐작하고 있었으나, 이렇게 어리고 아름다운 여자인 줄은 몰랐다. 두자는 웃으며, 호감을 눈짓으로 전한다. 같은 여자라도 정말 마음이 동하는 몸매였다.

"아직 아가씨지요?"

"네."

그녀는 겸연쩍은 듯 대답한다. 다른 사람 앞에서 샤워하는 것이 부끄러운 모양이다. 요즘 아이답지 않은 것 같다.

"몇 살?"

"스물아홉이에요."

"좋을 때구나!"

그녀의 몸짓이 어딘지 어색해져 간다는 느낌이 왔다. 순간, 두자는 보았다. 그녀의 어깨에 나 있는 상처 자국을. 오른쪽 어깻죽지 부근에 굵은 지렁이 같은 자국이 육칠 센티미터 길이로 나 있었다. 파인 데 새살이 돋아난 형태로, 상처는 오래 전에 아문 듯했다. 저것 때문에 얼멍얼멍한 저고리가 덧붙은 수영복을 입었었나? 참 이상한 디자인의 수영복을 다 입었네, 라고만 생각했었다. 두자는 어깨의 상처를 못 본 척, 자기 몸을 씻는다. 그러면서 슬쩍슬쩍 그녀를 관찰한다. 상처란 도대체 무엇일까. 아가씨의 안색은 어둡다. 지금, 요즘 어두워진 것 같지 않고 아주 오래 전부터 어두웠다는 생각이 든다. 그래서 이 멋진 체격을 갖고도 수영장 안에서 나서지 않고 움츠러들어 있었던 것일까? 아마 그랬던 것 같다. 검은 수영복과 노르스름한 살결, 검은 망사 덧저고리, 어두운 얼굴…… 저 상처 하나 때문에 설마 저렇게 된 건 아니겠지만…… 어쩐지 애석하다.

모두들 탈의장으로 올라가서 몸을 닦고, 머리를 말리고, 옷을 입는다. 이제야 아가씨들은 아가씨들 티가 나고, 삼십대는 삼십대로 살아나고, 사십대나 오십대는 제 나이로 돌아온다. 머리 모양이, 옷이, 수분이 말라가는 피부가 세월을 여실히 증명한다. 물 속에서 수영모로 머리를 조여매고 알록달록한 수영복만 입고 있었을 동안에는 약간씩의 느낌만 있을 뿐 각자의 나이가 짐작되지 않았다. 다들 신기하게 이제야 옆 사람의 나이와 타입을 추정한다.

창문 바로 밑의 안쪽 옷장 앞에서는 어깨에 상처가 나 있는 아가씨와 그녀보다도 더 어린 희멀끔한 아가씨가 브래지어를 채우고 있다. 그 이쪽에 아기 엄마인 듯한 여자가 둘 있고, 그녀들을 등지고 눈빛이 야릇한 여자와 두자가 나란히 옷을 입는다. 두자 뒤에서는 걸대가 큰 여자가 타월로 머리를 털어 말리고 있다. 검정색 수영모를 썼던, 남자 같은 여자다. 피부로 봐서는 두자와 비슷한 또러로 여겨지지만, 이런 여자는 나이를 속단할 수 없다. 거칠고 현대적이고 생머리를 길게 길렀기 때문이다. 모르긴 몰라도 뭔가 특별한 일을 하는 여자일 것이다. 그 여자는 주변에 관심이 없고, 젊거나 예쁘지 않은데도, 그런 것과는 상관없이 자신 있는 태도다.

일곱 여자들은 별말 없이 주섬주섬 옷을 챙겨 입고 얼굴에 로션들을 바르고 젖은 머리를 털며 앞서거니 뒤서거니 탈의실을 나간다. 건물의 현관으로 가, 탈의장 열쇠를 주고 회원증들을 찾는다. 현관문을 막 나서려던 여자들 중 두엇이 로비 쪽 휴게실을 발견한다. 여럿이 그 안을 흘끗 들여다본다. 소파가 보인다. 앞서 걸어가던, 삼십대로 보이는 땅땅한 여자가 일행을 돌아보며 말한다.

"우리 저기 들어가서 차 한잔 하고 가는 게 어때요?"

"그렇지만 배가 고픈데."

생머리의 나이 든 여자가 받았다.

"십 분이면 되잖아요."

땅땅한 여자도 물러나지 않았다. 그녀는 약간 푸실푸실한 느낌의 허연 살결에, 눈동자도 눈썹도 머리칼도 노오른 형이었다. 값져 보이는 감색 니트 셔츠에 같은 색깔의 매끈한 슬랙스를 받쳐입고 있어서, 깨끗하고 여유 있는 인상을 주었다. 수영장에 오는 차림으로는 지나치게 정장풍이었으나, 허벅지가 매우 굵어 캐주얼한 옷은 어울리지 않으리라는 짐작이 갔다. 듬직한 허리와 굵은 허벅지께에서 당당하고 활달한 기운이 마냥 솟아나는 것 같았다. 스트라이프의 수영복을 입었던 여자라는 것이 이제야 깨달아졌다. 저력 있는 목소리로 코치한테 계속 질문을 하고, 반장처럼 주변을 이끌던 여자였다. 여자들이 서로서로 얼굴을 쳐다본다.

"내일도 같이 남아 연습을 해야 할 텐데 아직 이름들도 모르고……어색하지 않아요?"

모두 그렇다는 얼굴이 되었다.

"들어오세요. 그냥 헤어지는 건 너무 이상해. 옷깃만 스쳐도 인연이라는데."

니트 셔츠가 먼저 들어가더니, 지갑을 챙겨들고 판매대 쪽으로 갔다. 여자들이 쭈뼛쭈뼛 따라 들어갔다.

니트 셔츠가 판매대 쪽에서 일행을 돌아본다. 커피? 아니면 녹차? 하고 눈을 동그랗게 뜨고 묻는다. 누구는 커피라 하고, 누구누구는 녹차라 한다. 또 다른 누구는 코코아를 시킨다. 그녀가 신속히 숫자와 차 종류를 헤아려, 주문한 차들을 쟁반에 담아 왔다.

"제 소개부터 할게요. 저는 위보인이라고 해요. 성이 위씨예요. 희성이죠? 나이는 서른여섯, 남편과 둘이 살아요."

서른여섯? 애들은 없어요? 모두들 놀라고 있었다. 듣고 보니 서른여섯이 알맞은데, 왠지 조금 더 나이 들었을 것 같은 짐작이었다. 애들이 없다는 것도 생경했다.

"일부러 안 낳으신 거예요?"

아기 엄마로 보이는 동글동글한 여자가 물었다. 위보인보다는 젊은 여자였다.

"네, 뭐 그냥…… 어쩌다 보니까…… 제 얘긴 그만 하구요. 차차 할게요. 여기서부터 자기 소개 좀 하세요. 오늘 첨 왔지요?"

제일 어려 보이는 흰칠한 아가씨에게 물었다.

"제 이름은 정예희구요. 스물한 살이에요. 새벽반에서 하다가 오늘 처음 낮반으로 왔어요. 하는 일은…… 없어요."

아가씨의 얼굴이 빨개졌다.

"중매해야겠다."

"한참 좋을 때다."

"정말 예쁘다!"

모두들 한 마디씩 하고 약간 사이가 떴을 때, 나이 든 생머리의 여자가 뒤늦게 끼어들었다.

"새벽반은 어때요? 왜 낮반으로 왔어요?"

"진도를 너무 빨리 나가요. 처음 하는 저 같은 사람은 도저히 따라 할 수가 없던데요. 첫날부터 막 나가니까요. 석 달 완성이래요."

생머리는 자기도 새벽반에 나가려 했던 듯, 그러나 그 말을 듣고 포기하는 것 같았다.

"그럼 여기."

위보인이 주황색 수영모를 썼던, 키 크고 안색이 어두운 처녀를 손바닥으로 가리킨다.

"저는 김미조예요. 스물아홉이구요. 저도 특별히 하는 일은 없어요."

그녀가 떳떳하지 못한 듯 그렇게 말을 끝내자마자,

"결혼 안 했지?"

"그럼 안 했지. 몸을 봐라."

"안 했지. 분위기가 다른데."

"우리 팀에 아가씨가 둘이네."

한 마디씩 거들었다. 그러나 김미조는 여전히 표정이 밝아지지 않았다. 여러 사람들의 관심이 부담스러운 모양이었다.

"그럼 이제……."

위보인이 동글동글한 여자를 가리켰다. 그 여자는 이목구비도 동글동글했지만 특히 볼이 통통해서 복스러운 느낌을 주었다.

"저는 김안나예요. 서른넷이구요. 애가 둘이지요. 여섯 살, 네 살…… 사내애 둘이에요. 그리고 애 아빠하구요. 한국 가정의 평균인 네 식구가 삽니다. 요 위 아파트에서요."

위보인이 이번에는 곧바로 두자를 가리켰다. 두자는 어쩔까 하다가, 쉰셋이라는 나이와 작년에 남편이 죽었다는 것, 아들과 딸이 군대와 유학을 떠나버려 지금은 혼자 있다는 것, 얼마 전에 이사온 것 등을 얘기했다. 그 다음은 생머리 차례였다. 그녀는 우선 조금 웃었다.

"전 이런 자린 처음인데요. 약간 쑥스럽네요. 나이는…… 오십대구요. 이름은 이 균. 전 혼자 살아요. 그림을 그리구요."

그녀가 무슨 말을 더 할듯할듯하다가 생머리를 오른쪽 어깨 뒤로 휙 넘겼다. 나이 든, 거친 볼이 건조하게 나타났다.

"독신이시구나!"

"좋겠다!"

"뭐 먹고 살아요?"

신기한 듯 그런 말들이 나왔고,

"그림을 팔아 생활하시는 유명 화가분이신가?"

"우리만 모르는?"

그런 탐색의 말도 나왔다.

"그림을 팔기도 하지만…… 저는 생활 대책은 서 있어요. 아버지가 원룸 빌라를 한 동 지어주셨어요. 그 맨 위층에서 내가 살구요."

"어디요? 저 위 아카데미?"

"네, 아시네."

"어머, 거기구나!"

위보인이 감탄했다.

저런 사람은 정말 좋겠다고 순간 여자들은 은연중 자기와 그 여자를 비교하며 부러워한다.

"그건 그렇고…… 마지막으로, 소개하셔야지."

꽃무늬 수영복을 입었던, 눈동자에 빛이 있는 여자를 위보인이 가리켰다. 그 여자는 먼저 고개를 까닥하며 목례를 했다.

"저는 박. 화. 서. 입니다. 올해 마흔일곱이구요. 재수하는 아들이 하나 있어요. 남편과 그 애와 셋이서 삽니다."

그 여자는 자기 이름자를 똑똑 끊어 경음으로 발음해 또박또박 전달했고, 말투도, 태도도 차분한 편이었다.

"단출해서 좋네."

남편이 죽은 것이 아니구나, 생각보다 나이도 많고…… 생각하며 두자가 받았다.

"일부러 하나만 낳으신 거예요?"

아기 엄마인 듯한 여자가 또 아이 숫자에 대해서 물었다. 그녀는 아이가 있나 없나, 하나인가 둘인가, 그것이 우선 관심인 모양이었다. 박화서가 멋쩍게 웃었다.

"우리 이제 이름으로 부릅시다. 박화서 씨, 김안나 씨 하는 식으로요. 좋지요?"

위보인이 저 혼자 제안한다.

"저희들은 좋지만…… 그러니까 저희들이 불리는 것은 괜찮지만…… 어떻게 아주머니들의 이름을 마구 불러요?"

정예희였다. 김미조도 동조하는 듯 같이 아줌마들을 쳐다보았다.

"괜찮아, 괜찮아. 오히려 아가씨들한테 누구 씨라고 이름이 불리면 우리도 젊어지는 것 같아서 좋을 거야. 그렇지요, 형님들?"

위보인이 쓸어덮으며 동의를 구했다. 그녀는 나이나 직함, 처해 있는 위치 등을 생략하고 동급으로 사귀자고 했다. 그녀의 그런 생각이 어디에서 나온 것인지는 알 수 없으나, 뭐 그래도 상관없지 않은가 하고 두자도 생각한다. 박화서나 생머리도 그리 기분 나쁘지는 않은 모양이었다. 젊은애들과 같이 논다고 뭐가 나빠지겠는가. 그녀들 중 나이로 권위를 찾을 사람은 없을 성싶었다.

"괜찮지요 뭐. 자기 이름 정당하게 불리는 건데."

생머리가 거들었다.

"그럼 그렇게 해요. 이젠 묵묵부답으로 그냥 쳐다보지 말고 이름들을 부르고 명랑하게 지냅시다."

위보인은 쉽게 자리를 마련했듯 대번에 자리를 털고 먼저 일어났다. 모두들 어안이 벙벙해서 서로의 얼굴을 쳐다보았다.

"참 언제 시간 봐서 수영 선생이랑 식사 한번 합시다. 사람이 감이 있는데 그 사람 아주 싹싹하고 되어먹었습디다. 우리가 다른 이들보다 현저히 뒤처지는데도 조금도 귀찮아하지 않고 성의를 다 보이잖아요."

위보인은 손을 살랑살랑 흔들며 휴게실을 나가, 마당의 자기 차로 걸어갔다. 그녀가 은회색 그랜저에 열쇠를 꽂는 것을 다른 여자들은 아직 휴게실에 앉은 채 바라보았다. 스피드 있는 행동력에 한 방씩 먹은 것 같았다.

"남한텐 전혀 신경 쓰지 않네."

"하긴 대형차를 타니까."

기분이 조금씩들 언짢았다. 그러나 위보인의 제안이나 행동이 잘못된 것이 없었으므로 뒷말들을 닫았다. 두자는, 남한테 신경 쓰지 않고 자기 주관대로만 밀어붙이는 저런 탱크식의 여자는 어떤 남편과 살고 있을까 궁금해졌다. 생머리도, 박화서도 무엇인가를 생각하는 눈치였다. 정예희와 김미조도 무엇에 휘둘린 듯 휘황한 눈이었고, 김안나는 입을 비쭉거리며 꼴사납다는 얼굴을 했다.

"갑시다. 우리 뒷북들은."

생머리가 시원스럽게 말했다.

여자들은 주섬주섬 일어나, 각자 가방들을 챙겨들었다.

김안나는 수영장 마당에서 인사를 하고 가버리고, 생머리도 차를 타고 윗길로 가버렸다.

두자와 박화서와 정예희와 김미조는 천천히 숲길을 걸어내려온다. 두자만 키가 작은 편이고, 세 여자는 모두 키가 컸다.

"도대체 왜 이렇게 키들이 커?"

두자가 말했다.

"아줌마, 저는 안 커요."

제일 어린 정예희가 부정한다.

"안 크다니, 몇 센틴데? 그리고 아줌마가 뭐야? 아까 위보인 씬가 그 사람이 하는 말 못 들었어? 다 같이 누구누구 씨라고 이름 부르기로 했잖아?"

"그렇지만 어떻게……."

"몇 센티예요?"

박화서가 정예희에게 물었다.

"백육십팔이요. 백칠십도 안 되는걸요, 뭐."

"크다. 난 백육십삼인데. 그래도 우리 때는 크다고 그랬거든."

"백육십팔이면 크지. 얼마나 더 크기를 바래?"

"요즘 애들은 하긴 장대같이 큰 애들이 많잖아요."

"거긴? 거긴 몇 센티야?"

두자가 김미조에게 물었다.

"백칠십삼 센티요."

미조가 생긋 웃었다. 이제야 흰 이가 드러나며 맑은 얼굴이 되었다.

"거 봐요. 언니가 알맞잖아요. 나 참 언니라고 부를게요. 더 커도 괜찮은데. 나도 언니 정도만 되면 정말 좋겠다."

"원, 정말 장대를 바라는구먼."

"근데 이상하다. 모두 오 센티씩 차이야. 어떻게 이렇게 되지?"

박화서가 말했다.

"가만있어봐. 백육십팔하고 백칠십삼, 그리고 아줌만 백육십삼? 정말 그러네. 그렇담 아줌만 백오십팔이에요? 아니잖아요?"

"내가 그렇게 작아 보이나?"

두자는 농담을 했다.

"아니, 오 센티씩 차이라고 하니까 그러잖아요. 아니지요? 아줌마 도 백육십은 되지요?"

예희가 두자를 아래위로 겨냥한다.

"아냐, 백오십오야. 옛날에 쟀을 땐 그랬지만 이젠 조금 더 줄었는 지도 모르지. 그렇지만 옛날엔 아담한 키였다구."

"체격도 알맞으세요. 균형이 딱 잡힌 게."

박화서가 거들었다.

그녀들은 기분이 좋아졌다. 깔깔한 사람들이 다 떨어져나가고 마음에 맞는 사람들끼리 남은 것 같았다. 두자는 손아래의 세 여자가 왠지 친정붙이처럼 만만하게 느껴진다. 이유는 모른다. 동공에 빛이 있는 박화서가 겸손하고 과묵하다는 것을 알았기 때문이고, 김미조의 어두운 표정을 읽었기 때문이고, 그녀의 어깨 상처에 연민이 갔으며, 아직 어린 정예희가 때묻지 않은 철부지여서 귀여웠다. 그래서 안심이 되었다.

살구나무집이 나타났다. 지붕 높이의 두 배나 되는 커다란 살구나무에 아기 새순이 자잘하게 돋아나고 있었다.

"이 집은 무슨 집이지? 무슨 집인데 이렇게 큰 살구나무가 있고 또 저렇게 '살구나무집'이라고 쓰여 있는 거야?"

"칼국숫집이에요. 아줌마들 모르세요?"

정예희가 눈을 크게 뜨며 물었다.

"글쎄, 몰라. 칼국숫집을 이런 가정집에서 한단 말야?"

"네, 오래 됐어요. 아주 유명한데요. 아줌마들 이 동네 모르시는구나!"

"아가씨는 잘 아네. 이 동네 오래 살았어요?"

"그럼요. 전 여기서 나고 자랐거든요."

"응, 그래."

길은 살구나무집 앞에서 갈라지고 있었다. 이제 아마 서로들 헤어져야 하리라. 두자는 잠긴 아파트 문을 열고 들어가 혼자서 점심을 먹을 걸 생각하자 조금 쓸쓸해졌다.

"저, 우리 집에 갈래요? 저기 바로 보이는 아파튼데. 가면 내가 자장면 시켜주지. 아니면 라면 같은 거 끓여주든지."

화서와 예희가 두자를 바라보았다. 두 사람도 같은 심정이었던 모양이다.

"가요. 아무것도 없지만 두어 시간쯤 놀다 가도 되잖아."

"같이 가요, 응?"

이번에는 두자가 김미조를 바라보며 권유했다. 그러나 미조는 대답을 하지 않고, 고개를 숙였다.

"같이 가죠?"

박화서가 미조에게 다짐을 한다. 그러나 미조는 웬일인지 얼굴이 더욱 파래진다.

"같이 가요. 우리도 다 처음인데요, 뭘."

화서가 미조의 손을 잡고 끌었다. 미조는 박화서에게 손을 이끌려 조금 따라왔다. 그러나 곧 손을 빼내며,

"아줌마, 미안해요. 속이 좋지 않거든요. 아무래도 폐가 될 것 같아서…… 다음에 갈게요. 죄송합니다."

하고 몸을 돌려세웠다.

"세 분이서 재밌게 노세요. 나중에 제게도 얘기 들려주시구요. 안녕히 가세요."

세 사람은 뒤늦게 신호를 건너는 미조를 우두커니 바라보았다.

"언니도 같이 가면 좋았을 텐데……."

정예희가 아쉬운 듯 혼잣말처럼 말했다.

"아무래도 어디가 좋지 않은가봐."

"편한 대로 해줍시다. 차차 친하게 되겠지, 뭐."

세 사람은 봄기운이 퍼진 3월의 오후를 쉬엄쉬엄 걸어 두자가 사는 아파트로 갔다.

"여기 사시는구나. 우린 저 아래 아파튼데."

"저 아래? 삼익?"

"네."

"응, 그렇구나. 나도 이사올 때 그 아파트도 가보고 그랬지."

"이 아파트 지을 때 매일 여기 와서 모래 장난하고 놀았는데."

"그래? 이 아파트가 그렇게 오래 되었나?"

"한 십 년 되었을걸요? 저희 초등학교 때니까요."

"예희가 아주 이 동네 토박이구나."

"그래요, 정말."

두자가 열쇠로 문을 열고, 두 여자는 조금 멋쩍은 듯 뒤에 서 있었다.

"들어와요. 뭐 이렇게 살아요. 오라 할 만해서 오라고 한 게 아니라 그냥 적적해서⋯⋯."

"정말 아줌마 쓸쓸하겠다. 아저씨 돌아가시고 그럼 지금은 혼자⋯⋯?"

예희가 눈치를 보며 말을 끊었다.

"응, 혼자. 그래도 괜찮아."

"나 심심하면 놀러와도 돼요?"

"그럼, 놀러와. 전화하고."

"그럼요. 전화하고."

여자들은 서로 쳐다보며 웃었다. 중년의 두 여자 가운데 예희가 끼여 있으니 분위기가 뜻하지 않게 명랑했다. 두자는 두 여자를 앉혀놓고 중국집 전화번호를 찾는다.

"정말 중국 음식 시켜준다?"

"아줌마, 라면 있어요? 나 라면 좋아하는데."

"그래? 라면이야 있지. 그런데 참 라면 안 먹는 거 아니우?"

두자가 화서한테 물었다.

"아녜요. 잘 먹어요. 저도 어떤 때 혼자서 이렇게 앉아 있으면 라면 생각이 나는걸요. 옛날엔 안 먹었었는데 식구들이 하도 먹으니까 은연중 그 냄새가 코에 배나 봐요."

"그래? 그럼 라면을 끓일까?"

"제가 끓일게요. 저 잘 끓여요."

예희가 일어선다.

"아냐, 아냐. 오늘은 내가 끓여줄게."

두자는 예희가 붙임성도 있고 귀염상이라고 생각한다. 두자가 가스레인지 위에서 라면을 끓이는 사이 두 여자도 식탁으로 옮겨와 이야기를 나눈다.

"이렇게 올 줄 알았으면 뭐라도 사오는 건데…… 이사오신 지도 얼마 안 되나 본데요."

화서가 뒤늦게 인사말을 한다.

"별 말을 다…… 내가 억지로 데리고 온 건데."

"그래도."

라면이 코렐 냉면그릇에 담겨 식탁 위에 올라왔다.

"이거 정말 미안한데. 손님을 데리고 와서 라면을 대접하다니."

"주문 메뉴잖아요. 우리 주문 메뉴."

여자들은 웃으며 라면발을 나무 젓가락에 감는다.

"밥도 있지만 반찬이 시원찮아서…… 요샌 통 뭘 해 먹지 않아요."

"훌륭해요. 이 정도면 훌륭해요."

"전 정말 라면을 좋아한다니까요."

"글쎄 그런다니 다행이지만……."

"아줌마, 밥 있어요?"

어느새 라면 건지를 후딱 들이킨 예희가 코에 땀이 송송 밴 채 물었다.

"있지."

두자는 일어선다.

"그런데 예희가 우리 딸보다도 더 어린 것 같다."

"그런가 봐요. 우리 엄마보다 아줌마가 약간 위이신 것 같애."

"엄만 올해 몇이신데?"

"마흔아홉이오. 1949년생."

"그러네. 내가 예희 엄마보다 좀 위야."

세 여자는 때아닌 만남에 또 웃는다.

"그래도 아줌마들은 우리 엄마하고는 달라요. 난 엄마하고는 얘기
잘 안 하거든요."

"왜?"

"서로 믿지 못하니까요."

"왜? 그럴 만한 일이라도 있었어?"

"모르겠어요. 그냥 그렇게 되었어요. 제가 대구에 가서 전문대학을
일 년 다녔거든요. 뭐 나쁜 짓도 하지 않았는데 엄마 아빠가 와서 보
고 친구들이 나쁘다고……."

"신용을 잃었구나."

"저맘땐 까딱하면 그렇게 돼."

두자와 화서는 안타깝다는 생각을 한다. 부모 자식 간에도 때로는
관계가 얼마나 꼬이는가.

"그래서 졸업도 못 했어?"

"졸업이 뭐예요. 일학년도 다 마치지 못하고 그냥 끌려올라왔는데."

"부모님이 완고하시구나."

"완고하다 못해 보수적이고 옛날식이고 히틀러식이고…… 이루

다 말 못 해요."

"집에 있기 답답하겠다."

"정말 그래요. 엄마 아빠가 믿지 않으니까요. 용돈 공급도 중지됐어요."

"그런데 수영장은 어떻게 왔어?"

"늦잠 자는 거 꼴 보기 싫다고 엄마가 억지로 쫓아보낸 거예요. 그렇지만 뭐 전 좋아요. 수영장은요. 새벽반으로 갔는데 어떻게 빨리 나가는지 따라갈 수가 있어야지요. 낮반으로 오게 됐으니 엄마는 목적 달성 못 하고 저만 좋게 된 셈이죠."

예희는 깔깔 웃었다.

두자는 예희가 성격이 참 밝다고 다시 생각한다. 저런 상황에서 어쩌면 저렇게 아무렇지도 않게 잘 견딜까? 아마 소혜라면 무섭게 독을 피우며 사람을 불편하게 했을 것이다. 결국 엄마인 두자가 손을 들고 빌어붙였으리라. 속을 끓여가며, 더러워서라도, 용돈을 얹어줘가며…….

"어디 취직이라도 되면 좋을 텐데……."

"아줌마, 난 비디오 가게에 취직되었으면 좋겠어요. 두 분 다 비디오 가게 아시는 데 있으면 저 좀 추천해 주세요. 저 잘할게요."

"왜 하필이면 비디오 가게에?"

"영화 보는 걸 너무 좋아하거든요. 그리고 기술도 뭐 없고…… 학교는 안경공학과를 다녔지만 졸업을 못 했으니까요. 요즘 박사학위 가진 사람도 그렇게 많이 논다고 하는데 저 같은 사람이야 어디 취직하겠어요? 그러니까요."

식사가 끝나자 예희는 제가 설거지를 하겠다며 팔을 걷고 나섰다. 두자가 극구 만류했지만 예희는 끝내 싱크대로 달려들었다. 두자는 곁눈질로 기특하다는 듯 예희를 돌아보며 전문대학을 다니다 마니까 사람이 저렇게 쓸모 있게 되는구나 느끼고 있었다. 소혜 같으면 어림이나 있었을까. 그놈의 공부, 공부, 하면서 이십여 년을 사람을 볶아 왔고, 그 결과가 겨우 인도 문학 전공에, 이제 시집갈 나이까지 되어서 종잡을 수 없는 나라에, 종잡을 수 없이 가 있는 것이다.

"정말 기특하다. 누가 신랑이 되려는지 참 좋겠어."

"중매하고 싶지요?"

화서도 거들었다.

두자는 커피를 석 잔 타가지고 예희와 함께 거실로 나온다.

"전 아무것도 안 하고 이렇게 점심 대접에 차까지 대접받으니 황송하네요. 이 찻잔 설거지는 제가 할게요."

화서가 웃었다.

세 사람은 아주 편하게 평일의 오후를 느긋이 즐겼다. 타인과 같이 있으면서 이렇게 부담스럽지 않기는 아주 오랜만이라고 생각하면서.

초등학교 아이들이 아파트 마당으로 재잘대며 지나갔다.

사랑의 오묘함

리퀴드 파운데이션을 바르고 조금 기다렸다가 그 위에 투명 분을 바른다. 자신이 봐도 거울 속의 피부는 매끈하고 곱다. 아마 어두워서 잔주름이 자세히 보이지 않기 때문일 것이다. 화서는 공들여 화장을 한다. 내가 왜 이러나, 어쩌려고 이러나 생각하면서.

그녀는 요즘 남자의 몸을 탐색하듯이 자꾸 바라보게 된다. 수영장에 다니게 된 뒤로 그런 증상이 더 심해졌다. 전에는, 좌석버스 같은 것을 타고 가다가 어떤 정류장에서 남자들이 올라와도 한 번도 그들을 제대로 바라본 적이 없었다. 더구나 그 몸을 살피다니, 자신도 이해 못 할 일이었다. 예전에는 다른 남자들이 그녀의 인생에 전적으로 무의미했다. 그러나 지금은…… 그녀는 자기의 마음을 자세히 타진하기가 싫다.

오늘도 수영장에서 그녀는 수영 강사들의 몸매를 이리저리 뜯어보고 있었다. 어쩌다가 의식이 돌아오면, 그러고 있는 자신이 느껴졌다.

스스로가 낯설었다. 왜 이제야 이런 현상이 생기나…… 그러려면 좀 진작부터 그럴 일이지……. 그녀는 답답하게 살아온 자신의 지난날과 사십대 중반을 넘어선 나이를 개탄하지 않을 수 없었다.

화서는 화장에 몰입한다. 화장하는 여자의 행위는 예술 행위와 다름이 없다. 스스로를 내세운 퍼포먼스. 관객이 없다는 것만이 진짜 퍼포먼스와 다르다. 눈 위에 보라톤의 새도를 여러 겹 칠하고, 아이라인을 정교하게 그리고, 베이지와 오렌지 분을 섞어 볼에 음영을 넣는다. 솔로 가볍게 분가루를 털어낸 뒤 펄이 든 벨벳핑크의 루즈를 칠한다. 얼굴이 화사해졌다. 온몸의 세포가 분홍빛으로 열린 것 같다. 화서는 옷을 입는다. 속옷부터 하나하나 정갈하게 입는다. 거의가 요즘 산 것들이다. 결혼 후 지금까지 너무 알뜰하게 살아와 —어느 날 살펴보니 —변변한 옷 한 점 없었다. 로션 한 방울 없이 산 기간이 십 년은 되리라. '그 일'이 있기 전까지는. 그렇게 알뜰살뜰히 살림을 모으고, 시부모 수발을 하고, 장래를 계획했었다.

그러나 '그 일'이 일어났다. 정확히 지금으로부터 십이 년 전이다. 김 양이라는 아이가 파랗게 어우러져가는 자신의 인생에 수류탄을 던졌다. 얼굴이 동그랗고 눈도 동그랗고 피부가 가무잡잡하고 좀 궁티가 나는…… 스물세 살의 처녀였다. 수류탄이 터지는 순간, 화서는 몸을 날려 그것을 몸으로 덮었다. 그러지 않을 수 없었다. '가정'은 그녀의 신념이었으니까. 손해 보는 사람은 언제나 따로 정해져 있다던가. 화서는 내장이 완전히 녹았고, 가슴은 새카맣게 탔다. 그런데도 살아남았다. 살아남아서, 아이와 남편을 지켰다. 아니, 자기 자신을, 가정을 지킨 것이다.

그게 잘한 일이었을까.

지금까지는 물론 잘했다고, 내가 정말 현명하게 잘 대처했다고 마음으로 자부했었다. 그러나 살아가는 데 있어서 장담할 수 있는 일이 있을까. 그녀의 인생이 누런 수확기에 접어든 어느 날, 김 양이 다시 나타나 이번에는 원자폭탄을 던졌다. 이 년 전이었다. 알고 보니 남편과 김 양은 십 년간이나 관계를 지속해 왔다는 것이다. 삼십대가 된 김 양은 결혼도 하지 않고 남편 곁에 악성 혹처럼 붙어 있었다. 화서는 혼절했고, 반년간이나 일어나지를 못했다. 알면 알수록 사정은 더 가관이었다. 남편은 화서와 부부관계를 잘 갖지 못했었다. 화서는 그저 이해하고, 늘 북돋우려 애썼었다. 그러나 남편은 이름도 이상한 병에 걸려 있다고 했다. '대상성 발기불능'이라는 것. 대상에 따라 발기가 되지 않는다는 것인데, 그 대상이 하필이면 아내인 화서였다. 남편의 성기는 아내 앞에서는 아무 감각도 못 느끼고, 다른 여성 앞에서는, 그러니까 김 양 앞에서는 점막처럼 변해 변화무쌍하게 반응한다는 것이다. 남편은 이 진단을 꽤 오래 전에 받은 것 같았다. 딴에는 아내에 대한 배려로 솔직하게 털어놓지 못한 모양이었다. 의사의 진단이 그렇다는 데에야 무슨 말을 더 하랴. 기가 막힐 노릇이었다. 그동안 '대한민국 잉꼬부부 제1호'라고 불려온 자기들의 별명이 무색해서 화서는 땅속으로 꺼지고 싶었다.

도대체 왜 일이 이렇게 되었을까.

화서도 느끼지 못하는 바는 아니다.

화서가 결혼해 갔을 때, 남편의 집은 조그만 한옥이었다. 시아버지가 풍으로 쓰러진 지 삼 년째라 했다. 시어머니가 옆에서 병수발을 했지만 시아버지는 밤이면 잠을 자지 못했고, 귀도 예민했다. 그런 시아버지와 시어머니를 안방에 두고 한 뼘 건너 건넌방에서 그들은 제대로 사랑의 행위를 할 수가 없었다. 더구나 'ㄱ'자로 꺾인 아랫방이 바로 시동생들의 방이었다. 그들은 한 번도 마음놓고 서로를 보듬어보지 못했다. 그들은 밤마다 욕구와 긴장 사이에서 어쩔 줄을 모르다가, 나중에는 종이처럼 납작하게 눌려 잠이 들었다.

그러나 남편은 화서가 오 년간이나 절실히 사랑한 남자였다. 그녀는 애초부터 전문직 여성이니, 슈퍼우먼이니, 자기성취니 하는 말들이 싫었다. 그냥 그런 분위기가 싫었다. 너무 무섭고, 뻣뻣하고, 모나고, 남자 같았다. 그녀는 부드럽고 여성적인 것들이 좋았다. 예쁘고, 멋있고, 화사하고, 로맨틱한 것들…… 그런 것들 속에서 살고 싶었다. 그런 것들 속에서 행복해지고 싶었다. 맹렬히 직장과 가정을 병행해 나갈 자신이 없기도 했다. 그녀는 '그'를 택했다. 그건 '가정'을 택한 것이었다. 인생의 행복이란 일상의 나날에서 도란도란 샘물처럼 우러나온다는 것을 어머니 아버지의 일생을 통해서 알고 있었고, 그러므로 '사랑'이 가장 중요하다고 믿었고, 가정이야말로 가족 구성원 전부에게 요지부동한 행복의 원천이라는 것을 믿어 의심치 않았다. 그건 그녀에게 절대불변의 진리나 마찬가지였다.

절대불변의 진리를 위해서 그녀는 뭔가 늘 목이 말랐지만 감내하는 수밖에 없었다. 남편은 늦게 들어오기도 했고, 때로 출장도 갔고, 또는 잠자리에 늦게 들기도 했다. 그러나 그런 일이야 어느 가정에나 다반사로 있는 일이 아닌가. 그녀는 남편을 의심해 본 적이 없었다. 성행위야 한 달에 두어 번, 그것도 시도하다가 안 될 때도 많았지만, 그녀는 항상 남편의 가슴에 팔을 두르고 잤고, 깊은 잠 속에서도 다리를 남편 정강이에 올려놓았으며, 그런 버릇들이 그녀의 갈증나는 욕구를 많이 상쇄해 주었다.

아이를 낳은 해에 시아버지가 돌아가셨고, 이태 뒤에 시어머니도 돌아가셨다. 그들은 아파트로 이사를 했고, 몇 년 사이에 시동생들도 독립해 나갔다. 그렇게 지나간 세월이었다. 남편은 성실했고, 가정적이었고, 또한 아내를 존중해 주었다. 그의 사랑을 화서는 지금도 완전히 의심할 수는 없다. 잉꼬부부라는 소문이 공연히 났을까. 그는 그녀에게 늘 다정하게 대했고, '그 일' 말고는 지금 생각해도 잘못한 일이 거의 없고, 보너스든 부수입이든 다른 무엇이든 언제나 모두 그녀에게 가져다 주었다. 그녀 또한 남들 앞에서건 어디서건 늘 그의 몸을 간질이고 비비고 만지며 사랑을 표시했고, 기회만 있으면 귀밑에 입김을 불어넣으며 속살거렸다. 잠시 잠깐이라도 같이 걸을 때면 항상 팔짱을 꼈고, 서 있거나 앉아 있을 때도 허리를 안거나 어깨에 기댔으며, 늘 손을 잡았고, 반소매 셔츠를 입어 팔뚝이 드러났을 때는 저절로 그 팔뚝에 손이 갔다. 오죽하면 친구들이 '너는 스킨십의 여왕'이라고 놀렸을까. 그러나 그런 모든 행동들이 이제 와서 생각하니 남편의 몸에 갈증나 헉헉댄 불쌍한 짓거리들이었다. 불쌍한 나! 불쌍한 내 과거! 화서는 몸을 부르르 떤다. 서른여섯에서 마흔다섯에 이르는 그 황금 같은 시기에 나는 무엇을 하고 있었던가? 남편과 김 양이 시시덕대며 자신을 조롱하는 동안 여자로서의 완숙기에 접어든 나는 대체 무슨 짓을 하며 세월을 낭비했던가? 다시금 가슴이 뛰면서 눈에 불이 확확 인다.

지난 새벽에 꾼 꿈이 다시 떠오른다.

검은 베일을 쓴 저승사자가 지옥문에 도달한 그녀에게 마구 소리쳤다. 저년을 매우 쳐라! 죄목이 무엇이냐고 누군가가 물었다. 지난 세월을 낭비한 죄, 그게 천하의 죄가 아니고 무엇이겠느냐? 그의 호령은 지엄하고 엄중했다. 일껏 살라고 내려보내주었더니 중요 기간 내내 헛된 낭비만 일삼은 죄, 그걸 매우 다스려라!

화서는 꿈에서조차 그런 닦달을 들었다.

염라대왕인지 저승사자인지의 말을 듣지 않더라도 지금 생각하면 한심하기 짝이 없는 일이었다. 한쪽에서는 일이 그렇게 진행되어가는 데 이쪽에서는 그토록 정성을 다해 남편을 섬겼으니…… 기만당하는 줄도 모르고, 어느 혀가 능멸하는 줄도 모르고…….

남편이 바람을 피우면 대번에 김새를 알 수 있느니, 여자의 직감으로 그냥 알 수 있느니, 하는 말들은 다 거짓말이다. 그저 어쩌다가 알게 될 뿐이다. 모르려면 얼마든지 모를 수도 있다. 남자가 특별히 조심을 하지 않아도 아내들에게 들키지 않는 수도 허다하고, 아무리 조심을 해도 금방 들통나는 수도 있다. 그 모든 것에 대한 관장은 아마 신이 하리라. 왜 어떤 사건은 금방 까뒤집어 알려주고, 어떤 사건은 은밀히 감추며, 또 어떤 사건은 끝내 캄캄한 비밀에 부쳐버리는지…… 그녀로서는 알 수가 없다.

남편이 차라리 화서가 모르는 다른 여자와 바람을 피웠더라면 어느 정도는 참을 수 있었을 것 같다. 충격을 받겠지만, 곧, 서서히 깨어날 것 같다. 살아온 시간과 경륜이 상당한 역할을 하고, 또한 완충작용을 할 것이다. 그녀가 정말 기가 막혔던 것은, 하늘이 두 쪽 나고 땅이 꺼지는 것 같았던 것은—이런 표현 따위로는 그때의 심정을 피력하기에 어림도 없지만—상대 여자가 십이 년 전에 화서가 해결해 떼어내버린, 바로 그 김 양이었다는 사실이다. 화서는 머리가 팽 돌아 정신을 차릴 수 없었다. 억장이 무너져 입을 뗄 수도 없었다. 지금껏 둘이서 살을 비비대며 날이면 날마다 자기를 능멸했을 것을 생각하니 그 자리에서 죽고만 싶었다. 모든 것을 파묻은 채 영원히 눈을 감고 싶었다.

김 양이라는 아이.

얼굴이 동그랗고 눈도 동그랗고 피부가 가무잡잡하고 좀 궁티가 나던 애…… 그녀는 남편 사무실에 근무하던 여직원이었다. 그 애가 상관인 화서의 남편과 그렇고 그런 사이가 되어 처음 일이 터진 것은,

그러니까 십이 년 전의 일은, 김 양이 몸이 달아 몇 번 집으로 전화하는 것을 화서가 눈치채면서다. 그때도 물론 화서는 하늘이 무너지는 것 같았었다. 화서에게는 도저히 받아들일 수 없는 일생일대의 사건이었다. 그러나 화서는 남편을 너무나 사랑했고, 자기 꿈의 화신인 가정을 도저히 깨뜨릴 수 없었고, 아이에게도 상처를 줄 수 없었다. 더구나 남편은 성실했다. 다른 일에서는 나무랄 데 없이 모범적이었다. 화서는 고민했고, 별별 방법을 다 궁리했으나, 어쩌다가 저지른 단 한 번의 실수라는 점을 받아들여 용서하기로 했다. 사람이 살다가…… 더구나 남자가 밖에서 생활하다 보면…… 그녀는 애써 그렇게 생각했다. 선배들이며 친구들, 남편 주변의 사람들, 친정집 식구들도 모두 입을 모아 그녀를 위로했다. 거기에 그녀는 넘어갔다. 아니, 넘어가고 싶었다. 가정은 그녀의 신념이었으므로. 사람들은 모두 그런 일이야 흔히 있는 거라고, 두 사람을 떼어놓으면 된다고, 아가씨는 곧 결혼할 테고 그러면 제 남편과 아이 낳고 살 텐데 문제될 게 뭐 있느냐고 쉽게들 말했다. 그러나 화서는 쉽지 않았다. 어렵게, 어렵게, 죽을힘을 다해 움푹 꺼졌던 마음을 불러일으켰다. 그리고 머리를 짜내 해결책을 강구했다. 김 양을 부산 지사로 보내고, 쌍방에 다짐, 다짐을 받고, 정성을 다해 남편의 마음을 되잡아들였다. 아무에게도 상처를 주지 않고 완전하고 깨끗하게 처리했다고 자신했었다. 두 사람이 다 그녀에게 백배사죄하고 천지신명께 거듭거듭 절연을 맹세했으니까.

그 후 화서의 십 년은 눈물겨운 노력과 고투의 세월이었다. 그녀는 반듯하고 화사하며 따뜻한 가정을 위해 자신이 가진 진액을 모두 쏟아부었다. 한 방울도 남김없이. 그건 단순히 바람난 남편의 마음을 되잡아오는 문제가 아니라 그녀의 인생을 전부 건 처절한 싸움이었다. 가정은 그녀의 신념이었으므로. 그런데…… 이 년 전에…… 그 신념이 뿌리째 뽑혀버린 것이다. 서른세 살이 된 김 양이 아직도 남편의 연인으로 살고 있었다. 자기 두 눈으로 그것을 확인하고서도 화서는 사실이라고 믿을 수 없었다. 이건 배신 정도가 아니었다. 인간에 대한, 사랑에 대한, 이 세상 전부에 대한 밑바닥부터의 신뢰가 와그르르 무너졌다. 그녀가 구축해 온 가정은 겉만 번듯이 서 있는 사상누각이었다.

하루가 가고, 이틀이 가고, 일주일이 갔다. 그녀는 송장처럼 누워 있었다.

억울함과 분함은 아주 서서히 더 깊게 밀려왔다.

그러나 이번에는 그 향방이 남편이나 김 양 쪽이 아니라, 자기 자신이었다. 그녀가 결코 용서할 수 없는 것은, 절대로 용서가 되지 않는 것은—남편의 바람이나 김 양의 괘씸함이 아니라, 그 기간 동안 자신이 보낸 어처구니없는 삶이었다. 그녀는 자신을 죽이고 싶었다. 분해서 미칠 것 같았다. 나는 왜 그토록 무모하게 가정에, 사랑에 모든 것을 걸었을까? 인생 전부를 걸었을까? 왜 나는 아침이면 일어나서 정성을 다해 케일과 당근을 갈고, 특별한 선식을 만들며, 남편의 속옷만을 따로 삶고, 심지어 양말까지 다려서 바쳤는가? 왜 보통 여자들처럼 대강대강 살지 않았는가? 왜 주말마다 특별한 요리를 만들고, 마요네즈까지도 만들어 먹으며, 남편이 좋아할 농담들을 외우고, 그가 고속도로를 운전해 가는 동안 내내 귀밑에서 졸지 않도록 속살거렸는가? 어떤 것이 완전한 삶이라고 그것을 향해 그렇게 요란을 떨었는가? 그래서 서른여섯에서 마흔다섯까지의 그 황금기를, 여자로서의 완숙기를 오직 남편과 가정을 위해 헌신했는가? 왜 그렇게 바보같이 굴었나? 스스로를 위해서는 아무것도 하지 않으며?

물론 자신이 꾸민 가정이 이 세상에서 가장 안락하고 행복스러우며, 만족한 곳이 되게 하고 싶었다. 십이 년 전의 일을 알고 있는 사람들에게 '이것 봐, 그때 내가 현명하게 대처했지. 지금 우리 모두가 얼마나 행복해?'라고 자랑하듯이 말하고 싶었다. 그런 일념으로 찍은 가족사진이 지금 거실 텔레비전 위에 걸려 있다. 아들 언이가 중학교에 들어갔을 때 세 식구가 허바허바 사진관에 가서 찍은 것이다. 그녀는 고개를 돌려 가족사진을 올려다본다. 삼십대 후반에 접어든 자신은 남색 투피스를 입고 2인용 의자의 안쪽에 안정감 있게 앉아 있다. 남편은 한쪽 팔을 저쪽 팔걸이에 걸쳤으며, 이쪽 팔은 넌지시 그녀의 어깨 뒤로 돌려 보듬어 안는 자세를 취했다. 그는 짙은 쥐색 양복에 물방울 무늬의 넥타이를 맸고, 믿음직한 가장답게 의젓하게 그녀를 옹위하고 있다. 그들의 아래쪽, 폭신한 카펫에 언이가 다리를 뻗고 비스듬히 앉아 있는데, 아빠 무릎에 한쪽 팔꿈치를 올려놓고, 이쪽 어깨는 화서 옆의 바로크식 조각 팔걸이에 기대고 있다. 가족은 더없이 화기애애하다. 순간적으로 '합' 하듯이 입을 다문 언이의 익살스러운 표정과 팽팽한 도화색 볼, 똑바로 뜬 큰 눈이 가족의 정지된 오후를 한껏 재미있고 행복한 것으로 표현하고 있다.

그러나…… 행복은 여기 갇혀 한 발걸음도 더 나오지 못했다.

사랑이라는 것, 신념이라는 것……. 무엇이든 너무 열심히 하면 오히려 결과를 망친다는 말이 실감난다. 그를 너무 사랑했던 것, 그를 떠난 다른 생활이 있다고 믿지 않았던 것, 그래서 가정을 이루었던 것, 가정의 완전함을, 남녀의 바람직한 하나됨을 증명해 보이고 싶었던 것…… 그런 것들이 다 우습기 짝이 없었다. 십이 년 전의 '그 일'이 있은 뒤로는 남의 우스개가 될 수 없어 더욱 노력하지 않았던가. 가엾게, 가엾게 자존심을 지켜오지 않았던가. 하느님은 동정심조차 없는 모양이었다. 뜻하지 않은 결과 앞에 그녀는 무엇을 어떻게 해야 할지 알 수 없었다. 몰라서 더욱 힘들었다.

그렇게 반년간이나 누워 있었다.

그녀는 일어났다.

햇빛이 맑게 비치는 날 아침, 화서는 신문사의 문화 센터로 갔다. 그녀는 월요일부터 토요일까지 한 사람이 들을 수 있는 모든 강좌의 수강증을 끊었다. 그녀는 돈을 아끼지 않았다. 이십 년간 알뜰히 저축해 왔지만 다 소용없는 일이었다. 그녀는 환한 옷을 사 입고 월요일 아침부터 토요일 오후까지 문화 센터에서 살았다. 유명한 미용사를 찾아가 머리를 커트하고, 피부 관리를 받고, 헬스도 했다. 일 년여를 그렇게 지냈다. 그녀는 젊어졌고, 아름다워졌다. 속 빈 강정이지만 겉모습만은 윤기를 찾았다. 자기만을 위해 돈을 쓴다는 것은 확실히 얼마만큼의 보상효과를 가져다 주었다. 사람을 만나고, 차를 마시며, 새로운 세계를 들여다보는 재미에 한동안 떠내려갔다. 그러나 시간이 가자 싫증이 났다. 자신과는 아무런 관계도 없는 세계들이었다. 모든 게 지루하고, 허허로운 바람이 늘 가슴을 휘돌았다. 남편은 지금도 김 양과 만나고 있을지도 모르는 것이다. 폭탄이 터진 후 남편은 물론 이제 철저히 정리했다고 매일같이 뭔가를 보여주려고 노력한다. 그러나 그것을 어떻게 믿을 수 있으랴? 십 년간이나 감쪽같이 속여왔는데. 양심과, 도리와, 부부애와, 처녀애의 앞날, 아이의 장래 같은 말들도 다 삶아 먹은 판에. 화서는 소셜 댄스를 배우는 밤 강좌에 등록을 했다. 모든 일엔 왕도가 있다던가. 내게도…… 그런 바람이 왜 없었겠는가?

속옷 차림으로 거울 앞에 서 있는 자신이 보인다. 연푸른색 브래지어와, 같은 색의 거들…… 그녀는 품위 있게 속옷의 모양과 색깔을 맞춘다. 이런 걸 이렇게 제대로 갖추어 입으면 뭘 하나 생각하며. 지금부터 자신이 하는 행동이 지탄의 대상이 될까봐 조금 겁을 내며.

속옷은 은은하게 입었지만 겉옷만은 산뜻하게 입으려고 화서는 옷장 안을 여러 번 눈으로 훑는다. 원피스 몇 벌과 투피스 두어 벌, 블라우스들이 걸려 있다. 그녀는 좀더 젊고 캐주얼하게 입을 수는 없을까 궁리한다. 청바지와 셔츠 블라우스도 입어보고, 큐롯 스커트와 티셔츠도 입어본다. 그러나 이런 차림은 수업 분위기에 너무 벗어난다. 그녀는 베이지색 스커트와 깃이 넓게 너울거리는 패셔너블한 블라우스를 골라 입는다.

상앗빛 재킷을 팔에 걸치고 화서는 로힐을 신는다. 하이힐을 신어야 하지만, 너무 불편한 것은 아직 감당하기 힘들다. 그녀는 깨끗한 진줏빛 로힐을 내려다본다. 강사는, 여자는 은빛 에나멜화를 신어야 한다고 했었다.

어둠이 내리는 거리에서 택시를 탈까 하고 화서는 잠깐 멈칫거린다. 그러나 곧 이제는 그러지 말아야지, 하고 좌석버스 정류장 쪽으로 걸음을 옮긴다. 사람은 변한다. 그것이 지난 일 년간 그녀가 느껴온 진리다. 사람은 변한다. 지난 일 년 동안 그녀는 그것을 자신에게서 느껴왔고, 또 애써 실행해 왔다. 변해야 했다. 변하지 않고는 한순간도 숨을 쉴 수 없었다. 일 분 일 초도 그대로 있을 수 없었다. 산 사람은 어떻게든 살아야 하니까. 차라리 남편이 죽었다면 그녀는 이렇게까지 뿌리째 흔들리지는 않았을 것이다. 사십대 중반을 넘어선 나이가 인생의 어쩔 수 없는 것들을 받아들이게 했으리라.

여의도행 좌석버스에는 사람이 드문드문 앉아 있었다. 그녀는 꽤 먼 거리인데도 여의도까지 일주일에 세 번 이 기술을 익히러 간다. 춤 솜씨가 자신의 앞날에 어떤 변화를 가져다 줄까 기대하고 또 불안해하면서. 이 상황 자체가 자기가 변한 첫번째 징후다. 과거의 그녀는 절대로 불안한 가운데 이런 것을 배우러 이렇게 멀리까지 밤 시간을 투자해 다니지는 않았을 것이다. 또 지난 일 년간처럼 줄곧 택시를 타지도 않았을 것이고, 옷을 빈번히 사 입지도 않았을 것이다.

옷을 사 입으며 머리를 다듬으며 피부 관리를 받으며…… 낭비라는 생각이 전혀 들지 않았다. 그녀는 모아놓은 돈 중 일부를 썼다. 생각하기 따라서는 목돈이다. 과거 어느 시절에는 로션 한 방울도 없을 때가 있었고, 맛을 위해서라고 내세우긴 했지만 마요네즈까지 한 숟가락씩 만들어 먹었으니까. 그렇게 알뜰살뜰히 아끼며, 닦으며, 꾸미며 남편을 위해, 가정을 위해 헌신했지만 다 잿더미가 되었다. 잿더미도 그냥 잿더민가. 원자폭탄으로 가루가 난 그녀의 가정은 시커먼 낙진으로 원자병마저 안겨주었다. 영원히 치유되지 않는, 유전까지 되는…….

끔찍한 기형이 된 히로시마 사람들이 떠오른다. 자신의 정신도 아마 그 지경이 난 것이리라. 폐허에서 그녀는 반짝이는 유리 조각을 하나 줍는다. '헌신'이라는 말. 사람은 다른 사람을 위해서 헌신할 수 없는지도 모른다. 테레사 수녀와 슈바이처 박사만 빼고는. 그녀는 스스로를 위안한다. 그래, 나는 어느 누구를 위해서 헌신한 게 아니라 나 자신의 믿음을 위해서, 나 스스로의 인생을 위해서 헌신한 거야. 그래, 그런 거야. 결과가 예상 밖이었을 뿐이지.

그러나 완전히 실패했다는 이 고약한 느낌, 지글지글 타오르는 분노, 쓰디쓴 서글픔을 어쩌는 수가 없다.

어둠이 깃드는 여의도의 거리를 그녀는 또각또각 걷는다.

강의실을 여러 개 터놓은 홀에는 불이 들어와 있고, 일찍 온 사람들이 홀 가장자리의 의자에 앉아 서로 담소하기도 하고, 어제 배운 동작을 연습해 보기도 한다.

화서는 아직 친하게 사귄 친구가 없어서 혼자 복도로 나가 자판기의 커피를 뽑아 마신다. 저 아래 창밖으로 퇴근하는 사람들이 무리지어 지나갔다. 강사가 오기 전까지는 홀 안이 늘 시끌벅적하다. 대개 두세 명씩 짝을 지어 왔기 때문에 자기들끼리 시시덕거리고, 크게 웃고, 짐짓 흥분된 목소리로 분위기를 띄운다.

녹두색 계열의 면바지와 셔츠를 입은 남자가 화서의 옆에 와서 그녀처럼 커피를 뽑아 마신다.

화서는 그와 함께 있는 것이 멋쩍어서 남은 커피를 빨리 마시고 들어가려고 했다.

"선생님이 좀 늦는대요."

그가 알려준다. 생각해 보니, 그도 화서처럼 혼자 오는 것 같았다. 어제인지 그제인지는 쥐색 바지에 블루톤의 여름 남방을 입었었다. 화서는 그의 상하의를 바라보며 세련되게 입는구나, 생각했었다. 여자인 화서의 눈에 그렇게 보인다면 아마 부인이 골라주는 옷인지도 모른다.

"많이 늦는대요?"

"뭐 그럴려구요. 한 시간 수업인데. 그럴 거면 아주 못 온다고 연락했겠지요."

그들은 어색하게 나란히 서 있었다. 무슨 말인가를 하고 싶었지만, 그래야 이 어색함이 사라질 거라고 생각했지만 마땅한 말이 떠오르지 않았다. 이 강좌가 서예나 문예창작 같은 것이었다면 분명히 두 사람은 할 말이 많았으리라. 그러나 밤에 소셜 댄스를 배우러 와서는…… 더구나 혼자 온 여자와 남자가…… 정말 말을 떼기가 어려웠다. 창밖으로는 여전히 사람들이 무리지어 지나갔다.

지난 일 년여 문화 센터에 다니면서 화서는 묘한 인간관계를 많이 경험했다. 거리에 잠깐만 서 있어도 수많은 사람들이 지나가지만, 그래서 저 수많은 사람들이 다 나와 연관을 맺을 수 있다고 생각하지만, 사실은 그게 아니었다. 같은 동창이라든지 혹은 이웃 사람, 고향 사람, 같은 교회 사람, 같은 학부형…… 하는 식으로 자기를 어느 정도 드러낸 세계 속에서 사람들은 교류하게 된다. 그러나 이 문화 센터라는 곳은 아무 제약도 없이, 선결 조건 없이, 단지 수강료만 내면 누구나 올 수 있는 곳이다. 그래서 무차별로 집단이 이루어진다. 여기서는 나이라든지 학력, 경제 수준, 취미, 교양 정도, 생업, 가족관계 등 아무것도 공통으로 엮이지 않는다. 무엇이든 거짓말도 시킬 수 있다. 생짜배기로 서로서로 처음 만나는 것이다. 차리고 나온 대로, 자기 입으로 광고하는 대로 상대를 바라볼 수밖에 없다. 티브이나 다른 미디어들이 사람들을 엄청나게 풍성하고 유식하게 만들어서, 언뜻 그 사람의 실체를 알 수가 없다. 교묘한 둔갑을 한 사람도 많다. 초등학교만 나온 여자와 고등학교까지 나온 여자, 대학 나온 여자를 구분하기가 어렵다. 어딘가 열등하다고 생각하는 여자들은 그 열등한 부분을 휘황하게 발전시켜와서, 겉으로는 놀랍도록 성장해 있었다. 유식하게, 멋있게, 실력 있게, 수준 있게, 아름답게…… 화서도 처음에는 감탄했었다. 책이나 종교, 티브이, 사회교육 등의 위대한 힘에 대해서. 그러나 자세히 겪어보면 진정으로 자기 열등감이나 약점을 넘어서서 스스로를 발전시킨 여자는 드물었다. 겉폼만 훌륭하게들 잡았지 조금만 이야기가 깊어지면 어딘지가 석연치 않았다. 게다가 대화를 주고받을 수조차 없이 옹고집에, 편협한 아집을 갖고 있기 일쑤여서, 그 방면에 문외한인 사람보다도 더 답답했다. 코끼리를 만져보지 않은 사람은 코끼리의 전체 모습을 그려볼 수 있지만, 어느 한 곳만 만져본 사람은 고집스러운 편견을 갖게 되듯이 말이다. 광범위한 지식이나 교양이 다른 무엇에 대한 해득의 수준을 결정하는 것 같았다. 열등감의 극복은 쉽지 않았고, 주부들은 스스로 사회생활을 하지 않아서인지 진정한 자기 구축보다는 그럴싸한 장식물로 계속 자기를 증명하려 했다. 화서는 너무 피곤해져서, 몇 명의 여자를 피하기까지 했던 것이다.

남자들은 어떨까? 화서는 생각해 본다. 옆에 서 있는 남자는 어떤 부류일까?

"그쪽에도 혼자 오셨나 보지요?"

남자가 물었다. 그는 그동안 담배를 두어 개비 태운 것 같았다.

"네."

화서는 조그맣게 대답했다. 혼자 이런 걸 배우러 왔다는 사실을 들킨 게 계면쩍었다. 남자야 혼자 올 수도 있겠지만…… 그가 자신의 속내를 읽는 것 같아 얼굴이 뜨거웠다.

"저도 어쩌다 등록을 했는데…… 막상 어색하군요."

그는 유들유들하고 활달한 타입은 아니었다. 보통 키에 평범한 외모, 눈의 흰자가 유난히 희었다. 화서는 조금 안심이 되었다. 이런 남자라면…… 자신의 신분이 노출되더라도…… 사정을 알게 되더라도…… 그다지 염려스러울 것 같지는 않았다.

그는 화서보다는 몇 살 아래로 보였다. 연한 녹두색 면바지와 그보다 더 연한 빛의 면 와이셔츠를 타이 없이 목을 열고 입고 있었는데, 상하의가 알맞게 구깃구깃해져 있어서 몸에 푸근하게 감기며 편안한 느낌을 주었다. 날이 서고 각진 것보다는 자연스러운 것을 추구하는 타입일까? 양복 상의는 입고 온 것 같지 않았고, 점퍼 같은 것이 홀 안에 있으리라 짐작되었다.

"옷을 캐주얼하게 입고 오셨네요? 선생님이 양복을 입고 오라고 했잖아요."

화서는 웃으며 농담을 던졌다.

"그쪽도 뭐 나 못지않네요."

그가 따라 웃었다. 화서는 자기의 베이지색 스커트와 프릴이 든 시폰 블라우스를 내려다본다.

"격식 갖춰 입고 오자니 더 우스워서요."

"그렇지요? 지금 발짝 배우는 단곈데 뭐 정장까지 갖춰 입을 필요 있겠어요?"

"어떻게 오시게 되었어요? 혼자서?"

화서는 고개를 돌려 그의 얼굴을 마주 쳐다보았다. 약간의 용기가 필요했지만, 잠깐 망설인 후, 대뜸 바라본 것이다. 정면으로. 언제든, 여자든 남자든 누구에게나 이렇게 하리라고 마음먹었었다. 갸름한 보통의 눈이 대답할 말을 찾고 있었다. 역시 흰자가 보통 사람보다 희었다.

"어딜 가면 하도 바보 같아서요."

그가 지난번에 다녀왔던 여행 얘기를 했다. 친구들 여럿이서 부부 동반으로 휴가 여행을 갔던 모양이었다. 거기서 자연스럽게 댄스파티가 벌어졌는데, 여자 남자 합쳐서 자기 혼자만 발짝도 못 뗐다는 것이다. 너무 창피하고 바보 같아서, 아내도 이젠 빨리 어디 가서 배워오라고 성화라고 했다.

감색 양복을 입은 강사가 바삐 계단을 올라오고 있었다. 그의 이마에는 땀이 배어 있었다. 그들은 홀로 들어갔다.

강사는 사람들을 두 줄의 둥근 원으로 세운 후, 짝끼리 서로 마주 보도록 했다. 안쪽의 화서는 자연스럽게 바깥쪽에 서 있는 녹두색 남자와 마주보았다. 수강생 중에는 여자들이 많아서, 여자끼리 짝이 된 경우도 많았다.

강사는 사람들을 이렇게 세워놓고 배울 춤에 대한 장황한 설명을 시작한다. 동작부터 가르치려 하다가, 문득 원론이 생각나는 모양이다. 여기가 영등포의 퀴퀴한 비밀 댄스 교습소가 아니라 여의도의 신문사 문화 센터라는 것이 문득 깨달아지는 것 같다. 그는 수강생들의 상태는 생각지 않고 지나치게 학술적으로 강연을 토해 낸다. 모두들 지루하고, 다리가 아프다. 그러나 그가 시중의 춤 선생들하고 얼마나 다른지를 십 분 이상 귀 아프게 들어야 한다. 화서는 녹두색 남자 뒤의 창밖을 본다.

"오늘 배우는 춤은 지터박이라는 겁니다. 자이브라고도 하죠. 말하자면 아메리칸 스윙인데, 흑인 춤에서 생겨났어요. 사실 라틴아메리카 댄스는 거의 대부분 뉴욕에 사는 댄스 교사에 의해 현대식으로 고안된 거예요. 또 영국의 교사가 경기 스타일로 만들었고요."

춤에 있어서는 댄스 교사의 감각이나 안목이 절대적이라고 강사는 역설한다. 춤추는 것을 보면 어떤 정도의 교사에게 배웠는지를 대번에 알 수 있다고 했다. 제대로 된 교사들은 교양이나 지식, 또 다른 면에서 이미 보통 수준의 사람들이 아니며, 스스로도 평생 각고의 노력을 한다는 것이다. 그러나 우리나라의 대부분의 춤 선생들은 자기와 같은 정식 과정을 거치지 않고 카바레 등에서 춤을 추다가 그냥 선생 노릇을 하는 것이어서 실력도 수준도 인격도 엉망인 경우가 허다하다고 일침을 놓았다. 춤 선생에 대한 대접이 너무나 천박하고 소홀해 기분 나쁜 모양이었다. 화서는 막연히, 그럼 저이가 무용을 전공했나? 생각한다. 아니면 외국 댄스 스쿨을 다녔나? 확실히는 알 수 없다. '지르박'을 '지터박'이라고 깍듯이 발음하니 좀 본격적인 것 같기는 하다. 통 넓은 감색 바지에 자그마한 키, 흰 얼굴…… 사십대인 것 같고, 여러 모로 아리송한 느낌을 풍긴다. 그는 애기를 계속한다. 춤이란 인간에게 최초로 생겨난 예술이며 명백히 최고의 것이라는 것, 그러므로 올림픽 경기에서 뒤늦게나마 '스포츠 댄스'라는 이름으로 종목 채택이 된 것은 아주 당연하며, 자기의 지금 최대 희망은 대학에 춤 학과를 개설, 연구 보급하는 것이라고 했다. 수강생들은 둘씩 둘씩 마주서서 시선을 여기저기로 피하며, 몸을 비비적거리며 그의 장광설을 듣고 있다.

"자, 사분의 사박잡니다. 이렇게 하나 둘 셋 넷, 하나 둘 셋 넷…… 쉽지요?"

강사가 정확한 스텝으로 시범을 보였다. 앞으로 나갔다가 제자리로 돌아오고, 또 앞으로 나갔다가 제자리로 돌아오고…… 강사는 짝끼리 손을 잡게 했다. 오른손과 오른손을 엇갈려 마주잡고 멀찍이 떨어져 마주서서는, 상대방에게로 가까이 다가갔다가 다시 돌아오고, 또 다가갔다가 돌아오고…… 그런 식이었다.

화서는 녹두색 남자와 조가 되어 가까이 갔다가 제자리로 돌아오는 동작을 반복했다. 강사는 퀵퀵퀵퀵 소리를 연발하며 두 번째와 네 번째 박자에 악센트가 있다고 여기저기로 돌아다니며 스텝을 고쳐주었다. 기본은 이렇게 쉽지만 이것도 응용이나 변형은 아주 어려우니까 처음부터 확실히 익혀놓으라는 것이다. 화서는 기계적으로 앞으로 나갔다가 제자리로 돌아오곤 하면서 녹두색 남자가 춤에는 여간 소질이 없다는 것을 알아차렸다. 춤이야말로 정말 잘 추자면 엄청난 노력과 시간을 요하리라는 것을 이미 깨달은 터였다. 사람들이 어떻게 그렇게 수많은 춤의 수많은 동작을 어두운 카바레에서 매끈하게 밟아대는지 새삼 의아스러웠다.

강사가 음악을 틀었다. 귀에 익은, 곡명은 생각나지 않는—올드 팝이었다. 음악에 맞추어 기본 동작만 하자니 곡이 끝나갈 무렵에는 조금 싱거웠다. 다음은 파트너를 바꾸는 방법. 자연 상태에서는 여러 가지 방법이 있으나, 우선은 포크 댄스식으로 끝동작에서 한 걸음씩 옆으로 비켜나 현재의 파트너 바로 옆의 사람과 짝이 되는 방법이었다. 커다랗게 한 바퀴 돌아 최초의 파트너가 다시 자기 앞에 섰을 때, 강사는 음악을 껐다.

"이제 이건 이만큼 하구요. 어제까지 배운 것 좀 복습해 볼까요?"

강사가 테이프를 바꿔 넣었다. 쿠바의 노래던가. 봉고 드럼 소리가 요란하다. 사람들이 차차차 동작을 하며 빙빙 돌아갔다. 화서도 뒤늦게야 사람들을 따라 했다. 그러나 녹두색 남자는 뭐가 뭔지 구분도 못하는 듯, 엉거주춤 서서 다른 사람들만 바라보고 있었다.

"차차찬가 봐요."

화서가 웃으며 조그맣게 일러주었다.

밤 시간에 환히 불 밝혀진 빌딩 건물에서 유흥 음악이 흘러나오니 기분이 이상했다. 그러나 화서는 서툰 동작으로 녹두색 남자를 리드하면서 이리 비틀 저리 비틀 차차차를 추었다. 이 남자는 춤은 물론 음악에도 아주 젬병이군, 생각하면서. 그는 박자도 맞추지 못했다. 화서도 자신이 음악적이지 못하다고 생각하고 있는데, 그는 화서보다도 더했다. 그들은 지금까지 왈츠와 룸바, 차차차라는 것을 배웠다. 왈츠가 삼박자라는 것은 알고 있었으나 룸바와 차차차, 그리고 오늘 배운 지터박인지 지르박인지까지가 전부 다 사분의 사박자라는 데에는 놀라고 말았다. 지금 추고 있는 차차차만 해도 그녀가 느끼기에는 하나둘 차차차, 하나 둘 차차차 하는 리듬이어서 도저히 네 박자는 될 수 없을 것 같은데, 강사가 트는 음악에 사람들의 동작이 맞아들어가는 것을 보면 신기했다. 음악도, 동작도 화서에게는 분석이 되지 않는 부분이 많았다. 점점 더 따라가기가 어려워질 것이었다. 나도 이런데 저 남자는 어떻게 하나 웃음이 났다. 다음달에는 이보다 더 어려운 블루스와 탱고를 배운다고 했다. 강사의 어조에서 강하게 느껴지는 것은, 이따위 석 달짜리 강좌로써 춤을 배우고자 한다면 큰 오산이라는 것이었다. 아마도 자기가 경영하고 있는 듯한 어떤 무도 학원으로 오라고 은근히 암시하는 듯했다. 거기에서 자기 수준에 맞게 능숙한 상대와 매일 연습해야 금방 잘 출 수 있게 된다는 의미인 것 같았다.

어느새 수업이 끝났다. 화서는 홀을 나온다. 여덟 시가 다 되어가고 있었다. 좌석버스를 타려고 큰길을 향해 걸었다. 아직 3월 초건만 날씨가 푹해 꼭 4월의 봄밤 같았다. 헤드라이트를 번쩍이며 차들이 쌩쌩 지나갔다. 가로수들도 푸릇푸릇 새봄을 준비하고 있었다. 스윽 하는 소리와 함께 차가 옆에 와서 멎었다. 앞쪽의 유리가 열리며 운전석에서 누군가가 고개를 내밀었다. 녹두색 남자였다.

"그렇게 혼자 걸어가니 안돼 보이네요. 다른 사람들은 애프터다 이차다 해서 다 함께들 몰려가던데…… 타십시오. 태워다 드리겠습니다."

"어느 쪽으로 가시는데요? 방향이 영 틀리면……."

"타세요. 일단 타고 생각해 봅시다."

화서는 운전석 옆자리의 문을 열려고 하다가, 멈칫하며 그를 바라보았다.

"어디로 탈까요?"

앞으로 타면 누가 보기에 연인 같아서 혹 오해를 받을지도 모르고, 그것을 그가 꺼리는지도 알 수 없고, 또 무턱대고 뒤에 타자니 사모님이 운전기사를 부리는 격이 될까 봐 조심스러웠다.

"여기 타세요."

그가 몸을 기울여 앞문을 열었다.

그는 문화 센터에서보다는 훨씬 편안해져 있었다. 무슨 일을 하는지는 모르지만 본연의 자기 태도로 돌아와 있는 듯했다. 차는 소나타

투였는데, 얼마 타지 않은 새 차였고, 장식은 전혀 없었다.

"직장생활 하세요?"

먼지 낀 차 안을 바라보며 화서는 물었다. 출퇴근만 하고, 하루종일 버려두는 차 같았다.

"아닙니다. 저는 안과 의사예요."

"안과 의사요?"

무의식중에 그렇게 따라 하고, 화서는 자기 말에 오히려 놀랐다. 너무 뜻밖이었다. 녹두색 바지와 녹두색 와이셔츠 위에 하얀 가운을 입은 그의 모습을 상상해 본다. 어울리는 것 같기도 하고, 어울리지 않는 것 같기도 하다. 순간 머릿속에 날벌레 같은 것이 휙 날아간다.

"아, 그래서 그랬군요. 눈의 흰자가 굉장히 희다고 생각했거든요. 안과 의사라…… 눈 관리를 잘하시나 보죠?"

"그래요? 그거 금시초문인데요? 제 흰자가 흰가요?"

그가 화서를 돌아보며 웃는다.

"모르셨어요?"

"글쎄요. 내 얼굴을 누가 그렇게 자세히 쳐다봐주지도 않구요. 내가 나를 볼 일도 없고…… 눈이 크지도 않잖아요."

"아, 잠깐! 저 앞에 좀 내려주세요. 여기서 타면 바로 집에까지 갈 수 있거든요."

화서는 급하게 주문했다. 좌석버스 정류장을 지나치고 있었기 때문이다.

"집이 어디신데요?"

그는 내려줄 생각도 않고 느긋하게 물었다.

"정릉이요."

"정릉? 그럼 그대로 타고 가셔도 되겠는데요. 저는 집이 구기동인데 거기서 거기는 가깝잖아요. 맘 내키면 제가 모셔다 드릴 수도 있구요."

"공연히 폐가……."

"아닙니다. 아직 시간도 얼마 안 됐지 않습니까?"

"구기동에서…… 병원을 하세요?"

"아닙니다. 병원은 불광동에 있어요. 아버님 때부터 해오던 거죠. 불광시장 근처예요."

"손님이 많은가요?"

"요샌 병원들도 잘 안 됩니다. IMF 이후로는 다들 전보다 어려워요. 요는 의사가 너무 많아요."

그에게서는 의사라기보다도 원만한 성격의 선생님 같은 냄새가 났다. 선생님 중에서도 사회나 국어 선생님 같은. 안과 의사여서 그럴까? 외과 의사나 신경외과 의사라면 어떨까?

불빛 사이로 마포대교를 건넜다. 도화동, 공덕동을 지나 아현동 쪽으로 내처 달렸다. 화서는 어디쯤에서 내리는 것이 적당할까 궁리하고 있었다.

"배가 고픈데…… 같이 안 가겠어요?"

그가 화서를 흘깃 쳐다보더니,

"가도 되죠?"

하고는 차를 사직동 방향으로 몰았다. 화서는 어쩐지 부담스러웠다. 아직 잘 모르는 사이고 저녁 시간인데……. 그녀는 남편 아닌 남자와 단 둘이서 식사해 본 적이 없었다. 개인적인 이유로는. 다른 사람들은 어떤지, 남자들은 어떤지…… 불안했다. 그가 왜 자신과 같이 가자고 하는지, 심심해서 그러는지, 흔히 누구에게나 그러는지, 춤을 못 추어서 파트너로서 잘 부탁하려는 건지…… 알 수 없었다. 조마조마한 채로 그녀는 가만히 있었다. 이것도 어떤 과정이려니 생각하며.

사직공원 옆 골목으로 들어선 차는 언덕길을 올라 하얀 집 앞에 섰다. 현관에 장식용 반짝이 전구들이 축제 때처럼 켜져 있었다. 육중한 나무문을 밀고 들어가자 조그맣고 깨끗한 양식당이었다. 단골들이나 찾아다님직한, 알음알음으로 알려진 식당인 모양이었다. 그는 화서를 오픈된 별실로 안내해 갔다.

웨이트리스가 왔을 때, 그는 둘, 하며 손가락을 두 개 내밀어 보였다. '빅토리'의 'V' 자를 그릴 때처럼. 그러고는 이 집은 단일메뉴라고 설명을 했다.

"단일메뉴라구요? 그럼 한 가지만 해요?"

"네, 스테이크요."

그러더니, 다시 화서를 쳐다보며,

"아 참, 고기 먹죠? 그걸 안 물어봤네. 미안해요. 안심하고 농어가 조금씩 한 접시에 나와요. 괜찮아요?"

"네."

화서는 고개를 끄덕였다.

생수를 가지고 온 웨이트리스가 수프만 따로 주문을 받아갔다. 크림수프와 야채수프와 그린힐수프가 있다고 했다. 화서는 크림수프를 시켰으나 그가 그린힐수프를 먹어보라고 했다. 크림수프 비슷한데, 향만 약간 다르다는 것이다. 그는 야채수프를 시켰다.

케니 지의 색소폰 연주가 흐르고 있었다. '빗속으로' 던가. 알토색소폰의 부드러운 가락이 왈츠를 추듯 비오는 거리를 휘젓고 다닌다. 플레어스커트에 청재킷을 입은 소녀가 예쁜 우산을 쓰고 빗속을 걸어가는 것 같다. 어쩐지 좀 슬프다. 소녀는 사랑을 잃은 모양이다. 커다란 눈이 눈물로 흐려 있다. 기분이 점점 나른해진다. 저 인간은 '생의 기쁨'도, '아침'도 저렇게 간장이 에이게 연주한다. 말간 얼굴에 꼬불

꼬불한 머리를 얹고서. '센티멘털'이나 '얼론(Alone)'에 와서는 소프라노색소폰으로 사람을 아주 죽이는 것이다. 달콤한 슬픔으로 가슴이 미어질 것 같아 숨도 쉴 수 없다. '브레스리스'라는 앨범 제목처럼. 날이라도 흐린 날 조용한 데서 혼자 들으면 소름이 돋아 감기약을 먹어야 된다. 그 연주가 지금 흐르고 있다.

예술작품 같은 전채가 나왔다. 그건 정말 예술작품이었다. 주방장의 솜씨를 감상은 할지언정 먹을 수는 없었다. 새알만한, 만들어도 그렇게 예쁠 수는 없을 것 같은 앙증한 토마토 위에 아이비 잎 같은 것이 깃발처럼 꽂혀 있고, 그 주위에 크로켓 두 점과, 훈제 연어 몇 점, 양상추가 맵시 있게 돌려 놓여져 있었다. 작고 푸른 토마토는 꽃봉오리처럼 이제 막 이마에 주황빛을 띠어가는 중이고, 허브의 일종일 식물의 잎사귀도 만든 것처럼 또렷했다. 무엇보다도 그것을 꽂은 솜씨가 너무나 정교해서, 화서는 우두커니 접시 안을 들여다보고만 있었다. 바늘 같은 것으로 토마토에 구멍을 뚫은 뒤, 머리칼을 제 구멍에 박듯이 식물의 잎사귀 대를 박아 넣었을 주방장 보조의 눈물겨운 노력이 식욕을 날아가게 했다.

"안 먹어요?"

그가 벌써 자기 앞의 접시를 허물며 말했다.

화서는 토마토에서 눈을 떼지 않으며 크로켓과 연어를 먹었다.

수프가 나왔다. 그린힐수프는 녹색이었는데, 완두콩수프처럼 푸른색이 곱게 풀려 있지는 않고, 초봄의 쑥떡처럼 점점이 푸르렀고, 독특한 향이 났다. 파슬리는 물론 아니었다. 화서는 웨이트리스에게 뭘 넣은 거냐고 물어보았다.

"아, 취나물이에요. 취나물의 잎사귀를 갈아서 크림수프에 응용한 겁니다. 우리 집에서 개발한 거예요."

들고 보니 정말 익숙한 향이었다. 상큼 쌉쌀한 취 냄새가 케니 지의 색소폰 연주를 타고 슬픈 듯 매끄럽게 목구멍으로 넘어갔다.

"내가 꼭 벌레 같기도 하고 줄에 매여 있는 개 같기도 해요. 맨날 병원과 집만 왔다갔다하다 보면…… 난 이상한 인간이 되어가고 있다는 착각에 아득해져요."

음악 탓일까. 그는 알 수 없는 소리를 하고 있었다. 평소에는 누구에게도 하지 않음직한……. 안심 스테이크와 농어를 먹는 동안에도, 샐러드와 디저트를 먹는 동안에도 그의 눈은 안으로 잠겨 있었다. 생과일 접시가 치워졌을 때에야 그는 고개를 들고 화서를 바라보았다.

"의상이…… 늘 잘 어울려요."

의상이? 화서는 처음에는 무슨 의미인지 얼른 알아차리지 못했다. 일상 회화에서 '옷'이라는 쉬운 말을 두고 '의상'이라는 단어를 썼기 때문이었다. 거창하고, 나 아닌 다른 사람에 관한 얘기로 들렸다. 그런 건 미스코리아들이 대회에 나갈 때 입는 옷이라든지, 패션쇼의 옷, 연주회나 연극을 할 때 입는 옷들을 말하는 게 아닌가. 몇 초가 흘러간 뒤, 그러나 그가 자기를 보고 그 말을 했다는 것을 느꼈다. 의상이 잘 어울린다고? 그럼 평소에도 나를 눈여겨봤다는 말인가? 설마? 가슴이 두근거렸다. 케니 지는 〈재스민 플라워〉를 연주하고 있다. 다섯 잎사귀의 그 조그만 꽃이 음으로 변질되어 귀엽게 홀 안을 날아다닌다. 따라라 라라라, 따라라 라라 라라라……. 그가 쓴 '의상'이라는 단어에서는 왠지 격식을 차리려는 거리감보다, 대접하는 듯한 호의가 느껴졌다. 따뜻한 입김 같은 것이 동글동글 엉겨서 부드럽게 어깨 뒤로 날아오는 것 같다. 눈앞의 기류가 어지럽게 울렁울렁 움직여서 화서는, 고맙습니다,라거나, 잘 먹었습니다,라는 말을 하지 못한다. 기회가 닿으면 다음엔 제가 사지요,라는 말도 꿀컥 삼킨다. 그들은 말없이 식당을 나왔다.

쾌적한 봄밤의 대기가 정겹게 그들을 감쌌다. 그들은 주차장으로 걸어갔다. 뭔가가 아쉬워서 천천히 걸었다. 그러나 밤은 제법 깊었고, 각자에겐 돌아가야 할 길이 있었다. 화서는 이쯤에서 택시를 타고 가겠다고 헤어져야 하는 게 아닌가 생각하면서도 행동으로 옮기지 못하고 있었다. 차에 타서, 안전벨트를 맬 때,

"이놈의 차 때문에 와인도 한잔 못 했네요."
하고 그가 화서를 돌아보며 웃었다.

차가 안국동, 돈암동을 지나 미아리 고개로 올라설 때에야 화서는 이 차가 구기동으로 가지 않고 자기 집 쪽으로 먼저 간다는 사실을 알아차렸다.

"어쩌죠? 진작 내렸어야 하는데…… 중간에서 기회를 보려던 것이……."

"제가 일부러 이렇게 왔습니다. 싫으면 그냥 가라고 했을 수도 있지요."

차 태워다 주는 것이 싫으면,이라는 뜻인지, 아니면 사람이 싫으면,이라는 뜻인지 알 수 없었다.

"죄송하구, 고마워요."

"늘 그렇게 미안한 얼굴을 지어요?"

"아뇨. 그게……."

"우리 누나 같아요. 경상도 청도에 사는데…… 가엾어요. 매형과 좋지가 않아요."

"……."

차가 길음동에서 정릉 쪽으로 좌회전했다. 그러나 빽빽하게 늘어선 차들은 좀체로 앞으로 나가지 않았다. 이 길은 아직도 지하철 공사

를 하고 있어서 하루 내내 막히고, 특히 이런 밤 시간에는 기약 없이 막힌다. 화서는 점점 더 미안해진다. 정릉 입구에서 드디어 그녀는 차를 세워달라고 했다. 정릉 쪽으로 들어가서는 안 될 것 같았다. 간단히 인사를 하고 내려, 마을버스를 탔다.

'늘 잘 어울려요' 하던 말을 화서는 되새겨본다. 그건 그가 그동안 화서를 바라보고 있었다는 얘기 같고, 보기 좋다는 느낌을 가지고 보고 있었다는 표현 같기도 하다. 〈꽃〉이라는 시가 생각난다. 네가 나를 불러주기 전에는 나는 다만 하나의 몸짓에 불과했다…… 네가 나를 불러주었을 때 나는 비로소 너에게로 가서 하나의 꽃이 되었다…… 화서는 자신이 그에게 특별한 의미가 된 건 아닐까 하고 상상해 본다. 아니라면 그가 나에게 특별한 의미가 돼도 상관없지, 생각하며.

아파트 앞의 식품 가게에서 내일 아침에 아들 언이의 도시락을 쌀 야채와 고기를 사는 동안에도, 지금 운전하고 가고 있을 그를 생각했다. 보통 키에 평범한 얼굴, 녹두색 면바지…… 매일같이 병원과 집을 오가며 자신이 벌레 같고 묶인 개같이 생각되어 아득하다는 남자…….

화서는 빠른 걸음으로 집으로 향했다.

남편은 이미 와서 거실이며 부엌에 불을 환히 켜놓고 티브이 앞에 멀뚱거리고 있었다. 뻐꾸기 시계를 힐끗 보니 열 시 반이었다. 거실을 정돈하고 청소를 한 듯, 바닥이 반질반질했다. 청승이라는 생각이 들었다. 왜 이렇게 눈치를 보나. 그럴 거면 뭐 하러 그렇게 딴 짓을 했담. 옛날처럼 굴지 못하는 그를 보자 조금 가엾어졌다. 소심하고, 양심 바르고, 비굴하고…… 남녀관계가 무엇이길래 그를 이렇게 만들었을까. 그러나 그때 우연히 들통나지 않았다면 아마 평생 나를 속이고 있을 거라는 생각이 들자 지금이라도 그 얼굴에 똥물을 끼얹고 싶었다.

"저녁 먹었어요?"

화서는 싱크대를 치우며 마지못해 묻는다.

"아니. 오후에 뭘 먹어서 아직 괜찮아."

아직이라니, 지금 열한 시가 다 되어가는데 아직이란 말인가. 김 양한테서 밥도 못 얻어먹었는가. 어쨌든 예전처럼 배가 고프다고, 빨리빨리 밥 차려달라고 호들갑을 떨지 못하는 그가 딱하다. 그러나 화서는 우선 언이의 도시락 반찬을 만든다. 과일까지 준비해 놓는다. 언이는 열두 시가 되어야 돌아올 것이다. 언이 몫의 준비를 다 해놓고 화서는 마지못해 남편의 밥상을 차린다. 내가 이러면 안 되지, 어디까지나 내 할 일은 해야지, 하고 꼬인 마음을 다스리며. 그럴싸한 반찬이 없어서 화서는 냉동 낙지를 꺼내 양념해 볶고, 소고기를 다져 된장찌개를 끓인다. 이십이 년간 익혀온 솜씨가 금방 훌륭한 만찬 상을 차린다. 남편은 허겁지겁 먹는다. 저것 봐, 저렇게 배가 고프면서 뭘 괜찮다고 했누. 화서는 설거지를 한다. 아무것도 생각지 않으려 하지만 무언가가 자꾸 생각난다. 그녀는 마음으로 귀를 막고 눈을 봉한다. 남편의 식사가 끝났다. 왜 이렇게 미운가. 왜 이렇게 마주볼 수가 없나……. 싱크대까지 말끔히 치우고, 거실로 나간다. 방으로 들어갔던 남편이 부스럭 부스럭 무엇을 가지고 나온다. 월급봉투다.

"이거 얼마 안 되지만 보너스야. 회사 자금 사정 때문에 며칠 늦은 거야."

그는 얼마든지 거짓말을 시킬 수도 있다. 화서는 이제 회사의 어느 누구에게도, 그 부인들에게도 보너스가 나왔는지 안 나왔는지 물어보지 않을 것이고, 설령 뒤로 빼돌린다 해도 그를 채근하지 않을 것이다. 전에도 그런 이유로 누구와 통화한 일은 없지만 동료 사원들의 부인들 말을 들어보면 남자들은 정규 보너스가 아닌 것은 곧잘 떼어먹는다고 했다. 그러나…… 화서는 그럴 흥미가 없다. 돈이든 뭐든 속여먹으려거든 더 속여먹어봐라…… 어디 더 하고 싶은 것이 있거든 더 해봐…… 그런 심정이다. 그러나 그는 전보다도 훨씬 더 비굴하게 눈치를 보며 자기의 모든 행위를 주머니 뒤집듯 뒤집어 보이려 한다. 처분대로 하겠다는 것이 아니라, 어떻게든, 기필코—이혼만은 막아보겠다는 의지다.

"퇴근해 나오는데 김 과장이 술 한잔 하자고 하잖아. 포시즌에 가서 맥주 한잔씩 했어. 지난번 출장 건 때문에 신경이 쓰이는 눈치더군. 김 과장은 좀 취해서 이차 가자고 졸랐지만 시간도 늦고 해서 그냥 왔어."

묻지도 않았는데 저 혼자 보고요, 변명이다. 그는 요즘 이렇게 시시콜콜히 무엇이든 화서에게 알리려 안달이 나 있다. 화서가 들은 척하지 않기 때문에 더욱더 조바심이 나는 것 같다. 남자들은 극단적인 배신 위에서도 인간관계가 이어져 갈 수 있다고 생각하는 건가. 깨어진 단지도 본드 같은 것으로 붙이면 간장을 담을 수 있을까.

김 과장은 며칠 전에 창원으로 출장 갔다가 이틀 일찍 올라왔는데, 우연히 이 전무가 창원 지사에 들러 김 과장의 결무를 알았다는 것이다. 상황이 어떻게 돌아가는지, 혹시 감원 대상에 올라가는 것은 아닌지 김 과장은 발이 저린 것 같았다.

티브이에서는 경제전망대니 시사매거진 같은 프로들을 방영하고 있었다. 화서는 하품을 했다. 처음 해보는 수영도 사람을 무척 피곤하게 하는데다 오후 내내 긴장해 있어서 몸이 뻐근했다.

"당신 먼저 자지. 내가 언이 문 열어줄게."

화서는 남편과 더 이상 함께 있기가 싫어서 몸을 일으킨다.

"과일 깎은 것 냉장고 안에 랩 씌워놓았어도. 언이 오면 물어보고 꺼내주세요."

안방으로 들어가 화서는 작은 욕실에서 세수를 하고, 잠옷을 갈아입은 뒤, 자려고 침대에 눕는다. 내일도 다섯 시면 일어나야 한다. 일어나서 언이 아침을 챙겨주고, 아이가 밥 먹는 사이 얼굴도 좀 보고, 학원에서 잘 지내는지, 문제는 없는지 눈치를 살펴야 한다. 아이가 부담을 가질까봐 화서는 공부에 대해서는 묻지 않는다. '공부'라는 단어 자체를 아예 입에 올리지 않는 것이다. 이것이 재수를 하는 그 애에게 자신이 해줄 수 있는 유일한 선물이다. 그러나, 그렇더라도, 요즘 공부하기가 어떤지 어떻게든 타진하지 않을 수 없다. 아이한테 필요한 것이 있으면 적시에 주선하고 마련해 줘야 한다. 예를 들어, 만일 과목 과외라도 필요하다면 말이다. 또 몸은 괜찮은지, 기분은 어떤지 살펴봐야 하리라.

어느새 남편이 들어와서 화서 옆에 와서 눕는다. 화서는 몸을 일으키고 싶다. 그러나 가물가물 잠이 스며든다.

"언이 문 열어준다면서요."

왜 들어왔느냐는 말을 화서는 간신히 그렇게 입으로 내뱉는다.

남편이 화서에게 팔을 뻗어 안으려고 했다. 그 순간, 어머 이 남자 미쳤네, 할 사이도 없이 그 '점막'이라는 말이 미끌거리며 머릿속으로 비집고 들어왔다. 화서는 화닥닥 일어났다. 미끌미끌하고 뭉글뭉글하고 점액질인 그것이…… 그녀는 내장까지 토하고 싶었다. 점막이, 점액질이, 점막이, 점액질이…… 점막과 점액질은 다른 것이련만 화서는 그 둘이 똑같은 것인 것만 같다. 그래, 김 양하고 할 때는 점막이 된단 말이지…… 점막이 되어 너 죽어라 나 죽겠구나 환장하도록 그 짓을 한 후에 정액이 흐드러지게 분출한단 말이지……. 심장이 펌프 소리를 냈다. 그녀는 협심증 환자처럼 가슴을 움켜쥐었다. 포르노 영화에서 본 허연 정액이 김 양의 얼굴 위로 확 뿌려지는 모습이 컬트 영화의 장면처럼 솟아오른다. 아 지옥이다, 지옥…… 이건 정말 지옥이야……. 화서는 방문을 벌컥 열고 베란다로 나간다. 뒤편 동에 불이 환히 켜져 있다. 노란 불, 하얀 불…… 저것이 가정이라는 것이겠지. 화서는 담배라도 한 대 피우고 싶다. 그러나 그녀는 담배를 피울 줄 모른다. 담배가 집에 있을 리 없는 것이다. 남편도 심한 오입을 하느라고 몸 걱정을 했는지 오래 전에 담배를 끊었다. 화서는 찬장 문을 열고 양주를 꺼내 한 잔 따라온다. 그것을 한 모금씩 홀짝거리면서 그녀는 아파트의 야경을 내다본다. 불현듯, 언젠가, 김 양이 하던 말이 떠오른다. 그때는 김 양이 남편과 특별한 사이가 되기 전이었다. 아마 그랬을 거라고 화서는 생각한다. 남편은 과장이었는지 대리였는지 그랬고, 김 양은 여상을 졸업하고 막 입사했을 때였다. 그때도 남편은 그 방의 책임자였다. 당시엔 회사의 규모도 적고 사원도 얼마 되지 않아 회사에 무슨 행사가 있으면 사원 부인들이 달려가서 음식도 차리고 일들을 거들었었다. 그때던가, 아니면 동해안으로 피서를 갔을 때던가? 참, 그 무렵에는 회사 직원과 가족들이 회사에서 마련해 놓은 해수욕장으로 다 같이 여름휴가를 가곤 했었지. 텐트를 치고, 숙식을 같이 하고…… 김 양은 늘 화서 주변에 있었다. 아무튼, 거기선지 어디선지…… 미나리를 다듬을 때였다. 화서가 미나리를 다듬고 있는데 김 양이 와서 거들었다. 아직 여고생 티를 벗지 않은, 조금 촌스럽고 순박한 아이였다. 그녀가 인상과는 다르게 요것조것 얘기를 붙이며 순식간에 미나리를 다 다듬었다. 그러면서 "사모님은 미나리를 다듬을 줄 모르시네요" 하고 방긋 웃었다. 그 말은 맞는 말이었다. 화서는 그때까지도 미나리의 줄기만 먹는다는 사실을 모르고 있었다. 자연 줄기 끝까지 잎사귀를 오롯이 살려 얌전하게 다듬느라 시간이 오래 걸렸다. 한 줄기 한 줄기 손에 들고 누런 전잎들을 떼어내고 다른 지저분한 것들을 골라내노라니 짜증이 났다. 더구나 미나리는 젖어 있어서 젖은 검불들이 계속 손에 묻었다. 화서는 지금도 섬세한 일은 잘 하는 편이지만 거칠고 투박한 일에는 소질이 없다. 그러나 김 양은 미나리를 손아귀에 한 움큼씩 쥐고 잎사귀 부분을 한 뼘이나 썩둑 끊어낸 다음, 줄기의 밑부분도 칼로 뭉텅 자르더니, 대충대충 대번에 다듬어버렸다. 대담하고 겁이 없다고나 할까. 그러면서 무슨 말끝에 자기는 밑이 잘 젖어온다고 했다. 자기가 교회에 다니는데, 장로님들이나 집사님 같은 남자어른들이 농담을 걸어올 때면 팬티가 젖는다는 것이다. 그 말을 할 때 그 애가 얼굴을 붉혔던가? 화서는 새삼 기억을 더듬는다. 별로 그렇지 않았다는 느낌이 이제 와서는 확실히 든다. 슬쩍슬쩍 화서의 눈치를 보며, 이런 얘기에 저런 어른들은 어떻게 반응하나 시험한 것 같기도 하다. 그렇다면 고것이 처음부터 발칙했었나? 학생 단발 같은 생머리에 얼굴이 동그랗고 눈도 동그랗고 피부는 까무잡잡하던 김 양…… 그때서부터 벌써 의심했어야 하지 않았을까? 의심했으면…… 조심했다면…… 그런 일이 일어나지 않았을까?

그러나 결국은 방법이 없었을 것이다. 그들은 매일 눈앞에 붙어 있고, 그들은 남자와 여자니까. 어떤 말로도, 어떤 윤리나 도덕으로도 남녀관계는 허물어지지 않는다.

둘의 결합이 좋았을까? 화서는 눈을 감는다. 남편은 남자니까 또 그랬다 치자. 그러나 김 양도 그렇게 좋았을까? 자신의 일생을 담보잡힐 만큼? 하긴, 고년이 더 좋아했는지도 모르지. 육체가 끄는 힘에 결혼도, 장래도 던져버린 애가 아닌가. 발가벗은 두 사람이 미친 듯이 뒤엉켜 있는 모습이 떠오른다. 다리와 팔이 서로의 몸체를 뱀처럼 휘어감고, 그것도 모자라 여자의 등은 뒤로 활처럼 휘어 헉헉거린다. 남자의 입은 여자의 젖무덤에 처박혀 있다…… 화서의 눈에 다시 불이 인다. 지옥, 지옥, 지옥…… 이건 정말 지옥이다. 아, 나는 언제나 이 지옥에서 벗어나나?

화서는 고개를 살래살래 젓는다. 술기가 얼얼하다. 사람들 사이의 일은 모두 이 지경인지도 모른다. 이성으로 정리되는 일은 여간해서 없는 것 같다.

화서는 방으로 들어간다.

아들이 들어올 시간을 겨냥하며, 그녀는 슬며시 침대에 눕는다. 남편은 잠이 들은 것 같다. 과연 이 사람하고 노년을 함께 지낼 수 있을까……. 열두 시가 다 되어가고 있다. 아직 엘리베이터 멎는 소리는 들리지 않는다.

아까, 낮에, 두자 형님 집에 갈 때―같이 가고 싶은 것 같은데도 따라나서지 못하던 미조라는 애가 생각난다. 안색이 어두웠다. 내가 잘못 봤을까?

이상한 봄

자외선 차단 크림과 바디로션, 수영복을 챙겨넣어 미조는 수영장으로 간다. 화장을 하지 않고 다니는 그녀는, 낮에 돌아올 때 벌써 햇빛이 따가워 기미를 조심하지 않으면 안 되었다.

수영장 안은 번잡스러웠다. 전 시간에 수영을 마친 이들이 나오고 있고, 이번 시간에 시작하는 이들이 한꺼번에 들어가는 시간이었다.

미조는 두 번째 레인으로 들어가 발차기 연습을 했다. 첫번째 레인은 4월에 새로 들어온 사람들에게 물려주고, 미조네 클래스는 두 번째 레인으로 옮긴 터였다. 이제 한 달이 조금 지나 대개들 엉기듯이 자유형으로 허우적거리며 갈 수 있었으나, 수업을 시작하기 전에 발차기 연습을 해놓아야 몸이 무겁지 않았다.

아는 얼굴들이 킥판을 잡고 물 위를 떠가고 있다. 모두들 들어온 순서대로 발차기 연습을 하는 것이다. 미조도 몇몇 얼굴들과 눈인사를 나누며 재게 발을 놀렸다. 처음에 물 속에 들어왔을 때는 완강하게 저항하던 물살들이 이제 순하게 그녀의 다리에 감겨왔다. 다정하고도 간지러운 발의 느낌. 알맞게 저항하고 알맞게 감겨오는 기포들. 물은 이쪽에서 조금만 균형을 잃어도 가차없이 꿀컥 삼켜버린다. 그러나 정성을 다해 감싸안으면 믿을 수 없을 만큼 온유하고 부드럽게 굴복해 온다. 그를 지배하고 싶다면, 절대로 끝까지 겸허함을 잃지 말아야 한다. 한순간이라도 겸허함을 잃으면 그는 곧 크게 성을 내며 잘못을 꾸짖는다. 지배권은 이미 회수해 가버린 뒤다. 이쪽에서는 쩔쩔매며 꼬르락 꼬르락 그의 폭력에 휘둘릴 수밖에 없다. 그것을 아는지라 미조는 조심스럽게 물에게 애정을 보낸다. 가상하다는 듯 물이 답례해 온다. 미조는 기쁘다. 그녀에게도 물은 이제 도도하기만 한 어떤 것이 아니라 깊고 넓고 풍성한 친구, 몸 전체를 그윽하게 받아주는 아버지 같은 존재다. 미조가 평생을 그리워해 온 진짜 아버지의 품 같은 것……

미조는 물에 들어오면 만족감을 느낀다.

마음 저 안에서, 내가 팔자도 좋지 아무 일도 하지 않으면서 지금 한가하게 이런 수영이나 즐기고 있나 한심스럽기도 하지만, 물은 그녀의 온몸을 부드럽게 어루만지며 속삭인다. 알아, 알아. 지금 네가 어떤 형국에 처해 있는지 내가 알아. 괜찮아, 괜찮아. 조금만 더 기다리면 좋은 수가 생길 거야……. 그는 미조를 다독거린다. 두근두근한 두려움 속의 푸근함. 온순한 사자의 품에 안긴 것 같은 이 기분을 어떻게 설명하랴. 이제까지는 그렇게도 겁을 내던, 너무나도 크고 엄청난, 너무 넓고 너무 깊은…… 그런 존재도 이렇게 부드러운 벗이 될 수 있다는 것이 믿어지지 않았다. 미조는 물에 몸을 부린다. 제법 무게를 주며 안겨도 본다. 어느덧 고개를 들었을 때, 출발지점에서 손짓을 하고 있었다. 이미 코치가 물에 들어와 기다리고 있었다.

미조는 부지런히 레인을 건너간다.

강습이 시작되었다.

스무 명 정도의 동료들이 코치의 지시대로 지금까지 배운 동작들을 뽐내며 물을 헤쳐나간다. 킥판 잡고 발차기로 갔다오기, 킥판을 다리 사이에 끼고 팔 돌리기로 갔다오기…… 거기까지는 그런대로 낙오자 없이 리턴 지점까지 잘 갔다왔다. 킥판이 물에 둥둥 뜨기 때문에 누구든 거기에 몸을 의지할 수 있었다.

그러나 킥판 떼고 자유형을 시키자 제일 깊은 지점인 가운데 부분에서 낙오자들이 속출했다. 대개는 키가 작고 나이 든 아주머니들이었는데, 그네들은 그곳을 지나칠 때마다 심장이 떨린다고 새파랗게 질리며 번번이 낙오되었다. 물 깊이는 150센티쯤이 아닌가 싶지만, 눈, 코, 이마까지 물에 잠기는 높이여서 자기 키보다 훨씬 깊다고 생각되는 모양이었고, 그래서 공포심을 유발하는 것 같았다. 바닥을 짚고 똑바로 서도 머리가 물 속에 잠긴다면 수영에 자신이 있지 않는 한 누구나 두려울 것이다. 얕은 곳에서는 숨쉬기도, 발차기도 잘하던 이들도 그곳에 이르면 갑자기 평정을 잃고 허우적대다가 물을 꼴깍꼴깍 먹었다. 그런 경험들이 많아서 아주머니들은 그곳을 마의 삼각지대라 불렀다. 만일에 빠지면 폴짝 뛰어오르며 숨을 쉬라고 코치가 아무리 말해도 아주머니들은 불난 집에서 집문서 찾기라고 기겁들이었다. 코치가 가운데 지점에 버티고 서서 끊어지는 행렬을 이으려 했지만 두어 사람만 바들바들 떨며 더 건너갔을 뿐이었다.

코치는 킥판 없이는 그 지점을 건너가지 못하는 이들을 거기 붙잡아놓고 억지로 물 속으로 마구 밀어넣었다. 거꾸로 서든, 바로 서든, 혹은 동작을 조금 흉내내어 하든 숨만 쉬라고 하면서 머리가 올라오면 자꾸 밀어넣었다. 지금은 동작이 문제가 아니라 장소에 대한 공포심이 문제라는 것이다. 그는 그곳의 깊은 물과 아주머니들의 작은 키를 어떻게든 섞어보려고 고심하고 있었다. 그러나 그곳이 키 작은 아주머니들에게 완전히 정복되기까지는 많은 시간이 걸릴 것 같았다.

미조는 출발지점에 등을 기대고 서서 첫번째 레인의 신입생들을 바라보았다. 그 클래스의 코치도 이제 물에 들어온 지 며칠 안 되는 여자들을 이끌고 목청을 있는 대로 돋우고 있었다.

"무릎을 펴세요. 무릎을 펴서 다리 전체로 차는 겁니다. 엄지발가락이 닿을 듯 말 듯 뒤꿈치는 약간 벌리고…… 바깥쪽 발등으로 차세요."

여자들은 일제히 수영장 가장자리에 설치되어 있는 바에 매달려 자기 뒤쪽 수면 위로 두 다리를 띄우고 엎드려 있었다. 그 모습이 마치 봄철 가리맛살들의 매스게임 같았다. 하얗고 통통하게 살이 오른 다리들이 두 개씩 짝을 이루어 물 위에 죽 떠 있는 것이다. 미조는 웃음이 났다. 우리들 모습도 저랬겠지…….

"시작!"

코치가 목에 힘을 넣어 구령을 내렸다.

착착착착착착착착…….

갑작스러운 물소리가 수영장 안을 가득 채웠다. 하얀 거품이 요란하게 천장까지 튀어올랐다. 다른 레인들에서도 하던 동작을 멈추고 소란스러운 신입생들을 돌아보았다. 그러나 곧 그들은 자기들 하던 동작으로 돌아가고, 물소리는 한계를 넘어 점차 잦아들었다. 모두 다리에 힘이 빠진 것이다. 여자들이 하나 둘 바닥을 짚고 일어났다.

"참을 수 없을 때까지 계속하다가 잠깐 쉬고 다시 계속하세요. 어깨와 허리에 힘을 빼고 엉덩이를 드세요. 그래야 다리가 뜹니다."

코치는 돌아다니며, 서 있는 여자들에게는 다시 하도록 종용하고,

아직도 엎드려 있는 여자들에게는 자세를 바로잡아주었다.

그러나 전반적으로 진척이 잘 안 되자 이번에는 여자들을 전부 물 밖으로 끌어내어 킥판을 깔고 앉게 한 후 허공에서 다리 연습을 시켰다. 수십 명의 여자들이 일제히 허연 다리를 들고 허공에서 소리나지 않게 휘저었다. 캉캉을 추는 무희들 같았다. 여기가 수영장이기에 망정이지 다른 데라면 구경꾼이 모여들 만큼 섹시한 동작이었다. 그러나 코치들은 수영장 안에서 노상 벗은 몸을 봐서인지 여자들의 몸에는 무감각한 것 같았다.

미조네 코치가 출발선으로 돌아왔다.

그는 조금 상기된 얼굴로 모두들을 다시 모아놓고 물 위에 뜨는 법을 재차 설명했다. 가르쳐도, 가르쳐도, 지진아와 낙오자가 끊이지 않으니 참 답답할 것이었다.

"다들 자기 몸은 물에 뜨지 않는다고 생각하고 있는데, 사람 몸은 다 떠요. 힘만 빼고 이렇게 물 위에 엎드려 있으면 다 뜨는 거예요."

그는 앞의 몇 사람을 물 위에 뜨게 했다.

"누워 있어도 마찬가지예요. 이렇게요. 그러니 겁낼 게 하나도 없다니까요. 아무리 깊은 물에 가도 겁낼 게 없어요. 가다가 안 되면 이렇게 물에 떠 있을 수 있어요. 게다가 이젠 모두 숨쉴 줄도 알잖아요. 그렇죠?"

그는 새로운 낙오자들에게 동의를 구했다.

그네들이 끄덕거렸다.

"그러니까 일단 머리가 물 속으로 들어갔다 싶으면 무조건 부르륵하면서 숨을 내뱉으세요. 그러다가 기회를 봐 물 위로 몸을 띄우면 되지요. 폴짝 뛰어오르면서 숨을 들이쉬든지요. 도대체 아무것도 겁낼 게 없다니까요."

그는 모두들 제자리에서 몸을 띄워보게 했다. 앞으로, 뒤로……
또 앞으로, 뒤로…… 그리고 뒤집어보게도 했다.

"자 다시 발차기 연습!"

그가 대열을 바로 세워 또다시 발차기로 레인을 건너갔다 오도록
시켰다. 뒤처지는 사람들과 앞서가는 사람들 사이에서 그는 진도를
맞추려고 진땀을 뺐다. 한 바퀴를 돌고 오자 그가 미조를 끌어냈다.

"이리 나와보세요."

미조는 놀라 그를 쳐다보았다.

"괜찮아요. 이리 나와보세요."

주위의 아주머니들이 힐끔힐끔 웃으며 미조를 밀어냈다.

"아, 나가라니까. 총각이라 처녀에게만 관심이 있다네."

"젊으니까 좋다, 좋아."

"얼른 나가봐. 떡 한 개라도 더 줄 줄 알아?"

"빨리 나가라니까. 그럴 적도 잠깐이야."

미조는 엉겁결에 밀려서 앞으로 나갔다.

"저리로 가서 이리로 발차기하면서 와보세요."

코치가 킥판을 가운데께로 던졌다.

"저기 가서요?"

"네."

미조는 불안하면서도 그가 시키는 대로 가운데쯤으로 가서 킥판을
잡아 발차기하면서 돌아왔다.

"보셨죠?"

미조가 일어나는데 모두들 그녀를 옹위하고 서서 박수를 쳤다.

"저렇게 무릎을 펴고 엉덩이부터 다리 전체로 차니까 팍팍팍팍 나
가잖아요."

알고 보니 칭찬이었다.

"물론 체격 요건도 있어요. 수영에서는 아무리 기술이 뛰어나도 체격 조건이 중요한 역할을 해요. 모든 운동이 그렇지만요. 우선 몸의 길이가 짧으면, 저처럼 말입니다, 특히 팔다리가 짧으면 불리하기야 하지요. 그러나 그건 선수들의 얘기고, 우린 여기서 지금 그런 차이까지 느끼진 못해요. 제 말만 잘 들으시면 누구나 다 잘 나갑니다. 그러니까 지금부터 이분처럼 무릎을 펴고 차세요."

그는 좌중을 돌아보았다.

"그리고 참 누구시더라? 공주 발차기하시는 분……"

코치는 누군가를 눈으로 찾았다.

"저기 저분, 제가 농담 좀 할게요."

그는 꽃무늬 수영복을 입고 늘어지는 팔찌를 한, 예쁘장한 박화서 아주머니를 가리켰다. 아주머니가 얼굴이 발개지며 머뭇머뭇 의아스러운 눈길로 코치를 쳐다봤다.

"집에서 일 안 하시죠?"

박화서 아주머니는 더욱 의아스럽게 코치를 바라본다.

"그래요, 안 그래요?"

"일 하는데요."

아주머니가 조그맣게 풀잎처럼 대답했다.

"막일 안 하시죠?"

그녀는 또 의아스럽게 그를 쳐다본다.

"……"

"큰소리 안 내시죠?"

박화서 아주머니가 조금 웃었다.

"조용하고 차분한 편이시죠?"

아주머니는 웃음기를 머금고 고개를 끄덕일락말락했다. 그의 말을 수긍하는 것 같았다.

"제가 왜 이런 말을 하냐 하면요, 발을 너무 곱게 차셔서요. 그런데 그렇게 차시면 안 돼요. 더 세게, 더 팍팍 차세요. 수영은 그래야 나가요."

그는 두 손으로 박화서 아주머니의 발을 흉내내어 공주 발차기와 제대로 된 발차기의 차이를 설명했다. 보폭을 적게, 얌전히 차기보다는 다리는 되도록 붙이되 과감히, 그러나 회초리처럼 척척 휘어지게 차라는 얘기였다.

박화서 아주머니는 생각보다는 자연스러운 태도로 코치의 지적을 받아들이고 있었다. 묵묵히 서서, 약간 얼굴이 붉어지긴 했지만, 학생 같은 자세로 끄덕이며 코치의 말을 모두 수용했다. 그리고 이제 잘하겠다는 투로 마지막엔 코치에게 눈인사를 보냈다.

"다들 아셨죠?"

코치는 만족한 표정이었다.

배영 발차기가 시작되었다.

물 위에 누워서 배 위에 킥판을 올려놓고 그것을 손으로 잡고는 발차기를 하며 순서대로 레인을 건너갔다. 킥판을 배 위에 올려놓으면 허리 부분이 물 위에 뜨기 때문에 배영의 초보연습으로는 훌륭했다. 한 바퀴 돌아와서는 킥판을 떼고 만세 하는 자세로 발차기만을 하면서 다시 레인을 건너간다. 다시 돌아와서, 이번에는 정식으로 팔돌리기까지 하면서 배영을 한다.

자유형 때보다도 낙오자들이 더 많이 생겼다. 모두들 자기가 물을 제일 많이 먹었다고, 수영장 물이 이만큼이나 줄었지 않느냐고 야단들이었다. 미조는 몸이 자꾸 비뚜로 나가서 탈이었지 물 먹을 정도는 아니었다.

"하루아침에 되지는 않아요. 너무 급히 배우려고 하시지 말고 천천히……."

코치는 다음 시간부터는 평영을 시작하겠다고 빠지지 말라고 당부하고는 시간을 끝마쳤다. 한 종목을 완전히 마스터하고 다음 종목을 나가는 것이 아니라, 이렇게 자유형과 배영을 하면서 동시에 평영을 진행시켜나가야 지루하지 않다고 했다.

"그리고 연습들 좀 하고 가세요. 이 반은 연습하기가 아주 좋잖아요. 다음 반이 없으니까요. 특히 킥판 떼고 왔다갔다할 수 있는 분들은 쉬지 말고 되도록 많이 왔다갔다해 보세요. 그래야 수영이 늡니다. 마라톤에서 '사점'이란 말 들어보셨어요?"

그는 여러 사람을 둘러보았다.

"마라토너가 처음 달리기 시작해서 얼마 동안은 굉장히 힘들지만 어느 선을 넘어서면 힘든 줄을 모른다고 해요. 그 고비를 사점이라고 하는데, 모든 육체적 운동에는, 지속적으로 하는 것에는요, 이 사점이 있어요. 수영에도 물론 사점이 있습니다. 여러분한테는 아마 이 코스를 두 바퀴나 세 바퀴쯤 도는 순간이 사점이 될 텐데, 그때까지가 아주 힘들고, 그 다음부터는 아무리 돌아도 숨이 찬 줄도, 힘이 든 줄도 모르게 돼요. 그러니 스무 바퀴 서른 바퀴 돌 수 있는 거지요. 뭐 하러 힘들게 그렇게 많이 도느냐고 하실지 모르지만 그게 바로 체력이에요. 그렇게 돌던 사람은 저 북한산에 한 번도 쉬지 않고 단번에 올라갈 수 있어요. 가능하다면 이 사점까지 가보세요. 그것을 통과한 사람은 이 반에서 이거가 될 겁니다."

그는 엄지손가락을 높이 들어 최고라는 표시를 해 보이며 물에서 나갔다.

"아이구, 사점이라니, 저 물을 건너가지도 못하는데……."

"열심히 해봐. 누구는 엄마 뱃속에서부터 수영 배워가지고 나왔겠어?"

"아가씨는 좋겠수. 키도 크고, 다리도 쭉 뻗었구, 선생이 잘한다고 저렇게 칭찬이니……."

아주머니들이 한 마디씩 던졌다.

그러나 연습하고 가라는 코치의 권유가 무색하게 여자들은 모두 새떼들처럼 샤워실로 달아나버렸다. 몇몇만 남아, 연습을 시작했다. 늘 남는 얼굴들이었다. 처음부터 따로 남아 숨쉬기 연습을 하던 아주머니들 중 몇몇이 항상 남는 고정 멤버가 되었다. 그녀들은 모두들 벌써 물의 매력에 조금쯤 빠져든 것 같다. 미조도 지금 나가면 샤워실이 너무 복잡할 것 같아 조금 더 있다가 나가기로 했다.

자유형과 배영으로 한 바퀴씩 돌아오자 더는 힘이 들어 계속할 수가 없었다. 미조는 출발선에 기대어 서서 가쁜 숨을 몰아쉬었다. 연습을 하던 대여섯 명의 여자들도 차례로 출발점으로 돌아와 숨을 고르었다.

여자들이 모이자 일상 얘기며 농담들이 오고갔다. 남편이나 아이들 얘기, 그날 아침 가족 식탁에서 일어난 이야기……. 미조는 같이 주고받을 화제가 없어 몸은 같이 서 있으면서도 멍하니 앞을 보고 있었다.

"아유, 힘들어 죽겠네."

제법 자유형을 잘하는 이두자 아주머니가 숨차게 헤엄쳐와 물에서 일어났다. 수영을 하면서 친하게 된 예희가 말끝마다 '이두자 아주머니', '박화서 아주머니', '위보인 아주머니' 등등으로 성까지 꼭꼭 붙여 불러서, 미조도 이 아주머니들의 이름을 정확히 기억하게 되었다.

두자 아주머니는 키가 작고 나이가 꽤 든 것 같은데도 같은 또래의 아주머니들보다 훨씬 수영을 잘했다. 맨 처음에 숨쉬기도 못 하고 물에 뜨는 것도 못 해서 미조들과 같이 남아 연습을 한 것을 보면 처음부터 잘한 것은 아니었다. 그러나 눈을 똑바로 뜨고 코치의 말을 새겨듣고, 또 매우 분발하며 열심히 하는 것을 알 수 있었다. 그 두자 아주머니가 물 속을 엉금엉금 걸어 미조의 옆으로 와서 섰다. 미조는 눈인사를 보낸다. 언제던가, 아마 수영을 시작한 첫 무렵에 다른 이들하고 함께 이 아주머니 집으로 놀러갈 기회가 있었다. 모두가 권했는데도 미조는 따라가지 않았다. 특별한 이유가 있었던 것은 아니다. 공연히 겁이 나서, 자신에 대해 알려지는 것이 두려워서 순간 몸을 사렸던 것 같다. 그러나 집에 돌아가서는 무척 후회를 했었다. 그것이 사람 사귈 기회고, 그럼으로써 서로 친근하게 오갈 수도 있으련만, 상대들도 전부 좋은 이들 같았는데…… 그만 그럴 기회를 놓치고 만 것이다. 그 생각이 미조의 마음속에 늘 자리잡고 있다. 그들은 그 뒤에도 자주 만나는 것 같았다. 예희가 언니, 언니, 하며 같이 가자고 한 것이 서너 번 되었으나, 처음에 발을 들여놓지 않으니 어쩐지 서먹서먹해서 불쑥 따라가지 못했던 것이다. 언니는 참 골치 아픈 사람이야,라고 예희는 고개를 절레절레 흔들었었다.

"속이 안 좋아요?"

두자 아주머니가 물어왔다.

"어떻게 아세요?"

미조는 놀라 되물었다.

"얼굴빛이 좋지 않고, 그렇게 뺨에 뭐가 난 걸 보니……."

아, 이런 걸 보고도…… 나이 든 어른들의 통찰에 미조는 조금 충격을 받는다. 그러나 자신의 얼굴이 남 보기에도 벌써 정상이 아니라

는 증거였다. 미조는 뺨을 만지작거린다. 뺨 아래쪽에 도돌도돌한 수
포들이 여전히 돋아 있다.

"보기 싫지요?"

"보기 싫긴, 여드름하고는 다른 건데 뭘."

"정말 다르던데요. 그런데 이런 거 나보셨어요?"

"전에, 속 안 좋을 때……."

"어떠셨어요?"

"고생했지. 참 찹쌀밥을 해 먹어봐요. 뭐 병원 같은 데 다 다니고
있겠지만……."

"찹쌀밥을요?"

"응."

"어떻게요? 그냥 찹쌀밥만 해 먹어요?"

"이따 저기 나가서 가르쳐줄게. 여기 지금 물소리가 시끄러워
서……."

찹쌀밥? 찹쌀밥을 해 먹으면 정말 나으려나? 말도 하지 않았는데
열꽃이 돋은 것을 보고 속이 안 좋은 걸 알아차리는 어른들의 소견이
신기했다. 미조는 어머니를 생각했다. 어른 없이 혼자 사노라니 의식
하지 못해서 그렇지 청맹과니로 답답하게 꾸려가는 일이 얼마나 많겠
는가. 그래서 나는 이렇게 오래 위장병을 앓았을까……. 의사는 단순
히 신경성일 거라고 말했었다. 사진상으로는 이상이 없다고. 스트레
스 받는 일을 해결해 보라고.

"더 하다 갈래요? 우리도 나갑시다."

두자 아주머니가 말했다. 레인 안에 같이 있던 사람들이 저 앞에
나가고 있었다. 미조도 아주머니를 따라 샤워실로 나갔다.

샤워를 마치고 옷을 입고 밖으로 나오자 휴게실에서 예희가 기다

리고 있었다.

"왜 수영장엔 안 들어왔어?"

"응, 하기 싫어서. 아니 참 조금 늦게 일어났다!"

"싱겁긴…… 근데 이제 뭣 하러 왔어?"

"언니 만나러 왔지."

"날?"

"언니, 우리 어디 가자!"

예희는 어느새 미조의 어깨에 손을 두른다.

주차장 앞 동산에는 진달래가 활짝 피어 있었다. 모두들 환성을 질렀다. 엘리뇨 현상으로 예년 기온보다 십 도 가량 높은 날씨가 계속되고 있다더니 정말 진달래가 일찍 피어 있었다. 이상한 봄이었다. 아파트 마당엔 아직 목련도 지지 않았는데…….

"와! 활짝 피었네!"

"저렇게 예쁜데 세상에! 아까 들어갈 때는 왜 몰랐을까?"

"어유, 강습시간에 늦을까봐 헐레벌떡 뛰어왔으면서 뭘……."

"게다가 들어갈 때는 등 뒤 쪽이라 잘 안 보여. 나올 때 이렇게 잘 보이지."

"아, 좋다, 좋아!"

모두들 그대로 집으로 가기가 아까워 동산 근처를 어슬렁거린다.

"우리 이러지 말고 저기 가서 커피 빼 먹고 놀다 가자."

"그래, 그러자."

"아가씨들도 이리 와요. 처녀가 섞여 있어야 재미가 나."

미조와 예희는 거절을 못 하고, 또 찹쌀밥 얘기도 듣는다고 했으므로 아주머니들을 따라 동산으로 올라갔다.

"커피는 내가 뽑아올 테니까 예희는 나 따라 이리 오고, 앞에 가는 사람 중 누구 가서 김밥 사오지. 배고프잖아.”

“김밥이요? 김밥을 어디서 사요?”

박화서 아주머니였다.

“저 모퉁이 돌아가면 김밥집 있어.”

“어느 모퉁이요?”

“바로 우리 수영장 건물 저쪽 옆으로 말야. 거기 돌아가면 조그맣게 김밥집이랑 구멍가게 있다니까.”

“그래요? 그럼 제가 가서 사올게요.”

미조와 예희는 웃음을 참으며 양쪽 아주머니를 따라간다. 박화서 아주머니는 손위인데도 계속 존대를 쓰고, 위보인 아주머니는 아랫사람인데도 누구에게나 가리지 않고 반말을 쓴다. 이것이 처음에는 무척 귀에 설었었으나, 위보인이 너무도 당연하게 그렇게 하니까 이제는 모두들 익숙해졌다. 박화서 아주머니는 필요한 말 이외에는 여간해서 입을 떼지 않으므로 어쨌건 상관하지 않는 듯하지만, 오늘은 짐짓 더 존대를 쓰는 것 같다.

미조와 화서가 김밥과 음료수 등을 들고 돌아왔을 때 일행은 진달래가 다복다복 피어 있는 풀숲에 동그랗게 모여앉아 있었다.

“이게 진짜 진달래야. 진짜 진달래는 이렇게 색깔이 흐리고 힘없이 연약한 듯 핀다니까.”

“연분홍 치마가 생각나고 바윗고개가 생각나지 않아?”

두자 아주머니였다.

“참 구세대다. 그게 언제 적 얘긴데 진달래에서 그런 걸 생각해요?”

마지막 말끝에 이번에는 간신히 ‘요’ 자를 붙였으나, 위보인 아주머니는 여전히 함부로 말을 날린다. 그러나 이두자 아주머니도 박화서 아주머니처럼 이것을 별로 탓하지 않는다.

"나이 먹었으니까 구세대긴 구세대지. 그렇지만 우리 세대 얘기도 아냐. 난 그보다는 젊다구. 한데 이상하게도 나는 우리 오빠들이랑 외삼촌들 정서를 그대로 물려받은 것 같애. 어려서 이리저리 연애편지 심부름해 주고 그랬거든."

"정말 요새 개량철쭉은 보기 싫어요. 너무 선정적으로 색깔이 진하고 엄청나게 탐스럽게 피잖아요. 그래서 꼭 조화 같애."

"조화가 생화 같고 생화가 조화 같은 세상이라잖아."

두자 아주머니와 화서 아주머니는 사이가 좋다.

꽃 그늘 아래서 김밥들을 먹었다. 과자들도 건드리고, 이제는 식어 버린 커피와, 음료수를 식성대로 골라 마셨다.

"그런데 참, 그 화가 분은 안 나오시네?"

박화서 아주머니가 혼잣말처럼 말했다.

"여행 가셨대요. 그리고 가을에 전시회가 있어서 그 준비 때문에 거의 못 나오실 건가 봐요. 제가 전화해 봤어요."

예희가 받았다.

"우리 예희 참 쓸 만하지? 우리가 궁금할 거 미리 다 알아서 저렇게 연락해 보고."

"정말 기특하네."

"다음주엔 저희 집으로 꽃구경들 오세요. 저도 곧 여행 가거든요? 영산홍이랑 작약이랑 기막히게 피었어요. 정말 혼자 보기 아까워요."

위보인이었다.

"주택에 사시는구나!"

"영산홍 이쁘지."

"어디…… 여행 가세요?"

"응, 이번엔 터키 쪽으로 가볼까 해. 거기 볼 게 많다고 해서."

"아줌만 좋겠다. 딴 덴 다 가셨었나 보죠?"

"IMF인데 상당하다."

잠시 사이가 떴다. 모두들 하늘을 쳐다보고, 날씨를 감탄하고, 이제 돋아나는 물오리나무와 자작나무의 연둣빛 아기 순들을 신기하게 바라보았다. 다들 속으로 자기들 사는 것을 생각하는 듯했다.

미조는 찹쌀밥 얘기를 언제 물어볼까 하고 자꾸 이두자 아주머니를 바라보았다. 그러나 아주머니는 수영장 안에서 스스럼없이 말을 걸던 때와는 반대로 이 자리에서는 별로 말을 하지 않는다. 조금 우울한 것도 같다. 손에 제비꽃을 따서 뱅뱅 돌리며 먼 곳을 자주 바라본다.

"근데 참, 한 달 사이에 안 나오는 사람 많다. 아까 그 이균인가 하는 화가 말고도 안나라던가 애기엄마 말야, 그이도 안 나오지. 또 피부 하얗고 남색 수영복 입었던 여자 알아? 그이도 안 나오지. 키 작고 목 이렇게 붙었던 이도 안 나오지……."

"그이들 전부 삼십대예요. 삼십대는 마음 단단히 먹고 어쩌다 시작만 하지 오래는 못 해요. 애들 아직 어리지, 집안 살림 늘어졌지…… 손이 어디 한두 군데 가나요? 내가 여기저기 다녀보았지만 삼십대는 그래도 힘깨나 쓰는 이들이 처음에 시작해 보겠다고 용쓰고 나오지만 한두 달 새에 결국은 다 고만둬요. 저같이 아이 없는 사람이나 계속해서 나올까."

"그게 그렇구나! 그 또래들이 왜 없나 했더니."

예희가 쓰레기를 모았다. 이 손 저 손들이 도왔다.

"갑시다. 또 가서 일들 봐야지."

"그래야지."

모두들 일어났다.

"우리 다음에 어디 한번 놀러갑시다. 날짜 정해 가지구 말이에요."

누군가가 말하고, 그러지, 그러지 동조들을 했다.

미조는 예희와 함께 두자 아주머니 옆에 서서 걸었다. 사람들이 대강 앞서서 인사를 치르고 뿔뿔이 헤어진 뒤, 경사진 길을 내려갈 때 아주머니가 입을 떼었다.

"우리 아버지가 한의사셨는데, 지금은 돌아가셨지만 꽤 용한 분이셨다우. 살림집이 약국에 붙어 있어서 노상 약 짓는 방에 드나들면서 자랐지요. 아버지는 환자들에게 한약첩을 지어주시고는, 찹쌀로 흰죽을 쑤어 장독대 같은 곳에 시원하게 식혔다가 조금씩 먹으라고 하시대요. 늘 그 말을 들었어요. 그렇지만 그 말이 무슨 뜻인지 몰랐지요. 그런데 내가 아파보니, 아버지가 돌아가시고 훨씬 후인데―내 위장이 야쿠르트 한 병, 알사탕 한 개를 소화 못 시키는 거예요. 견디다 견디다 앞이 캄캄해졌을 때 불현듯 아버지의 그 말씀이 생각나더라구요. 아, 그 말이 속병 난 사람들한테 하시던 말씀이구나, 깨달아지면서 뭔가 손안에 잡히대요. 그래서 나도 허영실수로 찹쌀을 한 되 사다가, 그땐 밥이 먹고 싶어서 죽을 쑤지 않고 그냥 밥을 지어 천천히 그것을 조금씩 떠먹었는데, 그렇게 안 되던 소화가 스르르 되면서 위에 무리가 가시기 시작했어요. 잘 생각해 보니 이래저래 소화가 안 되고 뭘 못 먹고 할 때는 아무튼 속에 든 게 없으니까 허기가 져서 자꾸 입으로는 뭔가 먹을 것을 부르게 돼요. 그래서 자기도 모르게 이것저것을 조금씩 먹게 되고 그것이 소화를 더 안 되게 하는 것 같아요. 그러나 찹쌀밥을 먹으면 속에 근기가 생겨 다른 것을 별로 안 먹어도 되고, 그러니 속 치료할 동안은 아주 좋아요. 그래서 찹쌀밥을 해 먹어 보라고 권한 거예요. 뭐, 병원 다니면 거기서 시키는 대로 하면 되지만…… 양의사들은 이런 걸 잘 모르고, 또 먹는 조섭은 결국 자기가 해야 되니까…… 내가 너무 오지랖이 넓은가 모르겠네."

"아녜요. 큰 도움이 될 것 같아요. 저도 오늘 당장 찹쌀밥 한번 해 먹어볼게요. 그동안 무척 고생했거든요. 그런데, 어떻게 하는 거예요? 찹쌀로 그냥 밥처럼 해요?"

"압력솥에 하는 게 편한데…… 압력솥 있어요?"

"네, 있어요."

"사용해 봤어요?"

"네, 써봤어요."

"그럼 거기다가…… 찹쌀을 씻어 한 시간 가량 불렸다가 넣고, 물은 쌀알이 보일 듯 말 듯 부어요. 불은 쌀을 기준으로요. 이걸 잘해야 해요. 그러니까 보통 밥처럼 많이 붓지 말고 쌀알을 살짝 덮을 정도로 한 0.5밀리나 더 올라오게 붓는달까? 또 쌀에는 수용성 비타민이 많으니까 기왕이면 쌀 담갔던 물을 버리지 말고 그대로 써요. 가스 불을 켜고, 끓기 시작하면 한 일 분이나 일 분 삼십 초 후에 그냥 꺼버리고, 뜸이 다 든 후 뚜껑을 열고 푸면 돼요. 하는 법이야 쉽지."

"네에."

"먹어봐서 너무 싱거우면 나중에 팥을 놓아도 되는데…… 그러면 맛있는 찰밥이 되지. 그러나 그렇게 할 때는 간을 해야 돼요. 국물이 달콤짭짜름하게 맛있어야 해요. 그러니까 소금도 조금 치고 설탕도 조금 치고 참기름도 조금 치고…… 간장으로 빛깔을 내고…… 이건 물론 속이 좀 나았을 때 얘기예요."

미조는 찹쌀밥 짓는 법을 머리에 잘 새겼다.

"수용성 비타민? 와, 두자 아줌마 정말 유식하다. 그치?"

아주머니와 헤어지자마자 예희가 고개를 설레설레 저으며 눈을 휘

둥그렇게 떴다.

"머리가 좋으신가봐. 조직적이고, 합리적이고…… 설명하는 걸 보면 그렇지? 무엇이든 아는 걸 현실에 적용하나봐. 누구든 다 가정 시간에 영양이니 뭐니 배웠지만 그걸 실제 생활과 연관시키는 사람이 몇이 있니? 머리로 아는 것하고 살림살이하고는 거리가 있잖아. 그런데 아줌마는 아닌 것 같아."

"생김새하고는 다르지, 응?"

"그래."

미조도 두자 아주머니를 다시 한 번 머리에 떠올린다. 자그마하고 야무지지만 눈에 띄지는 않는, 겉치레에 특별히 신경 쓰지 않는 듯한 아주머니였다. 알면 알수록 실망을 주는 사람이 있는가 하면, 알아갈수록 알맹이가 꽉 차가는 사람이 있다면, 두자 아주머니는 후자 쪽이라는 생각을 하며.

예희가 손목을 들어 시계를 본다.

"언니, 우리 조기 삼거리에 놀러가자."

"야, 나 수영복 빨아 널어야 해. 이 젖은 가방 들고 지금 어딜 간다고 그래? 화장도 안 했는데."

"삼거린데 뭐 어때. 언닌 화장 안 한 게 더 이쁘다, 치."

"그래도. 말도 안 돼."

"가자."

"안 된다니까."

"가자아!"

예희는 잡아끄는 힘이 대단했다. 미조는 정말 힘에 끌려, 나중에는 에라 바람이나 한번 쐬고 갈까 하여 예희를 따라 삼거리로 나간다. 그러나 예희는 삼거리에서 사거리 쪽으로 더 걸었다. 미조도 따라 걸었

다. 로터리에서 길을 두 번 건너, 대각선 방향의 샛길로 예희는 미조
의 손을 끌고 걸어들어갔다.

"어디 가는 거야? 어디 갈 데 있는 거야?"

"따라만 와. 오늘은 언니, 나 하자는 대로 해."

예희는 샛길 오른쪽에 있는 이상한 건물로 미조를 데리고 올라갔
다. 빨강과 초록의 철조 틀로 건물 전체가 구축된, 대담하고 현대적인
느낌의 유리 빌딩이었다. 사방 전면이 유리로 덮여 있었고 철조 틀은
전부 초록과 빨강으로 칠해져 있어서, 어린이와 관련된 외국의 어떤
기업이 지은 빌딩이 아닌가 느껴졌다. 그 이층의 커피숍으로 예희는
미조의 손을 쥐고 성큼성큼 들어갔다.

실내는 아주 밝았다. 미조는 눈이 부셨다. 아직도 약간 젖은 머리
와 맨얼굴이 비로소 신경 쓰였다. 예희는 창가의 자리를 찾는 듯 두리
번거리더니, 안쪽 구석자리로 미조를 끌고 갔다. 거기엔 이미 어떤 남
자가 앉아 있었다. 얘가 이분이 앉아 있는 것도 모르고 이 자리에 앉
으려나 말릴 사이도 없이, 예희가 까르르 웃으며 남자에게 인사를 하
고, 미조도 거기에 앉혔다.

"아는 사이야?"

미조는 놀라서 물었다.

"으응, 우리 수영 선생님."

"수영 선생님?"

수영 선생님은 이분이 아니지 않은가? 그녀들의 수영 선생님은 이
제 체육대학을 갓 졸업한, 아니 참, 아직 학생이라고 했던가? 하여튼
나이도 어리고 체구도 작은 귀여운 남자가 아닌가. 황 뭐라나 하는.
이 사람이 수영 선생님이라니 그럼 예희가 또 다른 곳에서 수영을 배
웠나? 그렇다면 왜 맨 처음에 왔을 때 나처럼 그렇게 수영을 못 했을

까? 미조는 생각해 봤으나, 아리송했다.

"죄송합니다. 제가 한번 만나보고 싶어서 예희에게 부탁을 했어요."

"네?"

남자가 미조에게 첫인사라는 듯 목례를 보냈다. 미조는 그를 쳐다봤다. 무엇에 휘둘린 것 같았다. 만나보고 싶어서? 부탁을 했다고? 미조는 예희를 쳐다봤다.

"난 임무 완성했다아?"

예희가 남자에게 의미 있는 눈초리를 던지며 깔깔 웃었다. 미조는 예희의 얼굴을 더듬었다. 이 사람이 도대체 누군데? 어떻게 나를 알아? 하는 뜻이었다. 그러나 예희는 실실 웃기만 했다.

"언닌 지금 맨얼굴로 그냥 왔다고 이러는 거예요. 그러나 언니를 치장시켜서 이렇게 데리고 오는 것은 불가능했음. 하하하!"

예희는 더 깔깔 웃었다.

"수영장에서 제가 여러 번 뵈었는데요, 뭘."

여러 번 봤다고? 수영장에서? 뭐 어떻게 된 거야? 미조는 답답했다. 남자는 심상하게 예희와 얘기를 주고받으며 장난질까지 쳤다. 흰 셔츠를 입고 있었는데, 눈에 설지 않은 인상이었고, 보기에 따라서는 핸섬하다고 할 수도 있었다.

"으응, 내가 새벽반에 며칠 나갔었잖아. 거기 선생님."

"새벽반에?"

"네, 농땡이로 한 며칠……."

"그럼 우리 수영장 선생님이세요?"

"네, 저는 새벽반만 합니다. 그리고 낮에는……."

"그럼 미리 말을 해야지! 이게 뭐니?"

"말하면 따라왔겠어?"

예희가 미조를 흘겨보았다.

"나 이제 간다아? 우리 언니 푸대접만 해봐라. 언닌 우리 반에서 최고 인기야. 아줌마들이 전부 중매 선다 하고 이러저리 얼마나 끄는데. 어저께도 위보인 아줌마가 자기 조카라나 누구라나 보인다고 데리고 가려고 했어요. 돈도 잘 벌고 굉장히 잘생겼대. 그러니 알아모시라구. 언니도 이 사람 싫으면 딱 싫다구 해. 그럼 내가 또 소개해 줄게."

"와, 예희 겁나서 꼼짝 못 하겠다!"

남자가 말했다.

"그럼, 그럼."

예희는 고개를 살래살래 유세를 부리더니, 정말 일어나서 한 손을 휘저으며 몇 발짝 뒤로 물러나, 호르륵 나가버렸다. 미조는 졸지에 물에 빠진 생쥐 꼴로 남자 앞에 앉아 있었다. 이상한 오후였다.

"미안합니다. 이렇게 우스운 자리를 만들어서…… 그러나 여기까지는 제가 사과하지요."

남자도 어색한지 뒤늦게 당황하는 듯했다. 무슨 말을 하긴 해야겠는데, 미조가 선뜻 응해 주지 않아서 어려운 모양이었다. 미조는 어떻게 할까 생각했다. 그러나 수영장에서 본 사람이라면…… 겉모습에 대해서는 더 이상 감출 것도 없었다. 전혀 아무런 치장도 않은 채로 보였을 테니…… 편하다는 느낌이 왔다. 그러나, 그러나…… 내가 과연 남자를 사귀어도 되나.

"나갈까요? 이렇게 앉아 있는 게 어색하면……."

"네, 그랬으면 좋겠어요."

그들은 서로 이름도 모르는 채 커피숍을 나왔다. 두 사람은 키가 비슷했다.

"걸을까요? 저 위로?"

그는 아직 미조의 성격을 파악하지 못해서인지, 아니면 원래 그렇게 예의바른 것인지 무엇이든지 하나하나 이쪽 의사를 물었다. 조금 신선하다고 생각하면서 미조는 고개를 끄덕였다.

그는 수영 코치가 본업이 아니라는 얘기, 대학 시절에 적십자 구조요원 자격을 땄는데 그것을 시작으로 이런저런 운동들을 즐기다가 결국은 수영 코치 노릇을 일 년 정도 해왔다는 얘기, 전공은 경영학이며, 지금 종합무역상사에 다니고 있고, 아무래도 곧 수영 코치직을 그만둬야 할 것 같다는 얘기를 했다.

"처음에는 내 운동도 할 겸 겸사겸사 잘 됐다고 생각했는데 그게 아녜요. 한 일 년 하노라니 부담이 되네요. 회사에서도 지금까지는 출장도 없고 업무도 수월한 편이었지만, 다음달쯤 자리를 옮기게 될 것 같구요."

그들은 아파트 단지를 지나 덩굴장미가 뻗기 시작하는 초등학교 담을 끼고 걸었다.

"다리 아프죠? 좀 쉬었다 갈까요?"

그는 앉을 만한 데를 눈으로 찾고 있었다. 그러나 주변에는 건물도, 계단도, 다른 앉을 만한 자리도 없었다.

"차가 아까 거기 있어서……."

"차요? 아까 그 건물 주차장에 차를 두고 오셨어요?"

"네."

"그럼 너무 멀리 왔잖아요. 도로 그리로 가요. 진작에 얘기하시지."

차가 주차장에 있는데도 그 말을 하지 않고 이만큼 걸어온 것이 이상했다. 그러나 생각해 보니 처음 보는 여자한테 무조건 차를 들이대며 타자고 하기가 어려웠는지도 모른다는 짐작이 들었다.

"근데 참, 오늘 회사에 안 가셨어요?"

유리 건물로 돌아오며 미조가 물었다.

"네, 오늘은 서류를 뗄 일이 있어서 조퇴했어요. 저희 부모님이 미국에 계시거든요. 동생들도요."

"식구가 모두 미국에 있어요?"

"네, 얘기하자면 긴데…… 부모님은 오래 전에 이민 신청을 해놓으셨더랬어요. 제가 어려서요. 큰아버지가 원래 미국에 사시거든요. 그런데 형제 초청이라 대기 연한이 근 십 년 가까이 걸렸어요. 처음부터 그랬던 것이 아니라 두 나라 관계가 달라지며 이민법이 자꾸 바뀌었던 거죠. 부모님은 진이 다 빠진데다, 애초에 큰아버지 댁 근처에 가서 무슨 일을 하려던 계획도 상황이 달라져 있었고, 막상 떠날 때는 이미 제가 대학에 들어간 때라 성인인 저만 따라갈 수 없게 되어버렸죠. 그래서 포기하려고도 했어요. 그러나 결국 계획대로 가셨어요."

"혼자만 여기 놔두고요?"

"네, 저는 혼자 여기서 대학에 다녔죠. 군대도 갔다오고요."

"성인이면 왜 이민을 못 가요?"

"아, 예. 성인은 또 다른 미국 시민권자가 따로 초청을 하면 몰라도 가족에 껴붙어서는 못 가요. 독립된 하나의 성인이니까요. 미국 사람들 생각은 그런가 봐요. 문제는, 그것보다도, 부모님을 뵈러 미국에 갈 수조차 없다는 겁니다. 저는 관광 비자도 안 나와요."

"왜요?"

"갔다가 불법 이민자로 잠적할까봐 그렇죠."

"세상에!"

"세상일이 그렇게 뜻하지 않게 되더군요."

"그럼 그 후로 쭉 혼자서 사셨어요?"

미조는 자기가 혼자 살아온 시간을 생각하며 물었다.

"그럼요. 그랬지요."

"밥 해 먹으면서요?"

그는 웃었다.

"밥도 해 먹고…… 하숙도 하고……."

"지금은요?"

"지금이요? 모르셨어요? 난 수영장에서 기숙합니다. 그러니까 새벽반을 맡았죠."

"수영장 어디서요?"

"거기 부속 에어리어에 방이랑 식당이랑 다 있습니다. 스포츠 센터 관리를 위해서 여러 명이 기숙해요. 그 센터 사장이 우리 친척이거든요. 그가 부탁을 해서 있기 시작했지요."

"혼자 지내신 지 한 십 년 되셨어요?"

"군대까지 합치면 십 년 넘었죠."

"영원히 미국에 못 가시는 거예요?"

"아녜요. 결혼하면 갈 수 있어요. 제게 배우자가 생기면 여행 비자는 나옵니다. 여기 가족이 있으니까 돌아올 거라는 얘기죠."

"웃기는 사람들이네요."

"웃기죠."

"그러나저러나 가족이 보고 싶어서 어떻게 해요?"

"어머니가 서너 번 나왔다 들어가셨어요."

"참, 부모님이 아들을 또 초청하시면 되잖아요."

"사정이 여의치 않아서 영주권을 늦게 취득하셨어요. 그리고 지금은 저도 이제 여기서 직장을 가졌고…… 미국에 살러 갈 생각은 별로 없습니다. 뵈러는 가고 싶지요."

미조는 옆에서 걷고 있는 남자를 새삼스럽게 느꼈다. 한 번도 생각해 본 적이 없는 이력의 남자를 오늘 뜻하지 않게 만난 것이다. 어떻게 이런 스토리가 한 가족의 역사에 끼어든단 말인가? 전쟁도, 재난도 아닌데. 개인의 자유가 최대한도로 보장된다는 요즘 같은 세상에 생각지도 못한 생이별을 하고 갑자기 이산가족이 되다니…… 태평양을 사이에 두고 남자와 가족들은 얼마나 안타까운 세월을 보냈을까? 말도 되지 않았다. 이런 이해할 수 없는 일들이 끼어드는 게 인생일까.

"여기요, 차 타고 가죠?"

남자가 주차장을 가리키며 미조에게 뜻을 물었다. 어느덧 그들은 유리 건물 앞에 와 있었다. 그녀는 고개를 끄덕였다.

"그럼 여기서 기다려요. 차 가져올게요."

그가 빠른 걸음으로 사라지더니, 금방 하얀색 아반떼를 몰고 나타났다. 미조는 그 차에 올랐다.

"조금 나가도 되죠?"

그가 또 그렇게 먼저 양해를 구했다. 미조는 끄덕이며 웃었다. 이런 성격도 있구나, 생각하면서. 옆에는 수영 가방이 있었고, 손질 안 된 머리와, 까실까실해져 가는 피부가 느껴졌다.

"사실은 집에 가야 하는데…… 젖은 수영복이 여기 그대로 들어 있잖아요."

"참, 수영을 예쁘게 하시던데."

"보셨어요?"

"네, 보았죠."

"언제요?"

"일요일 날 연습하러 오셨었죠? 그리고 다른 때도 두어 번……."

"그랬어요?"

"나중엔 수영을 잘하시겠어요."

"그래요?"

미조는 기분이 좋았다. 이 사람도 수영 선성이 아닌가. 이 사람이 그렇다면 어느 정도는 맞는 말일지 모른다. 근거 없이 비위 맞추는 말만 아니라면. 그러나 그는 남의 기분을 맞추는 데 능한 사람으로는 보이지 않는다. 사실 미조가 오늘 이런 남자를 만나 여기까지 따라오게 된 것도 최근 수영장에서 얻게 된 자신감 때문이리라. 얼마 전이었다면 그녀는 아마 커피숍에 앉는 순간 무조건 도망갔을지도 모른다. 그런데 이렇게 그의 차를 타기까지 하다니…….

지난 한 달 남짓 동안 수영장에 다니면서 미조는 변화를 겪었다. 매일 정해진 시간에 출타하는 것도 최근 몇 년 사이에는 없던 일이고, 미리 준비하는 일, 옷을 벗는 일, 남들의 나체를 흘낏흘낏 엿보는 일, 수영복이라는 몸에 딱 붙는 최소한의 옷을 입고 사람들과 어울려 드러눕고 엎드리고 신체의 갖은 곳을 다 보이며 허우적대는 일, 물이라는 기막힌 물질의 촉감…… 미조는 뭔지 모를 어우러짐과 긍정, 다른 사람들도 별게 없다는 생각, 자신도 충분히 그들 사이에 끼여 살아갈 수 있다는 마음을 갖게 되었다. 사람은 그저 비슷비슷했다. 대단히 자존심을 내세우는 사람이나, 다소곳한 사람, 길거리의 거지도 거의 다 똑같았다. 특히 벗겨놓고 보면. 자신이 그렇게 집에서 구멍을 파고 혼자서 두문불출할 필요는 이제 정말 없었다. 악칼한 사람도, 선한 사람도, 부자도, 가난한 사람도, 배운 사람도, 그렇지 못한 사람도, 의식이 있는 사람도, 없는 사람도…… 다 섞여 아무렇지도 않게 살아가고 있었다. 그리고 이미 자신도 그들 사이에 한 발짝 들어와 있었다. 불완전하긴 하지만. 그건—아주 다른 느낌이었다. 집에서 세상과 어울리고 싶다는 욕구만으로 물끄러미 창밖을 내다볼 때와는 모든 것이 달랐다. 그녀는 어느새 사람들 사이에서 꼬물꼬물 움직이는 자신, 이미 행동하고 있는 자신을 느꼈고, 여린 희망이 정수리를 희뿌옇게 비추는 것을 느꼈다. 이게 다행인가…… 다행이겠지…… 그녀는 생소한 환함에 기쁘면서도, 또한 불안했다. 지금 그런 상태였다.

"피곤해요?"

미조가 눈을 가물가물하고 있었는지 그가 창문을 조금 열어주며 말했다. 시원한 바람이 들어왔다. 미조는 바람 쪽으로 머리를 기댔다.

"저에 대해 아무것도 모르시잖아요."

"모르죠."

"참, 무슨 띠세요?"

"전 올해 서른입니다."

"저는 몇 살인지 아세요?"

"들었습니다, 예희한테. 스물아홉이라고. 내가 처음에 그걸 물었었거든요."

"맞는다고 생각하셨어요?"

"맞든 안 맞든 그 비슷할 거라고 생각했어요. 왜, 틀립니까?"

"아녜요, 나이는 맞아요."

"그럼 또 뭐가?"

"아녜요, 다른 건 하나도 모르신다면서요."

그 말을 하며 미조는 정말 그는 아무것도 모를 거라는 생각을 했다. 예희도 아무것도 모르는데 그가 알 리가 있는가. 수영장의 그 누구도 그녀의 과거에 대해서는 알 리가 없는 것이다.

"이렇게 데이트를 하는 것이 옳은 건지 모르겠네요."

"옳다니요? 데이트가 옳고 그르고가 있습니까?"

"있지요……."

"심각히 생각지 마십시오. 뭘 말하는지 모르겠지만. 우리들은 젊지 않습니까?"

그렇다. 젊다면 젊다. 그러니 무슨 일이라도 할 수 있다……. 미조는 그렇게 생각해 본다. 만날 수도 있고 헤어질 수도 있고……. 그녀는 운전을 하고 있는 남자의 옆얼굴을 새삼스럽게 뜯어본다. 검은 머리, 약간 갸름한 얼굴, 살갗은 조금 그을린 것 같고…… 코와 귀도 갸름하게 잘생겼다. 눈동자는 안 보이지만 아까 커피숍에 마주앉았을 때를 상기해 보면 속쌍꺼풀이 진, 옆으로 길쭉한 눈이었던 것 같다…….

"왜, 뭐가 묻었습니까?"

"아녜요."

미조는 크게 웃었다. 헛웃음이 자꾸 비어져나오려 했다. 그녀는 지레 꼬이는 마음을 어찌는 수가 없었다. 남자는 잘생겼고, 회사에도 다니고 있고, 나보다 한 살 많은 서른 살이다……. 가족은 미국에 있고, 지금 내게 우호적이며, 스스로 내 곁으로 왔다……. 더구나 내 마음에 든다. 이건 너무 푸짐했다. 나는 지불할 것이 없는데 너무 횡재하는 기분이다. 미조는 어쩐지 이 상황을 놀리고 싶었다. 이건 진짜가 아닐 거라는 의심이 들었다. 그래서 저절로 마음이 꼬였다.

"무슨 일에나 용기가 있으신 편인가요?"

"때로는."

"이런 방법으로 여자 몇 명이나 사귀셨어요?"

"믿든 안 믿든 자윤데…… 이러는 것은 정말 처음이에요. 차도 지난달에 처음 샀고요."

"이게 새 차예요?"

"아, 네. 조그마해서 그렇지만."

그는 차 운전이 익숙했다. 남자들은 차에 대해 여자와 다른 재능을 타고나는 것 같다. 아니면 이 차를 운전하기 전에 이미 다른 차들을 많이 운전했었던지.

"저에 대해서 안 궁금해요?"

미조는 뜬금없는 자기 자신을 제어하지 못한다.

"굉장히 궁금합니다."

"부모는 뭘 하나, 형제는 몇일까, 집은 잘 사나, 성격은 어떤가, 학교는 어딜 나왔나……."

"꼭 그렇지는 않지만 그런 것들도 두루 궁금합니다. 한 가지만 빼고는요."

"한 가지?"

"성격은 제 나름대로 약간 파악하고 있습니다. 물론 아주 잘못됐는지도 모르지만요."

"내성적이고 활달하지 못하다?"

"뭐 비슷합니다."

"그만 내릴까요?"

그가 차를 갑자기 갓길로 빠르게 뺐다. 그리고 울컥 세웠다.

"제가요……."

그는 숨을 몰아쉬었다.

"저기까지 갈 거거든요? 거기까지 갈 동안 아무 말도 안 하기로 해요."

그는 일직선 앞에 까마득하게 보이는 하얀 목표물을 턱으로 가리켰다. 무엇인지 잘 알 수는 없었으나 아무튼 집이었다. 수련장 같기도 하고, 무슨 시설물 같기도 하고……. 그들은 어느새 구기동, 불광동을 지나 구파발에 와 있었다. 그는 화가 난 것 같았다. 그가 차를 출발시켜 속도를 냈다. 화살처럼, 정말 날아가는 것처럼, 귀가 먹먹하게 차는 일직선으로 쫙 날아갔다. 무서웠다. 이러다 둘 다 죽겠구나 하는 생각이 퍼뜩 들었다. 공연히 남의 차에 타가지고 성질 건드리는 말을 해서 일을 고약하게 만들었다고 미조는 뒤늦게 후회한다. 싫으면 정식으로 싫다고 하면 그만이지 남을 이리 찔러보고 저리 찔러보며 실없이 이죽거릴 건 뭔가. 그녀는 벌받는 심정으로 눈을 꼭 감고 창 위의 손잡이를 죽어라 잡고서 이를 악문다. 영겁의 시간. 얼마나 시간이 흘렀는지 모른다. 어느덧 차가 멎었다. 서서히 멎은 것이 아니라, 갑자기 멎은 것 같다. 미조는 눈을 뜬다. 주위가 하얗다. 꿈속처럼—커다란, 엄청나게 커다란 목련나무 아래에 그들은 놓여져 있었다. 미조는 탄성을 내지르며 창 유리를 내린다. 굉장했다. 높이가 삼사십 미터는 되고 반경도 그 정도는 되는 커다란 목련나무에 탐스러운 목련송이들이 그야말로 꽃구름처럼 뭉게뭉게 겹치고 또 겹쳐서 하늘을 가리고 있었다. 장관이었다. 멋들어지게 옆으로 늘어진 가지들 그 하나에만도 사발만한 꽃송이들이 틈 없이 겹겹이 온 누리의 목련꽃을 다 모아놓은 듯 다닥다닥 피어 있었다. 가지들도 이리저리 엄청나게 번성해서 하늘 한 점 보이지 않았다. 미조는 이렇게 큰 꽃나무를 본 적이 없었다. 이렇게 꽃이 많이 핀 나무를 본 적도 없고, 이렇게 두려울 정도로 아름다운 나무를 본 적도 없었다. 외경심이 저절로 솟아났다. 그랜드캐니언이나 나이아가라 폭포 앞에 선다 하더라도 이보다 더 전율할 것 같지는 않았다. '꽃구름'이라는 말이 이래서 생겨난 거로구나, 하고 미조는 깨닫는다.

"좋죠?"

그가 그녀를 바라보고 있었다.

"아까 그 집은 어디 갔어요? 맨 처음에 보이던……"

"아, 여긴 그 뒤예요."

미조는 비로소 문을 열고 내렸다. 꽃이 한창 만발해 있을 때라, 떨어진 꽃잎들도 싱싱했다. 미조는 꽃잎들을 밟지 않으려고 발짝을 골라 디디며 나무 밑을 돌았다.

"그걸 밟지 않을 수는 없어요."

그가 따라오며 웃었다.

"어떻게 이런 델 알고 있었죠?"

미조는 슬쩍 그의 팔짱을 꼈다. 경관이 주는 흥분 때문에 자연히 옆사람의 팔꿈치 안으로 손이 들어갔던 것이다. 그때, 뭔가가 느껴져 왔다. 이상한 느낌이었다. 방금 탈수가 끝난 세탁기를 만지고 있는 것 같은…… 그녀는 아무 생각 없이 팔짱을 끼었는데, 그는 그 순간 자기의 팔 안쪽으로 들어온 그녀의 손을 두 손으로 감싸쥐고 어쩔 줄 모르고 있었다. 그가 떨고 있다는 것을 미조는 느꼈다. 야, 이 사람이 순진한 건가, 이게 뭔가…… 그녀는 손을 잡힌 채 그의 상태를 감미하며 가만히 있었다.

"아까 왜 그렇게 분위기를 살벌하게 몰아갔죠?"

억눌린 목소리로 그가 물었다.

"결혼할 사람 고르는 것 같아서요. 조건 조목조목 따져서 빨리 결혼해 식구들 만나러 미국에 가려고 목적 세우고 행동하는 것 같아서요."

"네, 물론 그런 생각도 했죠. 그러나…… 그런데, 왜 결혼 생각을 하면 안 되죠? 왜 그 단어에 그렇게 민감합니까? 여자들은 반대라고 그러던데……."

"저는 결혼 상대로는 적격이 아니니까요."

"왜요?"

"보신 대로 내성적에다 활달하지 못하고…… 또……."

“또 뭐요?”

“하여간…… 그래요.”

그가 자기 손아귀에 있던 미조의 손을 왼손으로 옮겨쥐고 오른팔을 뒤로 돌려 미조의 어깨에 얹었다. 두 사람은 키가 비슷해서 소꿉놀이 친구 같았다.

“뭐예요, 매스게임하는 거예요?”

“기왕이면 이렇게 하고 걸어요.”

그가 미조의 손과 어깨를 꼭꼭 자기 쪽으로 당겨 틈 없이 조였다. 미조는 울컥하며 웬일인지 슬퍼졌다. 사람들의, 그의 외로움 같은 것이 전해져 왔다. 얼마나 쓸쓸했을까. 얼마나 사람이 그리웠을까. 얼마나 가까이에 다정스런 사람을 두고 싶었을까……. 가족과 떨어져 서른이 넘도록 혼자 살아온 남자가 미조 자신처럼 생각되었다. 앙가슴 사이로 뻐근한 기운이 흘러내려갔다.

“거기 손 넣어봐요.”

미조는 자신도 모르게 그런 말을 내뱉었다. 그가 움찔 놀라 눈을 커다랗게 떴다.

“아니, 거기 어깨 안으로 말예요. 소매 속으로 손을 넣어 어깨를 만져봐요.”

어깨 위에 걸쳐진 손을 곁눈으로 바라보며 미조가 다시 말했다.

그의 손이 망설이는 듯하다가 셔츠 목을 통해 어깨로 들어갔다.

“거기…… 뭐가 있죠?”

“이게 뭐예요? 상처……인가요?”

“네, 흉터예요.”

“어쩌다가…… 어렸을 때에?”

“네.”

"이것 때문이에요? 결혼 못 한다는 게?"

"글쎄, 그렇다고도 할 수 있죠. 모든 것이…… 설명하자면 길어서……."

미조는 한숨을 쉬었다. 그녀가 그 순간 생각한 것은 중학교 때 짝이었던 친구가 한 말이다. 친구의 올케는 오빠와 결혼한 첫날밤, 불행한 어머니와 살아온 전력을 다 얘기했는데, 오빠는 그 순간부터 올케를 사랑하지 않게 되었다는 것이다. 두 사람은 열렬히 연애했었으나, 그 뒤로는 오빠가 올케와 잠자리도 같이 하지 않으려 하고, 자꾸 어디론가 도망갈 생각만 하다가, 결국 다른 여자를 만나 동거하게 되고 그녀와 재혼했다는 것…… 여자의 과거나 상처란 남자에게 만정이 떨어지게 만드는 독약과 같은 것이므로 절대 비밀을 누설해선 안 된다고 그 친구는 큰언니처럼 말했었다. 올케의 입장에서는 자기와 결합한 사랑하는 남자에게 평생 응어리졌던 상처와 비밀을 고백한 것이지만, 결과는 반대로 되는 거라고 인생 교훈 제1장 운운하며 그 친구는 떠들었었다. 그 말이 옳을지도 모른다고 미조는 늘 생각해 왔다. 그러나 지금 이 순간…… 자기도 어쩐지 그 올케가 될 수밖에 없을 것 같다. 그래야 마음이 편할 것 같다.

"난 그쪽에서 상상하지도 못하는 과거를 가졌어요."

미조는 음성이 가라앉았다. 그들은 목련 꽃잎이 하얗게 흐드러진 초원에 나란히 앉았다. 어깨를 끌어안은 자세 그대로. 남자의 가슴이 여자의 등 뒤에서 퍼덕퍼덕 소리를 냈다.

난 어머니와 둘이 살았어요. 수원에 있는 우리 집에서. 꽃들이 굉장히 많았죠. 봄에는 아무튼 뜰 전체가 오색 화원이었어요. 살구나무, 앵두나무, 찔레, 골담초, 황매화, 개나리, 진달래…… 과일이 열리는 나무 중 어떤 나무가 꽃이 제일 예쁜 줄 아세요? 꽃사과와 돌배처럼 먹을 수 없는 열매를 맺는 나무들이에요. 이런 나무들은 진짜 과수들보다 훨씬 꽃 빛깔이 예쁘고 꽃도 야무지고 꽃송이도 탐스럽게 덩이지어 피죠. 정말 아름다웠어요. 봄꽃이 질 사이도 없이 여름꽃들이 피어나곤 했죠. 이런 나무들 말고도 어머니는 봉숭아, 백일홍, 채송화, 한련화, 나팔꽃 같은 일년초들을 많이 심었어요. 한 이삼백 평은 될까요? 넓은 뜰에서 나는 철없이, 무심히 자랐지요. 어머니는 대가 무척 세신 분이셨어요. 아버지가 일찍이 서울로 가버리고, 어머니는 그릇장수를 하며 나를 키웠어요. 그러니까 냄비 등속을 이고 이 마을 저 마을로 다니다가, 나중에는 그런 것을 파는 가게를 열었지요. 돈을 조금 벌자 어머니는 우리가 살던 그 축대 위의 집을 싼값에 사서 깨끗이 보수해 저만을 바라보고 사셨던 거예요. 이자놀이 같은 것을 조금씩 하시면서요. 아이들이 너희 엄마 양은장수다, 하고 놀리는 것을 참을 수 없으셨던 거죠. 축대 위의 그 집은 무슨 나쁜 일이 난 흉가였대요. 그러나 담력이 센 어머니는 그런 것을 무시하고 그 집을 사신 거예요. 우리가 이만한 돈으로 이런 큰 집을 가질 기회는 이때뿐이다, 그렇게 말씀하시면서요. 어쨌든 나는 아무것도 모르고 행복하게 자랐어요. 어느 날, 나는 내 어깨 위의 상처가 어머니와 아버지의 이혼의 증거물이라는 사실을 알았어요. 아버지는 패기 있고 야심만만한 남자였는데 처음에는 생활력 강한 어머니의 주머닛돈이 그의 학비가 되었나봐요. 그러나 그는 곧 서울에 가서 더 큰 세상을 만났고 거기에서 미국 유학까지 한 아름답고 지적인 여성을 만났어요. 아버지에게는 선택의 여지가 없었죠. 그 여자와 너무도 결혼이 하고 싶은 아버지는 수원으로 내려와 무조건 이혼 도장을 찍으라고 어머니를 윽박질렀고, 평생 모든 것을 양보하더라도 아이와 자신의 장래를 위해 이혼만은 하지 않겠다고 굳게 결심해 온 어머니의 고집과 대립할 수밖에 없었죠. 큰 싸움이 벌어졌을 거예요. 아버지는 한번 마음먹은 일을 절대로 양보하는 사람이 아니었어요. 그 와중에서 어머니는 자고 있는 나를 안고 아버지 앞에 내보이며 인면수심을 들먹였던 모양이고, 눈에서 불이 난 아버지는 나를 포대기째 그대로 걷어차버렸대요. 나는 핑 날아가 함석함에 부딪치며 어깨에 심한 상처를 입었어요. 그 길로 어머니는 이혼을 하셨죠. 어머니는 내가 죽지 않고 어깨만 다친 것이 하느님의 뜻이래요. 그러나 그 하느님의 뜻도…… 저, 잠깐만요. 이 손 잡아도 되죠? 이렇게 하고 얘기할게요. 고등학교 삼학년이 되자 새어머니는 나를 불렀어요. 자기 집 자손이니 함부로 살게 내버려둘 수 없다는 거예요. 당시 아버지는 중요 부처의 장관이셨어요. 새어머니는 나를 음악대학에 보내기 위해 플루트를 사 안기고 대학교수에게 보내 사사를 시켰어요. 나는 주말마다 서울의 아버지 집으로 올라와, 플루트를 배우러 다녔죠. 나는 음악대학에 들어갔어요. 어머니는 나의 장래를 위해 눈물을 머금고 나를 새어머니에게 보냈고, 나는 새어머니 집에서 대학에 다녔어요. 처음에는 새어머니가 사준 좋은 옷을 입고 저택 같은 성북동 집에서 악기 케이스를 들고 대학에 다니는 것이 자랑스러웠죠. 그러나 곧 마음이 허전해 왔어요. 그러다가 어떤 한 남자를 만났는데…… 그는 나이가 든 사람이었죠. 그 시절에는 웬일인지 나는 나와 비슷한 또래의 남자들이 애들 같고 싫었어요. 마음이 가는 사람마다 나이가 든 사람이었죠. 나는 아마 그들에게서 아버지를 찾고 있었나봐요. 차라리 수원 집에서 아버지가 어떻게 생겼는지도 모르고 살 때는 좋았어요. 그러나 서울 집에 와보니 아버지에게는 이미 새어머니와의 사이에서 난 남동생들이 둘이나 있었고, 그 애들이 아버지의 온 사랑을 독차지하고 있었지요. 아버지는 새어머니의 시선 때문인지는 몰라도 나 같은 건 안중에도 없는 눈치였어요. 나는 남자를 만났죠. 매일매일 만났어요. 지금 기억나진 않지만 그 남자가 뭐라뭐라 그래서 돈도 내가 다 썼어요. 나는 용돈이 풍부했거든요. 수원의 어머니도 돈을 주고, 또 서울의 새어머니도, 아버지도 볼 때마다 돈을 주어서 다른 애들의 서너 배는 용돈을 가지고 있었을 거예요. 한 날은 그 남자가 여행을 가자고 하더군요. 나는 그 남자에게 이미 푹 빠져 있을 때라 그러겠다고 하고 저녁에 수원 집으로 내려갔어요. 돈을 좀 더 타러 내려갔는지…… 모르겠어요. 아무튼 가서 어머니에게 그 남자 얘기를 했죠. 저는 철이 없었어요. 여행을 간다고도 했어요. 어머니가 노발대발하며 말리시더군요. 나는 그래도 간다고 떨쳐일어났어요. 그날 밤 늦게 서울역에서 남자를 만나기로 약속했었거든요. 어머니는 그렇게 나이가 많은 남자는 결혼한 남잔지도 모르고 또 남자와 여행이라니 말도 안 된다고 저를 붙잡았죠. 저는 방에서 뛰쳐나왔어요. 어머니는 사생결단으로 쫓아왔어요. 나는 대문간에서 어머니에게 잡혔죠. 나는 어머니의 손아귀를 뿌리쳤어요. 어머니는 또 나를 잡았어요. 나도 사정없는 힘으로 어머니를 뿌리쳤어요. 그리고 축대 계단을 내려가는데…… 어머니가 대문간에 그대로 쓰러져 있는 것이겠지요. 나는 도로 올라갔어요. 어머니를 잡고 어떤 노력을 했는지 안 했는지…… 기억이 안 나요. 어머니는 숨을 쉬지 않았어요. 그랬던 것 같아요. 나는 너무 무서워서 어머니를 끌어다 집 안에다 두었어요. 이건 사실 나중에 자각한 사실이지 그 당시에는 아무것도 의식하지 못했어요. 나는 쫓기듯이 서울로 올라왔죠. 밤이었고, 캄캄했고, 너무너무 무서웠어요. 나중에 새어머니의 말을 들으니 내가 신도 신지 않고 맨발로 올라왔다더군요. 나는 아무것도 모르겠어요. 지난 구 년간 생각하고 생각하고 또 생각해 왔지만 나는 정말 아무것도 모르겠어요. 어떻게 그런 일이 일어났으며 또 내가 그런 행동을 했는지, 내 이성은 어디에 있었는지…… 서울 집으로 와서는 이층의 내 방으로 올라갔죠. 흙투성이인 채로 나는 올라갔다는데, 그때서부터 문을 잠그고 나오지 않았대요. 새어머니는 내가 강간 같은 것을 당하고 들어온 줄 알고 나름대로 궁리를 했지만 뾰족한 방법이 없었대요. 나는 이층에서 거의 보름이나 있었어요. 내가 어떻게 그동안 살아 있었는지 모르겠어요. 기억나는 것은 검은 옷을 입은 사람만 보면 두려워 떨었다는 거예요. 가끔씩 커튼을 일 밀리쯤 열고 밖을 내다보았는데, 검은 교복을 입고 가는 남학생들을 설핏설핏 보고 그렇게 떨었던 것 같아요. 경찰을 직접 본 것 같지는 않고, 환영으로는 본 듯해요. 그 시간 동안 나를 지배하고 있었던 것은 극도의 공포였어요. 나는 공포에 눌려 아무것도 생각하지 못했어요. 서울역에서 나를 만나지 못한 남자는 일주일이 지나도 이주일이 지나도 내게서 연락이 없자 이상하다고 생각하기 시작했죠. 그는 방법을 다해 내게 연락을 취해 왔어요. 그에게서 전화가 왔다는 말을 듣는 순간 내게 이성이 돌아왔어요. 나는 그하고의 약속을 지키지 않은 것을 알아차렸고, 시간이 좀 지나간 것 같다는 자각이 들었어요. 나는 그를 만나러 나갔어요. 그에게 가서야 나는 어머니하고 다툰 얘기를 했어요. 어머니가 쓰러졌는데 숨을 쉬지 않는 것 같았고 그 어머니를 집 안에 끌어다 놓고 왔다는 얘기도 했지요. 그 모든 사실들을 내가 알고 있는지도 나는 몰랐어요. 그를 만나자 술술 얘기가 터져나온 거예요. 그 남자는 입을 다물지 못하고 그 길로 나를 데리고 수원으로 내려갔어요. 어떻게 되었는지 확인해 봐야겠다는 것이었어요. 우리가 집에 거의 도착했을 때…… 그동안 수원 집에서는 많은 일들이 일어나 있었어요. 집은 비어 있었고, 뜰에는 봄꽃들이 만발했겠죠. 우리 집 마당에는 탁구대가 있었어요. 우리가 이사갔을 때부터 있던 것이었어요. 동네 조무래기들이 할머니 인기척이 없으니까 장난치러 담을 넘어 들어갔어요. 우리 어머니는 별명이 호랑이 할머니였거든요. 나이가 그렇게 많지는 않았는데도 어머니는 동네에서 할머니로 불렸죠. 그렇게 차리고 다니고, 그렇게 말 듣는 것을 싫어하지 않았으니까요. 아이들은 어머니 앞에서는 꼼짝을 못 하다가도, 어머니가 안 보이면 뒤에서 놀려먹기 좋아했지요. 담을 넘어 들어가서 지천으로 피어 있는 봄꽃들을 마구 꺾어 장난질을 치다가, 아이들은 할머니가 금방 돌아오지 않는다는 사실을 알아차렸어요. 그래서 아예 탁구를 치고 놀았죠. 핑퐁, 핑퐁…… 그 탁구공이 어느 순간 또르르 굴러 집 안으로 들어갔어요. 집 일층 한쪽에 광이 있었는데, 그 광의 밑에 나 있는 구멍으로 공이 들어간 거예요. 아이들은 장대를 구해다가 구멍에 넣고 엎드려서 탁구공을 빼내려 갖은 애를 썼어요. 이 애가 해보다가 안 되니까 저 애가 해보고…… 그러다가 사람 팔뚝을 발견한 거예요. 기겁을 한 아이들이 뛰어 달아났고, 곧 동네 어른들이 대문을 따부수고 들어갔죠. 그들이 광에서 어머니의 시체를 발견했고 경찰에 신고를 했어요. 그래서 경찰은 영문도 모르는 채 수원 우리 집에 들이닥친 거예요. 우리가 집에 도착했을 때 막 경찰은 시신을 실어보내고 동네 사람들에게 어찌된 일인가 수소문하고 있었던 거래요. 그러나 그 남자와 내가 멀리에서 보니까 동네 사람들이 경찰을 에워싸고 있는 것이었어요. 우리 두 사람은 이미 상황이 끝났다고 생각했지요. 우리를 지목하고 체포하려고 하고 있는 줄 알았어요. 그래서 경찰 쪽에서 당신이 그 딸이냐고, 당신 어머니가 돌아가셨다고, 어떻게 된 건지 아느냐고 물으려는 순간 오히려 모든 것을 털어놓았죠. 내가 놀란 것은, 어머니가 광에 있었다는 사실이었어요. 나는 지금도 그것을 인정할 수 없어요. 그 짓은 누구 다른 사람이 한 것만 같아요. 현관

이나 마루, 방이라면 모를까 어떻게 어머니를 광에…… 또 어머니의
거구를 내가 어떻게…… 이것이 지금도 내가 풀 수 없는 숙제요, 나
라는 인간이 지닌 마성이에요. 나는 이것 때문에 지금까지 구 년간 하
루도 잠을 자지 못했어요. 어쨌든 경찰한테 미리 자백한 사실 때문에
나중에 아버지와 변호사에게서 호되게 야단을 들었어요. 그들은 통
탄, 또 통탄을 했죠. 그러나 벌써 조서는 쓰여졌고, 아무것도 바꿀 수
는 없었지요. 판사는 그렇게 말했어요. 사고는 충분히 일어날 수 있
다, 그런 사고는 언제든지 일어날 수 있다…… 그러나 최고학부에 다
니는 성인여성이 어머니를 그렇게 해놓고 서울 집으로 가 두 주일이
나 있었다는 것은 있을 수 없는 일이다…… 그는 두 가지 사실에 주
목하더군요. 사고 전에 어머니와 다퉜는가, 다시 말해 해칠 의도가 있
었는가 하는 점과, 사후 처리 문제요. 두 가지에서 다 나는 좋지 않았
죠. 나는 삼십육 개월간 교도소에 있었어요. 심리 치료사로부터 자살
방지 프로그램을 처방받으면서요. 출소해서 이 년 정도까지도 서울
집에 살면서 심리 치료를 받았어요. 심리 치료사하고의 교분을 통해
인생에서 일어나는 뜻하지 않은 사고를 받아들이는 마음가짐과 개인
의 행복 같은 것에 대해서 긍정적인 생각을 하게 되긴 했어요. 자살
충동을 버린 것도 이때구요. 어머니가 지금 하늘나라에서 정말 바라
고 있는 것이 무엇일까 생각하곤 했죠. 엄마는 나를 사랑하니까 내가
행복하기를 바랄 거고, 기쁘게, 뿌듯하게, 열심히 잘 살다가 하늘나라
에 가서 자기를 만나는 것을 진정으로 바랄 거라고 생각하게 되었죠.
마음이 좀 가라앉은 후에 화원을 하는 시골의 이모 집에 가 있었어요.
그러다가 95년에 서울로 올라와, 이렇게 혼자 지내요. 아버지는 재작
년에 스위스에서 심장마비로 돌아가셨구요. 새어머니는 지금도 성북
동 집에 사시고. 남동생들은 미국과 영국에 있지만 형제들이라고 하

기는 어렵죠. 우리는 거의 연락하지 않고 살아요. 생판 남처럼. 사실 이젠 아버지마저 돌아가셨으니 새어머니하고도 연락할 일이 없죠. 저는 천애고아나 마찬가지예요.—여기까지가 다예요. 그런데 부탁이 하나 있어요. 잠깐만, 잠깐만 이 손을 풀지 말고 그대로 있어요. 아주 잠깐만요.

그는 그대로 있었다. 동작이 갑자기 멈춘 듯 조용했다. 그는 이야기를 듣는 내내 미조의 어깨 위로는 오른손을 두르고 왼손으로는 미조의 앙가슴을 쓸고 있었던 듯한데, 이야기가 멈추자 그 손도 멈추었다. 심장 뛰는 소리만이 등 뒤에서 퍼덕퍼덕 들려왔다. 어깨 위의, 가슴 위의 그의 손이 아까보다도 더 심하게 떨고 있다는 것을 미조는 알았다.

시간이 갔다. 그는 그 자세 그대로 있었다. 십 분은 좋이 갔으리라. 아니 삼십 분쯤 흘러갔는지도 모른다. 미조의 눈에서는 끊임없이, 소리없는 눈물이 흘러내렸다. 그것이 얼굴이며 목덜미며 옷깃이며를 엉망으로 만들어 그녀는 꼼짝 못 하고 그대로 앉아 있었다. 조금만 움직여도 콧물까지 홍수처럼 흘러내려 눈 뜨고 볼 수 없는 괴물로 변할 것 같았다. 미조는 생각한다. 얘기하길 잘했어. 그래, 이렇게 빨리 얘기하고 끝나는 게 낫지, 공연히 어물어물하다가 때를 놓쳐 나중에야 사실이 밝혀져 옥신각신한다면 그건 정말 끔찍한 일이야…… 자, 이젠 됐어. 이젠 깨끗하게 됐다구. 마음이 개운하잖아. 친구의 올케야 비밀을 털어놓은 후 사랑하는 남편을 잃었으니 큰 손해를 봤지만 나야 뭐 손해 볼 게 있나…… 그녀는 애써 그렇게 생각하려 했다. 이젠 됐어. 이젠 끝났다구. 어제와 다를 바 없는 내 인생이야…… 그녀는 스스로를 위안시키고 다독거렸다. 언제나 그랬지만 자신을 달랠 수 있는 것은 자신뿐이었다.

그러나 재채기와 훌쩍임이 곧 터질 것 같았다. 그녀는 차에 가서어서 가방을 가져와야겠다고 생각했다. 휴지가 있는지는 모르지만.

"이젠 됐어요. 이젠 이거 풀어도 돼요."

그녀는 그의 팔을 밀어내며 태연스러운 듯 말했으나, 자신의 소리는 한 번도 들어본 적이 없는 이상한 코맹녕이 소리로 공기 중에 퍼졌다. 야릇했다. 녹음기에서 재생되는 자신의 소리 같았다. 그가 팔을 더욱 조여왔다. 양쪽 팔을 더 조여서 어깨와 가슴이 쪼그라드는 것 같았다. 숨이 막혀 미조는 캑캑댔다.

"우리 동네까지는 데려다 주세요?"

무엇인가에 힘입어 미조는 그렇게 말했다. 그때 갑자기 그가 그녀의 얼굴을 돌려세워 자기의 가슴으로 끌어당겼다. 그러고는 강하게 휩싸안았다. 이때에야 미조는 그가 울고 있는 것을 알았다. 그의 얼굴도 눈물범벅이었다. 그의 흰 셔츠는 이제 두 사람의 눈물로 행주처럼 되었다. 이러면 안 되는데, 어떡하나, 어떡하나…… 하면서도 방법이 없었다.

"내가 지금까지 무슨 생각을 했는지 알아요?"

"……"

"당신이 그동안 얼마나 힘들었을까 하는 생각. 나는 부모도 미국에 있고, 학교에 다니고, 군대도 갔다오고, 친척들도 널려 있고…… 그런데도 이렇게 힘들었는데, 당신은 그 모든 것 없이 그런 일들을 겪으며 얼마나 힘들었을까 하는 생각……"

그가 아기를 추스리듯 미조의 얼굴을 자기 어깨 위로 올렸다. 가슴과 가슴이 맞닿았다. 미조는 이제 숨을 좀 쉴 수 있었다. 그가 물었다.

"그 남자는 어떻게 됐죠?"

"아, 그 얘기를 빠뜨렸네요. 한 일 년쯤은…… 면회를 왔어요. 그러나 차츰 편지도 뜸해지더니 소식이 끊겼죠. 나는 거기에서 오직 그 한 사람만을 생각하며 견뎠어요. 출소하자마자 수소문을 해서 그 사람을 찾아갔죠. 한양대학 뒤의 허름한 어느 주택에 살더군요. 아마 셋방을 사는 모양이었어요. 그가 결혼했으리라는 것은 너무 많이 상상을 해서 그렇게 놀라지는 않았어요. 그러나…… 그에게는 아이가 있었죠. 작은아이야 내가 거기 들어간 다음에 만들어 낳았겠지만, 큰아이는…… 그 사람은 나를 사귀면서 이미 다른 여자와 동거했거나 적어도 임신시킨 것을 내 나름대로 확인할 수 있었죠. 그를 꼭 닮은 큰아이가 마당에서 뛰어노는 것이었어요. 그 사실을 아는 순간 세상이 또 한 번 새카맣게 타버렸어요. 계산해 보면, 그가 내 손을 잡고 수원으로 내려갈 때에 이미 그 여자는 만삭이었어요. 나는 울타리 뒤에 서서 그가 넥타이를 매고 가방을 들고 출근하는 것을 멍하니 바라보았어요. 그 길로…… 돌아왔어요. 만나고 싶지는 않데요. 그런데도 얼마 동안은 쓴물 넘어오듯 가끔 그가 생각났어요. 그러나 이젠 아무것도 떠오르지 않아요. 아무것도……."

그가 몸 전체를 밀착시켜 그녀의 몸을 안았다. 그의 숨이 더 고압으로 높아져 갔다.

"나는 매일 밤 당신과 같이 자는 꿈을 꾸었어요. 정말 견딜 수 없었죠. 당신은 나라는 존재를 알지도 못하는데 나만 한쪽에서 이렇게 의미 없이 열을 올리나 어이없어하면서요. 견디다 견디다 더는 견딜 수 없어서 예희를 넣어 만나자고 한 거예요. 그런데 당신의 긴 얘기를 듣고 나니…… 어쩐지 더 애석하고, 더 아프고, 당신이 더 절실해져요. 여기 가슴 가운데가 빠개지는 것 같고, 마음 저 안이 쓰려서……."

그는 눈을 지그시 감고 감격에 넘친 듯 미즈의 입술을 찾았다. 뜨거운 입술이었다. 내일은 변할지 몰라도 지금 이 순간만은 진심이구나……. 미조는 그렇게 느낀다. 그녀는 몸 곳곳에 불 세례를 받는 것 같았다. 불빛 찬란한 급행열차를 탄 것 같았다. 열차는 초원을 지나 산등성이를 넘어 마구 달렸다. 그의 몸이 부들부들 떨며 미조의 살을 파고들었다. 그의 열정에 미조도 정신없이 떠내려갔다. 또 하나의 자기가, 탐스러운 목련꽃 꽃구름이 하얗게 그들을 내려다보고 있었다.

만족은 없다

"아줌마, 거실만 먼저 치우구, 오늘 마당 청소 좀 해."

보인은 파출부에게 거실을 내주고 안방으로 들어간다. 어젯밤 아홉 시에 공항에 내렸지만 시차고 뭐고 잠도 오지 않고 피곤한 기운도 몰려오지 않는다. 그래도 잠이나 자볼까 하고 그녀는 안방 침대에 누워 끔벅끔벅 천장을 쳐다본다. 장미 잎사귄가, 다른 덩굴식물의 잎사귄가? 하트 모양 비슷한 심장형 잎사귀들이 줄기에서 마주나기도 하고 어긋나기도 하며 돋을무늬로 튀어나와 있다. 톱니처럼 삐죽삐죽한 잎사귀 가장자리 선도 볼록한 입체감을 위해선지 구워지는 오징어처럼 뒤로 말려 잘 보이지 않는다. 어째서 저런 벽지를 골랐을까? 보인은 스스로가 이해되지 않는다. 하고많은 예쁜 벽지들 가운데서 왜 하필이면 하얗기만 한 무광의 벽지를 골랐을까? 분홍, 노랑, 보라, 연둣빛을 띤 화사한 꽃무늬 벽지들이 얼마나 많았던가? 그럼에도 자신은 자꾸 다른 것들을 골라 인테리어 가게 주인을 곤란하게 했었다. 고객의 취향을 대단히 존중하던 그도 어쩔 수 없이 그녀를 만류했다. 그런 건 업소에서나 가끔 사용하지 일반 가정에서는 거의 고르지 않는데요. 그는 보인의 눈치를 보며 머뭇머뭇 말을 이었다. 그걸로 하면, 방을 전부 다 하면 말입니다, 너무 휘황하지 않을까요? 좀더 안정감이 있는 걸로 고르시죠. 벽지는 이렇게 조그마한 샘플로 보는 것과 실제로 도배해 놓았을 때와는 아주 다릅니다……. 그래서 어느 순간 이 벽지를 골랐고, 유일하게 이때에만 인테리어 가게 주인이 가만히 있었다. 그렇게 결정된 벽지였다. 그녀는 생각한다. 별로 마음에 들지도 않는 저 벽지를 왜 골랐을까? 거기에는 뭔가 남과 다르고 싶은 자신의 욕구와, 지금의 윤기 없고 황폐한 생활이 묻어 있는 듯했다. 쓸쓸하고, 고적하며, 재미가 없는…… 그녀는 덩굴 줄기를 따라간다. 줄기들은 옆 칸의, 다른 필의 무늬와 만나면서 아슬아슬하게 이어지고, 또 이어진다. 사람의 삶은 이어진다. 그녀는 침대 옆에 뒹굴고 있는 인형을 가슴 위에 올려놓는다. 압소바의 잠옷을 입은 커다란 곰인형이다. 그녀는 그놈을 두 손으로 안고 둥개둥개한다. 그녀의 집에는 인형이 많다. 그것도 대개는 이렇게 큰 것들이다. 인형들마다에 그녀는 전부 아기 옷을 사서 입혀놓았다. 사내애 옷도 입히고, 계집아이 옷도 입히고…… 엘덴이나 해피랜드, 아가방 같은 메이커의 매장이 보이면 그녀는 서슴없이 들어가서 아기 옷을 사곤 했다. 의기양양하게, 자신 있게, 집에 그 옷에 맞는 아기가 당당하게 기다리고 있는 것처럼. 그 옷들은 전부 이렇게 집에 와서 볼썽사납게 인형들의 차지가 되었다. 곰인형은 목이 굵고 살이 쪄서 별무늬가 귀엽게 프린트된 다섯살배기 사내아이 잠옷은 깃이 우스꽝스럽게 헤벌어져 있고 입혀진 모양새도 바보스럽다. 그래도 그녀는 녀석을 꼭 끌어안는다. 더없이 사랑스럽게, 숨막히도록. 아기…… 아기……. 덩굴 줄기는 계속 이어진다. 사람의 삶도 이어진다. 아기……. 그러다가 그녀는 갑자기 벌떡 일어난다. 내가 왜? 내가 왜? 이렇게 많은 걸 갖추었는데? 그녀는 남과 다르고 싶었고, 지금 남과 다르다. 그녀는 심장이 뛰는 것을 느낀다. 그녀는 전화기를 잡아당긴다. 침대 옆의 티크목 회전 소파로 옮겨 앉아 다이얼을 돌린다. 그녀는 어려서부터 남과 다르고 싶었다. 보통 사람들보다 현저히 뛰어나고 싶었고, 남 위에 올라서서 크게 호령하고 싶었다. 그런데 왜 이렇게 자꾸 남들과 똑같은 생활로 들어가려 하나? 왜 똑같은 것들과의 비교로 자꾸 나를 재나? 어딘가 다르고 싶으면서도, 다르지 않고 싶은—복잡한 자기 심리를 그녀는 스스로도 알 수가 없다. 신호가 간다. 철커덕.

"여보세요?"

정임이다.

"나야, 나. 보인이. 잘 있었니?"

"어머, 벌써 왔니? 여행은 어땠어?"

"응, 좋았지. 조금 힘들긴 했지만."

"어때? 그런 나라는?"

"그냥 그렇지. 다 사람 사는 데 아냐."

"그거야 그렇겠지."

"애, 너 오늘 뭐 하니?"

"뭐 하긴? 집에 그냥 있지."

"너, 나와라. 내가 점심 사줄게."

"애는? 내가 너처럼 한가한 줄 아니? 낮에 애들 오면 점심 멕여야 하지, 학원 보내야 하지, 뭐 준비물 같은 것 챙겨야 하지, 슈퍼에도 갔다가 저녁도 해야 하지……."

"하루쯤 그런 것들에서 벗어날 수 없니?"

"어떻게 벗어나? 애들 점심을 굶겨? 그거야 뭐 시켜 먹으라고 할 수도 있지만, 학원은? 숙제는? 준비물은?"

"그런 거 즈이들 스스로 못 해?"

"너도 애 낳아서 초등학교 보내봐. 그런 게 그렇게 마음대로 되나. 한 아이가 학원을 몇 개나 다니는 줄 아니?"

"몇 개 다녀? 열 개 더 다녀?"

"열네 개 다니는 애도 있다, 이 동네엔. 우리 애들이야 고작 서너 가지지만."

"열네 군데라구? 그걸 다 어떻게 다녀?"

"뭐 이런 식이야. 피아노는 일주일에 세 번, 월 수 금 오후 세 시부터 네 시까지 하고, 산수나 영어는 일주일에 두 번 일정한 시간에 하고, 글짓기, 미술, 서예 같은 것은 일주일에 한 번씩 하고, 또 격주로 하는 것도 있어. 엄마들끼리 조를 짜서 사주 로테이션으로 돌리는 것도 있고, 달 계산하는 것도 있어. 이런 것들을 애들이 다 어떻게 기억하니? 엄마들이 달력에 열두 가지 색연필로 빽빽하게 표시해 놓았다가 작은애 큰애 교통정리 잘해서 보내야 돼. 이 집 저 집 옮겨가며 하는 것은 장소도 늘 변하잖니. 요샌 골프, 수영, 볼링, 클라리넷, 플루트, 바이올린…… 끝이 없다, 없어. 학습지니 방문강사니 천재학습이니 지능계발이니 정말 한이 없다니까."

"웃긴다. 피아노 치면 됐지 클라리넷이나 플루트는 또 뭐냐? 그건 피아노 안 하는 애들이 하는 거 아냐."

"모르는 소리 마라. 피아노는 기본이야. 요새 피아노 못 치는 애가 어디 있니? 피아노를 칠 줄 알면서, 그것도 잘 치면서 클라리넷이나 플루트를 잘 불어봐라. 인기 만점이지. 음악시간에도 얼마나 도움이 되는데. 또 수영도 잘하고 골프도 칠 줄 알아봐. 얼마나 좋은데. 체력

도 좋아지고 순발력 있어지고 시야도 넓어져 다른 걸 하는 데도 도움
이 돼. 그런 것 두루두루 잘하는 애들이 수두룩해. 아무것도 안 시키
고 가만히 있으면 청학동에나 들어가서 살면 모를까 잠깐 사이에 애
바보 돼. 안 해본 사람은 아무것도 몰라. 아무도 큰소리칠 수 없다구.
글짓기 일 년만 배워도 좋은 선생 만나면 얼마나 달라지는지 아니? 루
이제 린제처럼 일기 쓰구 서울대학 논술 시험도 칠 수 있게 돼. 책도
많이 읽구 얼마나 유식해진다구. 그러니 너도나도 좋은 선생 만나려
고 눈을 까뒤집지. 좋은 선생은 또 얼마나 비싸니? 돈이 한이야, 한."

"너 많이 시켜라. 많이 시켜서 나중에 애들 타고 다녀라."

"공부 잘하는 애들은 이런 모든 것들을 전부 잘한다? 상위권 애들
은 하나도 예외 없이 유연하고 매끈한 거야. 그러니 나도 어쩌니. 사
람 미치는 거 있지. 가족의 공동 작전 없이는 애들 수준이 똥태망태
야. 어디 가서 저희들끼리 공정하게 경쟁을 한단 말야? 죽을 때까지
그럴 일은 없을 거다."

"아이구, 병이다, 병. 너도 강남에서 살더니 완전히 뽕 갔구나."

"너도 새끼 낳아봐. 나처럼 되나, 안 되나."

"그런 그렇고…… 너 정말 못 나와?"

"못 나간다고 내가 이렇게 길게 얘기하는데 너 지금까지 뭐 들었
니? 니가 우리 집에 와라. 발동 걸면 쭈르룩 올 텐데 뭘 그래? 그게
쉽잖아."

"강남에? 지금 열 신데?"

"열 시니 딱 맞지. 너도 이쪽으로 이사와라. 왜 거기 기어들어가 그
렇게 오래 사니?"

"어쭈, 즈이 동네만 동넨 줄 아네."

"아무튼 와. 여기서 얘기하다가 점심 먹자."

"그럴까?"

보인은 생각에 잠긴다. 그녀는 발이 넓고 활동도 왁자하지만 겉 친한 사람만 많지 막상 같이 놀 사람은 별로 없다. 이렇게 심심하거나 울적할 때면 늘 여러 사람을 떠올려 보지만 결국 여고 시절부터 단짝 친구인 정임이나 일주한테로 손가락이 돌아가고 만다. 그 중에서도 정임이가 일주보다 만만하다. 그러나 그녀의 마음은 언제나 일주한테로 먼저 향한다. 이건 우정의 농도나 강도가 아니라 일주가 갖고 있는 묵직한 지위 때문일 것이다. 그녀는 의학박사에, 신경정신과 전문의다. 그녀는 바쁘다. 그래서 아까도 처음 수화기를 든 순간 일주의 번호가 머릿속으로 지나갔으나 오늘이 화요일이라는 생각을 하며 그냥 정임이의 번호를 눌렀던 것이다. 주중에는 일주는 거의 시간을 내지 못한다. 그래도 전화나 한번 해볼까. 일주를 떠올리자 보인은 막바로 정임이하고 약속하기가 싫어진다.

"얘, 조금 이따 내 다시 전화할게. 여기 정리할 일이 있거든."

보인은 전화를 끊고 일주가 근무하는 병원으로 다이얼을 돌린다. 직통 전화를 걸었으나 예측대로 받지 않는다. 자리에 없는 게 분명하다. 그녀는 신경정신과로 다이얼을 돌린다. 회진중이시라는 말이 들려왔다. 하얀 가운을 입은 일주가 병원 복도인지 다른 어느 곳인지 긴 회랑을 지나가고, 가운의 꼬리가 교황의 망토 자락처럼 길게 끌리는 환영이 보인다. 그것이 바람에 휘익 날려 보인의 얼굴을 덮는다. 그녀는 그것에서 벗어나려고 캑캑거린다. 일주가 근무하는 '종합병원'이라는 육중한 건물로 전화를 걸 때마다 그녀는 매번 이렇게 긴 복도, 바람, 어두움, 휘날림, 음산함, 쓸쓸함 같은 감정을 맛본다. 괴물 앞에 노출되어 있는 것 같고, 불안하다. 강박관념도 느껴진다. 그 회랑에서는 어떤 때 휴전선의 대남방송 같은 구호가 울려퍼진다. 성능 나쁜 마이크에서 어설프게 흘러나오는 말은 '일하는 여성은 아름답다' 는 울림 소리다. 그 소리가 왕왕왕왕하며 녹음 설비가 안 된 야외에서처럼 열악하게 울려퍼진다. 새마을 노래를 처음 들었을 때처럼 열쩍고, 이상하다. 너무 음악적이지 않고, 유치하고, 촌스러운 것이다. 그런데도 보인은 그 소리가 귀에 달라붙는 것을 느낀다. 보인은 한참 만에 재발신 버튼을 누른다. 수화기를 그냥 내려놓을까 하다가 그녀는 이 균의 번호를 생각해 낸다. 지금쯤 일어났을까? 벌써 화실에 나갔을까? 그녀와는 수영장에서 사귀었지만 보인 편에서 다가들어 몇 번 전화를 했었다. 보인은 이 균의 빌라로 다이얼을 돌린다. 아무도 받지 않는다. 아침에 일어나서 우유나 수프 같은 것을 조금 마시고, 아니 커피를 마실까? 그러고는 화실로 나가 그 긴 생머리를 틀어올리고 작업에 열중하는 이 균의 모습이 떠오른다. 나이가 들었지만, 매력적이다. 그녀는 이 균이 가르쳐준 화실로 전화를 넣는다. 거기서도 아무 대답이 없다. 어젯밤 들어왔을까? 혹시 분방한 생활을 하는 것은 아닐까? 아니면 아침부터 전시회 준비로 액자 같은 것을 맞추러 화방에 갔을까? 보인은 이 균의 생활을 짐작해 볼 수가 없다. 도르는 채로 나이 든, 독신의, 긴 생머리의 예술가가 강인한 매력으로 다가온다. 나도 그림 같은 걸 해볼 걸 그랬어……. 보인은 하는 수 없이 다시 정임이네 집으로 다이얼을 돌린다.

"나야 나, 조금 있다 출발할게."

보인은 옷을 입는다. 동사무소에 가봐야 할 텐데, 생각하면서. 여행도 다녀왔으니 거기도 한번 들러야 한다. 그녀는 이 동네 부녀회장이다. 이번 달 재활용품 분리수거의 날이 벌써 며칠 앞으로 다가와 있었다. 동사무소에서 특별한 전달 사항이 있는지 없는지 그것도 알아야 하고, 소장과도 차 한잔 마실 때가 된 것이다. 처음에는 열을 내서 다른 동네들보다 잘하려고 녹색생활연합이니 무공해 단지니 하는 곳들과 연계를 맺으면서 갖은 행사를 준비했었다. 그래서 약간의 기금도 마련하여 인근 초등학교에 무급식 아동을 위한 후원도 하고, 근린 시설을 정비하는 데에도 낯을 내고 했었다. 그러나 이젠 그 모든 것들이 다 시들해졌다. 부녀회장은 부녀회장일 뿐이다. 무슨 일을 아무리 열심히 해봐야 그건 에이프런 입은 동네 아줌마의 기지개일 뿐이다. 그녀는 그게 싫었다. 안 하면 몰라도 그녀의 야심은 좀더 크고 높은 곳에 있었다. 게다가 재활용품 수거의 날이 돌아오면 구저분한 일들이 거듭 생기고, 매번 그것들을 손수 해결해야 했다. 그녀네 집은 쓰레기도 얼마 되지 않는데 생각할수록 열통 터지는 일이었다. 그래서 그녀는 이번에 부녀회장직을 내놓을 생각이었다.

"아줌마, 배추 사다가 김치 담고 가. 빨래는 내일 하더라도. 새우젓 냉장고에 있을 거야."

보인은 아줌마에게 돈을 던지고 차에 오른다.

터미널에서 교대역 쪽으로 보인은 차를 꺾었다. 언제 보아도 이 지역은 차가 막히고 공기가 뿌옇다. 강남 사람은 강북이 막힌다 하고, 강북 사람은 강남이 막힌다고 말들 한다. 그 지역 사정이나 인근 사람들이 애용하는 샛길, 차가 잘 빠지는 시간대를 몰라서 그러는 것 같다. 보인도 이곳에 올 때마다 답답하고 짜증이 난다. 아무리 막히는 병목 구간이라 해도 자신이 매일 지나다니는 지역이라면 무슨 방법이 있는 것이다. 그러나 보인은 이곳에서 숨통 트이는 구석을 찾을 수 없다. 정임이가 항상 이사오라고 하지만 그녀는 이사오고 싶은 생각이 없다. 강남의 아파트들은 막상 들어가보면 다들 나름대로 말갛게 치장해 놓았지만 이렇게 겉에서 보면 별 매력을 찾을 수 없다. 한 가지 좋은 것은, 쇼핑하기에는 정말 편리하다는 것이다. 단지마다 길거리마다 상가에, 쇼핑 센터에, 백화점이다. 그러고도 길거리에는 깨끗한 상점이며 음식점들이 즐비하다. 이것이야말로 강북과 완연히 다른 점이다. 강북도 여러 군데라 한 마디로 말하기 어렵지만 그녀가 사는 정릉 근처는 가게들이 육칠십년대와 비슷한 분위기를 내고 있고, 그래서 푸근하고 편하다. 재고품도 많고, 없는 상품도 많고, 상인이나 사는 이나 상품 정보에 어두운 경우도 많다. 그래도 보인은 강북에 살아서인지 강북이 아늑하다. 무엇보다 공기가 얼마나 좋은가. 여기 강남은 쇼핑 천국에 외식 천국이라는 것과, 도식 계획이 비교적 반듯반듯하게 잘 돼 있다는 것을 빼고는 별로 보인의 마음을 끌지 못한다. 백화점이야 가끔 한 번씩 차 타고 가면 되지 뭐 매일 갈 일이 있나……보인은 그렇게 중얼거리며 정임이네 아파트 단지로 들어선다.

동 앞에 차를 세우고 보인은 5호와 6호 라인으로 들어가, 엘리베이터를 탄다.

"일찍 왔네? 어서 들어와."

"커튼 바꿨구나. 더 좋다."

"응, 너무 오래돼서. 상큼하게 한번 바꿔봤지."

"봄 냄새도 나고 좋네."

"여기 소파랑 카펫이랑 다 바꿨으면 좋았을 텐데 그냥 커튼만으로 참았어."

"애는? 돈장난하니? 무슨 소파랑 카펫을 다 바꿔? 이사가는 것도 아니면서."

"또 강북 사모님 말씀 나오는구나. 이사를 돗 가니 이런 짓이라도 한번 해보는 거야."

"하긴……."

"침대 분위기만 더불어 바꿔봤지. 너무 질려서. 시트로 말야."

그러면서 정임이는 탁자 위에 있던 인테리어 잡지의 접혔던 부분을 펼쳐놓는다.

"이렇게 하면 근사하겠지? 벽도 이렇게 나무로 다시 겹겹이 대고 말야. 크림빛 칠을 한 후 금장식의 수반을 벽에 고정시키고 백장미 같은 걸 꽂아놓으면 좋을 것 같아. 고급스럽고."

"너 계속 그런 데다 신경 써라."

"넌 돈 뒀다 어따 쓸려고 그러니? 신랑 창창하면서."

"난, 하여간 그런 데 계속 신경 쓰기는 싫어. 딴 데 쳐다볼 거야."

"딴 데 어디? 참 너넨 IMF라도 상관없다고 그랬지? 우린 영향 있다. 급외 수입이 영 줄었어."

정임이의 신랑은 대기업의 부장이다. 보인은 지역신문의 지사장인 남편을 떠올리며 정임이 신랑보다 사회적 지위는 근근해 보이지만 수입이나 앞날은 훨씬 더 탄탄하다는 자부심에 젖는다.

"IMF라 너무 잘 돼서 미치겠단다."

"좋겠다. 그런데 너 그런 말 어디 다른 데 가서 함부로 하지 마라. 맞아죽을라."

정임이는 약올라한다.

티브이에서는 나이 든 주부 리포터가 웨이스트라인에 하얀 프릴이 달린 이상한 재킷을 입고 나와서 어떤 집의 내외부를 설명하고 있다. 유명한 건축가의 작품인 모양이다. 정임이는 항상 리빙 채널을 본다.

"옷 참 이상하다."

"이상해? 패셔너블하잖아?"

또 '강북'이니 '주택' 같은 수식어가 나올까봐 보인은 잠자코 있다. 이런 경우 정임은 늘 '강북 아줌마'니 '주택 아줌마'라고 '강남과 '아파트'에 빗대어 놀림을 당한다. 감각이 영 젬병이라는 것이다.

"우리 언니 친군데 말야. 남편이 뭐라나, 벤처기업을 한대. 굉장히 잘 되나 보더라구. 얼마 전에 십팔억짜리 빌라를 샀어. 초대해서 가봤는데, 정말 기가 막히더라."

또 시작이다, 하고 보인은 듣는다. 정임이를 만난 이상 이런 얘기를 얼마간은 들어주어야 한다. 정임이한테는 이런 얘기들이 사는 활력이요, 목표다. 언제 어디서건 아주 잘 사는 누구 얘기, 방배동의 어느 빌라 얘기, 압구정동의 호화스런 집 얘기, 분당의 별장식 전원주택, 그 집의 여주인, 능력에 날개를 단 남편, 재벌급의 시부모, 그들의 며느리에 대한 물질적 총애, 전교 수석만 하는 아이들…… 등등에 대한 뉴스가 끝없이 이어진다. 와서 보면 정임이는 말로만 바쁘다고 하지 사실 몸을 움직여 하는 일은 거의 없다. 빨래도, 청소도 파출부가 하고, 된장이나 김치는 친정어머니가 담아다 주고, 중요한 음식도 거의 사 먹는다. 외식도 잦다. 그녀는 새벽부터 밤늦게까지 온통 늘어진 긴긴 시간을—오후에 아이들을 이리저리로 보내느라고 신경 쓰는 일을 빼고는—이렇게 너무도 잘 사는 사람들과 너무도 잘해 놓고 사는 집들, 너무 잘난 남편들, 엄청나게 잘해 주는 시부모들, 말 잘 듣고 공부 잘하는 아이들의 일로 괴로워하며 스스로 불행하게 보낸다. 쓸데없이 자신의 것과 남의 것을 계속 비교하여 불만과 불평을 키워가는 것이다. 요는, 정임이한테는 시간이 너무 많다. 그리고 보이는 것이 너무 많다. 아니, 보는 것이 너무 많다. 저놈의 리빙 채널, 수준을 내세우는 무슨무슨 여성잡지, 광고, 비디오, 동창회, 그 밖의 모임…… 꽤 괜찮은 남편인데도 정임이 신랑은 계속 아내한테 낙제 점수다. 아마 평생 낙제 점수를 면할 날이 없을 것이다. 그러나 정임이 스스로는 아무것도 이루거나 성취할 수 없다. 욕구는 나날이 높아져

가고 비교, 불평, 불만, 불행은 심도를 더해 간다. 남편은 이제 열두 시가 넘어야 들어온다. 들어와서 무작정 그냥 잔다. 그런다고 정임이가 말한다. 정임이는 부글부글 끓고 있고, 미치기 직전이다. 그래서 아직도 자신의 영향력이 조금이라도 남은 아이들에게 저렇게도 극성을 떨어대는 것이리라.

"애, 이거 너 가져. 거기서 사온 거야."

보인은 핸드백을 열고 동으로 된 틀에 터키석이 박힌 조그만 펜던트를 꺼낸다.

"터키에서? 거기서 정말 이런 게 나는 거니?"

"카펫하고 가죽 제품이 많던데…… 선물이 뭐 그저 그렇더라."

"어때? 거긴?"

"사람들이 좋아. 순진하다고나 할까. 우리가 그동안 얼마나 영악스럽게 나쁜 쪽으로만 발달해 왔는지 알겠더라고. 다 모슬렘이고."

보인은 이스탄불의 가마솥 같은 돔과 첨탑, 보스포루스 해협, 배꼽춤과 양떼들, 절벽 전면에 제비집처럼 붙은 수멜라 수도원의 프레스코 화, 에게 해의 이즈미르에서 지중해를 따라가는 해안도로의 절경에 대해서 얘기할까 하다가 그만두었다. 어차피 정임이와 이런 면에서 통하기는 틀린 일이다. 보석 얘기라면 몰라도. 보석이나 뭐 제대로 가지고 있으면서 그러면 내 말 안 하지……. 보인은 정임을 내려본다. 그러면서도 이렇게라도 주고받을 친구는 정임이 하나뿐이라는 생각을 한다.

"좋은 친구를 사귀었어. 마흔이 조금 넘었다는데 정치하는 여자야. 아주 재미있던데. 둘이서만 다녔어."

"정치? 뭐 국회의원이야?"

정임은 일단 무슨 일을 하는 여자라면 민감해진다. 주부의 어쩔 수 없는 반응이다.

"얘는, 그러면 다 알게? 뭐 시의원 같은 것 나왔었나봐. 정당도 있고. 그 세계는 또 우리가 알지 못하는 요술세계더라구."

"그 여자도 혼자 왔어?"

"응, 독신이래. 아니 옛날에 결혼하자마자 이혼했대. 의외로 그런 여자들이 많더라."

"이혼한 여자들이 그러고 다녀. 우리 이모 봐라. 어디 이혼한 티나 나니?"

"그래도 아주 활달하구 긍정적이야. 진취적이구. 리더십도 있구."

정임은 입을 다문다.

두 사람은 이런저런 얘기를 맥빠지게 더 하다가, 다섯 가지 해물을 가늘게 채 썰어 볶았다는 중국요리를 시켜 먹은 뒤 헤어졌다.

이튿날 아침에는 일주와 통화가 되었다. 아직 업무 전인지, 하품을 씹으며, 일주는 컴퓨터의 키보드를 두드리고 있었다. 통화중에도 다닥다닥 자판 두드리는 소리가 들려왔다. 오늘이 어떤 잡지의 원고 마감날인데, 어제 시집의 제사여서 청탁받은 글을 하나도 쓰지 못했다고 했다.

"제사인 걸 깜빡 잊은 거 있지? 인터넷에 들어가 있는데 연락이 온 거야. 부랴부랴 차를 몰고 갔지만 난리가 났지. 꽃송이 아빠 아침에 알려주었는데 어쩌면 그럴 수가 있느냐고 삿대질이구……"

사는 게 전쟁이라는 투였다.

일주의 말에서 보인은 다시 거대한 대학병원의 복도에서 불어오는 삭막한 바람 소리를 듣는다. 일하는 여성이 아름답다, 아름답다, 아름답다…… 울림 소리는 보인의 귀를 파고든다. 휴전선의 대남방송처럼. 보인은 손가락으로 귀를 후빈다.

일주는 그들이 다니던 지방 여고에서 삼 년 내내 수석을 했었다. 그리고 서울의 명문대학 의과대학에 진학해 와서 지금까지 어느 하루 놀아본 적이 없을 정도로 열심히 살아왔다. 그것을 보인은 너무도 잘 안다. 정임과 보인이 고향에서 국립대학을 나와 그저 그렇게 엉기어오는 동안 일주만은 뚜렷한 목표를 향하여 분명하게 자기 길을 걸어왔다고 할 수 있다. 물론 보인도 일주가 수석을 하는 사이 학생회장을 했었고, 그 후 지금까지 남다르려고 무진 애를 써오긴 했다. 그러나 지금 일주는 성취감만을 느끼는 것 같지 않다. 그녀의 어투에서는 언제나 만족감과 죄책감이 동시에 배어나온다. 의사로서는 만족감도 상당히 느끼는 것 같지만, 그에 못지않게 가정 일에 대해서는 늘 죄스럽고 쫓기는 인상이었다. 특히 하나밖에 없는 딸에 대해서는…… 항상 못다 한 마음을 품고 있었다.

"친정어머니나 시어머니나 그 누군가가 아이를 키워주어야 해. 그런 사람의 도움 없이는 여잔 정말 전문직을 갖기가 어려워. 우리 딸이 또 의사가 되려 한다면 내가 의살 그만두고 손주를 키워줄 거야."

"니가? 몇 살에?"

"그거야 그 애가 연애를 하기에 달렸지."

두 사람은 웃었다.

"야, 나 여행 갔다왔어. 느이 꽃송이 인형 사왔는데 언제 줄까?"

"어디 갔다왔지?"

"터키. 아주 특별했어."

"참 팔자 좋다. 대한민국에서 팔자 제일 좋은 사람은 아마 널 거다. 부럽다, 부러워."

주말 낮에 만나기로 하고 보인은 전화를 끊었다. 마감에 쫓겨 업무 시작 전에 원고를 쓰고 있는 사람의 시간을 더 이상 뺏을 수가 없었다.

정임이는 시간이 너무 많아서, 남 사는 걸 너무 많이 봐서 불행하고, 일주는 너무 고달파서 불행하다……. 보인은 그렇게 느낀다. 남편과 똑같이 직장생활을 하고 집에 돌아가지만 아직도 일주는 어쩔 수가 없는 모양이다. 남편과 시집식구들이 요구하는 헌신적이며 따사로운 아내와 며느리—그 중압에서 과감히, 대담히 벗어날 수가 없는 것 같다. 남편이 이제 결코 우호적이 아니라고, 그가 인상 찌푸리는 걸 보면 가슴이 덜컥 내려앉는다고, 더 이상 반목하는 것은 관계를 해칠 것 같아 안 되겠다고 일주는 어깨를 낮추며 말했었다.

보인은 한숨을 쉰다.

오늘 수영장에나 가볼까? 아니면 쇼핑하러 갈까?

그녀는 가슴 위에 인형들을 올려놓고 녀석들의 배를 꾹꾹 눌러본다. 으흐흐흐 귀신 소리, 아이 러브 유 소리, 딱따구리 소리…… 녀석들은 저마다 제 소리를 내며 자지러지게 웃는다. 아기…… 아이…… 손톱이 조그맣고 볼이 말랑말랑하고 머리칼이 부드러운 조그만 아이…….

입양을 하려고 했었다. 인공수정까지 실패한 뒤로는 결혼 이후 시작한 모든 불임 치료를 사실상 끝냈던 터였다. 그래서 합정동의 그곳에까지 갔다. 입양되기까지의 아이들을 모아서 키우는 곳이었다. 한 이십 년쯤 전에 지은 허름한 한식집이었다. 뜰에는 아이들 그네가 매어져 있고, 조그만 미끄럼틀도 있었던가. 화초도 심어져 있었다. 그러나 아이들이 마음대로 나와서 노는 것이 아니라는 것을—나중에 알았다. 말하자면 아이들은 갇혀 있는 셈이었다.

갓난아기들을 모아놓은 어떤 방으로 안내되었다. 두세 명의 보모가 스무 명쯤의 아이를 돌보고 있었다. 갓난아기들을 누이는 나폴레옹 침대라는 것에 보모는 우유를 먹인 아이들을 포대기에 꼭꼭 말아서 두 명씩 세 명씩 겹쳐 넣었다. 나폴레옹 침대라는 것에 아기가 두 명 들어갈 수도 있다는 것을 보인은 한 번도 상상해 보지 못했었다. 그렇게 작은 손바닥만한 곳에 두 명, 세 명의 아기라니! 보모나 기관을 위한 편의에 몸서리가 쳐졌다. 아기들은 좁은 포장 박스에 차곡차곡 들어가 쌓이는 포도송이처럼 얌전하게 포대기에 말려 들어가서 눈만 뻐끔뻐끔 떴다. 미니 소파보다 더 작은 아기 침대에도 세 명, 네 명, 다섯 명의 아기들이 기저귀만을 차고는 겹쳐 들어가 입술을 쪽쪽 빨며 가녀린 사지를 허우적대고 있었다. 외롭지는 않겠군, 생각할 수도 있었으나, 인권 침해의 현장에 공범으로 참여한 것 같아 견딜 수가 없었다. 인권 침해라니, 이 아이들은 아주 버려진 아이들인데. 이만하면 구사일생으로 살아난 것이 아닌가. 그러나 모욕당한 생명을 더 이상 쳐다볼 수가 없어 보인은 그 방을 나왔다.

그냥 올까 하다가, 보인은 조금 큰 아이들을 모아놓은 방으로 갔다. 문을 열고 들어가자 커다란 장판 방에 서너 살에서 아홉 열 살까지의 아이들이 벽에 등을 기대고 빙 둘러앉아 있었다. 회의하듯이, 멍하니 그렇게 앉아 있었다. 영양실조인지 애정실조인지 아이들의 낯빛은 노오랬고, 윤기 없이 메말라 있었으며, 여기저기 부스럼이 나 있었다. 이상한 일이었다. 그 아이들이 일어나서 놀지를 않았다. 감독하는 사람도 없고, 놀지 말라고 하는 사람도 없는데, 아이들은 그냥 우두커니 앉아 있었다. 가스실 앞에서 죽음을 기다리는 유태인들처럼. 개소주를 한다고 개를 사러 갔던 때가 생각났다. 개소줏집 주인은 손님들을 차에 태워 둔촌동 지나 경기도 하남인지 하양인지 하는 곳으로 그녀를 데리고 갔다. 거기에 움막을 지어놓고 전국에서 사들인 개를 수십, 수백 마리씩 가지고 있는 도매상들이 있었다. 개소줏집 주인은 보인을 움막으로 데리고 들어가 마음에 드는 개를 고르라고 했다. 살찐 개보다는 마른 개가 낫고, 너무 늙거나 큰 개보다는 중간 개가 약효가 낫다고 했다. 사람들은 개 우리에서 가장 잘생기고 아직 풋풋해 보이는 예쁜 개들을 골랐다. 그러면 개 주인이 올가미를 들고 우리로 들어갔다. 매미채처럼 생긴, 방충망은 달리지 않은 올가미였다. 주인이 올가미를 들고 개 머리를 겨냥해 이놈이요? 이놈이요? 하고 물으면 바깥에서 손님이 고개를 끄덕이고, 개 주인이 단번에 올가미를 씌웠다. 그런데, 이상한 것은, 개들이 별로 피하지를 않는다는 것이다. 생라면 불린 것 같은 먹이가 찌그러진 세숫대야에 담겨 지저분하게 우리 안에 놓여 있었는데, 개들은 그것을 중심으로 거기에 입을 대기도 하고 안 대기도 하면서, 그저 올가미에 걸리면 걸리고 말면 만다는 식으로 수십 마리가 멍하니 비이잉 비이잉 돌 뿐이었다. 다 같이 회전무대에 탄 것처럼. 필사적으로 도망가려 하거나, 올가미에 걸리지 않으려고 노력하지 않았다. 생명체가 이런 반응을 보이다니, 참으로 의외스런 일이었다. 나중에 안 일이지만 우리 바로 앞에서 개들은 하루에도 수십 마리씩 죽어갔다. 껍데기를 벗기우고, 내장이 들어내져, 크게 토막이 나고, 비닐 안에 담겨졌다. 우리 안의 개들은 철창을 사이에 두고 매일 그것을 바라보고 있었다. 새로 수십 마리가 들어오고, 또 수십 마리가 죽어나가고…… 녀석들은 완전히 생명을 포기한 것이었다. 산 생명에게 희망이 없다는 것이 어떤 것인지 보인은 그때 절실하게 보았다. 그런데 입양 기관의 아이들이 바로 그러고 앉아 있는 것이었다. 제일 큰, 아홉 열 살짜리래봐야 예닐곱 살쯤으로 몸집이 아주 작았다. 보인은 너무 놀라서 엉거주춤 아이들 앞에 서 있었다. 한 아이가 방바닥에서 일어섰다. 그 아이가 보인의 손을 잡고 말없이 방구석

의 서랍장 앞으로 끌고 갔다. 아이는 서랍장 위를 가리켰다. 거기에
사탕 봉지가 놓여 있었다. 방문객 중의 누군가가 사온 것 같았다. 보
인은 사탕 봉지를 집어 사탕을 꺼내 아이에게 주었다. 그때, 보인은,
섬뜩한 이물감으로 거의 까무러칠 뻔했다. 종아리에, 엉덩이에, 허리
에 고사리 같은 아이들의 손이 거머리처럼 엉겨붙어 있었는데, 아무
리 해도 떨어지지 않았다. 사탕을 다 나누어주고 아무리 소리를 질러
도 아이들은 떨어지지를 않았다. 아이들의 손은 *끈끈했다*. 첫번째 아
이의 손도 눅눅해서 그녀는 사탕을 꺼내주며 접촉했던 자기 손을 이
미 옷에 문지른 터였다. 그녀는 다리를 떼려 했으나 아이들 때문에 한
발짝도 뗄 수 없었다. 아이들 손은 절대로 그녀의 몸에서 떨어지지를
않았다. 떼다, 떼다 거의 울며 그녀는 주저앉았다. 그때의 그 무섬증
이라니. 방바닥은 뜨뜻했다. 뜨뜻하고 눅눅했다. 끈끈하고 불결했다.
그건 산부인과의 야릇한, 역겨운 냄새로 이어졌다. 그녀는 누워 있었
다. 찰칵찰칵 가위 소리가 났다. 보인은 신음을 토해 냈다. 이걸 푹 마
셔요. 나이 든 여의사가 밉살스럽다는 듯이 보인의 코에 씌워진 에테
르 마스크를 툭 건드렸다. 그래야 마취가 되지요. 입으로 숨쉬지 말
고. 여의사는 짜증스러워했다. 보인은 코로 숨을 쉬려고 애썼다. 그러
나 여간해서 마취가 되지 않았다. 다 나왔어? 저쪽 팔, 다리…… 이
쪽 발, 정강이…… 여기서 확실히 맞춰봐. 덜 나오면 큰일난다구……
의사는 가위를 들고 간호사에게 말하고 있었다. 회복실에서 한나절이
나 잤을까. 병원을 나올 때 사흘치의 항생제를 주며 의사는 말했다.
손톱 발톱까지 다 생겼어요. 귀하고 눈썹도 생겼구. 눈만 아직 뜨지
않았지 완전한 애라니까. 유산하기엔 너무 늦었던 거라구…… 웃돈
을 생각했던 것일까. 의사는 전날 물주머니를 자궁 입구에 넣어 유도
분만을 시도하면서도 내내 삼 개월이 넘으면 그냥 유산은 되지 않는다

고 되풀이했었다. 간호원은 그녀의 손에 고깃덩이같이 신문지에 둘둘 만 것을 쥐어주었다. 뜨듯했고, 물렁했고, 비릿한 냄새가 나는 것 같았다. 그녀는 그것을 가져다가 신문지째로 야산에 묻었다. 너무 메스꺼워서 버스를 타고 가는 내내 무릎 위에 놓인 그것을 쳐다볼 수도, 만질 수도 없었다. 그 이물감을 지금도 잊을 수가 없다. 밤색 체크무늬 남방을 입었던 남자는 산부인과에 갔던 일과 신문지 꾸러미 얘기를 해도 그저 가만히 있었다. 벌써 세 번째 유산이었다. 이번만은, 하고 그녀는 조금 시간을 끌고 있었던 것이다. 뱃속의 아이는 잠깐 사이에 육 개월이 되어버렸고, 남자에게서는 아무런 태도의 변화도 없었다. 남자는 참 다르다고, 겉 다르고 속 다르다고, 끌어안을 때 다르고 결과 앞에서 아주 다르다고 느껴 알던 시절이었다. 벌을 받았을까. 그녀에게는 아이가 생기지 않았다. 화려하게 내세울 건 없지만 이만하면 현실적으로 동반하기에 충분하다고 생각한 남자와 결혼하여 축복 속에 아이를 기다렸지만 끝내 아이가 생기지 않았다. 그렇게 십 년……안 해본 짓이 없었다. 인공수정까지 실패하고서, 그녀는 합정동의 입양 기관으로 갔던 것이다. 그러나 정강이에, 허벅지에, 엉덩이에 달라붙는 야위고 끈끈한 손을 보자 낯익은 이물감이 몰려왔고, 그것과 그것이 연결되면서 도저히 아이들을 품어안을 수가 없었다. 아이들이 불쌍해야 하는데, 가엾어야 하는데, 생명의 귀중함이 끓어올라야 하는데…… 그렇지가 않았다. 엄청나게 죄스럽긴 해도—보송한 애정이 생겨나지 않았다. 그저 무조건 피하고 싶었다. 끔찍해서 어쩔 수가 없었다. 그녀는 으악, 소리를 질렀다. 보조원이 들어왔다. 아니, 애들이…… 정에 굶주려서 그래요. 자기들을 안아줄 수 있는 사람이다 싶으면 이렇게 달라붙어요. 달라붙어서 안 떨어져요……. 보인은 도망치듯이 그곳을 나왔다. 그리고 다시는 그런 곳에 가지 않았다.

멍하니 앉아 있던 아이들, 생을 포기한 표정…….

그 마르고 야윈 체구와 사시처럼 돌아간 눈동자, 일그러진 얼굴들에 동정을 가질 수 없었던 자신이 두고두고 용서되지 않는다. 그러나 그곳에는 이상하게도 잘생긴 아이가 하나도 없었다. 전부 비틀리고 비뚤어진 아이들뿐이었다. 이목구비가 모두 그렇게 생겼다고 하는 것은 이치에 맞지 않으리라. 그러니까―사람 대접을 못 받은 아이들은 ―날 때부터 버려진 아이들은―사랑의 생명줄이 끊어진 아이들은 ―생김새 자체가 일그러지고 비틀어지는 것 같았다. 그 애들이 외국에 입양돼서 잘 성장하면 또 그렇게 미남미녀가 되지 않던가. 그런 것을 모르지 않았으나 어쩐지 그 모든 것이 싫고, 역겨웠다. 끈끈한 속성이 끔찍했다. 눈동자도, 손도 끈끈한 아이를 데려다 잘 키워낼 수 있을 것 같지 않았다. 그런 예감이 들었다.

나오는데, 자원봉사를 하는 백인여자들이 인사를 했다. 금발의, 젊고 아름다운 여인들이었다. 갓난아기들을 안고, 업고…… 머리에 리본을 꽂아주며…… 그녀들은 애정어린 눈길로 그 애들을 어르었다. 남이 버린 아이들을, 이 세상에 나오는 순간부터 대접 못 받은 아이들을, 갇혀 있는 아이들을…… 그 끈끈함, 그 야릇한 온기, 그 비틀림을…… 참을 수 있는 여자들이 존경스러웠다. 보인은 처음으로 서양의 기독교 정신이 사람들의 바탕에 드리운 그림자에 대해서 생각해 보았던 것이다.

남편은 이동중이었다. 휴대폰 소리가 고르지 않았다. 백화점에나 갈까? 그녀는 동물 인형들을 가슴에 끌어안고 장롱 안에 즐비하게 들어찬 고급 브랜드의 옷들을 쳐다본다. 처음엔 저런 것들을 입으면 자신도 브랜드만큼이나 높아지는 것 같았었다. 이백칠십만 원짜리 까르

띠에 핸드백을 척 사서 메고는, 세상을 전부 눈 아래로 깔아보던 시절
이 떠올랐다. 그러나 몇 년 지나자 그것도 허울만 좋은, 속 빈 강정이
었다. 지금도 그런 것들에서 완전히 벗어난 것은 아니지만, 어떤 차림
을 해도, 속 안의 진짜 허전함은 사라지지 않는다. 정임이라면 아마
달랐을지도 모르지. 보인은 그렇게 생각한다. 점점 더 도를 더해 가며
아마 일류가도를 달렸을 걸? 그러나 자신은 정임이처럼 그쪽 통은 아
닌 것 같다. 어쩌다 재미로 돈이 있으니까 그렇게도 한번 해보았을 뿐
이지, 항상 이런 건 쓸데없는 낭비라는 생각이 마음 밑에 들고, 나라
를 말아먹는 행위라는 죄책감도 들었다. 그녀는 이제는 국산품 매장
을 주로 찾는다. 그녀가 추구하는 가치는 이런 돈이나 매장, 상품이
아닌 곳에 있었다. 더 높고, 더 다른 곳에 있었다. 그것이 무엇인지,
자신이 얻을 수 있는 것인지 그녀는 알지 못한다. 그저 허전하고, 조
금 불안하다. 단지 아직도 특별히 내세울 것이 없으므로 브랜드로 자
신을 나타낼 수밖에는 없다. 그러나 오늘은 백화점에 가고 싶은 마음
이 일지 않는다. 어디 갈 데가 있어야 옷도 사 입지, 맨날 수영장에나
다니고 가물에 콩 나듯이 정임이나 만나는 주제에 색다른 옷은 사서
무엇 하나…… 이만하면 우리 아버지가 나를 그래도 제대로 키워놓
은 모양이야, 그녀는 뇌까린다.

"아, 그래, 오늘은 수영장이나 가자. 내가 안 가는 사이 실력들이
많이 늘었을 거야. 거기 나이 든 형님들도 푸근하고……."

보인은 수영 용구들을 챙긴다. 투명 가방에 샴푸, 비누, 린스를 넣
고 화장품 케이스도 넣는다. 수영복과 모자, 물안경을 챙기고 시계를
보니 강습 시간이 이미 많이 지나 있었다. 그녀는 삼십 분이나 늦었는데
도 수영장으로 부르릉 달려간다. 나오는 사람들하고 마주치지 않으려
면 빨리 씻고 들어가야지. 보인은 댓바람에 수영복을 꿰입고 레인으

로 들어갔다.

물은 오늘따라 더 높이 턱에 차고, 보인이 헤쳐나가기 어려울 정도로 심하게 출렁거린다. 양 옆의 레인에서 접영들을 해서인가 보다. 보인은 킥판을 쥐고 평영 발차기로 대열의 맨 뒤에 따라붙었으나 며칠 쉰 탓인지 영 발이 헛나가고 물이 차지지 않는다. 그녀는 힘겨워 숨을 헉헉댄다.

"오랜만이네요."

"오랜만에 오셨네요."

"참, 여행 재미있으셨어요?"

아는 얼굴들이 인사를 해온다. 즐겁다. 코치가 휘슬을 분다. 모두들 코치 앞으로 모였다.

"힘들죠?"

코치는 여자들을 둥그렇게 원으로 서게 한 후, 우향우시켰다. 옆 레인의 활동이 너무 심해서 잠깐 시간을 벌려고 하는 모양이다.

"모두 앞사람의 등을 보세요. 그리고 어깨를 두드리는 겁니다. 이렇게요."

그가 안마하는 시늉을 했다. 모두들 앞사람의 맨어깨를 콩콩 두드린다. 맨살의, 남의 느낌이 전해져왔다. 이 맨살의—타인의— 촉감이야말로 얼마나 오랜만에 맛보는 감각인가? 보인은 어깨와 손이 오소소하고 근지러웠다. 집에서는, 보인은, 남편밖에 접촉하지 않는다. 다른 여자들도 그럴 것이다. 기껏해야 아이들을 조금 더 만지는 정도. 그런데, 아무것도 아닌 것 같지만, 이렇게 남과 신체를 대는 행위가 가정에만 붙박여 있던 감각을 조금씩 분리시키고, 마음을 자유스럽게 한다. 수영을 시작하고부터 느껴온 일이다. 이런 것이 밖에 나가 타인을 사귈 때 치러야 하는 최초의 의식 같은 게 아닐까. 서양 사람들은 기쁘거나 슬플 때, 반가울 때, 위로하고 싶을 떠 서로 가슴을 꼭 대고 껴안지 않던가. 볼을 마주 비비며 등을 두드리기도 하고. 그러나 우리에게는 그런 몸의 교류가 없는 것이다. 말로써 하는 위로나 격려는 아무리 지극하다 해도 몸으로 하는 것과는 전해지는 농도가 다를 것이다. 우리들은 어린 시절이나 소녀 시절에 서로서로 간질이고 손 잡고 밀착해 놀다가도 일단 결혼만 하면 씻은 듯 등을 돌리고 오직 남편하고만 몸을 비비대는 것이다. 촉감의 교류가 너무 없어서 우리 어른들은 서로 그렇게 통하지 않는 게 아닐까. 코치가 이런 것까지를 알아서 앞사람의 어깨를 두드리라고 하지는 않았겠지만. 그는 분명히 공동 활동의 기쁨이나 장점을 아는 것 같다.

"정성 들여서 해야 합니다. 앞사람이 시원하게요."

그러나 성의 없는 손들이 많다. 가족하고만 너무 결속되어 있던 손들은 여간해서 부드러워지지 않는다. 두드림을 받는 어깨도 앞으로 옴츠려 있고, 굳어 있다. 자기 어깨에 가해지는 타인의 위로도, 자기 주먹을 놀려 남에게 베푸는 선심도 필요없다는 인상이다. 그저 얼른 집에 돌아가서 수영장에서의 이 낯선 감각들을 몰아내버리고, 남편과 모든 걸 주고받으며, 다시 아이들과 한 덩어리가 되어 자기 가족만의 결속을 확인하고 싶겠지. 마음을 열지 않는 손들의 앞에, 뒤에 서 있는 여자들은 맥이 빠져버린다. 그래서 두드려대던 손을 열쩍게 내리고 마는 것이다.

"자, 뒤로 돌아서서…… 이제 갚는 겁니다."

그러나, 반대로, 홀가분한 여자들도 있다. 남편이 없거나, 독신이거나, 또는 남편과 사이가 좋지 않아 결속감이 없는 여자들이다. 그런 여자들은 다른 여자들과의 신체적 교류에 자연스럽고, 이런 손놀림도 적극적이다. 아니 성격 탓인지도 모른다. 보인도 이런 면에서는 활달하고 거리낌없다. 그녀는 조금 전까지 자기의 맨어깨를 두드렸던 여자의 맨살을 콩콩 두드린다. 그녀는 눈을 감고 새삼스럽게 타인의 촉감을 감미한다. 점차 물 묻은 자기 손의 느낌이 다정해지고, 어깨를 두드려오는 뒷사람의 주먹도 정다워진다. 그녀는 정성을 다하여 다다다다 앞사람의 어깨를 두드린다. 앞의 여자가 돌아본다. 자기는 그렇게 두드려주지 않았는데 분에 넘치는 대접을 받아 황송하다는 얼굴이다. 보인은 웃는다. 기분이 좋다. 친숙함의 근거를 마련한 셈이다.

강습 시간이 끝났다.

휴게실로 나와 음료수를 마시려고 두리번거릴 때, 여자들이 모여 있는 것이 보였다. 예희, 미조, 그리고 위의 형님들이었다.

"웬일들이셔? 오늘도 이렇게 모여 있게?"

"지금 연애담 듣는 거야. 이 색시가 연애중이래."

"아유, 아줌만, 너무 그러지 마세요. 언니 창피해하잖아요. 아직 몇 번 만난 것도 아닌데요, 뭐."

"그래? 미조가? 내가 중신하려고 했는데."

"아줌마, 거기도 하세요. 더 좋은 데로 고르게."

"얘는?"

미조가 눈을 흘긴다.

"그런데 참, 아줌마, 여행 잘하고 오셨어요?"

"예희 기억력 좋은 것 좀 봐. 다른 사람들은 다 잊어버리고 있는데 예희만 나한테 저렇게 관심이 있네."

"그럼요. 아줌마 멋있잖아요."

"그래서 내 선물 사왔다. 자!"

보인이 열쇠고리를 내놓는다. 목각인형이 조그맣게 장식되어 있는 수공예품이다.

"한 사람만 줄 수 있나. 자, 여기서들 고르셔."

보인은 사람 수대로 열쇠고리를 내놓는다.

"어머, 고맙네."

"고맙습니다."

"우린 보태드린 것도 없는데……."

사람들이 좋다고 보인은 느낀다.

"아줌마, 우리들 초대하신다고 그랬잖아요. 집에 말예요."

"하유, 나 예희 땜에…… 빈말도 못 해요. 그래, 가자. 지금이라도."

"오늘이요?"

"응, 그래, 괜찮아. 마침 아줌마도 와 있고."

"아녜요. 여행 갔다와서 피곤하실 텐데……."

"가요. 내 딴 건 못 해줘도 고기는 구워줄 테니."

화서와 두자는 의아스럽게 쳐다보고, 미조는 고개를 숙인다. 그러나 예희는 환해지며 다른 사람들을 마구 추스른다.

"아줌마, 가요. 언니도 가. 응? 아줌마도 가시죠? 꽃도 많이 피었다고 했잖아요. 우리 꽃구경도 하고 아줌마가 구워주는 고기도 먹어요. 네?"

"갑시다! 내 차에 타요. 차 크니까 다 탈 수 있어요."

엉겁결에 여자들은 보인의 차에 오른다. 예희가 감초처럼 끼여 있어 어색하거나 서투른 일도 금방 어우러진다.

십 분도 못 되어 차가 구획이 잘 짜여진 주택가의 대문 앞에 멎었다.

"이 집이구나!"

"참 좋네."

"뜰이 넓구나!"

여자들은 먼저 대문 안으로 들어가고, 보인은 차를 차고에 넣고 마당으로 직접 들어와, 여자들을 거실로 데리고 들어갔다.

"아줌마, 손님 왔어. 우리 다섯 명이야."

손님을 데리고 오는 것에 익숙한 듯, 아줌마가 나와서 인사를 하고 들어갔다. 자기 나름으로 차나 음식의 분량 같은 것을 가늠하는 듯했다.

"공연히 들어왔네. 날씨도 이렇게 좋고 저 잔디밭에 저런 다탁도 있는데……."

"그림 같은 초원 위에 하얀……."

"예희 너 노래 가사는 잘 모르는구나. '저 푸른 초원 위에 그림 같은 집을 짓고' 야."

"그렇지요? 참?"

어둠침침하고 넓은 거실에서 여자들은 햇빛이 환히 내리비치는 잔디밭을 내다보며 차를 마셨다. 백여 평의 초록빛 잔디 가장자리로 향나무와 후박나무, 모과나무, 목련나무 같은 것들이 삥 둘러서 있고, 그 뒤로는 키 높은 담장이었다. 안방 창 앞에는 흰 라일락이 피기 시작하고, 들러리처럼 연분홍 장미와 작약, 영산홍 같은 것들이 갸웃갸웃 고개를 내밀며 피고 지고 있다.

"저 하얀 덩굴장미 참 예쁘죠? 저 아치 밑으로 들어가봤으면 좋겠다."

"들어가보지? 그까짓 거 뭐가 어려워서 못 해?"

집 옆, 대문에서 잔디 마당으로 들어오는 입구에 하얀 덩굴장미의 탐스러운 아치가 있었다. 그 옆에는 하얀 장미와 조를 이루어 하얀색 다탁이 놓여 있는 것이다. 초록빛과 흰빛의 조화가 상큼하고 아름답다.

녹차와 커피와 둥글레차…… 서로 다른 차 향기가 섞이면서 눅눅한 거실은 온화한 생기를 내뿜는다. 찻잔과 접시가 달그락 달그락 부딪는 소리, 스푼이 스치는 소리, 조용히 차를 삼키는 소리, 옷들이 사각대는 소리, 연한 화장품 냄새에 섞인 사람 냄새…… 자잘거리는, 희미한 그 소리와 냄새들에서 보인은 식구가 있으면 이럴 것이라는 느낌을 갖는다. 정임이하고 있을 때에는 느끼지 못하던 것들이다. 보인은 이 여자들한테서, 철없는 예희가 끼여 있는데도, 아릿하고 향기로운 정서를 맛본다. 누구 때문일까. 저 박화서나 이두자 형님 때문일까. 아니면 미조의 조용함 때문인가.

"예년보다 십 도 이상 높다더니 저 라일락이 핀 것 좀 봐요. 이제 사월 중순인데 오월에 피는 꽃이 다 피었어."

"그래요. 목련도 지기 전에 진달래랑 철쭉이 다 피고, 그것들하고 함께 라일락이 피다니……."

미조의 말이었다. 잘 입을 떼지 않는 미조가 말을 하자 모두 그녀를 힐끗 바라보았다.

"아줌마, 방 좀 구경해도 돼요?"

예희가 툭 나섰다.

"그래, 그래."

보인은 안방 문을 열어주러 가고, 다른 이들은 예희에게 민망한 눈들을 보냈다. 곤란하게 왜 자꾸 그러냐는, 그런 눈들이었다.

"어머, 어머, 이 인형들 좀 봐. 아줌마들, 이 인형들 좀 와서 보세요. 글쎄 색동저고리 입은 놈에, 원피스 입은 놈, 레이스 잠옷 입은 놈…… 이건 뭐야, 야구 잠바도 입었잖아? 요렇게 작은 야구 잠바가 어디 있었을까? 요런 양말은 또 어디서?"

예희는 까르르 까르르 웃는다.

"너무 우스워. 너무 재밌다, 위보인 아줌마, 정말 재밌어. 어디서 이런 옷들을 다 샀어요?"

예희가 아이들 옷을 입고 있는 커다랗고 뚱뚱한 동물 인형들을 꺼내온다. 여자들은 그것들을 돌려보며 같이 웃음바다에 빠진다.

"왜 그렇게 웃어요? 난 심각한 건데."

"그래도 우습잖아. 귀엽긴 정말 귀엽다. 예희 갖고 싶겠다."

"갖고 싶긴 하지만 참을래요. 아줌마가 얼마나 사랑하는 걸 텐데."

"봐주네. 센스 있게."

"나, 센스 빼면 남는 거 없잖아요."

이러고 있지 말고 밖으로 나가자는 의견이 나왔다. 모두들 좋다, 좋다, 하고 동조해서, 여자들은 자기 찻잔을 든 채 밖으로 나갔다. 그녀들은 잔디 위의 흰 다탁에서 남은 차를 마셨다. 이런저런 얘기 끝에 주인이 제안했다.

"우리 점심도 들어가서 먹지 말고 여기서 먹지? 진짜 바비큐로."

그럽시다, 그래요, 모두들 또 좋다고 했고, 예희가 손뼉을 짝짝 쳤고, 아줌마가 불려나왔다 들어간 후 네모난 스탠드 식의 바비큐 화로가 날라져 왔다.

하얀 다탁을 후박나무 그늘로 옮겨놓은 후 여자들은 연기를 피워 올리며 정원의 만찬을 즐겼다.

"피크닉 온 것 같다. 그치요?"

예희는 탐스럽게 아주 많이 먹는데, 미조는 거의 먹지를 못하고 젓가락만 들었다 놓았다 했다.

"이 색시는 전혀 못 먹네. 큰일났다. 아까 연애한다더니 신랑이 잘 보살펴야 되겠어."

"안 그래도 형부가 한 걱정이에요. 빨리 집 구하고 병구완해 줄 생각 하던데요?"

"그 정도야? 진도 빠르네."

미조가 더 고개를 숙였다.

"정말 일이 다 돼가나 보다. 그래?"

두자가 미조를 들여다보았다.

"며칠 만에 그렇게 뿅, 가는 거 나 첨 봤어요. 아주 형부는 지금 난리났어요."

미조가 예희를 험하게 흘겼다.

"언니, 맨날 만났지? 그치?"

"너, 정말⋯⋯."

미조의 귓불이 핑크빛으로 물들고, 어른들은 짓궂게 미조를 뜯어본다. 세상에 드러나 세공되지 않은, 옥석 같다.

"형부가 말 잘 들으면 나 용돈 준댔어. 그러니까 난 형부 편이야. 형부 시키는 대로 할 거야. 하하하하⋯⋯."

"야, 사진 한 장 찍자. 미조 결혼 발표 기념으로."

보인이 들어가서 카메라를 가져왔다.

"저기, 장미 앞에 가서 찍을까, 아니면 라일락 앞으로 갈까?"

"백장미 앞에서 먼저 찍고⋯⋯ 아줌마, 저런 데서 결혼하면 좋겠다. 저런 아치로 쑥 들어오는 거야. 하얀 신부가. 미스 아메리카 뽑을 때 맨 나중에 그렇게 하잖아요. 사관생도 같은 기사들이 미인을 한 사람씩 끼고 자기네들 아치로 걸어나와 여자 손등에 키스하고 들어가는 장면. 아주 그윽하고 멋지게. 정말 근사해요. 나도 그런 거 한번 해보았으면."

"왜? 하지? 미스코리아 나가면 되지."

"우리 아버지한테 맞아죽으라고요?"

"자, 찍자. 어서 찍어."

보인이 카메라를 조정하고 아줌마를 불렀다. 여자들은 아치형의 백장미 덩굴 앞에 나란히 섰다.

"하나, 둘, 셋!"

찰칵 사진이 찍혔다.

"아유 아줌마들, 우리 재밌게 찍어요. 너무 점잖게 찍었잖아요. 저기 라일락 앞에 가서 다시 한 장 찍어요."

모두들 예희를 따라 안방의 통유리 앞 라일락 부근으로 간다.

"자, 모두 꽃들을 잡아요?"

찰칵 다시 사진이 찍혔다.

왼쪽 가장자리에 서 있는 미조는 꽃을 따려는 듯 한 손을 쳐들고 있고, 그 옆에서 예희는 한 손을 머리 뒤로 또 한 손은 아래로 내려 허벅지께의 치맛자락을 잡아올리며, 보인은 가운데에서 양 손을 다 머리 뒤로 넘겨 깍지 끼고 있고, 두자는 보인의 옆에 헐렁하게 앉아 있고, 화서는 두자의 뒤에서 두 손을 머리 위로 올려 꽃을 따려는 듯 만세를 부르는—그런 장면이 고정되었다. 보인의 집 뜰, 봄날 오후의 어느 시간 속에.

보인은 침대에 누워 티브이를 본다. 그녀는 점차 가라앉는다. 남편의 귀가 시간은 아직 멀었다. 사실은—그녀는 너무 시간이 많은 것이다. 정임이가 아니라 바로 자신이 넘치는 시간 속에 놓여 있었다. 이걸 다 어떻게 한단 말인가…… 그녀는 끅끅 흐느껴 운다. 그러자는 생각도 없이 싱거운 울음이 그냥 흘러나온다. 그녀는 한참을 훌쩍거린다. 낮에 수영장 친구들이 다녀간 뒤로는 집 안이 더 괴괴해졌다. 그 살갑고 도란거리는 흔적들이 여기저기에 배어 있는 듯하다. 그녀는 큼큼 공기를 들이마신다. 남편도 양자나 입양 같은 건 싫다고 했었다. 자식이 없으면 없는 대로 이 장점을 즐기며 살자고 했다. 남편이 어릴 때 남편의 친척 중에 양자를 들인 이가 있었는데, 양자를 보낸 집안과 양자를 들인 집안, 그 두 집안 부모들과 양자가 이리저리 다 사이가 좋지 않았다는 것이다. 그 말에는 보인도 동감한다. 생각해 보면 그럴 수밖에 없을 것이다. 또 남편은 지금 돈 버느라고 시간이 없어서 여러 가지를 생각할 겨를이 없다. 그러나, 그러나…… 그는 철학자도 아니고, 자기가 선택해 아기를 안 낳은 것도 아니다. 보인은 인형들의 배를 되는대로 꾹꾹 누른다. 달링 아이 러브 유, 우아아아아아아, 드쿵 드쿵 드쿵…… 하하하 하하, 오사삼이일 팡!…… 그녀는 황폐한 자기의 심정을 다스릴 수가 없다. 죽은 고사목 같은 현재의 생활에서 벗어나는 길은 쨍, 하고 자기가 뜨는 일뿐이다. 나를 인정받을 만한 일을 어딘가에서 찾아내 그것에 몰입하는 것일 것이다. 남편의 돈이 아닌 나만의 어떤 것…… 그러나 무엇을 한단 말인가? 전문직 여성인 일주는 고달프고, 전업주부인 정임이는 불만스럽다. 그래서 둘 다 불행하다. 보인은 그 둘 다 되기 싫었다. 그러면 무엇이 있나? 며칠 전 여행에서 만난 여성 정치가는 다음 학기에 K대학 정치대학원의 리더십 특별 과정에 같이 입학하자고 했었다. 리더십 특별 과정에서는 무엇을 배울까? 거기 말고도 그런 비슷한, 내가 공부할 만한 것들이 많지 않을까? 일단 공부를 해서…… 그녀는 가물가물 잠이 들었다 깼다 했다. 전화벨이 울었다. 그녀는 깜박 깨어나며 수화기를 든다.

"나야, 나. 맹식이 있지? 그 친구 만났는데 바로 요 앞에 있어. 같이 들어갈게."

남편이었다. 삼거리쯤에서 고향 친구와 한잔 하는 모양이었다.

보인은 일어나서 장롱을 연다. 베이지색 망사에 구슬로 수를 놓은 타이트한 웃옷과 갈색 실크의 하늘하늘한 롱스커트를 꺼내어 입는다. 집에서 입는 옷 같으면서도 파티 냄새가 나는—화려하고 우아하며 부드러운 옷이다. 보통 월급쟁이들은, 아내한테 사주고 싶어도 엄두도 못 내는 것들이다.

초인종이 울리고 술에 적당히 취한 남편과 그의 친구가 들어온다.

"차는요?"

"두고 왔지. 오늘 술 먹는데 차는 무슨…… 회사에 두고 왔지."

보인은 거실에 술자리를 마련한다. 양주 바를 열고, 위스키와 브랜디와 와인을 한 병씩 앞줄로 꺼낸다. 대개는 위스키를 마시지만, 그녀는 구색으로 늘 이런 것들을 옆세운다. 발렌타인과 헤네시와 사르도네가 그녀의 손에 잡혀 끌려나왔다. 병들의 모양을 비교해 보다가, 그녀는 발렌타인과 로얄살룻을 바꾼다. 남편은 술을 많이 마시지 않지만 술을 모으는 게 취미여서, 웬만한 바에 있는 유명한 술들은 다 집에 있다. 보인은 크리스털 잔들 뒤로 치즈와 햄, 마른안주, 얼음 그릇을 갖다 놓고, 과일 깎은 것도 갖다 놓는다. 그들은 이제 세련된 부부다. 아이도 없고, 여유 있게 살며, 현대적이고, 또 매력적인…… 또 상식을 넘어설 정도로 초현대적인…… 고향 친구는 기가 죽는 기색이다. 보인의 당당함 때문에 그는 아이에 대해서는 묻지 못한다.

"역시 좋군. 자네는 성공했어."

친구가 취해 엎드리며 말한다.

"파라다이스야, 파라다이스. 브라보!"

그가 엎드린 채 크리스털 유리잔을 치켜들며 말했다. 남편과 보인은 그 잔에 자기들 술잔을 부딪는다. 남편도 이젠 이런 분위기에 익숙해 있다. 사람들의 감탄, 부러움, 흠모…… 그들은 대외적으로는 일부러 아이를 안 낳은 듯 얘기하기도 하고, 또 그렇게 소개되기도 한

다. 여유롭고, 편안하며, 아늑하고, 세련된…… 둘만의 분위기가 다
감하고, 열정이 그치지 않는…… 그들은 키신저 부부처럼 여유 있게
웃는다.

열정

"이거 보세요!"

코치가 화서의 발끝을 잡고 화난 듯이 흔들었다.

"발끝이 이렇게 완전히 밖으로 향해야 해요. 개구리처럼요."

화서는 비로소 현실로 돌아왔다. 여태껏 시늉만 내고 있었지 헛동작을 하고 있었던 모양이다. 앞사람은 벌써 턴 지점까지 건너가버린 후였다. 코치는 화가 나 있었다. 여러 차례 주의를 준 듯한데, 얼이 나가 있었으니…….

화서는 성의껏 개구리 흉내를 낸다. 자유형도 발차기를 얌전히 해서 영 속도가 나지 않았는데, 이 평영 발차기야말로 여간 체득되지 않는다. 그녀는 그래도 코치 마음에 들도록 진땀을 흘린다.

코치가 물러갔다.

그러나 다른 레인의 코치들 모습이 저 멀리 또다시 보이기 시작한다.

남자들에게 멋지다고 생각되는 것은 역시 어깨다. 거기에는 여자들이 가질 수 없는 아름다움이 있다. 적당한 힘을 비축한, 살이 찌지 않은, 구릿빛의 어깨는 볼 때마다 화서를 감동시킨다. 육체의 아름다움, 젊음의 활력…… 저이들은 수영을 잘하니까 여름에 해변 같은 곳에 가서 저렇게 몸을 태웠을까? 지금은 봄인데? 작년 여름에? 그런데도 저렇게 갈색빛을 띠고 있단 말인가? 그녀는 알 수가 없다. 그녀는 요즘에 와서야 남자들의 몸에 대해서 확실한 느낌을 갖게 되었다. 살찌고 허연 몸은 보기 싫었다. 평일의 강습 시간에는 코치들을 제외하고는 이렇게 여자들뿐이지만, 일요일에 연습하러 오면 갖은 남자들의 갖은 몸을 다 보게 된다. 그녀의 눈은 자랐다. 배가 불룩 나왔거나, 살이 쪘거나, 허연 몸은 매력이 없었다. 처음에는 허옇고 피둥피둥하면 저 사람은 말갛구나 생각했었는데, 운동으로 다져진 몸들을 보자 그 생각이 바뀌었다. 수영을 잘하고, 살 대신 근육이 붙어 있고, 알맞은 갈색으로 그을은 상체를 보면 저절로 마음이 끌렸다. 그녀는 남자들을 바라보면서 남편을 생각했다. 결혼하던 무렵의 그의 몸, 그녀의 젊은 시절, 김 양과 남편의 정사 장면…… 그리고 지금의 남편의 몸…….

십이 년 전 그들의 관계를 알게 되었을 때는 불 같은 질투로 몸을 가눌 수 없었다. 김 양을 생각하기만 해도 '고년', '고양이 같은 고것', '부뚜막에 먼저 올라가는 고런 년' 등으로 쌍욕이 저절로 나와 자기 입을 틀어막은 적이 한두 번이 아니었다. 그러나 재작년에 다시 그들의 지속돼온 관계를 알았을 때는 충격만 컸지 질투가 불같이 일지는 않았다. 이상한 일이었다. 피는 금방 끓어올랐다가 내려가버렸다. 피가 끓어오르는 데도 비등점이 있는 것 같았다. 그 비등점을 넘어서면 내리막길이 있고, 내리막길 아래에는 하얀 데드라인이 있었다. 해골이 나뒹구는 모래사장에는 시체들만 있을 뿐 감정이 없었다. 잘못 건드리면 물론 또다시 끓어오르지만, 또한 내려가기도 잘했다. 지금까지도 참을 수 없는 것은 지난 세월이 너무 어이없고 허망하다는 것이다. 시간은 결코 되돌릴 수 없는데, 지나간 것을, 저질러진 것을 되담을 수는 없는데…… 낭비된 시간과 정력이 아까워 견딜 수가 없다. 도박을 해서 전재산을 날린 것 같다. 친구들은 얘기하곤 한다. 그까짓 거 갖고 뭘 그러니? 돌아왔으면 됐지. 옛날 같으면 우리가 손주 봤을 나이야…… 손주 봤을 나이 마흔일곱…… 이제 그녀의 인생은 고비를 넘어갔고, 어떻게든 추슬러야 하는 결론만이 남았다. 그녀는 지금 아무런 감정이 일지 않고, 희비도 없고, 어떤 것도 두렵지 않다. 후회와 회한만이 가슴 저 아래서 넘실거린다.

어느새 사람들이 모여 있었다.

"오늘은 이만하겠습니다."

코치가 인사를 까딱하고 물 밖으로 나갔다.

무리지어 있던 여자들의 동아리가 자연스럽게 뭉그러지면서, 제각각 물을 향해 몸을 부린다. 물장구를 치고, 발장난을 하며, 더러는 망둥이처럼 뛰어오르기도 한다. 물고기처럼 유연하게 헤엄쳐 가는 이들도 있다.

샤워장 안은 발도 들여놓을 수 없을 정도로 만원이었다. 샤워기를 차지하지 못한 화서는 한쪽 구석에 서서 앞사람이 끝나기를 기다리며 알몸들의 세계를 바라보았다. 부연 김 아래 여자들의 벗은 몸이 이리저리 움직이고, 비눗갑이며 샴푸통, 화장품들이 가지각색으로 놓여지며, 고무 모자 속에서 나온 엉킨 머리들이 쏴아 물세례를 받는가 하면, 곧 수건에 거품이 뿜어졌다. 앞사람이 한 발 물러나와 비누칠을 하는 사이 다른 여자가 물발 속으로 벗은 몸을 잽싸게 들이밀고, 그 여자가 비누칠을 시작하면 물러난 여자가 다시 거품 덮인 몸을 물줄기 속으로 들이밀었다. 샤워기 한 대 앞에 서너 명, 네댓 명의 여자들까지 진을 치고 물세례를 갈구했다. 샤워장 안은 점점 습도가 높아져 숨 쉬기도 어려웠다. 그런데도 또 다른 여자들이 계속해서 밀려들었다. 젖은 수영복들이 여기저기서 돌돌 말리며 벗겨지고, 새하얀 알몸들이 드러나고, 고무 모자들이 길고 짧은 머리들을 내보이며 홀떡홀떡 벗겨졌다. 그런 소란 속에서도 경쾌한 얘기들이 오가고, 깔깔대는 웃음소리와 짓궂은 장난질이 끊이지 않았다. 여자들의 몸은 김 속에서 아름다웠다. 다 제 나름대로 아름다운 굴곡을 지니고 있었다. 물발 아래의 젖가슴, 봉긋이 튀어나온 배, 등허리의 길고도 우아한 곡선, 그 아래 동그란 엉덩이…… 이목구비는 알 수 없지만 목욕하는 자태들은 모두 저마다 아름다웠다. 샤워기를 향해 젖혀진 머리, 치켜올려진 턱, 스르르 내리감은 눈, 젖은 머리칼들이 뿌우연 안개 속에 아주 관능적이었다. 화서는 〈목욕하는 여자들〉이라는 그림을 떠올렸다. 지금 샤워장 안은 그 그림보다도 더 관능적이고, 매력적이고, 현실감이 있었다. 그녀는 그곳에 속해 있지 않은 남의 눈으로 샤워장 안을 보고 있었다. 바깥에서 들어온 남자의 눈을 통해 자꾸 여자들을 보게 되었다.

얼마나 그러고 있었는지 모른다.

샤워장 안이 한적해지고, 우유와 올리브유를 바르던 여자들도 사라져버리고, 실내가 부쩍 훤해진 느낌이 들었다. 농밀하던 김이 여자들을 따라 어지간히 새나간 것 같았다.

"저쪽에 비었어요."

누군가가 화서에게 알려주며 샤워기 앞으로 다가갔다. 미조였다. 그녀도 화서처럼 번잡함 속에 몸을 디밀지 못하고 그냥 이 난장판이 끝나기를 기다리고 있었던 모양이다. 생각해 보니, 그녀도 화서 옆에 내내 서 있었다. 한 타임이 끝나고 새 타임이 시작되는 요 몇 분 동안 샤워장은 이렇게 들고나는 사람들로 북적거린다. 그 시간만 비켜서면 다시 한적해지는 것이다.

화서는 미조 옆의 비어 있는 샤워기 앞으로 갔다. 미조는 키가 화서보다도 훨씬 더 크고, 늘씬하고, 탄력 있는 몸을 지니고 있었다. 그럼에도 그녀는 하루도 빠짐없이 검은 망사 볼레로가 덧붙은 수영복을 입고 있다. 화서는 수영복이 열 벌도 넘는데, 미조는 이것 하나밖에 없는 것 같다. 숄처럼 둘러쳐진 검은 망사 볼레로는 물에 젖으면 가슴과 어깨에 착 달라붙어 이상한 느낌을 자아냈다. 그것은 몸의 형태를 그대로 드러내는 수영복이 물에 젖으나마나 색깔이 조금 진해지고 느슨해지는 것과는 달리, 겉옷이 물에 젖은 것처럼, 얇은 옷을 입고 비를 흠뻑 맞았을 때처럼 야릇하다. 그러나 미조는 섹시하게 보이려고 일부러 그 수영복을 입는 것 같지는 않다. 사람은 취미도 취향도 가지각색이라고 화서는 생각한다. 그러나 시선이 자꾸 흘끔흘끔 미조에게로 가는 것만은 어쩔 수 없다. 자신이 잃어버린 젊음과 아름다움이 바로 옆에 있는 것이다.

미조는 주황색 수영모를 벗어서 선반 위에 올려놓는다. 주황색의 그 모자는 펄이 섞이거나 무늬가 있거나 우둘두둘하지 않은 순수한 주황색의 민짜 고무모자였다. 다홍도, 오렌지도 아닌 순 주황에다, 반질반질하고 판판한 고무의 질감이 그대로 드러나 있어서, 누구나 만져보고 싶었다. 미조는 앞만 보고 자기 몸을 씻는다. 다른 사람의 시선을 느끼는지 안 느끼는지 어느 곳도 바라보지 않고 열심히 자기 몸만 씻는 것이다. 수영복을 벗고 대강 물을 맞은 후에 그녀는 핀으로 정수리에 고정시켰던 머리칼을 탁 풀어헤친다. 탐스럽고도 긴 머리채가 허리께까지 늘어졌다. 미조는 샴푸액을 손바닥에 짜서 머리를 풍성히 감고 린스를 칠해 헹군다. 머리의 물기를 꼭꼭 짜서 뱅뱅 틀어

다시 핀으로 정수리에 고정시킨 뒤, 맑은 물에 온몸을 돌려가며 헹군
다. 잘록한 허리와 긴 다리, 알맞게 탄력 있는 허벅지, 크진 않았으나
탱탱히 부풀어오른 젖가슴…… 미조의 몸은 정말 아름다웠다. 멀리
서, 김 속에서 바라보아서 이미지로서 그냥 아름다운 것이 아니라, 조
각가 앞에서라 해도, 구체적으로 손에 잡히게 아름다웠다. 완전한 아
름다움. 흠모와 부러움이 일순 화서의 가슴으로 지나간다. 미조의 아
름다움도, 미조의 젊음도 순간적으로 부러웠다. 그러나 그냥 잠깐 부
러울 뿐, 탐이 난다든가 질투가 나지는 않는다. 그것은…… 왠지 어
두운 미조를 알고 있기 때문인지도 모른다. 아까도, 다른 애들처럼,
무조건 아수라장 속으로 자기 몸을 밀어넣지 못하고 한편에 비켜서서
먹구름이 지나가기를 조용히 기다리고 있던 미조. 그건 젊은애답지
않은 행동이었다. 주변을 돌아보지 않는 시선, 자기 몸만을 열심히 씻
는 행위, 지나치게 가라앉은 어두운 표정…… 그런 것들에서 화서는
미조가 얼마나 타인의 시선을 부담스러워하며 지금 그것과 싸움을 벌
이고 있는지 알 것 같았다. 뭔지는 모르지만, 미조는 무감각한 게 아
니라, 신경을 파들파들 곤두세워 뭔가와 싸우고 있다는 인상이었다.

미조가 샴푸와 비눗갑 등을 비닐 가방에 정리해 넣고 샤워기를 잠
근 후 샤워실을 나간다. 먼저 나간다는 목례를 잊지 않고.

이제야 비로소 화서는 자기 자신으로 돌아온다. 그녀는 자기 몸을
내려다본다. 물론 미조에 비하면 탄력을 잃은 몸이다. 나이가 한두 살
차이겠는가. 그러나…… 아무리 심하게 생각해도 그렇게까지 시든
것 같지는 않다. 어떻게 보면 육체의 젊음에는 개인차가 있을 뿐이지
확연한 나이차가 없는 것 같다. 화서는, 처녀 시절, 산 오징어처럼 동
그랗고 조붓한 체형이었다. 그때는 넙치나 가오리처럼 얇아지고 싶었
었다. 얄팍한 복부에 로 웨이스트의 미니스커트를 턱 걸치고 다니는

친구들이 부러웠었다. 그녀는 잠자리에 누워 커다란 다듬잇돌 같은 것으로 몸통을 꾹 누르는 상상을 하곤 했다. 그러나 나이 들어가면서 납작한 체형의 친구들이 살이 찌기 시작했고, 원래 옆으로 평수가 좀 있었던 그녀들은 어느덧 뚱뚱한 아줌마들 속으로 들어가버렸다. 그러나 화서는 몸무게의 변동도 별로 없고, 살이 더 찌지도, 빠지지도 않았다. 그래서 그런지 체형의 변화도 없고, 지금도 옛날과 비슷한 몸매인 것 같다. 자신의 눈에는 그렇게 보인다.

괜찮아…… 아직 괜찮아…… 이만하면 아직 젊고, 다른 이들도 별게 아니잖아…….

화서는 봉글봉글 비누칠을 한다.

인간의 노화는, 아니 피부의 노화는 햇빛과 바람의 영향을 받는다는 말이 떠오른다. 햇빛과 바람을 피할 수 없는 부위인 얼굴은 열여섯 살 소녀와 예순 살 할머니가 현저히 차이나지만, 그녀들의 엉덩이살은 크게 다르지 않다는 것이다. 어떤 피부과 의사는 실제로 샘플을 채취해 제시했다고 한다. 화서가 보기에도 손이나 얼굴은 확연히 나이를 타지만, 몸은 꼭 그렇지만도 않은 듯하다. 수영장에서 봐도, 얼굴은 삼십대로 보이는데 몸은 아주 시든 여자도 있고, 아직 아가씨인데도 말라붙은 체격이 있는가 하면, 어떤 여자는 사십대라는데 혈기왕성하고, 손주를 본 오십대라는데 목 아래가 팽팽한 여자도 있다.

시드는 정도를 따지고 있다니…… 화서는 피식 웃는다. 그러나 미조처럼 저렇게 아름다운 몸매도 이십 년 이쪽이면 바람 빠진 풍선이 되어버리지 않는가. 그녀 자신 공평하게 젊은 시절을 누렸고……. 화서는 젊어지고 싶지가 않다. 삼십대 시절이 너무 고단해서, 그 시절이 다시 온다는 것이 끔찍하다. 빨리 언이를 대학에도 보내고 군대도 보내고 결혼도 시켜 책임을 모두 완수한 다음, 무던한 생을 마쳤다는 말과 함께 최초의 순간으로 돌아가고 싶었다. 아직 아무것도 생기지 않은, 코스모의 상태로. 물발에 그녀는 몸을 맡긴다. 세상만사가 다 부질없게만 느껴진다. 무엇을 잘해 보려고 애를 쓴다든지, 가상하게 참고 견디는 노력이 짜증스럽고 가증스럽다. 눈 가리고 아웅하는 것 같아 신물이 난다.

화서는 탈의실로 올라간다.

여러 여자들이 여러 형태로 몸치장을 하고 있다. 어쩐지 달큰하고 야한 냄새가 난다. 성호르몬의 냄새일까. 이제까지는 맑은 햇빛 속의 세계만 눈에 보였었다. 그러나 이제는 음지의 냄새들이 물씬 맡아진다. 검정이나 자주, 핑크빛 속옷들이 봄날의 꽃가루처럼 눈을 어지럽힌다. 분홍색 꽃무늬 브래지어를 두르고 나비처럼 눈썹을 그리는 여자, 엉덩이를 요리조리 돌려대며 보디로션을 두드리는 여자, 머리를 거꾸로 내려뜨리고 유방을 덜렁대며 물기를 닦는 여자, 덜 마른 몸통에 억지로 슈미즈를 끼워넣는 여자, C컵 브래지어를 빙 돌려 훅을 채우는 여자, 앞이 훤히 비치는 검정 레이스팬티를 입고 드라이기로 앞머리를 세우는 여자, 부시맨처럼 엉덩이가 완전히 드러난 밴드팬티를 입은 여자, 타월로 머리를 싸매고 톡톡톡톡 파운데이션을 바르는 여자, 편하게 앉아 양말을 신는 여자, 퍼질러 누워버린 여자…… 겉옷을 벗어버린 여자들의 모습은 그녀들의 적나라한 삶을 환기시켜준다. 여기가 에로 영화의 촬영장이 아닌가 하는 착각이 든다. 나 예뻐요? 나 섹시해요? 나 마음에 들어요? 애처롭고 슬프다. 동물의 암컷들이 힘센 수놈을 골라 그놈 휘하에서 새끼를 낳아 키우는 것처럼, 인간의 여자들도 암내 나는 몸치장으로 남자들을 꼬여들이고 있었다. 이제는 수천 년간 속 안에 감추어 봉해 두었던 관능까지 꺼내어 제 마음대로 어루만지며.

화서는 홀 가운데에 놓여져 있는 의자에 앉아 자기도 맨몸인 채로 남의 알몸을 구경한다. 구경하겠다는 의식이 있어서 구경하는 것이 아니라 한숨 돌리려고 앉아 있자니 그냥 눈에 보이는 것이다.

자극적이고 농염하고 진한 분위기들은 전염성이 강해서 대번에 희고 예쁘고 정갈하고 귀여운 이미지들을 몰아내는 것 같다. 양벌이 토종벌을 몰아내듯이. 그러나 이 모든 것이 어쩐지 자연스럽지가 않고, 무언가에 유린당하는 듯하다. 말하자면 세태에, 혹은 상술에, 광고에…….

몇 명이 옷을 입고 입구 쪽으로 나가고 있고, 또 샤워장 계단으로부터 벗은 여자들이 올라온다.

화서는 매니큐어 칠한 자기의 손톱을 내려다본다. 라일락핑크의 손톱이 물에 불어 끝이 뭉그러져 있다. 손톱을 다시 다듬어야 하겠어. 그녀는 손톱을 칠하고 반지를 끼고 팔찌를 차는 행위들을 좋아해 왔다. 언제부터였던가. 아마도 처음부터 그런 성향이 있었으리라. 그러나 사실은 결혼 후 상당 세월이 흐른 뒤부터 정착된 버릇이었다. 집안일로 손이 거칠어져 컴프러치하려는 이유도 있었지만, 그것은 채워지지 않는 갈망에 대한, 물처럼 흘러가는 시간에 대한 형용할 수 없는 몸부림이었을 것이다. 밤늦은 시간에 화서는 언이를 재워놓고 매니큐어를 칠하곤 했다. 매니큐어를 열 손가락에 반짝거리게 칠하면 손톱이 약간 무거워지며, 기분이 새로워지고, 예쁜 색감이 그녀를 충족시켰다. 거기에 실반지나 알반지 같은 것들을 끼어보고, 이런저런 팔찌를 걸어보고, 거울 속으로 자기 손을, 팔을 자꾸 이리저리 흔들어본다. 손동작이나 손맵시가 다른 이의 것처럼 달라 보이며, 간지럽고도, 웃음이 난다. 매니큐어가 다 마른 뒤에는 또 머리칼도 둥글게 내려놓아보고, 이런저런 옷을 입어보기도 했다. 그녀는 시간 가는 줄 모르고 어린애처럼 그런 장난을 즐겼다. 그러나 지금 생각하니 그때 차라리 검은 레이스팬티를 사러 가거나, 진취적이고도 건설적인 다른 무엇을 도모했어야 하나 보다. 비현실적인 자기만족에 빠져 있지 말고 제빵 학원이나 무슨 교육원에 가서 자격증이라도 땄어야 하지 않을까. 그렇게 방어하고 지키고 공격하며 인생을 살지 않아 내 비극이 온 것인가.

언이의 아침 준비를 대충 해놓은 뒤, 화서는 전기 세트기로 머리를 만다. 그동안 머리는 많이 자랐다. 갈까, 말까……. 그러나 그녀는 화장을 하고 세트기를 푼다. 머리는 바비인형처럼 둥그스름하게 부풀어 오르고, 굵은 컬이 어깨 아래서 동글동글 춤을 춘다. 미스 유니버스 대회에 나간 여자 같다. 이렇게 풀고 가볼까. 그녀는 브러시를 꺼내 머리칼을 확확 빗어내린다. 이제 좀 자연스러워질 것이다.

옷을 입자 기분이 밝아졌다.

연노랑 밝은 옷을 입고 거울 앞에 서서 잠시 자기를 바라본다. 괜찮다, 이만하면. 흰색 하이힐을 신고 그녀는 집을 나선다.

낮이 많이 길어져서 여의도에 도착했는데도 거리는 낮같이 밝았다. 길거리며 아파트 단지에 봄꽃들과 여름꽃들이 어우러져 지천이었다. 정말 이상한 봄이었다. 어제 강릉은 36.5도라고 했다. 엘니뇨가 계속되면서 4월 말의 날씨는 완전히 실종되어버리고, 사실상 찌는 듯한 여름 폭염이 사람들을 괴롭히고 있었다. 뉴스에서는 연일 오늘 날씨가 예년보다 십몇 도 높으며, 이것은 기상 관측이 시작된 이래 4월 기온으로는 최고라는 말을 거듭 내보내고 있었다. 게다가 요즘은 황사 현상까지 겹쳐져, 거리는 꼭 포연이 지나간 자리 같았다. 사람들도 지치고, 짜증에 겨운 듯했다.

"오늘은 아주 화사하네요. 아가씨 같아요."

"머리를 그렇게 내려놓으니 훨씬 더 좋아요."

"롱헤어가 잘 어울려요."

사람들은 쓸데없는 말들을 쏟아놓는다. 왜 이렇게 애완용 개들처럼 꼬리를 흔드는지 모를 일이다. 그래도 보기 흉하다는 것보다는 역시 기분이 좋다. 자잘한 소음들이 잦아들며 수업이 시작되었다. 오늘은 결석자들이 많다. 웬일인지 여자들이 아주 적게 나왔다. 강사는 난감한 표정을 지었다. 어제까지 블루스의 기본 스텝을 남자는 남자대로 여자는 여자대로 연습했는데, 오늘부터는 짝을 지어 마주보고 맞춰본다고 했었다.

할 수 없이 여자들을 차지하지 못한 남자들은 남자들끼리 짝이 되었다. 블루스는 다른 춤과는 달라서 한번 짝이 되면 끝까지 바뀌지 않는다. 자연 남자들끼리 짝이 된 팀들은 불만이 많았다. 춤에 능숙한 사람은 강사와 그의 파트너밖에 없었다. 그의 파트너는, 그의 아내라는 풍문이 있는데, 아마도 그런 것 같았다. 그 아내를 보자 미묘했던 강사의 분위기가 확실해졌다. 그는 처음에 이쪽도 저쪽도 아닌 듯한 아리송한 인상을 주었었다. 천박한 것 같지도 고상한 것 같지도 않고, 인간적인 것 같지도 냉정한 것 같지도 않고, 부자인 것 같지도 가난한 것 같지도 않았다. 입은 양복도, 자유당 때의 가난한 대학생 냄새가 나기도 하고, 초등학교 선생님이 모처럼 한 벌 해 입은 것 같기도 하고, 어떻게 보면 이태리의 유명한 브랜드 상품 같기도 했다. 외모마저 또릿또릿한 이목구비에 작달막한 체격이어서 어딘지 춤 선생으로서는 어울리지 않는다는 인상이었다. 그러나 그는 평생 몸 바쳐온 춤 선생으로서의 실력을 그동안 십분 발휘해서 특유의 권위로 수강생들을 꼼짝 못 하게 제압했다. 이제는 모두 각듯이 그에게 고개를 숙이며, '선생님'이라고 불렀고, 존경심 비슷한 감정까지 생기게 되었다. 새

춤을 배우기 전에 그가 수강생들을 세워놓고 그 춤의 개요를 설명할 때에 누군가가 조금이라도 흐트러진 자세로 건들거리면 대뜸,

"거, 바로 서요!"

하고 호통을 쳤다. 목소리가 크지도 않았다. 지적당한 사람은 지체 없이 똑바로 정자세로 서야 했다. 그러나 그의 아내를 보자 바탕이 훤하게 보였다. 그 여자는 굉장히 마르고 자그마한 여자였는데, 처녀 시절부터 춤으로 휘돈 춤의 도사인 것 같았다. 허리를 날렵하게 하도 틀어대서 살이 찔 겨를이 없는 모양이었다. 그 둘이 마주서서 거만하게 손을 잡으면, 그러나 왠지 둘 사이에서는 깍두기 냄새 같은 생활의 냄새가 났다. 남에게 춤을 가르치는 사이사이 라면을 끓여 먹거나, 셋방에서 아기의 똥기저귀를 빠는……. 이상했다. 남자 혼자 서 있었을 때는 거기까지는 느낌이 가지 않았는데, 여자를 보자 그런 냄새가 짙어지는 것이다. 몸에 딱 맞는 하늘색 타이트스커트에 모양을 낸 흰 블라우스, 끈 달린 검정 구두…… 남의 시선을 받으며 시범을 보여야 하는 위치이기에 다듬고 공들인 차림이었으나 옷이나 구두에서는 어쩔 수 없이 낡고 값싼 냄새가 났고, 그것이 현재의 생활을 짐작케 했다. 지금 문화 센터에서 강사 노릇을 하고 있는 이 시점이 아마도 남자에게는 밝고 긍정적인 모처럼의 순간인지도 모른다. 유창한 듯 쌀라쌀라대며 뱉어내는 춤과 관련된 영어단어들조차 공허하게 들렸다. 돈 많고 화려한 상류사회를 평생 흠모하며 어두운 곳에서 서식해 온 밑바닥 인생…… 허리가 십여 센티쯤 올라가게 재단된 강사의 양복바지도 퇴락한 현실과 영국신사의 멋이 교합된 특별한 패션인 것 같았다. 두 세계에 양 다리를 찔러넣고 있는 그의 모습이 보이고, 세월 속에 찌들어버린 여자의 인생도 보였다. 어쨌든 그들은 이렇게 남 앞에서 본보기로 춤을 출 때는 확실히 환상의 커플이었다. 발이 얼마나 빠

르고도 유연하게 맞물려 돌아가는지 사람 같지가 않았다. 그러나 수 강생들은 지금 자기 스텝도 밟을 수 없었다. 더구나 남자들끼리 짝이 된 커플의 여자 역할은 가히 가관이어서, 그들 팀은 곧 엉망으로 엉켜 버렸고, 음악이 계속되어도 아예 춤을 추지 못하고 멍하니 서 있곤 했 다. 안과 의사 장현중도 그런 커플들 속에 있었다.

그와는 지금까지 자주 짝이 되었었다.

화서와 그는 친숙해졌다. 그러나 오늘은 그가 늦게 온 탓에, 화서 는 다른 사람과 짝이 되었던 것이다.

"아무래도 안 되겠는데……."

전체 클래스가 굼뜨게 뒤척이는 것을 바라보던 강사는 이제 여자 파트너들을 남자끼리인 커플들에게 빌려주라고 했다. 장현중이 화서 를 보고 웃었다. 화서도 웃으며 그에게로 갔다. 음악이 시작되었다. 아바의 느린 곡이었다. 안단테 안단테…… 약간 허스키인, 부드러운 목소리가 천천히 사랑을 하라고 속삭였다. 장현중은 기본 스텝을 전 혀 파악하지 못하고 있었다. 화서는 땀을 흘리며 그의 손을 잡고 이끌 었다.

"이거 보세요."

강사가 손뼉을 짝짝 쳤다. 모두들 동작을 멈추고 그를 주목했다.

"춤은 걸과 맨이 추는 것이 아니라 레이디와 젠틀맨이 추는 거예 요. 경계할 것이 없어요. 상대방에게 흑심이 없다면 왜 자세가 이상해 집니까? 배운 대로 하세요. 똑바로 서서. 엉덩이를 뒤로 빼면 이 춤을 출 수 없습니다. 춤도 안 되고, 아예 출 수가 없어요. 이렇게 손바닥을 딱 붙이듯이 오히려 위는 조금 떨어지더라도 다리 쪽을 붙이세요. 그 래야 상대방의 스텝을 느끼지요. 여기 춤 배우러 오지 않았어요?"

그는 화를 냈다.

아닌게아니라 몸을 붙이고 서서 발짝을 떼노라니 상대가 왼발을 떼는지 오른발을 떼는지 느낄 수 있었다. 그러나 어떻게 더 하체를 붙인단 말인가. 이 춤은 춤 자체가 아주 가까운 연인들끼리, 혹은 사랑하는 사람들끼리 추는 춤인 모양이었다. 무드 있게, 사랑에 겨워, 거의 끌어안고…… 춤 다음에는 자연스럽게 사랑의 행위가 와야 할 것 같았다. 장현중은 스텝은 물론 템포도 못 맞추고 우왕좌왕이었다. 남자들은 여자들에 비해 대체로 자동차나 컴퓨터 같은 기계류의 조작에는 빠른 것 같지만, 섬세한 감각을 체득하는 데에는 둔한 것 같았다. 같이 온 부부들의 경우에도, 아내들이 남편들보다 훨씬 더 잘했다.

강사 커플이 시범을 보였다.

역시 블루스는 아래가 붙을수록 모양이 난다고 이구동성으로 감탄들을 했다. 지금까지 배운 춤들과는 화서가 보기에도 아주 달랐다. 자이브 같은 것은 상대와 일단 떨어져서 추므로 한쪽에서 못 추더라도 그런대로 춰나갈 수는 있다. 그러나 블루스는 둘이 꼭 같이 움직여야만 하는 춤이어서, 한쪽이 못 추면, 곧 팀에 영향이 갔다.

다시 연습이 시작되었다. 화서는 장현중을 끌고 하나 둘 셋 넷 하며 스텝을 감지시키려 애썼다. 오른발부터 뒤쪽으로 하나 둘 셋 넷 가서 두 발을 모으고, 그 다음 좌우로 두 번씩 왔다갔다한 후, 오른발을 45도 방향으로 뒤로 빼며 왼발을 끌어다 붙여 턴하는 것. 그리고 아까는 들어왔으니 이번에는 하나 둘 셋 넷 하며 또 앞으로 나간다. 그렇게 자기가 서 있는 가운데에서 사방으로 나갔다 들어왔다 하면 되는 것이다. 항상 시계 반대 방향으로 몸을 틀며. 장현중은 물론 화서와 반대 방향으로 하면 되었다. 그러나 화서가 진땀을 흘리는데도 그는 잘 따라 하지 못했다.

"저, 파트너 좀 돌려주세요. 전 좀 급하거든요."

화서와 한 커플이었던 남자가 뻔뻔하게 말했다. 그는 오퍼상인가를 한다고 했는데, 이미 외국인들과 자주 자리를 만드는 듯했고, 춤이 모자라 번번이 당황하는 눈치였다. 다급한 나머지 그는 집에서 연습도 열심히 해왔다. 자이브라는 춤은 미국인들은 잘 모르더라고, 잘 추지도 않더라고 이상해하며 이 블루스에 더욱 매달리고 있었다. 그 오퍼상과, 역시 당장의 필요에 의해서 배우는 상사맨들이 이 클래스에서는 우등생들이었다. 화서는 할 수 없이 오퍼상에게 손목을 잡혀 끌려갔다. 그 순간 장현중의 눈동자에 서운한 빛이 설핏 지나갔다. 시샘 같기도 하고 질투 같기도 한…… 노여운 빛이었다. 화서는 웃음이 났다. 오퍼상을 하는 사정이 급한 남자와 춤을 추는 내내 장현중은 이쪽을 똑바로 쳐다보지 않았다. 골이 난 것 같았다.

가까스로 수업이 끝났다.

화서는 조금 신경이 쓰이는 채로 백을 들고 계단을 내려갔다. 장현중에게 뭐라고 말을 걸어야 할 것 같았다. 그러나 사오십 명의 사람들이 한꺼번에 나가는 바람에 그의 옆으로 다가갈 수가 없었다.

밖에 나왔으나, 장현중이 눈에 뜨이지 않았다.

같이 가자고 주고받은 것도 아닌데 주차장까지 따라가서 말을 걸기가 계면쩍어서 화서는 그냥 집으로 가기로 했다. 혼자서 모처럼 차나 한잔 마셔볼까 하는 생각도 들었고, 빨리 동네에 가서 두자 형님한테나 들러볼까 하는 기분도 들었다. 그 형님은 아이들을 유학으로 군대로 다 떠나보내고 혼자 살고 있어서 밤늦게까지 놀다 와도 되었다. 지난번에도 한번 놀러가서, 열두 시까지 있었던 것이다.

좌석버스 정류장을 지나 번화한 불빛 쪽으로 나가자 여의도의 불야성이 시작되었다. 화서는 건물들을 두리번거렸다. 그냥 가기는 좀 허전하고, 차나 한잔 마시며 바깥 구경을 하다 돌아가고 싶었다.

대형 건물들 사이에 끼여 있는 키 낮은 건물의 이층 커피숍으로 올라갔다. 실내는 꽤 넓었고, 창가 쪽으로는 원목 빛깔의 나무 테이블에 등받이가 높은 의자들이 주욱 놓여 있었고, 안쪽에는 소파형의 장의자들이 놓여 있었다. 화서는 창문 쪽의 빈 테이블로 가서 앉았다.

거리가 환히 내려다보였다. 사람들은 모두 맥빠진 자세로 흐늘흐늘 걸어가고 있었다. 날씨가 더워서 양복들을 벗어 들고, 혹은 재킷이며 카디건들을 숄더백 위에 벗어 건 채, 삼삼오오 무리지어 불빛이 휘황한 음식점이나 술집으로 들어가기도 나오기도 했다. 둘이서 걸어가는 사람들, 젊은 남자와 여자, 학생들, 아기 손을 잡은 엄마, 혼자 앞만 보고 걸어가는 아저씨…… 화서는 한참 생각에 젖었다. 산다는 것은 무엇인가. 저들은 집에 돌아가서 누구에게 환히 웃을까. 내가 매일 이렇게 여의도에 오는 것은 무슨 의미가 있나…….

술이나 한잔 마셨으면 좋겠다는 생각이 들었다.

부담 없이 불러내 술이라도 한잔 나눌 수 있는 친구 하나 없다는 사실이 더 큰 쓸쓸함으로 다가왔다. 누구를 불러낸단 말인가. 전부 자기 가정 속에 있었다. 좋든 싫든 전부 다 그 휘장을 둘러쓰고 바깥은 전장인 듯이 바라보는 것이다. 중년의 여인 둘이 만나 밤늦게 술을 마셔보라. 모두들 특별히 쳐다볼 것이다. 그 특별함은 절대로 좋은 쪽이 아니다. 갖은 억측이 담긴, 자못 악의에 찬, 천박한, 휩쓸어 매도하는…… 그런 인식들이다. 가정주부들은 용기가 없다. 용기가 없도록 살아졌다. 집 안이 아늑해서가 아니라, 바깥의 무서운 파도에 시달리기 싫어서, 그녀들은 그렇게 휘장을 쓰고 있는지도 모른다.

화서는 커피숍을 나왔다. 집까지는 너무 멀었다. 시간이 재깍재깍 소리를 내며 고비를 넘어가자 집과 이곳과의 거리감이 그녀를 불안하게 했다. 집 근처라면 열한 시가 넘어도 마음이 이렇지는 않을 것이다.

　그녀는 고개를 숙이고 빌딩 앞에 주차된 승용차들 사이를 질러 천천히 보도 쪽으로 나갔다. 차들을 너무 바투 붙여 세워놓아 보행자가 다니기에 불편했다. 그때, 느닷없이 옆 차의 문이 열렸다. 화서는 그 차를 돌아서 가려고 왼쪽으로 몸을 틀었다. 클랙슨이 울었다. 화서는 돌아보았다. 운전석의 문이 열려 있고, 장현중이 고개를 내밀었다.

　"웬일이세요?"

　"여기서 뭐 했어요?"

　"차 마셨는데, 왜요?"

　"아, 우린 조 아래서 식사했거든요."

　"누구와요? 그 사람하고요?"

　"네, 재미있던데요. 커튼 고리 있죠? 그 스틸 고리 말고 롤 안에 들어가는 조그만 플라스틱 알갱이요. 그런 걸 사출성형으로 찍는대요."

　오늘 그의 파트너였던 머리가 좀 벗어진 남자와 같이 있었던 모양이었다. 남자들끼리도 잘 친해지는구나 생각하며, 그런데 그 롤 안에 들어가는 플라스틱 알갱이가 뭐지? 떠올리는데 장현중이 재촉했다.

　"뭐 해요? 얼른 타지 않고."

　"네?"

　"얼른 타요."

　그는 아주 당연히 화서가 자기 차를 타는 걸로 여기고 있었다. 엉겁결에 화서는 차 안으로 몸을 밀어넣었다. 장현중은 자기가 상상하지도 못한 직업의 사람을 뜻하지 않게 만나 신기한지 자꾸 그 사람 얘기를 했다. 아내가 아이를 못 낳아 남매를 입양했는데, 그 아내가 지금 바람이 나서 다른 남자와 살고 있다는 것이다. 아이들을 너무도 사랑하는 그는 입양된 사실을 아이들이 알게 될까봐 전전긍긍한다고 했다.

　"남자들끼리도 금방 친해지네요."

"그 친구가 재미있어요. 별별 말 다 하면서 살아가는 애기 쫙 훑는데 영화 보는 것 같았어요. 난 이런 식의 만남이 처음이라……."

차가 마포대교 쪽으로 가지 않고 여의도 외곽도로를 천천히 돌았다.

"저기 한번 가볼까요?"

장현중이 둔치 쪽을 턱으로 가리켰다. 반주로 한잔 걸친 듯, 약간 취한 것 같았다. 화서가 동의도 하지 않았는데 굴다리 밑으로 해서 둔치로 들어갔다.

"그렇게 가끔씩 혼자서 차도 마시고 그럽니까?"

"……."

그들은 차를 내려서 밤섬 쪽으로 강변을 걸었다. 낚시꾼들이 더러더러 있을 뿐, 밤은 이제 어둡고 조용했다. 화서는 검은 강물 가운데로 일렁이는 달빛의 띠를 바라보고 있었다. 그것은 수면의 일렁임에 따라 자잔자잔하게 움직이면서도, 절대로 변함없는 각도랄까 강한 의지 같은 것을 유지하고 있었다. 유연하면서도 대가 찬 아름다움이었다.

"뭘 그렇게 봐요?"

"문 리버."

"문 리버?"

그녀는 강물 가운데를 눈으로 가리켰다.

"저게 문 리버예요?"

"몰랐어요?"

화서가 더 놀랐다.

"난 영어도 좀 하는데…… 저게 문 리버였는지는 몰랐는데요. 그냥 달빛이 비치는 강, 그러니까 전체 강을 생각했어요. 물론 영어로 문학작품 같은 걸 읽은 건 아니지만."

"……."

"문 리버라…… 그런 말 정말 오랜만에 듣는데? 그런 영환지 음악
인지 하는 것도 있지 않았어요?"

"있었죠. 〈문 리버〉. 오드리 헵번이 나오는 〈티파니에서 아침을〉이
라는 영화. 거기에 그 음악이 나오죠."

"어떻게 하더라?"

"문 리버—와이더 덴 어 마일— ."

화서는 첫 소절을 부른다. 장현중이 빙긋이 웃었다.

"더 해봐요."

"뭐 노래시키려고 그랬어요?"

"근사해."

"문 리버의 폭이 한 마일보다 더 넓다니, 역시 미국의 강과 달은 스
케일이 큰가 봐요."

"미국의 강과 달이?"

장현중이 헛헛헛 웃었다. 그들은 둑 위에 나란히 앉았다. 강바람이
장난꾸러기들처럼 달려와 두 사람의 얼굴을 훑고 뒤로 달아났다.

"배고프지요?"

그가 느닷없이 물었다.

"조금."

"오늘 컵라면 먹어볼래요? 뜨거운 물 부어서."

"컵라면?"

"이런 데서 먹으면 맛있어요."

그는 벌써 일어서고 있었다. 화서가 저녁을 먹지 않았다는 사실을
마음에 두고 있었던 모양이다. 따뜻한 마음이 느껴졌다. 그가 가게로
훌쩍 가서 길쭉한 컵라면과 소주를 들고 왔다. 화서 앞으로 컵라면과
나무젓가락을 밀어주고, 자기는 조그만 종이컵에 소주를 따랐다.

"술 마시면 어떻게 해요? 운전할 거면서?"

"까짓 거, 차 두고 가지 뭐."

그는 절도 있는 포즈로 꺾듯이 소주를 목구멍에 탁 털어넣었다. 평소 술을 좀 하는 모양인가……. 컵라면은 매콤하고 시원했다. 화서는 훌쩍거리며 뜨거운 면발과 국물을 번갈아 들이켰다. 그런 모습을 장현중이 바라보고 있었다.

"왜 쳐다봐요? 사람 먹는 거. 먹을 땐 개도 안 쳐다본다는데."

"그건 틀렸다. 개도 안 때린다지. 쳐다보는 건 괜찮아."

그는 손아랫사람에게처럼 말을 놓더니,

"내가 왜 쳐다보는 줄 알아요?"

하고 더 빤히 쳐다보았다.

"왜요? 다리 밑의 거지 비슷해서요?"

"아니, 너무 에로틱해. 그 입술이."

"뭐라구요?"

화서가 벌컥 화를 냈다.

"조가비같이 오물오물 움직이는 게 너무 예뻐. 오늘에야 알았어요. 입이 예쁜 걸."

"나 정말 기가 막혀서……."

"다른 뜻은 없다구. 자기가 이상하게 생각했다면 그쪽이 불순한 거야. 난 다만 내 느낌을 솔직히 얘기한 것뿐인데."

그가 다시 소주를 목구멍에 탁 털어넣었다.

"나도 한잔 줘봐요. 오늘 술이나 마시게."

"술을? 설마 많이 마시진 않겠지?"

장현중이 잔을 건네주었다. 화서는 조금씩 소주를 홀짝거렸다. 검은 강물과 달빛의 줄기, 가끔씩 낚시꾼들이 내는 철퍼덕거리는 소리,

물살 위로 불어오는 강바람…… 그녀는 밤의 숨소리를 느꼈다. 커다란 짐승의 호흡처럼 그것은 깊고 고르게 살아 있었다. 그녀는 짐승 안으로 들어간다. 멀리 차도 위의 가로등 밑에서 나뭇잎들이 렘브란트의 그림처럼 반짝였다. 가장자리 위쪽에서 투명하게 반짝이는 잎들과 그늘 속의 검은 잎들을 바라보고 있을 때 장현중이 그녀의 손을 잡았다. 그 손에 점차 힘이 가해지며, 이상한 느낌이 전해져 왔다. 의도하고, 바랐던 때문일까. 그녀 몸 안의 어떤 것들이 꽃처럼 터져 상승되고 있었다. 그가 허리를 휘감아왔고, 그들은 얼굴을 마주댔다. 화서는 눈을 감았다. 무엇인가가 아직 부족했다. 더, 더, 더, 더, 하는 심정으로 그녀는 그의 입술을 핥았다. 겁이 나면서도, 툭 터지고 푹 넘고 싶은 기분을 어찌는 수가 없었다. 그의 몸이 불처럼 뜨겁고, 자신의 얼굴도 뜨겁다는 것을 어느 순간 느꼈다. 그들은 차로 돌아왔고, 강을 건너 어딘가로 갔다. 거기가 어딘지, 들어갈 때 어떻게 했는지 화서는 기억할 수 없다. 방에 들어서자마자 두 사람은 투견처럼 엉겨붙었다. 그리고 맹렬히 뒹굴었다. 머릿속으로 그렇게도 떠올려보던 순간들이 어떻게 지나갔는지 몰랐다. 번갯불에 콩 구워먹듯, 그들은 하나가 되었다. 과정도 없이 결과만 덩그렇게 남아 있었다. 적요 속에서 화서는 자기가 남편이 아닌 다른 남자와 잤다는 것을 알았다. 그건 생각보다 쉬운 일이었다. 습관만 되면 아주 쉬울 것도 같았다. 콜걸들도 이래서 직업을 유지할 수 있는 거로구나, 그런 생각이 들었다. 그의 몸에서는 여전히 따뜻한 기운이 느껴져 왔다. 사람은 별게 아니었고, 그저 비슷비슷했다. 가슴이 있고, 그 안에서 심장이 뛰고 있고…… 생각이 있다지만 몸이 먼저고…… 남편도 이랬겠구나 하는 느낌이 들었다. 이런 기분이니까 집에 돌아와서 내게 더 잘해 주고 더 다정히 굴며, 죄책감을 상쇄하기 위해 자꾸 사랑한다고 속삭였겠지…….

화서는 장현중을 물끄러미 바라보았다. 사람은 그냥 다 사람이었다. 이 사람도 가슴 저 안에 오장육부가 꿈틀대고 있고, 집에 돌아가면 아내가 있다……. 어쩐지 화서의 눈가에서는 눈물이 흘렀다. 그녀는 장현중의 몸을 더듬었다.

"만져봐도 돼요?"

그가 놀라는 듯 움찔하다가 가까이 왔다.

그녀는 그의 몸을 만졌다. 눈을 감고 세심하게, 부드럽게 어루만졌다. 그의 뿌리가 단단해져 왔다. 그가 가파른 숨을 토해 내며 몸을 뒤틀었다. 이거로구나. 결국 이거야…… 내가 지금까지 해결하지 못했던 게 바로 이거야……. 그녀는 몸을 일으켜 그의 가슴에, 배에, 복부에 입을 맞췄다. 그리고 오랫동안 그곳에 키스했다. 그가 단말마처럼 퍼덕이며 상체를 일으켜 그녀를 끌어안았다. 화서는 그가 가자는 대로 끌려갔다. 자기 몸 안의 모든 불씨들이 도드라져 빨갛게 타오르고 있었다. 그녀는 이제야 자기의 속 안 저 깊은 곳에서 둑 같은 것이 털퍽 무너지는 것을 느꼈다. 그건—지금까지 높아질 대로 높아진—본능의 압력이 팍 터지는 소리였다. 그녀는 격렬했고, 딴 사람 같았다. 그녀는 화산처럼 폭발하고 있었다. 한 번도 경험해 보지 못한 관능의 숲으로, 불꽃 같은 쾌감 가운데로, 오르가슴 속으로 그녀는 부들부들 떠내려갔다.

정신이 돌아오자 화서는, 자기가 지금 한 남자의 팔 안에 누워 있으며, 여기는 마포 근처의 어느 모텔이고, 시간은 심야를 향해 깊어져 가고 있다는 사실을 자각했다. '비로소'라는 말이 서서히 실감되어왔다. 아, 그래. 나는 이렇게 되고자 했지. 이렇게 다른 남자와 자고 싶어했어. 이런 걸 바라며 산지사방을 헤매 다녔던 거야……. 그래 어떠니? 분이 좀 풀려? 그런 것 같기도 했다. 원한이나 분노 같은 것들이 희미해지는 것 같았다. 그런데 지금이 몇 시일까? 집에 가야 하잖아? 빨리 가서 언이의…… 남편이야 신경 쓸 거 없지만…… 그녀는 시계가 어디 있나 찾으려고 고개를 움직였다.

"열한 시 조금 넘었어요. 가야 하죠?"

장현중이 그녀를 다시 품어안으며 말했다. 언제 울었던 것일까. 흑흑 느껴 운 기억은 없는데, 행위가 끝나자 그녀의 얼굴은 눈물로 세수를 한 것 같았다. 그 얼굴을 그는 손바닥으로 닦아주었다. 그녀의 눈가에서는 눈물이 계속해서 흘렀다. 그러자 그는 일어나서 수건을 가져다가 그녀의 얼굴을 닦아주고, 볼이며 입술이며 머리칼을 어루만지고, 어깨와 등을 다독거렸다. 그렇게 얼마쯤 있다가 두 사람은 살포시 잠이 들었던 것 같았다. 그리고 지금 깨어난 것이다.

화서는 상체를 일으켰다.

"가야 해요."

장현중이 시선을 비낀 채 고개를 끄덕였다. 그는 묻고 싶은 말을 묻지 않고 있었다. 화서는 주섬주섬 옷을 입었다. 그도 옆에서 옷을 입었다. 그녀는 이제 오히려 침착했다. 뭐 이런 거지. 그래, 이런 거야…… 그녀는 핸드백을 찾아 들었다.

그녀가 막 문을 나서려고 할 때에 그가 그녀를 붙잡았다. 그녀는 돌아섰다. 그의 손가락이 그녀의 뒷머리를 두어 번 갈퀴로 긁듯이 빗어주었다. 단정치 못하게 헝클어져 있는 것 같았다. 그의 눈은 다정했고, 여기 오기 전과는 달랐다. 감동 비슷한 떨림이 화서의 가슴으로 지나갔다. 그녀는 너무 급해서 거울을 보고 다시 단장할 여유가 없었다. 그녀가 그대로 되나가려 하자 이번에는 그가 뒤에서 그녀의 머리를 돌려세워 입술을 포겠다. 손으로 가슴이며 배를 쓸며 숨막히도록 꼭 끌어안았다. 화서는 붕 뜨는 기분이었다. 온몸의 피톨들이 기뻐서 이리저리로 뛰어다니는 것 같았다. 몸으로 사랑받는다는 것이 이런 거겠구나…… 화서는 탄식했다. 남편과 평생을 살았어도 행위가 끝난 다음에 이렇게 해보기는 처음이었다. 언제 끝났는지 흐지부지하게 한 둥 만 둥 하다가, 제풀에 성을 내듯 돌아눕곤 했었다. 남자들은 이렇게 서로 다른 것인가.

차에 탔을 때에야 옆에서 운전을 하고 있는 장현중에게로 온전히 신경이 갔다. 그는 어떤 사람일까. 그런 데를 자주 가나. 그 모텔이 거기 있는 건 어떻게 알았을까. 지나가다가 간판을 보고 그냥 들어간 것인가. 줄창 여자들을 데리고 그런 델 가는 남자인가……. 자고 났어도 더 알게 된 것은 없었다.

그러나 이제 그만이라 해도 어쩌는 수 없었다. 뭐든 각오한 일이니까. 지금까지 그가 한 말이 다 거짓이었다 해도, 그가 플레이보이라 해도 상관없었다. 여성지 같은 델 보면 남자들은 여자와 한번 자고 나면 자기 전과 태도가 달라진다고 했다. 이제 점령했기 때문에 다른 고지를 넘본다는 것이다. 그럴 것 같지 않지만, 그렇다 해도 별수없었다. 이제 그가 문화 센터에 안 나와도 그만이고, 여차하면 그녀가 그만두면 될 것이었다. 애석한 것은, 지난 몇 달간 그들이 가졌던 인간적인 우호감도 이것으로 다 뭉개져 버리나 하는 것이었다. 화서는 남자들의 생리를 알 수 없었다.

그녀는 시계를 보았다. 열두 시까지만 갈 수 있다면…….

"저, 여기서 내려서 다른 차를 타고 갈래요. 그쪽도 늦으시잖아요."

"내 걱정은 말고 가만히 있어요. 내가 최대한도로 빨리 데려다줄 테니."

그는 아직 화서에 식상한 것 같지는 않았다. 예의를 차리는 것인지

도 모르지만. 그는 화서보다도 더 조급해하며 속력을 냈다. 삼선교를
지날 때쯤, 시계를 한 번 힐끔 보고 난 그가,

"애들 있어요?"

하고 물었다.

"있어요. 재수하는 아들이 하나 있어요."

"재수라고요?"

그는 놀라는 기색이었다. 그러나 곧 입을 움찔 다물었다. 화서는
역으로 공격했다.

"애들이 몇 살이에요?"

"전 좀 어립니다. 느, 늦게 결혼해 놔서요."

그가 어물거렸다.

"초등학생?"

"네, 그렇지만 남자들은 늦게 결혼하잖습니까?"

화서는 웃었다.

"난 오십삼 년생이에요. 그쪽은요?"

그는 머리를 긁적거리며, 서른아홉이라고 말했다. 이번에는 화서
도 놀랐다. 그들은 일곱 살이나 차이가 나는 것이다. 일곱 살…… 화
서도 할 말을 잃었다.

"저보다 하나나 둘, 혹은 많으면 서너 살 위일 거라고 생각했어요."

그도 어이가 없는지 웃었다.

"언제 그렇게 나이를 많이 먹어버렸죠?"

"하느님에게 물어보세요."

그들은 번갈아 웃었다.

"서너 살 많을 거라는 생각과…… 또 나에 대해 무엇을 연상했어
요?"

"무슨 문제가 있나 보다, 그런 생각은 했죠."

"왜요?"

"밤 시간에 그런 강좌에 혼자 나오니까요."

"그런 사람은 많잖아요?"

"많지만…… 벌써 그런 타입이 아니잖아요."

"그런 타입?"

"무턱대고 그런 데 쫓아다니는 여자들과는 다르게 느껴지던데요."

"그 눈이 맞을까요?"

"맞죠. 나도 사람 보는 데는 한 눈 가졌는데……."

그들은, 제일 알고 싶은 서로의 배우자에 대해서는 묻지 못한 채, 우회하여 여러 가지를 주고받았다.

그녀의 아파트 앞에 차가 멎었다. 그녀는 앉아서 인사를 했다. 그의 눈동자에 다시 빛이 덧씌워지며 간절한 듯, 아쉬운 듯 그녀의 눈을 구태여 찾아 마주 바라보았다. 갸름하고 흰자가 유난히 하얀 눈이 그녀의 눈 속으로 파고 들어왔다. 그가 손을 내밀어 화서의 손을 꽉 잡았다 놓았다.

화서는 아파트 단지 안으로 총총히 걸어들어갔다. 장현중이 가지 않고 차를 세운 채 그녀의 뒷모습을 바라보고 있었다.

나뭇잎새는 바람에 살랑거리고

매어놓은 줄 위로 나팔꽃 덩굴이 차츰차츰 기어오른다. 그 속도가 눈에 보이는 것 같다. 예희는 읽던 책을 내려놓고 창 앞의 나팔꽃 덩굴을 우두커니 쳐다본다. 돌돌 말린 맨 끝의 꼬마순이 옹골차다. 작긴 하지만 그 생명력이 여간 아니게 느껴진다.

그녀는 요즘 독서에 재미를 붙였다. 독서래 봐야 뭐 소설책 같은 걸 읽는 건 아니다. 성공한 여자들의 얘기를 쓴 책을 어쩌다가 읽게 되었는데, 재미도 있고 그녀들의 인생역정이 하도 파란만장해서 이 책 저 책을 빌려다 놓고 보게 된 것이다.

어제 읽은 책은 스물세 살에 신부님을 사랑하여 우여곡절 끝에 그와 결혼하고, 세상의 편견과 몰이해, 불운으로 고전고전하다가 결국 사십대 후반에 이르러 대단한 국제 사업가로 성공한 여자의 얘기였다. 오늘은 미스코리아 대회에 나갔던 미인이 결혼에 실패하여 나이 서른에 아이 셋을 데리고 상경, 빈털터리에서 트럭 운전사, 밤무대의 피아니스트, 관리 책임자, 사장, 국제 여행사 사장으로까지 성공한 얘기였다. 이 밖에도 예희는 화가에, 소설가에, 뮤지컬 가수에, 또 뭐 뭐 한없이 많은 걸 이룩한 여자의 얘기를 읽었고, 남편의 사업 실패로 밑바닥에 꼬나박혔다가 무슨무슨 일들로 크게 일어서는 얘기를 읽었다. 이 모든 얘기들이 물론 예희에게 감동을 주었다. 사람이 바닥으로 떨어지면 이렇게까지 될 수 있구나 하는 두려움도 안겨다 주었고, 이런 상황을 어떻게 참아냈을까 감탄스럽기도 했으며, 성공하기 위해 벌인 엄청난 노력에 압도당하기도 했다. 어려움을 극복하고 성공하기까지의 과정은 액션 영화 이상으로 짜릿짜릿했다. 무엇보다도 신나는 것은 모든 얘기가 해피엔딩이라는 점과 그녀들이 국제적으로 시원스럽게 논다는 점이었다. 누구나 외국 드나들기를 밥 먹듯이 했다. 미국, 영국, 프랑스, 일본, 중국…… 유엔의 상임이사국(일본만 빼고)인 그 나라들을 그녀들은 제 집 화장실에 드나드는 것처럼 마구 드나들고 있었다. 하긴 오늘 그렇게 크게 성공했기에 그 책을 썼지 만일 성공하지 못했더라면 책도 쓰지 못하고 어느 귀퉁이에 소리없이 처박혀 있다가 죽을 것이었다. 그런 사람들이 얼마나 많겠는가.

예희는 창밖 조그만 화단에서 열심히 위를 향하여 꼬물거리며 올라가는 나팔꽃 순을 다시 바라본다. 식물들도 저렇게 올라가는데…….

여자들은 대개 잘못된 결혼이나 부자연스런 결합으로 인생이 굴절되는 것 같다. 자기 혼자만의 인생에서 실패하고 뒤집고 한 얘기는 지금까지 그녀가 읽은 책 중에서 없었다. 그러니까, 얘깃거리가 되려면, 일단 처음에 결혼을 잘못해야 한다. 그렇게 해서 꼬이게 된 인생을 갖은 고난과 노력 끝에 극복하는 것이다. 그런 뒤 그 얘기를 책으로 쓰고, 돈도 벌며 유명해지는 것이다.

부모가 가난하거나, 내세울 만한 것이 없거나, 특별히 예쁘지 않은 여자들은 책도 쓰지 않았다. 웃기는 일이 아닌가. 왜 그런 노력들을 하지 않는가? 쓸거리가 없을까? 그럴 리는 없지 않은가? 쓸거리야 그녀들이 더 많을 것이다. 그럼 무언가. 오, 그래, 흥미의 대상이 되지 못하기 때문이다. 사람들은 화려한 것을 좋아하고, 잘난 것을 좋아하고, 남보다 우월한 것을 좋아한다. 가난하고 못나고 못생기고 어줍잖은 인간들은 쳐다보기도 싫어한다. 그러므로 화려하고 잘나고 우월한 조건들을 타고난 여자들이 흥미의 대상이 될 수밖에. 화가 나는 일은, 이런 책을 쓰면 돈도 많이 벌련만, 복 없는 여자들은 책 쓰는 권한마저 박탈당하고 있다는 사실이다. 쓰면 뭐 하나. 아무도 안 읽어주는데. 무덤으로 가지고 가는 자기 일기밖에 더 되겠는가. 이런 책을 쓴 여자들은 처음부터 하나같이 부모를 잘 만났고, 어린 시절을 유복하게 공주처럼 보냈으며, 일류 대학을 나왔고, 거기다 인물까지 출중하고, 또한 특별한 재능들을 가지고 있었다. 이미 이 세상을 살아가기에 충분한, 넘치는 조건들이었다. 문제는 이 조건들이 잘못된 결혼이나 예기치 않은 어떤 일로 잠깐 왜곡되었다가, 나중에 더 크게 튀어오른다는 스토리였다.

예희는 침대에 벌렁 누워 생각에 잠긴다. 나는 무엇이 될까? 그냥 밥하는 아줌마가 될까?

그렇다면—결혼을 잘못하여 그것을 정리하고 마음을 도사려먹은 후 아무리 노력해 성공해도 책을 쓸 수는 없는 일이 아닌가. 도대체가 팔리지 않을 테니까. 돈 벌고 유명해지는 일은 아예 틀린 일이다……

빌어먹을 책들은 읽는 동안은 신나고 좋았는데 다 읽고 나자 부담감만 쌓인다. 염병할! 그런 상황에 처했을 때 어떻게 그 여자들처럼 견디고 분투한단 말인가? 그만큼 못 견디면 또 그랬다고 사방에서 그

샘플을 들이대며 힐난할 게 아닌가. 세상살기에만 더욱 팍팍해져 버린 것이다. 그 여자들은 사실 처음부터 보통 사람들이 갖지 못하는 엄청난 무기들을 가지고 있었다. 매력 포인트가 이미 확실히 있었던 거다. 그녀들이 성공한 이면을 자세히 살펴보면 거기에는 그녀들의 놀랄 만한 똑똑함이나 미모, 실력, 학벌, 남다른 특기 같은 것들이 파격적으로 작용했다는 것을 알 수 있다. 거기에 하늘의 운까지 가세해 기적 같은 결과를 만들어냈다는 것. 그러나…… 생각해 보라. 성공할 가능성이 있으니까 그녀들이 그렇게 버텼지, 보통 사람들은 아무리 버텨봐야 소용도 없는 것이다. 아마 죽을 때까지 죽을 맛뿐인 사람들이 태반이리라. 빨리 포기하고 다른 길을 모색하는 것이 훨씬 나을지도 모른다. 차라리 비렁뱅이로 나앉거나, 구호 대상자가 되는 게 방편일 것이다. 그래야 마음이라도 편하지. 꼴찌가 일등을 흉내낸다고 될 일인가. 비슷한 점이 눈곱만큼이라도 있어야 비슷하게 흉내를 낼 것 아닌가. 젠장.

공연히 입맛만 버렸다고 예희는 느낀다.

책을 읽는 동안 느꼈던 대리만족감은 책을 덮고 나자 바윗덩이처럼 답답하게 가슴에 얹힌다. 실제로, 현실에서는—책 읽은 것이 아무것도 해결해 주지 못하는 것이다. 공연히 사람 기분만 붕 띄워놓았다가 패대기쳐버린 것 같다. 분하고, 배신감마저 느껴진다. 저는 저고 나는 난데…… 사람 각자의 인생은 모두 다른데…… 비슷한 점이라고는 털끝만큼도 없는 잘난 여자들 경우를 기준 삼아 무엇을 도모할 수 있단 말인가. 예희는 지금 겨우 비디오 가게에 취직하고 싶은 것이다. 이 희망에 그런 책은 아무런 도움도 되지 않는다. 오히려 예희의 희망을 비웃고 있다. 그게 뭐냐고. 그런 게 희망 축에나 드느냐고. 네 수준이 겨우 고거냐고…… 예희는 책들을 발로 밀어내버렸다. 곁에 가기에도 겁이 나고 꺼려지는—한 마디로 '왕재수인' 여자들이었다. 엄청나게 공부를 잘하다 못해 십몇 년간 수석을 하고(그것도 수천 명 중에서), 그 방면에 관한 한 대한민국은 물론 전세계에서 가장 똑똑하고(본인은 물론 주변에서도 그렇다고 침이 마르게 말한다는 것이다), 또 누가 보나 입이 딱 벌어질 만큼 예쁘고, 거기에 노력까지 죽기 살기로 한다니 뭐 할 말이 있는가. 사람들이 침을 줄줄 흘리고, 운이나 운명의 여신까지 반색을 하는 그런 여자들과는 아무런 상관도 없었다. 예희는 우울해졌다. 대리만족 뒤에 오는 별 볼일 없는 사람의 허무를, 그 허망함을—예희는 하루종일 만지작거렸다. 자신은 이제 더더욱 낮아진 기분이었다. 그러나 예희는 어느 순간, 빌어먹을! 하고 일어났다. 잘난 아줌마들이여, 아듀!

매어놓은 줄을 돌돌 말며 힘찬 생명력으로 위로 뻗어가는 나팔꽃 순을 바라보다가, 예희는 불현듯 아래층으로 내려간다. 할머니는 오늘도 케이블 티브이의 쇼핑 채널을 보고 있다. 할머니는 지난주에도 영천 뽕잎차와 중국제 찻잔을 샀었다.

예희는 할머니 옆에 앉아 전화 다이얼을 돌린다.

"여보세요? 거기 선일물산 해외영업부죠? 노준호 씨 좀 바꿔주세요."

잠깐만 기다리라는 대답. 노준호는 미조 언니의 애인이 된, 새벽반 수영 코치다. 지금은 코치직을 그만두었지만.

"누구한테 전화 거냐? 너 이것 좀 마셔봐라."

할머니는 마시다 남은 뽕잎차를 예희에게 내민다.

"그 뭐냐, 영양분 같은 게 많이 들어 있대. 아, 누에가 이것만 먹고 자라잖니?"

"난 안 먹어. 할머니 그거 자꾸 마시면 누에처럼 흐물흐물해진다?"

"저년이?"

할머니는 쥐어박는 시늉을 한다.

"형부야? 나 예흰데…… 나 점심 좀 사주라. 따분해서 미치겠어."

노준호는 점심때 회사 앞으로 나오라고 한다.

"그래? 그럼 한 시 십 분 전까지 갈게. 미조 언니 전화해 보고 집에 있으면 같이 나갈게."

예희는 전화를 끊는다.

"누가 형부야?"

할머니가 의아하게 묻는다.

"응, 아는 언니 신랑. 곧 결혼할 거야."

"저 시집갈 생각은 안 하고 웬 남의 신랑한테 전화는 허누?"

예희는 할머니 앞에서 살랑거리다가 이만 원을 챙겨넣은 뒤, 미조네 집으로 전화를 건다. 신호가 계속 가는데, 금방 받지 않는다. 아 참, 수영장에 갔나? 지금이 수영 시작할 시간이라는 것을 예희는 깨닫는다. 예희는 수영 강습에 반은 가고, 반은 안 간다. 그래도 그렇게 뒤떨어지지는 않는다. 젊어서 그렇다고들 아주머니들이 말한다. 예희가 열심히만 하면 이 반에서 끝내줄 텐데, 하고 입버릇처럼 푸념하는 것이다. 그러나 수영은 잘해서 뭘 하나. 그냥 배우면 됐지. 아, 신호가 떨어졌다. 미조 언니가 받는다.

"언니 수영 안 갔어? 왜 인제 받는 거야?"

베란다에서 밖을 내다보고 있었다고 한다.

"언니, 내가 형부하고 약속해 놨어. 점심 사준대. 우리 빨리 나가자."

미조는 우물거린다. 별안간 나가자고 하니 당황스러운 모양이다. 미조 언니는 저렇게 순발력이 늦다. 너무 미리 무엇을 깊이 생각하고 행동하려고 한다. 사실 사람은 그럴 필요가 없는데. 그렇게 하자면 얼마나 골치가 아픈가.

"우리, 작은 삼거리에서 만나, 응? 거기서 좌석버스 타고 가자. 퇴계로 2가니까 미도파에서 내려서 걸어가면 돼."

예희는 옷을 입고 핸드백을 걸쳐 맨다. 하여튼 나가고 보는 거다. 오늘은 그래서 또 하루를 죽이고…… 내일은 내일의 몫이 있을 것이다.

노준호는 양복 윗저고리를 벗어버린 모습으로 선일빌딩 앞에 서 있었다. 오 분쯤 늦은 예희와 미조가 헐레벌떡 그 앞으로 간다.

"에이, 느림보. 또 늦었지."

노준호가 예희를 놀렸다.

"뭘 먹으러 갈까?"

그는 묻는다기보다 스스로 생각하듯 말했다.

"형부, 우리 TGI에 가요. 저기 명동에 있는데…… 언니, 거기 가도 괜찮지?"

"그래, 그러자."

"괜찮을까? 양식인데?"

노준호가 미조를 바라보며 말했다.

"형부, 먼저 약속한 것은 나예요. 오늘 나 좋아하는 거 사줘야 돼요. 그렇지, 언니?"

"그래요. 예희가 가자는 대로 가요. 난 그냥 따라온 거니까."

"글쎄, 양식이라 소화가……."

"괜히 언니 핑계 대지 말아요. 돈 아낄려고 그러죠?"

"그래, 그래, 가자. TGI인지 뭔지……."

그들은 충무로를 걸어 명동 쪽으로 나가, 을지로 입구께의 빨간 줄무늬 레스토랑 건물로 들어섰다. 역시 빨간색 줄무늬 옷에 재미스러운 화장을 한 웨이트리스들이 문 앞에 서 있다가 반갑게 문을 열어주며 이구동성으로 인사를 했다.

그녀들을 따라 들어가서 칸막이 된 부스에 앉았다.

한쪽 뺨에 반짝이는 오색별을 붙인 다른 웨이트리스가 메뉴판을 가지고 왔다.

"뭐 먹을래, 예희?"

노준호가 물었다. 세 사람은 다 각각 자기 앞의 메뉴판을 들여다보았다.

"글쎄…… 뭐 먹을까? 난 이런 데 오면 고르기가 너무 힘들어. 이것도 먹고 싶고 저것도 먹고 싶고……."

"고기 먹고 싶지? 이거 먹어라. 베이비 백 립스. 송아지 등 갈비라는 건가, 아니면 돼지고긴가? 아무튼 그럴싸해 보이네."

"그거 먹어도 돼요? 너무 비싼데……."

"모처럼 한번 먹어봐. 형편없는 거 사주면 두고두고 탓할 텐데."

"그래요, 그럼 난 그거."

"난 이걸로 주세요. 블랙큰드 치킨 알프레도라는 거. 이거 국수 요리죠?"

"네, 크림소스에 버무린 파스타예요."

"그리고 저건……."

미조를 위하여 노준호는 메뉴판을 눈으로 훑었다. 그러나 마땅한 요리가 짚어지지 않는 모양이었다. 미조가 얼른 말했다.

"난 이 샌드위치로 주세요."

"샌드위치?"

노준호가 미조를 바라보았다.

"네, 그건 먹을 수 있을 것 같아요."

웨이트리스가 물러가고, 음료가 나왔다. 그들은 시원한 과일주스를 마시며 서로를 바라보았다.

"나도 저런 거 해볼까, 형부? 재미있고, 할 수 있을 것 같은데……."

"뭐, 저거? 웨이트리스 말야?"

"응."

"너, 저거도 힘들다? 하루종일 서 있어야 하고, 그릇들도 엄청 무겁고, 손님이며 점포의 시집살이가 여간 아닐걸? 안 그래도 내가 너한테 말하려고 했는데 너 체조 한번 배워봐라. 에어로빅 선생 같은 거 하게. 내가 시키는 대로 코스만 제대로 밟으면 취직은 시켜주지. 우리 아저씨가 스포츠 센터 사장 아니냐."

"정말?"

"수영은 잘하지?"

"예희, 수영 잘해요. 간혹 빠져서 탈이지만……."

"빠져? 빠지면 안 되지."

"나도 뭐 딱 목적이 있으면 하루도 안 빠진다. 정말 시켜줄래요? 그럼 가르쳐줘요. 뭐 어떻게 하면 되는지."

"가만있어봐. 다음달인가 언제서부터 체대에서 강습이 시작된다고 하던데. 내가 알아볼게."

"정말 신난다. 형부가 최고야. 그런데 우리 아버지가 허락해 줄까?"

"부모님께는 잘 말해야지. 내가 한번 만나뵙든지. 예희 넌 체격도 알맞고 운동신경도 발달해 있으니까 그런 거 하면 인기 있을 거야."

"정말 그래요?"

예희는 까르르 까르르 웃는다. 예희의 밝은 웃음소리가 빨간 줄무늬 테이블보 위를 이리저리 굴러다닌다.

요리가 나왔다.

예희 앞에는 탐스럽게 구워진 공책만한 고기 조각이 먹음직스럽게 놓이고, 감자튀김과 야채도 곁들여 놓여진다. 노준호 앞에도 고기 조각이 얹힌, 하얀 소스에 버무려진 국수 접시가 놓이고, 미조 앞으로는 삼각형으로 잘라진 간략한 샌드위치가 놓인다. 웨이트리스가 빨간색 스테이크나이프로 예희 앞의 고기를 잘라주고 돌아갔다.

"야, 굉장히 많다! 이거 어떻게 다 먹지?"

예희가 입을 딱 벌리며 어린애처럼 즐거워한다.

"먹어봐. 그거 얼마 안 될 거야. 안에 뼈가 있으니까."

"그래요? 형부는 이런 거 어떻게 잘 알아?"

"아까 메뉴판에 갈비라고 써 있었잖아. 동서양을 막론하고 갈비란 건 뼈가 반이지."

노준호는 포크로 국수를 말며 자꾸 미조에게 신경을 쓴다. 자기 앞으로 나온 수프도 밀어주고, 샌드위치 안의 내용물도 벌려보며 걱정스러운 얼굴이다.

"별로 당기지 않으면 먹지 마. 이따 나가서 죽 같은 거 먹게."

"형부, 너무 그러지 말아요? 나 눈 튀어나와요."

노준호가 예희의 어깨를 토닥토닥 두드리고, 세 사람은 연달아 웃는다. 수영 얘기, 영화 얘기, 음악 얘기…… 예희는 미조 언니가 생각보다 수준 있다고 느낀다. 영화도 별로 본 것 같지 않고, 음악도 뭐 많이 아는 것 같지 않고, 뭐든 특별히 공부한 것 같지는 않은데…… 무슨 얘기를 해도 이해의 폭이 넓다. 저런 사람은 처음부터 저럴까, 예희는 생각해 본다.

노준호가 근무 시간 때문에 서둘러 들어가고, 예희와 미조는 백화점에 들러 아이쇼핑을 눈 아프게 한 후 좌석버스 정류장으로 향한다.

"언니, 형부 참 잘 얻었다, 그치? 언니를 너무 좋아하는 것 같애."

"응, 네 덕분에…… 인연이 잘 닿은 것 같아."

"아까 나 몰래 손 잡았지? 그치?"

"얘는?"

미조는 눈을 흘긴다.

"형부가 그냥 기회만 있으면 손 잡으려 하고…… 언니는 좋겠다!"

"못 본 척 좀 해."

"나도 그런 사람 만나면 좋을 텐데……."

예희의 목소리가 가라앉았다. 그녀는 버스를 타고 돌아오며 나팔꽃에 지주 세워주던 날을 생각했다. 엄마는 늦잠을 자는 예희에게 사납게 소리를 질러 깨웠다. 나팔꽃 순을 보니 오늘 꼭 지주를 세워주어야 한다고. 그렇다. 나팔꽃에 덩굴 순이 나오기 시작하면 바로 그날 지주를 세워주어야 한다. 하루 일찍 세워주어도 안 되고 하루 늦게 세워주어도 안 된다. 물론 하루쯤이야 아주 안 되는 것은 아니지만 때를 놓치면 밑동이 좋게 엮이지 않는다. 덩굴 순은 지주를 따라 그것을 휘감으며 주욱 올라간다. 그러다가 그 끝에 이르는데, 그때 또 늦지 않게 지붕 같은 곳으로 끈을 매어 올려야 하는 것이다. 그래야 지붕까지 단숨에 쑤욱 올라간다. 지붕에 이르러서는 이제 마음놓고, 능력껏, 수명이 다하는 날까지 덩굴을 뻗으며 사는 것이다. 가을에 서리가 와서 수명이 다할 때까지. 이리저리 자유자재로 덩굴을 뻗어 꽃을 피우고 씨앗을 맺으며 삶을 즐긴다.

내게―그 알맞은 지주가―형부의 아까 그 제안이 아닐까. 체육대학에 가서 체조를 배워 에어로빅 선생이 되는…….

포도주와 식초

왜 이렇게 덥지? 갑자기 왜 이렇게 더워? 두자는 또다시 몰아닥친 화딱증에 정신을 차리지 못하고 길가에 서서 가슴을 쿵쿵 친다. 이런 증세가 시작된 것은 이사하던 무렵부터였다. 그러더니 지난달에는 드디어 평생 지속돼오던 생리가 멈추었다. 이렇게 거르다가, 불규칙하게 사십 일이나 오십 일 만에 한 번 슬쩍 오고, 생각나면 보름이나 스무 날 만에도 오고, 드디어 서너 달, 혹은 대여섯 달을 지나 간헐적으로 얼굴만 비치다가 결국 없어져 버린다고 했다. 여성호르몬의 균형이 깨어져 버린 것이리라. 아니 분비가 멈추어버린 건가. 아직 완전히 멈추진 않았겠지만 그 양이 현저히 줄었든지 해서 요즘 자신의 몸이 혼란스런 상태에 들어섰다는 것을 그녀는 느낀다.

늘 귀찮게 생각해 오던 '그것'을 사라지려는 이즈음에 와서 기다리는 심정이라니, 스스로도 형용하기 어려웠다. 미련이 있는 건지, 늙음을 받아들일 수 없는 건지, 아니면 새삼 여자가 되고 싶은 건지……

어이가 없었다.

마음의 혼란과 병행하여 몸에서는 이상한 화답증이 순간순간 머리를 들고 그녀를 괴롭혔다. 불현듯 몸이 뜨거워지고 얼굴이 확확 달아오르며 가슴이 답답해졌다. 삼십 분쯤 그러다가 또 언제 그랬더냐 싶게 그 증세는 없어졌다. 오늘 만난 미혜는 그녀를 따로 불러서 어서 갱년기 클리닉에 가보라고 했다. 미혜의 남편은 의사였다. 그들은 오랜 기간 미국에서 산 것 같았다. 학교 때는 친하지도 않았는데 오늘 우연찮게 모임에서 마주친 것이다. 그녀가 했던 말들이 귓속에 가득 차 있다. 유방암의 위험만 없다면 병원에서는 즉각 에스트로겐과 프로제스토겐을 처방해 줄 것이고, 투약과 함께 그런 증상은 없어지며, 옛날 그대로 건강이며 몸의 상태가 이어지는 것이라고 했다. 여성의 몸은 여성호르몬이 끊기는 날부터 된서리를 맞듯 부실의 단계로 들어서고, 뼈를 비롯하여 심장, 대장 등 신체 모든 곳의 기능이 급강하 커브를 그리는데, 수명과 활동이 늘어난 요즈음 자연의 섭리 운운하며 그런 특혜를 거부하는 것은 긴 세월 부실의 고통을 안고 가는 것이라고 했다. 게다가 초기 호르몬제의 부작용들도 개선되고 유방암을 예방할 수 있는 특수 호르몬 제재도 개발되어서 선진국에서는 사십대 후반부터 무조건 여성들이 그것을 투약받는다는 것이다. 호르몬제 투여에 대한 찬반 논란은 이미 끝난 상태고, 단점보다 장점이 너무나 많아 비교 자체가 어불성설이라고 했다. 그래도 두자가 기연미연하고 있자 미혜는 언성을 높였다.

"너, 자동차를 운전하며 편리하게 살 거야? 아니면 교통사고가 무서워서 평생 걸어다닐 거야? 그거하구 똑같은 이치라구."

그동안 한국에 와서 설전을 많이 펼쳤던 모양이었다. 미혜의 다소 흥분된 목소리가 메뚜기를 잡아 자루에 빼곡히 넣었을 때처럼 머릿속에서 버석거린다.

두자는 가까스로 택시를 잡았다.

정릉으로 가자고 행선지를 말하고 나서야 화끈화끈하던 증세가 가라앉는 것을 느꼈다. 기운이 쭉 빠지며 암담함과 낙망스러움이 몰려왔다. 내일이라도 당장 갱년기 클리닉엘 가볼까, 말까. 미혜의 말이 맞을까. 옛날 사람들은 이런 고비를 어떻게 넘겼을까.

두자는 택시에서 내려 힘없이 집으로 올라간다.

미혜 말보다 더 맥빠졌던 건, 여고 동창생들에 비해 자신이 아이들 교육을 잘못 시켰다는 자책감이었다.

오늘은 그녀가 삼십여 년 전에 다녔던 제일여고 동창생들을 만나는 날이었다. 두자는 사실 평소에 그 중 세 친구와만 친했었다. 현주와 경임이와 무순이. 두자를 포함해 그녀들 네 사람은 삼십 년 넘게 한 달에 한 번 꼴로 만나왔다. 그런데 경임이가 우연히 골프장에서 세화를 만났고, 세화가 만나는 동창들이 대여섯 있다는 말을 들었고, 모두들 오랜만에 보고 싶어한다는 얘기가 전해지면서 서너 그룹의 큰 만남이 이루어진 것이다. 얘가 얘구나, 넌 고대로다, 넌 어쩜 더 이뻐졌니 따위의 쓸데없는 말이 오고 간 후, 친구들은 자연스럽게 아이들 얘기를 하기 시작했다. 의과대학을 졸업하고 군의관으로 복무하러 간 아들 얘기, 미국 유학을 떠나보낸 딸 얘기, MBA를 따기 위한 선결 조건으로 우선 취직을 한 누구의 아들 얘기, 사법고시에 패스해 사법연수원에 들어간 아이 얘기, 치과 의사에게 시집보내려는 딸 얘기…… 이런 얘기들을 들으면서 두자는 모두들 쟁쟁히도 자식들을 잘 키웠구나 하는 감탄과, 가을 들풀처럼 때깔 없는 소혜와 진욱이가 생각나서 마음이 몹시 괴로웠다. 여고 동창생들이 저렇게도 여물게 자식 뒷바라지를 하는 동안 자기만 애들을 소홀히 잘못 키운 것 같았다.

그녀들이 다니던 여학교는 서울에서 첫째냐 둘째냐를 꼽던 명문 여고였다. 두자는 중학교까지는 고향인 충청도 공주에서 보냈지만, 공부를 잘해 서울의 명문교로 깃발 날리며 진학해 왔던 것이다. 고향에서는 모두들 부러워했지만 곧 집안이 기울면서 대학에 갈 수 없게 되었다. 그녀는 일찌감치 속 차리고 경찰관과 결혼해 그의 아내로 분수를 지키며 살아왔다. 동창생들이 자기와는 다르게 의사도 되고 박사도 되며 하늘 위로 뻗어가는 것을 알고는 있었다. 그러나 가정에서 살림만 하는 주부들이야 그 생활이 비슷비슷하지 않나 생각했었다. 그러나 오늘 얘기를 들어보니, 두자는 처음부터 자기가 근본적으로 아주 잘못돼 있었다는 것을 깨닫지 않을 수 없었다. 얘기의 발단은 과외비였다. 오늘 참석하지 않은 어떤 친구가 삼천만 원을 대출받아 아이들 과외공부를 시켰는데, 그것이 잘못됐다는 얘기가 터져나왔다. 두자는 어떻게 그럴 수가 있느냐고 깜짝 놀란 표정을 지었다. 그러자 다른 친구들이 모두 두자를 쳐다보며 오히려 더 놀라워했다. 모두들 삼천만 원이 아니라 오천만 원이라도 융자받아 과외공부를 시킬 수 있다는 것이었다. 오천만 원을! 세상에나! 두자는 납득되지 않았다. 그러나 동창생들은 이구동성으로 융자만 받을 수 있다면 자기들도 그렇게 했을 거라고 했다. 그녀들의 말은, 아이들은 이 세상의 무한경쟁 속에 무차별로 놓여 있다는 것이다. 특히 한국 같은 곳에서는 입시라는 특수한 제도가 아이들의 장래를 단판에 결정하기 때문에 부모는 목숨 걸고 밀어붙여야 한다고 했다. 모두들 두자를 지목하며 이리저리 침을 튀겼다.

"너 생각해 봐. 쪼끔만 밀어주면 앞으로 팍팍 나갈 수 있는데 제 힘으로 해야 된다느니 물고기 잡는 법을 가르쳐야 된다느니 하면서 부모가 딴청 피워보라구. 시간은 딱 정해져 있는데 언제 물고기 잡는 법을 가르쳐주느냐 말야. 그 법 배워 물고기 잡기도 전에 입학시험 끝나고 상황 끝이야. 물고기든 뭐든 평생 잡아볼 수도 없다니까. 의과대학 못 가구 법과대학 못 갔는데 무슨 수로 의사 되구 판사 되겠어? 법원 서기로 가서 물고기 잡으면 뭐 해? 평생 송사리밖에 못 만져보잖아."

그때까지도 두자는 승복을 못 하고 있었다. 그러자 구석에 앉아 있던 묘선이라는 친구가 답답하다는 듯이 툭 나섰다.

"이봐, 잘 요리해서 입에 쏙쏙 넣어주는 과외하구 그냥 재료째 산만하게 펼쳐놓고 너 알아서 해 먹으라는 것하구 어떤 게 맛있고 소화 잘 되겠어? 시간이 한정돼 있다는 걸 명심해야지. 요리사가 나을 거 아냐. 그것도 솜씨 좋은 일류 요리사일수록 좋지. 칼로리 계산 다 하고, 아이 체질에, 입맛에, 위장 상태까지 꿰뚫은 요리사면 더욱 좋지. 효과를 생각해 봐, 효과를. 이 답답한 사람아."

두자의 마음에 두려움이 솟았다. 아, 그랬었나. 그래서 모두들 그 야단이었나. 그녀는 당황스러웠다. 어떻게 하면 좋은가. 이제 다 끝났는데…… 두자는 처음으로 자기가 동창생들과 엄청나게 다르다는 것을 느꼈다. 그녀는 한심하게도 뭐든 건전하고 바람직한 방향으로만 생각했었다. 그래서 융자를 내기는커녕 있는 돈으로도 아이들에게 특별한 과외를 시키지 않았다. 뿐인가, 그녀는 아이들을 초, 중, 고등학교에 보내는 동안 학교에도 별로 찾아가지 않았다. 그놈의 봉투 때문이었다. 처음에 소혜를 초등학교에 넣고…… 두자도 물론 학교에 찾아갔었다. 그러나 아주 묘한 느낌으로 돌아오고 말았다. 그 얘기를 친구에게 했더니, 봉투를 갖다주라고 했다. 두자는 말했다. 봉투를 선생님에게 주란 말야? 그이를 뭘로 보고? 그걸 직접 줘? 거듭 의심스러워하는 두자에게 친구는 다시 말했다. 걱정 마. 그냥 받아 넣으니까. 니가 그렇게 걱정 안 해도 된다니까. 그러나 두자는 봉투를 들고는 선생님을 찾아갈 수가 없었다. 아마 한두 번 정도는 그냥 더 가봤을 것이다. 그러나 역시 아니었다. 두자는 결국 선생님 찾아다니기를 그만두었다. 그러면서, 저 스스로 똑똑하면 됐지 뭐 엄마 치맛바람으로 우등생 만들려구, 했었다. 그래서 그랬던가. 소혜와 진욱은 그저 미미한 존재로 머물러 있었다. 그렇게 육학년이 되고, 중학생이 되고, 고등학생이 되었다. 지금에 와서 생각해 보면 아이들은 그저 그런 대학에 들어갈 수밖에 없었다. 게다가 전공도 희미했다. 그래서 소혜의 경우 뒤늦게 저렇게 인도 문학이라는 걸 공부하러 열악한 나라로 떠난 것이다. 그게 다 내 탓이 아니었을까.

두자는 창문을 연다.

헛살았어, 헛살아. 아주 헛살았다니까…….

그녀는 스스로에게 혀를 찬다. 갇혀 있던 공기가 새로 들어온 바깥 공기에 휘말려 힘없이 잦아든다. 친구들의 말이 옳았다. 아이들 학교와 공부에 관한 한 전면적으로 의견의 일치를 보이던 입들. 여러 목소리가 엇갈려 다시 귀를 찌른다.

—제 자식이 어떤지는 부모가 제일 잘 알잖아. 가만 놔둬도, 뻘밭에서도, 청소부 부모 밑에서도 전국 수석하는 애들이 있지만 지 애가 벌써 그런 종류가 아니라는 걸 알 거 아냐.

—잘하면 잘하는 대로 못하면 못하는 대로 그와 비슷한 애들과 경쟁하는 거니까 부모의 리드는 절대적이라구. 야, 집집이 온 골육을 짜내 수단 방법을 가리지 않고 뒤를 미는데 하나도 밀어주지 않아봐. 결과야 뻔하지.

—아무리 밀어도 되지 않는 애가 있지만 그건 예외로 쳐야 돼. 애가 어떤지 진단이 잘못되었거나, 터무니없이 부모의 야심이 크거나, 여러 이유로 빗나간 경우지. 그것도 일단은 부모 책임이야.

이제 와서 생각하니 어쩌면 친구들의 말이 한마디도 빠짐없이 그렇게 옳기만 할까. 그저 뭐든 남들 하는 대로 따라 하는 건데 뭐 중뿔나게 잘났다고 혼자만 담을 쌓고 올바른 척하다가 아이들의 일신만 이토록 고단하게 해놓았을까.

두자는 방으로 들어가 옷을 갈아입는다. 이제 장롱 안에는 그녀의 옷만 홀가분하게 들어 있다. 넥타이 하나도, 벨트 하나도 남편의 것은 남아 있지 않았다. 오늘따라 두자는 허전해진다. 그럴 필요가 없었는 데도, 장례식을 치른 얼마 뒤 남편의 모든 물건을 태웠던 것이다. 혼의 냄새가 나서, 무서워서 싹쓸이하듯 없앤 것은 아니었다. 그냥 싫어서였다. 함께 사는 동안도 그저 그랬지만 병을 얻고 난 후 죽기까지의 시간들이 소름끼치도록 싫어서 그 흔적으로부터 얼른 벗어나고 싶었기 때문이었다.

너무 심한 감정을 품고 있었다는 생각이 든다. 뼛가루마저 제대로 뿌리지 않았으니. 그가 좋은 기억만 남기고 갔다면…… 두자는 아마 낙동강 가에서 하룻밤을 더 지새더라도 결국 그가 말하는 산정을 찾아올라가 동틀 무렵 첫 햇살을 보며 유언대로 뼛가루를 뿌렸을 것이다. 난감한 사정도 있긴 있었지만…… 진욱이 시험도 있었지만…… 다 핑계가 아니었을까. 유골을 강가에 뭉텅뭉텅 뿌려버리고 올라온 사실이 오늘따라 따갑게 가슴을 찌른다.

죽은 이에게 정말 혼이 있을까.

두자는 순간순간 두려워진다.

혼이 있다면 그가 날 원망할까. 자기가 한 일은 생각 안 하고 살아생전처럼 내가 한 일만 책망할까. 아니, 책망이 아니지. 원망일 거야. 죽은 사람이니까. 그녀는 적적함이 싫어 불현듯 티브이를 튼다. 여자 셋, 남자 셋이 나오는 시트콤이 방영되고 있다. 젊은애들은 철없이 시시덕댄다. 아무리 웃기려고 만든 극이라지만 아이들은 나이에 비해 지나치게 어린애 같고 유치하다. 저기 비하면 소혜나 진욱은 아주 어른이라고 두자는 느낀다. 의젓하고, 속이 깊다. 상대방에게 폐 끼치는 일은 절대 안 하려 한다. 엄마인 두자에게까지도. 자신이 역시 아이들을 독립적으로 잘 키운 것 같다고 그녀는 생각한다. 화장대 서랍에 넣어둔 소혜의 편지가 떠오른다. 아버지 기일에 한국에 가지 못하는 것을 딸은 굉장히 송구하게 생각하고 있었다. 진욱이한테도 편지를 했으니 그날 그 애한테서는 전화라도 갈 거라고 제가 알아서 여러 가지를 엽렵하게 괘념하고 있었다. 그러고 보니 스무날 정도 지나면 남편의 기일이었다. 제사……. 하고많은 제사를 지내봤지만 남편의 제사는 처음이었다. 남편의 제사에…… 아내는 무얼 차리나……. 할아버지나 할머니, 다른 조상들의 제사에는 으레 차리는 음식들이 정해져 있지만, 살아생전의 그들을 잘 모르는 후손들로서는 그냥 격식에 맞게 차리고 절하면 되지만, 남편의 제사라니…… 평생을 살을 대고 같이 산 사람의 제사에는 홍동백서니 좌포우혜니 하는 차림들이 낯설기만 하다. 바로 곁에 있던 사람인데…… 죽었다고는 하지만…… 커피를 타놓거나, 술을 한잔 권하는 것이 낫지 않을까? 자분자분 이야기를 걸며.

술.

술 생각을 하자 그가 평생 끼고 살았던 퍼런 소주병이 떠오른다. 그가 마셔댄 소주의 양은 얼마나 될까. 밖에서는 더러 양주도 마시고 자주자주 맥주도 마셨겠지만, 그는 하여튼 줄곧 맑은 소주를 그렇게 즐겨 마셨었다. 술과 더불어 사는 생활이 그에게는 체질 같은 것이라고 알게 되기까지 속을 많이도 끓였었다. 그러나 어느덧 포기하게 되고, 우리 남편은 오직 술이야,라고 농담할 수 있게끔 되었다. 그렇게 여유를 가질 수 있었던 건 그가 술은 많이 마셨지만 다른 술꾼들처럼 낭비를 하거나 유흥에 몸을 던져넣지 않았기 때문이었다. 두자는 늘 계집질을 하거나 도박을 하는 것보다는 훨씬 낫다고, 오히려 순박하다고 생각해 왔다. 술만 마시니까. 취하면 바로 곯아떨어져 자고, 만취하면 남성도 발휘되지 않으니까 바람 피울 염려도 없다고 젊어서는 안심도 했었다.

그러나, 과연 그것뿐이었을까. 요즘에 와서 생각하면 술 옆에 여자가 있었을 거라는 느낌도 든다. '주색잡기'라는 말도 있지 않은가. '주' 자 바로 옆에 '색' 자가 붙어 있는 것이다. 사람이 어떻게 술만 마시나. 술 옆에는 반드시 여자가 있고, 또 그 옆에는 다른 잡기들이 죽 늘어서 있으리라. 그가 그렇게 자기는 술뿐이라고 강조했던 것이 이상해진다. 그녀는 그 말만 믿으며 끝내 내 남편은 술뿐이라고, 그건 하느님도 어쩌지 못하는 체질 같은 것이라고 인정 아닌 인정을 하며 살아왔지만.

술 옆에 여자가 있었다면…… 늘 그랬다면…… 혹은 정해 놓은 한 여자가 있었다면…… 여고 시절에 읽은 어떤 소설이 생각난다. 남자가 죽었을 때 남자의 첩이 검정색 상복을 입고 몰래 본가에 가서 문상을 하는 장면. 소설은 어리고 아름다운 첩의 시점으로 쓰여져서 더없이 애틋하고 로맨틱해 보였었다. 두자는 기억을 더듬어본다. 아무리 생각해도 남편의 장례식 때 낯 모르는 여자가 왔던 것 같지는 않다. 기억상실증에 걸린 남자가 나오는 미국 영화도 생각난다. 그 남자는 갑자기 무슨 사고를 당해 병원에서 깨어난 후 모든 기억을 잃었는데, 단 하나의 번호를 외우고 있었다. 숨겨둔 애인의 전화번호였다. 자기 자신도 그것이 무슨 번호인지 몰라 매일 꺼내 만져보고, 그러나 그 애인을 보고도 알아보지 못해 보는 사람을 안타깝게 했다. 남에게 알려

져서는 안 된다는 강박관념으로 무의식에 강하게 찍힌 번호는 기억상
실 후에도 저렇게 남아 있구나, 신기해했었다. 남편에게도 혹시 그런
여자들이 있었을까. 두자는 좀 로맨틱한 추리를 해보려고 머리를 굴
리지만 남편의 무덤덤하고 텁텁한 인상이 떠올라 머리를 젓고 만다.
그럴 위인이 못 돼. 그러나 혹여 그런 여자가 있었다 해도 크게 놀라
지 않을 것 같다. 그만큼 그녀는 남편에게 각별한 정이 없었고, 애착
도 없었다. 사는 동안 살 떨리는 질투심 같은 것을 느껴본 기억이 없
는 것이다. 왜 그랬을까? 나는 왜 그렇게 무관심하고 대범했을까? 한
사건이 떠오른다. 그녀는 선을 봐서 결혼을 했고, 당시에는 남편이 직
장생활로 미리 집도, 살림살이도 장만해 놨을 때라 친구들로부터 시
집 잘 갔다는 말을 들었다. 아기가 생기기 전이었으니, 아마 일 년도 채
안 되었을 때였으리라. 고등학교 때 한 반이었던 친구가 갓난아기를
업고 찾아왔다. 얼굴이 예쁘장했던 그 친구는 어쩐 일인지 아주 초췌
해 보였고, 하룻밤만 재워달라고 했다. 방도 여럿 있을 때라 남편에게
그 말을 하고 그 친구를 건넌방에 재웠다. 그러나 그 친구는 이튿날도
가지 않고 이삼 일 더 있더니, 그 이삼 일 후에는 남자까지 데려왔다.
당황했지만, 원체 사정이 딱한 것 같고, 그 친구가 하도 말을 비단같
이 해 그럭저럭 서너 달을 같이 있었다. 나중에는 남자만 먼저 나가고
그 친구와 아기가 얼마간 더 있었다. 어느 날, 두자는 외출에서 돌아
오다가 우연히 그 친구가 두자의 남편에게 교태를 부리는 것을 보았
다. 순간적이었지만 그건 교태였다. 단순한 교태가 아닌 교미의 신호
같은 것. 오싹했다. 지금도 확인할 수는 없지만, 두 사람에게 다 물어
본 적은 없지만, 두자는 자기 느낌을 저버릴 수가 없었다. 무엇보다도
께름칙한 것은 그 친구가 교태를 부릴 때의 남편의 반응이었다. 남편
은 약간 부끄러운 듯한 미소를 띠고 친구의 교태를 넌지시 받는 것 같

았다. 두자는 그날로 친구를 내보냈다. 아기를 데리고 어디로 나가라는 말이냐고 친구는 오후 내내 울었다. 아기 우유값을 찔러주고, 널려 있던 기저귀랑 아기옷들을 걷어 가방에 꾹꾹 눌러 넣어주며 두자는 친구를 밀어냈다. 그 후 계속 생각해 봤지만 두 사람이 육체관계를 가졌던 것 같지는 않다. 단순히 그 친구가 그런 빛을 흘리고, 남편이 슬쩍 화답했지 않았나 싶었다. 그러나 두자는 단단히 마음의 상처를 받았다. 남녀관계와, 인간관계에 대해서. 시작부터 부정적으로 접고 들어간 셈이다. 두 사람에게 다 너무도 실망을 해서 돌아보기도 싫었다. 그녀의 순수한 사랑관은 그렇게 해서 막을 내렸다. 그 뒤로는 어차피 남자 여자란 다 그렇고 그런 것이라고 치부해 버렸다. 그런 감정이 남편이 죽을 때까지도 작용하지 않았나 싶다.

이것이 남편으로부터 마음을 떼어놓은 최초의 사건이었다. 성격 탓도 있지만, 남편에게서 더 다른 무엇을 발견하지 못한 탓도 있지만…… 시작은 그랬다. 그로부터 무덤덤한 생활이 시작되었던 것이다.

두자는 어둠 속에 혼자 앉아 있다. 티브이만 앞에서 번쩍번쩍, 웅웅거린다.

이십오 년간 살을 맞대고 같이 살았지만 남편에 대하여 제대로 알고 있는 것이 무엇이었을까 되새기게 된다. 두자가 확실히 알고 있는 것은 넥타이가 몇 개, 양복 몇 벌, 팬티와 러닝셔츠가 몇 장씩이고, 소주를 좋아하며, 직업은 경찰관이고, 성격이 급하며, 얼큰한 국물을 잘 들이켜고, 간암으로 죽었다는…… 고향은 경북 칠곡이고, 부모는 농부였으며, 형제는 넷이고, 바로 위의 형과 사이가 안 좋았다는 따위의 외형적인 조건들이었다. 그 이외에 무엇을 더 알 수 있었을까? 사람은 다른 사람에 대해서 전혀 알 수 없는 게 아닌가 하는 생각마저 든

다. 그가 죽은 뒤 자기 시신을 어떻게 처리하고 싶어하는지도 두자는
사실 몰랐으니까. 그들 부부는 사후 처리에 대해 의논할 사이도 없이
마지막 장을 맞았다. 나이 오십이면 아직 한창때다. 죽음에 대하여,
특히나 시신의 처리에 대하여까지는 생각 못 하는 나이인 것이다. 그
의 집안에 선산이 없다는 사실과, 흔히 도시 사람들이 죽으면 공원묘
지에 묻힌다는 사실을 특별히 떠올려 생각한 것 같지도 않다. 그럴 겨
를도 없이 병에 고삐를 잡혀 기진맥진 끌려가고 있었다. 그런데 그날,
느닷없이 그가 자기의 주검에 대해 말을 한 것이다. 그녀는 그가 그렇
게 특별한 방법을 가슴속에 지니고 있는 줄은 정말 몰랐다. 정작 입을
떼어 직접 말하기 전까지는. 생각할수록 그답지 않은 일이었다.
　그날, 두자가 남편을 휠체어에 태워 병원 앞으로 밀고 나갔을 때,
오전의 햇살이 해맑갛게 내리비추고, 병원 앞 잔디와 나무들은 연둣
빛으로 어우러져 있었다. 기분이 상쾌했다. 환자복을 입은 그의 얼굴
도 그날따라 흰빛이 돌았고, 목덜미며 귀까지 여린 듯 희어져 그녀는
다른 사람과 앉아 있는 것 같았다. 술에 젖어서인지 그의 얼굴은 평생
붉은 기운을 띠었었다. 병을 얻은 뒤로는 급속도로 누레져 어두운 갈
색으로 고착되고 있었다. 그러나 그날은 새봄이 오듯 소생한 듯 여겨
졌다. 이마에 늘어져 있던 몇 가닥의 머리칼이 건듯 날리는 것을 두자
는 바라보고 있었다. 그때, 그가 말했다. 유언처럼. 난 공원묘지에 묻
히고 싶지 않아. 그렇지만 우리 집에는 선산이 없으니…… 날 화장시
켜줘. 화장시켜서 칠곡에 내려가서 내가 놀던 낙동강 협곡천 뱃사장
에 반쯤 뿌려주고…… 그리고 우리 마을 둥둥바위산에 올라가 그 꼭
대기에 나머지를 뿌려줘. 아침 동틀 때, 첫 해를 보면서…… 그는 가
쁜 호흡 때문에 말을 맺지 못했다. 두자는 섬뜩해서 아무 대답도 못
하고 있었다. 그날 오후부터 거짓말처럼 비바람이 치더니, 이내 장마

가 시작되었다. 장마 내내 그는 그녀의 가슴을 쥐어뜯었다. 혼수상태에서 깨어나면 두 손을 벌려 가슴부터 요구하고, 통증이 시작될 때에도 어서어서 오라고 몸을 뒤틀며 가슴만을 요구했다. 얼룩덜룩한 블라우스는 늘 앞섶이 짓이겨져 낡은 부대 같았다. 쥘 힘이 없어지자 그는 시늉으로라도 가슴을 더듬었다. 그러다가, 그 지긋지긋한 장마가 걷히고, 막 날이 들 무렵—어렵사리 숨을 거두었다.

사람이 죽는다는 것은—엄청나게 에너지를 필요로 하는 일이었다. 그것은 끔찍한 과정이었고, 죽어가는 사람에게만이 아니라 살아 있는 사람에게도 잔인한 시간이었다. 가슴 근처가 스멀스멀 저려와서 두자는 다시 몸서리를 친다.

어쨌든, 자기의 주검을 부탁하던 그 순간이 남편에게는 일생 중 유일하게 애틋하고 감상적이며, 뜻하지 않게 낭만적이던 순간이었다. 그 전에도 그 후에도 남편은 그런 적이 없었다. 두자는 저 사람이 저런 비슷한 얘기를 어디서 얻어들었을까 신기해하며, 죽음에 다다르니 어린 시절이 더없이 그리워지는 모양이라고 마음아파했었다. 남편에게 그런 감성적인 면모가 있다는 데 적이 놀랐던 것이다. 그만큼 그녀는 남편을 몰랐었다.

지금도 그때의 충격이 잊혀지지 않는다. 이게 유언인가 보다 생각하며 죽음과 삶 사이에서 두려워 떨었던 순간. 그러나 그가 죽자 모든 권한은 산 사람의 손아귀로 돌아왔다. 두자의 편의에 따라 모든 과정이 변용되고, 생략되었다. 산꼭대기에서 해 뜨는 시각에 뼛가루를 뿌리자면 남아 있는 가족들이 어떤 곤욕을 치러야 한다는 것을 남편도 당시에는 생각지 못했을 것이다. 가장을 잃은 아내와 아이들이 장례를 치른 기진맥진한 몸으로 산 밑에서 하루 묵은 후, 새벽 세 시나 네 시쯤 유골 단지를 들고 두려워 벌벌 떨며 깊은 산으로 올라야 하는 것

이다. 그걸 그는 상상이나 했을까. 정작 그의 뼛가루를 목침만한 함에
담아 소형 장의차에 싣고, 친척 친지 몇 명과 함께 아이들을 데리고
칠곡으로 내려갔을 때는 오후 두 시였다. 이른 새벽에 출발했지만 장
의차는 그다지 속력을 낼 수 없었고, 또 고속도로에서 벗어나 그의 마
을까지 가는 크고 작은 도로들이 장마로 군데군데 손실되어 있어 예
상보다 더 늦어졌다. 오후 네 시에야 일행은 그가 말하던 협곡천의 백
사장에 이르렀다. 노제랍시고 음식 몇 가지를 차려놓고 절을 한 후,
산 사람들은 요기를 해야 했다. 밥을 먹고 나니 다섯 시였다. 두자는
둥둥바위산이라는 산을 바라다보았다. 모든 것이 답답하고, 불가능해
보였다. 그 산은, 한나절은 좋이 올라가야 되는 — 동네 산치고는 꽤
험해 보이는 산이었다. 소나무인지 전나무인지 삐죽삐죽한 침엽수들
이 무섭게 신록을 자랑하며 우거져 있었다. 무서웠다. 아니 싫었다.
송장이 그런 무리한 행위를 시키는 것도 싫었고, 살아 있을 적의 그
의 행동들도 끔찍하기만 해서 그녀는 잔뜩 감정이 나 있었다. 저 산에
올라갈 수는 없다는 판단이 왔다. 물론 하룻밤을 어딘가에서 묵고 내
일 올라갈 수는 있으리라. 그러나 두자는 무리해서 그렇게 하기가 싫
었다. 그녀는 진욱이 시험을 핑계대며 일정을 서둘렀다. 진욱이는 아
버지 장례라는 걸 교수한테 고하고 리포트 같은 것으로 대체하겠다고
극구 말렸으나 두자는 그 말을 일언지하에 잘랐다. 두자는 유골함을
들고 백사장 쪽으로 나섰다. 백사장까지는 멀었다. 그녀는 아이들에
게 짐을 지우고 싶지 않았다. 뭐 그리 대단하게 살아온 인생이라
고…… 내 남편이니 내가 책임져야지…… 그런 생각으로 그녀는 아
이들에게는 그저 한 줌씩만 시늉으로 뼛가루를 쥐어주고 자기 혼자
유골함을 안고 갔다. 백사장은 정말 멀었다. 그녀는 길가의 잡초 위에
뼛가루를 뿌리기 시작했다. 여기도 그가 놀던 곳이 아니겠느냐……

그녀는 처음엔 조심스럽게 소르르 소르르 아주 조금씩 공기 중에 날렸다. 가벼운 분이 되어 날아가도록. 그러나 차츰 손에 쥐는 분량이 많아졌다. 그녀는 주르르 주르르 뿌렸다. 길가의 명아주에, 여뀌에, 망초에 뼛가루가 쏟아져 그것들이 정수리를 흔들며 휘청거렸다. 뼛가루에는 무게가 있었다. 그건 듣던 대로 곱고 하얀 가루가 아니었다. 회색과 갈색의 티들이 섞여 있는 굵은 모래 같았다. 청결하거나 두렵게 느껴지지 않고, 께름칙하게 느껴졌다. 몹쓸 병 때문에 뼈 색깔이 이럴까. 그녀는 뭉텅뭉텅 한 주먹씩 뿌렸다. 어린 아카시아 나무에도, 떡갈나무 잎사귀에도 마구마구 던졌다. 뼛가루는 여간해서 줄어들지 않았다. 그것을 뿌리고 있는 시간이 두려우면서도 지루하고, 싫었다. 두자는 남은 것을 나중에 길가에 몽땅 쏟아버렸다. 그리고 돌아왔다. 백사장까지는 가보지도 않고서. 돌아오는 걸음이 휘청휘청했으나, 그녀는 죄책감과 쾌감을 동시에 느꼈다. 친척들은 두자가 남편의 유언대로 뼛가루를 백사장에 잘 뿌리고 온 줄 알고 저마다 어깨를 두드리며 위로했다. 즉시, 바로 차를 돌려 서울로 올라왔다. 두자는 남편과 그렇게 결별했다.

그렇게 헤어지고 나니 지금도 죄책감과 아쉬움, 후회로 마음이 산란하다. 제삿날이 다가오는데…… 어떻게 하면 좋은가. 그가 만일 저승 가는 사람의 대접을 그따위로 한 것에 대해 따진다면? 두자는 말하리라. 당신은 나한테 어떻게 하고 갔는데? 산 사람도 죽어가는 사람과 마찬가지로 똑같은 '사람'이라구. 그렇게 함부로 대해선 안 되잖아. 내가 얼마나 아프고 고통스럽고 싫고 역겨웠는데? 우리들 생각은 해봤어? 우리가 어떻게 그 밤에 거길 올라가느냐구? 올라가서 어떻게 첫 해를 보며 뼛가루를 뿌려? 그런 걸 요구하다니 말이 돼?

그녀는 솟아오르는 분노 때문에 또다시 가슴이 떨린다.

두자는 침대에 누웠다. 진이 빠져 힘이 하나도 없었다. 저녁도 먹지 않은 채 상념의 늪을 헤매 다녔으니…… 그러나 식욕이 일지 않았다.

그러저러한 남편도 이제 죽었고, 그녀는 여자로서의 생명이 끝나가려 하고 있다. 모든 것이 허무했다. 아니 무(無)였다. 남편과 둘이 도모했던 인생. 아내로서 그를 보필하며 가정을 꾸렸던 일. 그리고 아이들……. 거기에는 아내요 어머니였던—평생 그녀를 조건 지웠던 여자라는 성이 자리하고 있었다. 그런데 그 성이 없어진다는 것이다. 그럼 어찌 되는가? 그녀가 존재한 바닥이 흔들리고 있었다. 물론 여자라는 성을 그녀가 특별히 좋아했던 것은 아니었다. 다달이 그 행사가 다가오면 귀찮아서 오히려 짜증을 내곤 했으니까. 자궁을 드러낸 친구를 병문안 가서 처음 한 말도 너 그거 안 해서 좋겠다는 것이었다. 사실 두자는 이십대에 생산을 마감해 버린 터라, 소용없이 수십 년 그것이 귀찮게 흘러나오고 있었다. 그런데도 막상 그것이 없어진다고 생각하니 발밑이 물렁거렸다. 애써 꿋꿋이 서보려 하지만, 제대로 설 수가 없었다. 존재 이유가 없어지는 것이다. 이제 다리에 털도 나고 구레나룻도 검어질까. 그녀 앞의 모든 것들이 의미를 잃고 흔들거렸다. 여자라는 성은 그녀가 선택한 것이 아니었다. 그러나 그녀는 태어나면서부터 그런 모양으로 살도록 운명 지워졌고, 무엇이든 여성이라는 눈으로만 바라보았었다. 이제 와서 갑자기, 자기 세계도 다른 무엇도 없는 터에 어떻게 다른 눈을 가질 수가 있나. 그저 여자로서, 여성으로서, 어머니로서, 아내로서만 살아왔는데…….

그녀는 다른 눈을, 다른 삶의 방법을 알지 못했다. 그래서 두렵고, 자신 없고, 허탈하고…… 암울하고, 암담했다. 아무리 짚어봐도 자신의 앞날에는 마른 가랑잎 같은 운명만이 놓여 있었다. 더 살 이유가 없었다. 고적함과 외로움, 울적함, 추레함, 빈궁, 노쇠, 고통, 질병 같은 것들만 복병처럼 숨어 있다가 그녀를 덮칠 것이었다. 조금만 틈이 생겨도 그것들은 그녀를 가만 놔두지 않을 것이다. 그녀는 혼자서 그 것들을 막아낼 자신이 없었다. 아무리 해도 그것들과 겨뤄 이길 것 같지 않았다. 희망이나 꿈 같은 것은 아예 사라지고, 두 다리를 짚은 땅이 요동을 쳤다. 이쪽 발을 짚으면 이리 기우뚱, 저쪽 발을 짚으면 저리 기우뚱…… 삶의 바탕이 온통 기우뚱 기우뚱 흔들렸다. 그녀는 어지럽고, 토할 것 같았다. 배의 갑판 위에 누워 있는 것 같았다. 멀미가 심하게 나고, 몸이 이리저리 뒤집어지며, 정신이 혼미했다. 죽고 싶다, 죽고 싶어…… 더 살아서 뭐 하나…… 그런 생각이 가물거리며 몰려왔다. 이제 내 일생도 끝났구나……. 서글픔과 씁쓸함이 밀물처럼 그녀를 덮쳤다. 그녀는 사나운 물결에 휩쓸려 훌쩍훌쩍 울었다. 밀물을 밀어내기에는, 이제 역부족이었다. 사람의 힘으로는 그것을 밀어낼 수가 없었다. 거센 물결 속에서 지금 혼자 일어설 수도 없었다. 게다가 이런 때에…… 그녀의 옆에는 아무도 없었다. 암담함이나 절망을 나눌 그 누구도 없었다.

그녀는 완전히 힘을 잃고, 나락으로 떨어진다.

페이드아웃.

그녀는 자기의 인생에서 불이 꺼지는 것을 영화 속에서처럼 본다.

거실에서 티브이가 저 혼자 웅웅거렸다.

의욕이나 희망을 상실하면 몸 안의 면역 세포들이 줄어들어 면역 기능이 떨어진다더니, 두자는 이튿날 아침에 일어날 수도 없었다. 그녀는 중병 환자처럼 기력을 잃고 점점 더 잦아들었다. 온몸이 가슴 가운데의 작은 한 점을 향하여 빙빙 돌며 소멸되었다. 볼펜으로 찍어놓은 듯 까만 그 점을 향하여. 그녀의 몸은 황천에 있는 어떤 기계 시스

템 안에 들어간 것 같았다. 공상과학 영화에서 보았던 특수한 기계들이 여기저기 놓여 있었고, 그녀는 메탈빛 스테인리스 단 위에 누여져 끊임없이 회전되었다. 일이 분쯤 고속으로 회전되다가 멎고…… 다시 회전되다가 멎고…… 발의 감각이 없어지고, 손의 감각이 없어지고…… 다음에는 정강이, 팔뚝의 감각이 없어지고…… 온몸이 점차 심장을 향하여 빙빙 돌며 소멸되어왔다. 이제 남은 것은 가슴 가운데 찍힌 까만 점 하나, 볼펜으로 찍은 듯 작은 그 점으로 그녀는 응축되어 없어지려 하고 있었다. 심장 뛰는 소리가 퍼덕퍼덕 들려왔다. 심장도 없어졌는데 왜 뛰는 소리가 들리지? 그런 생각을 했던 것 같다. 완전한 무력증. 점의 상태였다. 그녀는 숨도 쉬지 않고 입을 벌린 채 대기에, 자연에 자신의 몸을 맡겼다. 전화벨이 까마득하게, 멀리서 울었다. 무한한 시간이 지나간 듯. 벨 소리가 점점 가까워오고, 현실의 소리로 들려왔다. 귀가 아팠다. 바로 머리맡에서 새빨간 전화기가 부르르 부르르 떨고 있었다. 그녀는 엉겁결에 수화기를 들었다.

"형님이에요? 저 박화서예요. 어디 편찮으신가 해서요. 어제도, 그제도 안 나오시고……."

"으응."

두자는 헛기침을 하려 했다. 그러나 목소리가 갈라지고, 제대로 소리가 되어 나오지 않았다.

"어머, 많이 편찮으시구나. 아무도 없을 텐데……. 내가 지금 갈게요. 형님 내가 가면 문이나 열어주세요."

꿈인 듯 생시인 듯 목소리가 사라졌다. 두자는 힘없이 수화기를 놓고 멍하니 누워 있었다. 내가 아직 살아 있구나……. 호르몬 주사를 맞나, 안 맞나……. 맞으면 다시 여자로서 살아나는 것인가……. 여자로서 살아나면 무얼 하나…….

무엇 때문에 자신이 아직도 여자를 고집하는지 모를 일이었다.

그러나 —남자가 될 수는 없었다. 그녀는 애초에 남자가 아니었고, 남자의 삶으로 지금 들어갈 수는 없었다. 아무것도 모르니까. 아무것도 안 되니까. 그렇다고 해서 중성이 될 수도 없었다. 중성은, 자랄 때 보면, 양쪽 성기를 다 가진 기괴한 성이었다. 말투도, 몸짓도 역겹고 이상한 냄새가 났었다. 그런 사람이 어찌 된단 말인가…….

초인종이 울렸다.

두자는 부스스 일어나서 한 걸음 한 걸음 간신히 현관으로 걸어갔다. 문을 열자 훤칠한 박화서가 서 있었다. 바깥 냄새가 상큼하게 들어왔다. 화서에게서는 언제나 소진되지 않은 힘 같은 것이 느껴진다. 나른하게 힘을 잃고 입을 다물고 있을 때라도 속 안에 어떤 빛과 힘이 응어리져 있는 것 같은 느낌이 드는 것이다.

"어서 와."

"정말 많이 아프시구나. 어쩐지 그렇게 와보고 싶더라니……."

화서는 슈퍼마켓에 들러서 왔는지 비닐봉지를 식탁 위에 올려놓고, 부엌을 살핀다.

"혹시 가스라도 안 잠그셨나 얼마나 걱정을 했게요. 내가 늘 그렇게 실수를 잘하거든요. 어제 낮에도 전화를 안 받으시고……."

"친구들 모임에 갔었어."

"그러신 걸…… 몸살나셨어요?"

"몸살은? 우리 나이에는 다 이런 거지."

"형님 나이가 어때서요? 이제 쉰이 넘으셨는데."

"내리막길만 보이잖아."

"에이, 그래서 그러셨구나. 형님한테도 갱년기 현상이 찾아오나 보다. 우리 친구들도 벌써 그런 애들이 있는데."

화서는 싱크대 쪽으로 간다.

"뭘 하려구? 나 아무것도 안 먹어. 식욕이 없어서 아무것도 못 먹어."

"그냥 그러고 계시면 까부라져서 안 돼요. 뭐라도 먹고 바깥 구경을 하셔야지. 바람 쐬고 맛있는 것도 사 먹고 하면 영 나아요."

"얼마 있으면 죽을 텐데 짓거리는 무슨……."

"무슨 그런 말씀을 하세요? 죽을 때 죽더라도 오늘 맛있는 거 많이 먹고 웃고 즐기다가 하느님이 진짜 부르면 가야지요."

화서는 냄비를 꺼내 물을 붓고 주걱으로 저으며 무슨 요리를 하는 듯하더니, 금방 그릇에 죽 같은 것을 담아온다.

"이게 뭐야?"

"수프예요. 인스턴트를 사용했지만 다른 것도 넣었으니 좀 들어보세요."

두자는 성의가 고마워 수저질을 한다.

"맛있네. 뭘 넣었어?"

"감자 조금 하고 대합조개를 넣었어요. 어디 가서 조개수프를 먹어보니까 맛있길래요."

기운을 좀 차린 후, 두자는 화서의 성화에 못 이겨 수영장으로 향한다. 화서는 극장 구경을 가자고, 백화점에라도 가자고 졸랐지만 화서의 가방에는 수영복과 샴푸 등이 들어 있었고, 시내에 나가 일 없이 돌아다니는 것보다는 수영장에 가는 것이 오히려 더 수월할 것 같아 두자는 수영을 가보자고 한 것이다. 물에는 부력이 있어서 아픈 날은 아픈 날대로 살살 노닐며 운동을 할 수가 있었다.

옷을 시적시적 벗고 두자는 화서를 따라 샤워실로 내려간다. 수영장으로 들어가기 위해 물샤워를 하는 여자들이 볼썽사납게 겨드랑이며 가랑이를 벌리고 몸의 구석구석을 씻어내고 있다. 두자는 새삼스럽게 여자들의 몸을 뜯어본다. 부연 김 속에서, 여자들은 제각각 몸을 씻느라고 남의 시선을 의식 못 하고 있었다. 굵고 짧은 목들, 눈가의 주름, 둔하고 고르지 않은 턱선, 탄력이 빠진 겨드랑, 대개는 물렁한, 크고 작은 젖가슴…… 이중 삼중으로 늘어진 뱃살, 각양각색의 시커먼 복부, 지나치게 비계 오른 허벅지, 가늘고 벌어진 다리…… 솔직히 말해 여체는 하나도 아름답지 않았다. 어느 한 곳, 어느 한 사람 완전하지 않았다. 저것들이 뭐 그리 예쁘담. 두자는 속으로 중얼거린다. 다 쭈그렁 쭈그렁…… 일단 아이를 낳은 여자는 나이가 더 들었거나 덜 들었거나 배 근처가 울퉁불퉁하고 살갗이 터져 있고 얼룩덜룩 곱지 않다. 결혼하지 않은 처녀라도 나이가 들었든지 살이 좀 찐 형이면 아줌마와 진배없었다. 또 배가 매끈하다 싶으면 하체와 가슴이 형편없이 빈약하고, 가슴이 동그랗다 싶으면 다른 곳이 미련하고, 바지를 입었을 때 날씬해 보였던 여자들은 곤충처럼 궁둥이 아래 다리 사이가 한 뼘이나 벌어져 있었다. 게다가 제왕절개한 수술 자국이라니…….

여체는 하나도 아름답지 않았다.

여체가 아름답다는 것은 남자들의 환상이었다. 이 세상에 더 이상의 예술작품은 없느니 여자의 몸 이상으로 완전하게 아름다운 것은 없느니들 감탄하지만, 그것은 성행위와 결부지어 남자들이 만들어낸 환상이었다. 그들이 몽롱하게 반 눈 감고 스스로 도취되어 그럴싸하게 바라보아서 그렇지 눈을 똑바로 뜨고 보면 바로 저것이 여체의 실체인 것이다. 털 없는 특이한 포유동물 중의 하나에, 그 암컷의, 짝짓기를 하지 않는 동안 옷이라는 껍질을 두르고 있어 껍질을 벗었을 때가 항상 신비시되거나 죄악시되는―헛짝짓기를 노상 하도록 되어 있는…….

“형님, 안 들어가세요?”

두자는 정신을 차리고 수영장으로 들어간다.

“아줌마, 아줌마! 사진 가지구 가세요. 제가 어제 사진 받았어요.”

두자와 화서가 간신히 수영을 마치고 살구나무집 근처까지 내려왔을 때 뒤에서 예희가 뛰어왔다. 예희 뒤에서 미조도 걸어내려오고 있었다.

“무슨 사진?”

“아이, 위보인 아줌마 집에 놀러갔을 때 찍었잖아요.”

“그러고 보니 오늘 위보인 씨가 안 나왔네.”

“저기, 뭐라나…… 유니세프라나? 국제아동기금인가 하는 데 말예요. 거기서 봉사활동 하신대요. 난 그 아줌마가 아이들을 그렇게 좋아하는지 몰랐어요.”

“하긴, 집에 갔을 때 왜 인형들에다 죄다 애들 옷 입혀놨지 않았어?”

“그래서 아주 못 나온대?”

“당분간은 그렇대요. 시간이 안 맞아서…….”

“그이가 그런 데가 있었네?”

“이거 보세요. 사진 무지하게 잘 나왔어요.”

“어디, 어디…….”

두자와 화서는 사진을 펼쳐본다. 백장미 덩굴로 뒤덮인 아치 앞에서 찍은 것은 핀이 조금 흐렸고 라일락 앞에서 찍은 것은 다섯 사람이 모두 또렷하게 잘 나와 있다. 잘 나왔을 뿐만 아니라 다섯 사람의 표정이나 몸짓이 특이하고, 유머러스하며, 생동감 있었다. 꼭 어디서 본 듯한 인상이 들었다. 이런 짜임새를 어디서 보았을까 생각하고 있는데,

　　"아줌마, 이거 꼭 피카소의 무슨 그림 같지 않아요?"
하고 예희가 말한다.

　　"응, 그래, 〈아비뇽의 여자들〉. 정말 그 그림과 똑같구먼."

　　"그 그림 멋있죠? 현대적으로 팍팍 마구 그린 것 같고……."

　　"예희가 잘 아네? 그 그림은 거칠고 야만적이어서 충격을 주었지. 큐비즘의 출발점."

　　"아줌마, 어떻게 그렇게 잘 알아요?"

　　"나? 내가 이래봬도 대학에서 예술사학을 전공했다는 거 아냐. 옛날에는 그림에 관심이 많았고."

　　"그으래요?"

　　"그렇구나!"

감탄들을 했다.

　　"아줌마, 그럼 우리 이제부터 '아비뇽의 여자들'이라고 부를까요?"

　　"'아비뇽의 여자들'은 유곽의 창녀들인데?"

　　"어머나, 창녀들이에요?"

　　"응, 창녀들이 벌거벗고 있는 그림이야. 그렇지만 황량하고 무자비한 그 여자들의 삶이 여실히 보이지 않아? 붓 놀림도 거칠고, 과격하고. 그 그림을 그릴 당시에 피카소는 심한 분노에 사로잡혀 있었다나봐. 때문에 여자들의 생명력이나 삶에 대한 치열함을 원시적으로 잘 나타낸 거지. 여자들의 삶을 그가 새로 발견한 거야. 그렇게 거칠고 난폭한 그림은 그 전에는 없었어."

　　"아줌마한테 미술 강의 들어야겠다."

　　"어머, 정말 묘하다. 구도며 몸짓이 아주 비슷하잖아? 미조는 꽃을 따려는 듯 한 손을 쳐들고 있고, 그 옆에서 예희 니가 왼손을 머리 뒤로 올리고 오른손으로는 차맛자락을 움켜쥐고 있고, 위보인 씨는 가운데에서 양 손을 다 머리 뒤로 돌려 깍지 끼고 있네. 두자 형님은 그 옆에 헐렁하게 앉아 있고, 나마저도 형님 뒤에서 꽃을 따려는 듯 만세를 부르고 있잖아. 집에 가서 화집을 다시 찾아봐야겠어. 아주 비슷해. 이런 우연이 어떻게 생기지?"

"우리가 꼭 '아비뇽의 여자들' 같은가 보지, 뭐."

"형님도!"

"아, 유곽의 여자들이랑 다를 게 뭐 있어? 이만하면 도전적이고 난폭하고 거칠지. 또 매일같이 수영장에 와서 벌거벗고 나대잖아. 위로, 위로 모두들 손을 들어올리고 뭔가 되려고 하고 있는 것도 똑같지. 권태에 절어, 몸을 비틀고서 말이야."

"아줌마 해석도 그럴싸하다. 그렇지요?"

두자는 다섯 여자들을 뚫어지게 들여다본다. 무엇을 하려다 멈춘 듯, 순간에 정지한 여자들을. 라일락 꽃을 만지려고 모두들 위로 손을 쳐들고 있으나, 배경은 흐려져 물러나 있고, 인물들만이 사진에 또렷이 꽉 차 있다. 미조, 예희, 보인, 화서, 그리고 자신……

부륵 부륵 부르륵 —.

어디선가 이상한 울림소리가 났다.

"휴대폰 진동 소리네? 아줌마도 휴대폰 있어요?"

예희가 말했다. 휴대폰이 그리운 모양이었다. 예희는 전화기를 아버지에게 압수당했다고 했었다.

화서가 주머니에서 휴대폰을 꺼낸다.

"아줌마 휴대폰이네? 아줌마 정말 멋쟁이다!"

화서가 약간 상기된 얼굴로 폴더를 열었다 닫고, 전원을 꺼버린다.

"전화 받지. 왜 꺼버려."

"아녜요. 나중에 받아도 돼요."

"애인 전환가 보다. 정말 멋쟁이다. 아저씨가 사주신 거예요? 아저씨 최고다, 최고!"

화서는 대답하지 않고 조금 웃는다.

예희가 미조와 가버리고 두자와 둘이만 남게 됐을 때 화서는, 하늘을 올려다보며 한숨을 쉬었다.

"왜 그래?"

"아녜요."

그러나 뭔가 할 얘기가 있는 듯, 곤혹스러운 표정이었다.

"우리, 집에 갈까? 아까 어질러놓은 대로 그대로 있을 텐데……."

"참, 내가 치워드려야 하는 건데……."

"가요. 가서 청소도 좀 하고 그래."

화서는 웃었다. 그러나 구태여 자기 집으로 가지는 않고 슬슬 두자를 따라왔다.

"가서 누우셔야 할 텐데……."

건널목에 왔을 때 화서는 걱정되듯이 말했다.

"아, 다 죽어가는 사람 일으켜서 이렇게 살려놓았잖아? 그러니 보따리도 건져줘야지."

"그거 봐요. 수영하고 나니까 집에서 누워 계실 때보다 훨씬 나아졌죠?"

"그래, 정말."

"기분이 다운되어서 더 그러셨을 거예요."

"그러니까 보따리도 건져달라니까."

"형님 보따리 빨간색이에요, 노란색이에요?"

"노란 거야. 저 위 우리 집에 있잖아."

화서는 싫다 하지 않고 따라왔다.

두자는 열쇠로 현관문을 따고 집 안으로 들어갔다.

"왜 이렇게 덥지? 정말 더워서 참을 수가 없네."

문을 벌컥벌컥 열어젖히며 두자는 손부채질을 한다. 덥기만 한 게 아니라 볼이 화끈거리고 가슴 근처가 답답해서 숨을 쉴 수가 없다. 아, 또 화답증이로구나…… 두자는 생각한다.

"형님도 더웠다 추웠다 하는 그 증세 오나 보다."

"추운지는 모르겠는데 나는 이렇게 자주 덥고 답답하구먼. 근데 이런 거 미리 어떻게 알우?"

"미리라뇨? 우리 친구들도 벌써 그런 얘기들 하는데…… 형님은 늦으신 편이에요."

"거기 친구들이? 벌써 그렇단 말야?"

"더러더러 그렇대요. 아주 예외인 애도 있어요. 어떤 애는 마흔이 넘자마자 멘스가 그치면서 갱년기가 왔다나 봐요. 너무 창피해서 신랑한테도 얘기하지 않았다고 하던데요? 곧 호르몬 치료를 받았지만요. 개인차가 심한가 봐요."

"그으래?"

"남자들도 온대요. 여자들 같지는 않지만 남자들은 서서히 오랜 기간에 걸쳐서 온대요. 갱년기가요."

"남자들에게도?"

"그럼요. 사람은 누구나 모두 그런 과정을 거치는 거지요."

두자는 생각에 잠긴다. 모두들 그런 것이라면…… 생각해 보니 모두들 그럴 것이 뻔한 이치였다. 조금 일찍 왔느냐 늦게 왔느냐의 차이일 뿐이라면…… 내가 이렇게 특출나게 감정적인 반응을 보일 필요가 없지 않느냐는 생각이 들었다. 인간이, 자연을 거스를 수는 없는 일이 아닌가.

두자는 시바스 리갈과 잔 두 개, 얼음통과 물, 과일을 가지고 거실로 나온다.

"웬 술을?"

"대낮이지만 한잔 마셔보자구."

"괜찮으세요?"

그렇게 물으면서도 화서는 과일 쟁반을 받아 과일을 깎기 시작한다. 솜씨가 예쁘다. 참외를 깎아 얌전히 씨를 빼고 한 입 크기로 다북다북 썰어놓고, 키위도 깎아 꽃잎처럼 그 옆에 늘어놓고, 오렌지를 똑같은 크기로 가르는 그녀의 모습이 스마트하고 아리땁다. 처음 볼 때보다는 분위기가 달라졌다고 두자는 느낀다. 수영장에서 맨 처음 봤을 때는 눈동자 안에 쌀알만한 빛이 야릇하고도 불안하게 타고 있었는데, 지금은 그 빛이 차분하게 엷어져 있었다.

두자는 잔에 술을 따랐다.

화서는 생각보다 술을 잘 마셨다. 작은 잔이긴 하지만 잔 바닥을 홀딱홀딱 뒤집었다.

"그렇게 스트레이트로 마셔요?"

"전 술을 아주 잘하지는 못해요. 그런데 요 일이 년 새 많이 늘었어요. 소주는 잘 못 하고 양주는 가끔 마시는데, 분량이 많아지면 부담이 돼서 그냥 스트레이트로 마셔요. 가슴이 따가우면 홀짝 들이켠 후에 그냥 물을 마시고요. 얼른 취하는 게 목적이니까요."

"왜 그렇게 얼른 취하려고 해? 마시는 동안을 즐기지."

"아, 전 그러지 못해요. 한이 많거든요."

"……?"

화서는 벌써 꽤 취한 듯했다.

"채널이 다르니까 말씀드리는 건데요, 내 쪽으로는 소문이 안 날 테니까요. 그리고 형님을 인간적으로 믿으니까요. 아까 제게 온 전화요. 그거 누구한테서 온 줄 알아요? 제 애인한테서 온 거예요. 남편이 아니고 애인한테서요."

"뭐, 좋군. 애인도 다 있고."

"그렇게 간단한 얘기가 아녜요."

두자는 화서를 바라본다. 화서가 남편과 김 양의 얘기를 길게 털어놓는다. 두자는 입을 다물 수가 없었다. 화서의 눈에 다시 번쩍이는 빛이 일렁였다.

"그동안 채워지지 않아 버둥거렸던 내 애처로운 갈망을 좀 생각해보세요. 그리고 내 신념을요. 내가 어떻게 견디겠어요?"

두자는 키위를 포크에 찍어 화서에게 건네주고, 빈 잔에 술을 따라준다.

"가장 참을 수 없었던 건 나 자신이었죠. 낭비된 젊음이 아까워 미칠 것 같았어요. 그래도 사람은 살아야 하잖아요. 죽을 수는 없더라구요. 나는 돌아다녔어요. 돌아다닐 수 있는 만큼 돌아다녔죠. 그러다가 어떤 남자를 만났어요. 아직도 잘 모르긴 하지만…… 그는 자기가 하는 일에서는 열심이지만 다른 방면에서는 아주 순박한 사람인 것 같아요. 자기 아내하고도 별 문제 없고요. 그런데 사람은 이상해요. 무엇 때문인지 그가 저한테 호감을 갖더니, 나이도 어려요, 어느 날 우린 댓바람에 자버렸어요. 전 모든 준비가 되어 있었으니까요."

그랬었구나, 두자는 이제야 화서의 모습이 조금쯤 이해되어 왔다.

"난 남편 이외에 그가 처음이에요. 첫날부터 이걸로 끝이겠거니, 두 번째 날도 세 번째 날도 이제 이것으로 끝이겠거니 그렇게 생각했어요. 뭐 흔히 하도들 그러길래요. 남자는 여자랑 자면 시큰둥해진다

면서요. 그런 남자를 붙잡고 있을 수는 없잖아요. 그래서 언제든 그만
둘 준비가 또 돼 있었죠. 그런데 그게 그렇지가 않더군요. 저도 그 점
이 해득이 안 돼요. 그는 제게 빠져들더라구요. 밤에 저를 데려다 주
고 그는 우리 집 앞에 한참씩 서 있곤 한다고 해요. 어떤 때는 한 시간
씩이나요. 왜 그러느냐고 물으면, 모른대요. 또 요즘 통 잠을 못 잔다
고 해요. 왜 그러느냐고 물으면, 모른대요. 엊그제 주말에도 그는 너
무 제 생각이 나서 견딜 수가 없었대요. 그러나 저한테 연락할 방법은
없고 견디기 너무나 힘들어서 이런 걸 다 생각해 냈다고 하면서 제게
휴대폰을 선물로 주데요. 이젠 그에게 믿음이 생겼어요. 마음도 긍정
적이 되고, 또 버림받으면 어쩌나 하는 불안도 없어지고요. 둘이 있을
때면 애살궂게 스킨십하던 버릇도 되살아났어요. 이젠 아주 편하게
그를 만지고, 쓰다듬어요. 몸에 대한 믿음이 있으니까요. 저도 그 사
람을 생각하면 팔다리가 저려와요. 채털리 부인처럼요. 아마 이런 걸
색정이라고 하는지도 모르지요."

　두자는 속으로는 경악을 금치 못했으나 자기 말을 중간에 끼워넣
지 않았다.

　"그러나 저는 색정과 사랑의 차이를 이젠 모르겠어요. 두 사람이
하나가 되었을 때의 감격을 잊을 수가 없는걸요. 뻐근하고, 세상이 온
통 정지된 듯하고, 만족스러워요. 저 자신에 대해 자신감도 상당히 생
겨났고요. 잃는 게 있으면 얻는 것도 있다더니, 전 많은 것을 얻었어
요. 그와 만나고 나면 '나'라는 존재가 비로소 부르르 확인이 돼요.
살아 있다는 떨림이 뿌듯하게 지나가구요. 새로 태어난 것 같기도 하
고, 보복도 한 듯하고, 가슴이 시원해요. '눈에는 눈', '이에는 이'라
는 말이 있잖아요. 좋은 건 아니겠지만 확실한 방법이에요. 분이 완전
히 풀리니까요. 제게는 최선이구요. 이것으로 다 되는 것은 아니겠지

만 뭘 더 바라겠어요. 색정이든 사랑이든 다른 무엇이든…… 저는 상
관없어요."

"그래도 그 사람의 아내는 생각해야 하지 않을까?"

두자는 조심스럽게 떠본다.

"물론 그래요. 그래서 고민도 했어요. 그러나 어떤 아가씨 하나도
내게 그랬잖아요. 십 년씩이나요. 그래서 이런 문제가 생긴 거지요.
세상은 돌고 돈다구요. 그 사람 아내에게 죄스럽긴 하지만 나는 거기
까지는 어떻게 할 수가 없어요. 내 앞이 구만리라 거기까지는 힘이 미
치지 못한다고나 할까요. 그 여자는 그 여자 스스로 문제를 해결해야
할 거예요. 알려진다면 말이지요."

"알려지면 이혼한다고 뒤집어지고 야단일 텐데?"

"난리야 나겠지요. 그러나 이런 일로 정작 이혼하는 사람이 몇이나
돼요? 이혼한다면 그건 그 사건이 빌미가 된 것뿐이에요. 이미 상대
방과 의가 상해 있거나 무슨 다른 이유로 마음이 틀어진 상태죠. 현명
하다면, 남편을 놓치고 싶지 않다면…… 그녀는 이혼하지 않을 거예
요. 나하고 그 사람하고의 애정의 농도를 모를 테니 그냥 무조건 콩
튀듯 팥 튀듯 날뛰겠죠. 아니면 번민하고 갈등하거나. 아예 아무렇지
도 않은 여잘지도 모르지요."

"그럼 이쪽 가정은 어떻게 하고? 그런 상태로 계속해서 살 거야?
화해도 하지 않고?"

"화해라니요? 그런 개념이 아녜요. 우린 지금도 아주 사이가 좋아
요. 난 보복의 차원을 훨씬 넘어섰어요. 우린 이제 전혀 안 싸워요."

"그건 안 되지. 싸울 때 싸우더라도 해결을 보고 살아야지. 가장을
그래놓고 어떻게 가정이 유지되겠어?"

"해결이라구요? 가장이라구요? 이성적으로 되는 게 있던가요? 가

부장제 말씀하시는 거예요? 그런 건 사라졌어요. 부부간의 믿음도 사라졌구요. 우리 부부만 그런 게 아녜요. 내 그동안 다니면서 보니 세상 참 많이 변했더군요. 나만 눈 꼭꼭 감고 봉사 노릇을 하며 살고 있었어요. 가부장이라면 남자의 그늘 아래서 여자가 의지하며 살아가는 걸 말할 거 아녜요. 그래야 가장이라는 제 의미가 살아나지요. 지금이야 어디 그래요? 어림도 없지요. 우리네 가정은 지금 거의 다 내주장이에요. 요즘 남자 그늘이 다 뭐예요? 어떤 의미에서 여권은 지나치게 팽창되었어요. 내 눈에만 그렇게 보일까요? 겉으로 평온하다 싶은 가정은 가정사의 대부분을 다 아내가 처리하잖아요. 남편이 무슨 권한을 좀 쥐고 있다 싶으면 집안 분위기가 썰렁하고 험악하다 못해 살벌해요. 남편들은 그저 돈 벌어다 주고 축구나 보면서 못 이기는 체 끌려가요. 가정의 평화를 위해서라구요. 남 앞에서는 아직도 전통적인 부부 모양새를 은근히 흉내내면서요. 그게 품위 있게 보이나 봐요. 그러다가도 집에 돌아가면 손바닥 뒤집듯 뒤집어져 아내가 남편을 쥐고 흔들어요. 정말 이상하죠? 속으로는 올라타고 있으면서도 겉으로는 남편을 내세우는 까닭이 뭘까요? 가식이나 체면이 아직도 진실이나 진짜 행복보다 중요하기 때문이겠죠?"

"글쎄, 그럴까?"

"물론 그렇지 않은 사람들도 있겠죠. 지금 1999년에도 지리산 골짜기에 가면 청학동이 있으니까요. 아직도 어느 한 귀퉁이에서는 가부장이니 하늘 같으니 권위니 하는 말들을 주장하며 사는 사람들이 있을 거예요. 일심동체니 잉꼬부부니 따위의 가소로운 말들을 종알거리는 인간들도 있을 거구요. 과거의 나처럼요. 다 저 속고 나 속는 일이죠."

"왜 그렇게 엉망이 된 거야?"

"모르겠어요. 하여간 가정은 붕괴됐어요. 교실만 붕괴된 게 아니라구요. 가부장도 사라졌어요. 사랑도 없어졌구요. 그악스럽게 남은 것은 섹스뿐인 것 같아요."

"세상에, 하긴 세상 돌아가는 걸 보면⋯⋯."

"나만 그걸 모르고, 아니 인정하지 않으려고 버둥대면서 지난 이십 년간 그렇게도 애지중지 가정이라는 틀을 예쁘게 유지하려고 애썼다니⋯⋯ 기가 막혀요. 그런 건 이제 아무런 미덕도 아닌데. 모두들 섹스만 즐기며 사는데⋯⋯."

"그건 아니다. 여자들이 섹스를 어떻게 즐겨? 특히 결혼한 부인들이? 모두 과장돼 있는 거야. 생각해 봐. 난 요즘 여자의 성에 대해 두루두루 생각해 보고 있는데, 왠지 여자들이 딱하고 가엾어져. 십대엔 초조가 시작되지. 얼마나 큰 변화야. 이십대엔 결혼을 하고. 결혼 전후의 그 갈등을 생각해 봐. 신체적, 정신적으로 얼마나 긴장하며 모든 걸 갈무리해야 하는지. 게다가 엄청난 인간관계들이 시작되잖아. 어떻게 섹스를 즐겨? 잠깐은 그럴지도 모르지. 그러나 삼십대가 되고 곧 아기를 낳아 키우잖아. 출산과 육아만큼 에너지를 요구하는 일이 어디 있어? 곧 심신은 녹초가 되고 모든 신경은 털끝까지 아이들한테로 가지. 육체적으로만 보면 섹스를 즐길 한창때인지 몰라도 경황이 없다구. 사십대엔 대부분 권태기에 도달하거나, 결혼생활의 위기가 오는 것 같애. 또 아이를 대학에 넣느라고 수삼 년 정신이 없고. 그리고 오십대가 되면⋯⋯ 폐경이 오는 거야. 폐경은 받아들이기 쉬운 줄 알아? 어느 것 하나 적응하기 쉬운 게 없다구. 여자의 성은 충격과 수난의 연속이야. 쾌적하게 지속적으로 섹스를 즐길 수가 없어. 여자들은 다른 것들이 다 해결돼 있고 상대방에게 기분도 좋고 분위기도 그럴싸해야 점진적으로 끓어오르잖아. 자극에 부르르 끓어 단번에 넘치

고 끝나는 손쉬운 남자들의 섹스와는 다르지. 어쩌고 어쩌고 요란하
게 떠도는 건 일부의 얘기야. 섹스도 개발돼야 즐기는 걸 텐데 형편이
이 지경이니 여자들은 개발이 안 된, 아니 덜 된 상태로 나이를 먹지.
당신만 그런 게 아니라구. 그런 의미에서 보면 당신은 이제라도 기회
를 만났으니 다행이네."

"정말 그러네요. 여자들의 성은 가엾고 측은하네요."

"문젠 문제다. 그렇게 벌여놓고 어떻게 살아?"

"글쎄요. 방법은 한 가지예요. 가정이라는 틀을 넓게 생각하는 거.
가정은 그냥 크게 유지하는 거예요. 난 그렇게 할 거예요. 이혼해서
이혼녀의 아들로 언이를 장가보내느니 난 이 아우트라인을 지키겠어
요. 모든 걸 감안해 보면 이 생활을 유지하는 게 나아요. 남들한테도
멀끔하고요. 단지 생각이 문제죠."

"말이 안 된다."

"왜 말이 안 돼요? 난 이 시대의 보통 감각을 지녔을 뿐예요. 뒤늦
게나마요. 지탄하는 눈으로 보지 마세요. 누가 감히 내 행동에 손가락
질해요? 나에 대해 무얼 안다구요? 부도덕하다고, 파렴치하다고, 추
악하다고 몰아붙이지 마세요. 누구든 나를 심판하려거든 한 세기쯤
지나서 하라고 하세요."

"흥분하지 마. 내가 뭐 지탄하고 힐난하는 건가?"

"알아요. 옳지 않다는 거. 그렇지만 난 최선이에요. 이건 결혼제도
와 성적 욕구랄지 본능과의 문제지 내 개인의 힘으로 해결될 문제가
아니에요. 그러니까 가정의 의미를 너그럽게 넓히는 거라구요. 그 안
에서 자유롭게요. 변칙적인 이런 방법 안에서도 계속 뭔가를 도모하
게 돼요. 사람은 누구든 이 세상에 나와서 행복할 권리가 있는 거잖아
요. 그걸 추구해 가는 게 인생일 거구요. 나도, 이렇게 됐음에도 불구

하고—역시 행복하고 싶어요. 행복해야 하구요. 나만이 아니라 우리 가족 모두가요."

"그건 그래야지."

"나 스스로 어떻게 행복해지고 또 식구들에게 행복을 주느냐가 문제 같아요. 난 내 자신과 우리 언이, 남편, 또 그 사람에게 다 같이 충실하자고 매일매일 결심해요. 순서를 정할 수는 없지만. 난 네 사람 전부에게 정말 정성을 다할 거예요. 이게 내 방법이에요."

"그것도 방법일 수 있겠네. 신뢰가 무너져 버린 인간관계를 바닥에 깔고는…… 도리가 없으니까."

"남자들이 세계 시장을 누비고 벤처 기업을 차리고 세상을 주름잡는 사이 우리 여자들은 기껏 가족 안에서 이렇게 나를 증명하려고 발버둥치며 전전긍긍해 온 것 같아요. 여자, 남자 하는 반쪽의 일로요."

"나도 왜 이렇게 암담한지 모르겠어. 꼭 암흑 속의 시커먼 동굴로 들어가는 것 같애. 시체와 죽음들만 있는. 필요도 없이 살아온 성이었는데, 그게 없어진다는 것이 나를 이렇게 구속하다니……."

"시체와 죽음들만 있다뇨? 그렇지 않을 거예요. 포도주와 식초에 대해서 못 들어보셨어요? 포도즙이 익어 잘 되면 포도주가 되고 잘못되면 식초가 된대요. 갱년기도 뭐 그런 것 아닐까요? 생각하기에 따라 식초도 될 수도 있고, 포도주도 될 수 있는……."

"식초라니?"

"여자로서만 생각한다면, 그러니까 남자의 상대역으로서의 자기만 고집한다면 말예요. 갱년기 이후의 삶은 식초겠지요. 여자로서는 이미 역할도 끝났고 성적으로 수명도 다 됐으니까요. 잘못하면 식초도 아주 시어빠진 식초가 되어버릴 거예요. 그러나 인간으로서 생각한다면 잘 익은 포도주가 아닐까요? 그동안의 경험이나 경륜이 얼마나 풍성해요? 한 모금만 마셔도 그윽한, 향취 깊은 포도주…… 전 오히려 빨리 그런 사람이 되고 싶은데요. 향기도 나고, 풍미도 깊은…… 감칠맛이 도는…….”

“포도주라…….”

“그 자유의 문 속으로 어서 들어가고 싶어요.”

“자유의 문?”

“그렇잖아요. 태어난 이래 처음으로 완전한 인간 속으로 들어가는 거 같을 거예요. 남성, 여성이 없는…….”

검은 동굴 저 안에서 희미한 불빛이 새어나오는 것 같았다. 아듀, 피메일. 두자는 그렇게 말해 본다. 아듀. 아듀, 피메일…… 음감이 서글프면서도, 예쁘고 정감 있었다. 작은 모자를 쓴 인형이 갸웃갸웃 손짓을 한다. 두자는 손을 흔들어준다. 그러자 지금까지 자기를 얽어매고 있던 단단한 갑옷의 단추가 툭 터지며 여자라는 것 때문에 받았던 일생 동안의 수모와 분노, 부당한 대접들이 훨훨 날아간다. 가슴이 시원하다.

예닐곱 살 때쯤일까. 밭둑에서 풀피리를 만들고 있는데 아버지가 느닷없이 이두자! 하고 부르셨다. 그녀는 깜짝 놀라 아버지를 쳐다보았다. 아버지는 웃고 계셨다. 성까지 합쳐서 자기의 이름이 불리는 것을 그녀는 그때 처음 경험했다. 그 신기함이라니! 아버지는 두자가 학교에 가서 어릿어릿할까봐 선생님 흉내를 내서 불러보신 것이었다. 이제―비로소―오십 년이 지나 자연상태의 그 이름으로 돌아온 것이리라.

인간이라는 옷.

동굴 안은 따듯하고 아늑해 보였다. 불 켜진 산골 집처럼. 창문으로 새어나오는 빛이 노랗고 따듯했다.

헛된 인생은 아니었어. 그래, 결혼도 했었고, 아이들도 낳아 잘 키
웠고…… 다른 이들이 해보는 짓을 거의 해보았지…… 긍정적인 기
분이 되는 순간, 숨이 편안해졌다. 이제 누구라도 사심 없이 사귈 수
있을 것 같았다. 여자든 남자든, 우정이든 애정이든…… 진정으로 자
유로운 관계를 맺을 수 있을 것 같았다.

화서는 어느새 돌아가고 없었다. 밤이 깊은 것 같았다. 그녀는 레
이스가 달린 핑크빛 잠옷 대신 흰 면잠옷을 꺼내 입었다.

온전한—중성적 인간으로 다시 선—이두자라는 사람이 거울 속
에 우뚝 서 있다.

바다의 예감

"회비 내세요, 회비!"

"무슨 회비?"

"오늘 초급반 마지막 날이잖아요. 코치 선생님과 식사하기로 했어
요."

예희가 회비를 걷으러 다닌다. 옷을 입던 아주머니들이 여기저기
서 만 원짜리를 내민다.

"요새 만 원 갖고 먹을 게 있을까? 코치도 데려간다면서. 이만 원
씩 내야 안 돼?"

"IMF시대라 그냥 만 원씩 걷기로 했어요. 이거 가지고 가서 조 앞
살구나무집에서 칼국수 먹는대요."

"너무하다. 모처럼 한 번인데. 코치한테 어떻게 칼국수를 사주나?"

"누가 정한 거야?"

"돈 쪼끔 내니까 좋지 뭐."

“중급반은 갈비 먹으러 간다던데.”

“더운데 대낮에 갈비는 무슨 갈비? 우린 초급반이니까 칼국수면 됐어.”

각자의 의견들이 엇갈려 탈의실 안은 다른 날과 달리 떠들썩하고, 더욱 후텁지근하고, 분위기가 달떠 있었다. 미조는 진땀이 났다. 어서 여기를 나가고 싶었다. 그녀는 이런 때 늘 사람들에 끼어들지 못하고, 그저 물러서서 도망가려고만 한다. 내가 이러지 말아야지, 생각은 하면서도 그게 잘 되지 않는다.

아주머니들은 각자 손바닥에 콤팩트를 하나씩 들고 열심히 얼굴을 두드리고들 있다. 평소에는 화장을 하지 않던 아주머니들까지 일제히 연극에 출연할 것처럼 화장을 하는 것이다. 어떻게 알고 화장품들을 저렇게 다 갖고 왔을까. 아니면 필요한 때를 염두에 두고 매일 가지고 다니는 것인가……. 미조는 알 수 없었다. 이런저런 속옷 차림으로 무대 뒤의 분장실에서처럼 화장을 해대는 아주머니들을 뒤로하고 미조는 두자 아주머니에게로 갔다. 아주머니는 장식 없는 하얀 속옷을 입고 그 위에 블라우스를 걸치고 있었다.

“아줌마, 우리 나가요.”

“그래, 그러자.”

두자 아주머니는 선선히 미조를 따라 나왔다.

“아줌마, 우리만 화장 안 하네요?”

“그러게. 나야 뭐 하나마나니까 안 하지만 거긴 왜 안 해? 한번 해 보지. 모두들 하는데.”

“화장품을 안 갖고 왔어요.”

“다들 빌려서들 하던데? 같이 끼여서 하지.”

“웬걸요. 요 앞 살구나무집에 간다면서요.”

"하긴, 안 해도 예쁠 때잖아. 신선하고…… 더 좋지."

그녀들은 다른 사람들이 나오기를 기다리며 휴게실에 앉아 있었다. 예희가 차곡차곡 모은 돈을 한 손에 쥐고 땀을 번득이며 탈의실을 나와 휴게실 안을 두리번거렸다.

"여기 있었네. 또 간 줄 알고 찾았잖아."

"가긴? 마지막인데."

"참 아줌마, 다음 번에도 또 끊으실 거죠? 중급반이요."

"응, 난 끊을 거야. 아가씨들은?"

"언닌 못 해요. 결혼 날짜 받았잖아요."

"날짜 받았어? 언제야?"

"다음달이에요. 아줌마도 오세요."

미조는 가만히 있고, 예희가 제가 결혼하는 것처럼 선심 쓴다.

"그럼 가야지. 근데 빨리도 진행됐다."

"뭐 척이면 척이죠. 딱 맞는 상대하고는 빨리 하는 게 상책이에요."

"그러게. 정말 잘 됐구나. 우리 수영장 코치 했었다고 했어?"

"지금은 안 해요. 다른 회사 다녀요. 선일물산이라고 거기 해외영업부에."

"응, 그래, 시집 잘 가는구나."

"결혼하고, 다음 학기부터 형부가 복학도 시킨대요. 그치 언니?"

"복학을?"

"언닌 음악대학 다니다 말았잖아요. 플루트를 불었대요."

아주머니들이 우르르 나왔다. 그녀들도 일어서서 밖으로 따라 나갔다. 모두들 살구나무집을 향하여 걸어간다. 아주머니들은 모두 화장을 해서 수영장 안에서 볼 때와는 판이하게 느낌이 다르다. 모두들 약간 젖은 꼬불꼬불한 머리에, 번들번들한 얼굴, 그리고 유들유들한 표정이 되어 있는 것이다. 미조는 예희를 꼬집으며 조그맣게 묻는다.

"애, 아줌마들은 왜 저렇게 얼굴을 번들번들하게 화장할까? 루즈는 또 전부 빨갛게 칠하고?"

오렌지 빛이나 포도주 빛을 칠한 아주머니도 드물었다. 전부들 꽃분홍 아니면 빨간색이었다.

"응, 아줌마들은 분을 안 발라. 주름살 보인다고. 보송보송하면 왜 좀 그렇긴 하지. 그래도 너무 뵈기 싫지?"

"그래 말야."

"우리 엄마도 안 발라. 내가 웬수를 삼아도 안 바른다니까. 안 바르면 젊어 보인대."

"……."

젊어 보인다…… 미조는 생각에 잠긴다. 왜 꼭 젊어 보여야 할까? 그냥 나이대로 보이면 안 되는 것일까? 결혼해서 남편 밑에서 사는 것에 대해서 미조는 다시 생각해 보게 된다. 간단한 일이 아닌 것 같았다. 며칠 전 박화서 아주머니가 물었던 말이 생각난다. 결혼한다고 또 예희가 떠벌리자 그 아줌마는 의미심장한 말을 던졌었다. 이혼할 자신이 있느냐고. 예희와 미조는 깜짝 놀라 아주머니를 쳐다보았다. 결혼한다는 사람한테 이혼할 자신이 있느냐니…… 그러나 아주머니는 미조의 어깨를 두드리면서 자기가 괜히 심술을 부리느라고 그러는 게 아니라며 결혼에 대해 이런저런 얘기를 해주었다. 명백히 혼자 설 수 있어야 공정한 결혼생활을 할 수 있다는 것, 공밥 얻어먹으러 간다는 식으로 가면 곧 비굴해지고 그것이 결국 부부관계를 해친다는 것, 결혼은 절대 환상이 아니라는 것, 젊은 남녀들은 만나면 흔히 사랑을 하지만 그런 것과는 차원이 다르다는 것, 두 사람의 공동생활은 독신생활보다 더 어려운 거라는 것…… 아주머니는 자신의 경험에서 우러나온 듯, 미조가 짐작하지 못했던 여러 가지 얘기들을 해주었다. 아주머니의 말이 처음엔 이해되지 않았으나, 며칠 지나는 사이 미조의 마음속으로 파고들었다. 지금은 서로 좋아서, 사랑이 충만해서 모든 문제들이 보이지 않을 것이었다. 그러나 둘이서 수십 년을 함께 살아간다는 것은 역시 쉬운 일이 아닐 터였다. 미조는 어쩐지 바다로 나가는 기분이었다. 시퍼런 물이 출렁대는 바다로 그들은 항해를 떠나는 것 같았다. 바다는 지금 이렇게 맑고 잔잔하고 투명하지만, 때로는 풍랑이 일고 또 폭풍우도 몰아치리라. 그러다가 암초에 부딪쳐 좌초된 뒤 무인도에 상륙할지도 모르는 것이다. 무인도에서라도, 그가 곁에 있기만 하다면…… 미조는 평생을 살 수 있을 것 같았다. 그러나 그가 다른 배에 옮겨 타는 상황도 생겨날 수 있고, 그 배에 그가 새로 사랑하게 될 여자가 타고 있는지도 모르고, 그렇지 않더라도 그 배에 같이 타는 것을 그가 원치 않을 수도 있다. 그렇다면…… 미조는 상상해 본다. 무인도에 혼자 남아 있거나 혼자 돌아올 수 있을까? 과연 그럴 수 있을까? 너무도 두려운 일이었다. 그런 일이 일어난다면…… 그런 일이 일어난다면…… 미조는 소름이 돋는다. 어떻게 그 쓰라림과 두려움을 견디며 무인도에 혼자 남아 있으며, 또 출렁이는 바다를 헤엄쳐 돌아올까? 지금으로서는 가슴이 찢어지는 것 같아 추측도 해 볼 수 없다.

귓가에서 소처럼 더운 입김을 불어대던 준호의 호흡이 떠오른다. 사랑해, 사랑해, 사랑해, 사랑해…… 사랑한다고 말해 봐, 응? 사랑한다고 말해. 아, 사랑해. 그는 그런 말들을 과정으로 토해 내며 사랑을 한다. 미조도 덩달아 사랑한다는 말을 남발한다. 그 순간, 가끔 그녀는 옛사랑에 대해 생각해 본다. 섹스에 대해 전에는 내가 뭘 알았던가? 아무것도 몰랐던 것 같다. 그때는 가슴이 꽉 차는, 터질 듯한 이

충만감을 전혀 경험하지 못했다. 그저 남자의 체취, 남자의 그림자 같은 것이 그리워 따라다녔던 것만 같다. 그러나 지금은—미조도 정말로 사랑한다는 감정에 휩싸여서 준호를 사랑한다. 불과 석 달밖에 안 되었지만 그들은 서로가 서로의 유일한 짝이라는 것을 만날수록 확인한다. 불현듯 올라탄 급행열차가 바로 내 목적지로 가고 있는 것이다. 이 행운에 대해 미조는 해석할 도리가 없다. 그러나 둘이서 하나가 되었을 때의 그 만족감을 어떻게 표현할 수 있을까? 우주선이 출발할 때처럼 전율이 솟구쳐오르고, 뿌듯함이 가슴 가득 팽배해져 오며, 완전히 하나가 된 듯한, 세상에 새로 태어난 듯한…… 지금은 그것으로 충분했다. 하느님이 지금까지 못다 주신 운을 한꺼번에 보상해 주시나 보다 하고 미조는 내내 감사한다. 사실 준호를 만나면서부터 이게 꿈인가 생신가 분간이 안 간 적도 많았다. 왜 이렇게 갑자기 모든 일이 좋게만 엮어져 나가나 어안이 벙벙했었다. 그러나 모든 게 사실이었고, 이제 의심할 나위가 없었다. 준호는 겨울잠 자는 불곰처럼 확실하게 그녀의 가슴에 들어와 자리를 잡았다. 그의 사랑을 의심할 수 없었다. 절대로 변할 것 같지 않았다. 그러나 사람인지라…… 훗날…… 만에 하나 그가 변한다면…… 납득할 수 없는 상황이 들이닥친다면…… 박화서 아주머니는 겸손하고 신중한 사람이었다. 공연히 남의 결혼에 칼을 던질 사람이 아닌 것이다. 더구나 미조에게는 호감을 갖고 있었다. 미조를 괴롭히기 위해서 일부러 그런 말을 꺼낸 게 아니라는 것을 미조는 안다. 그렇다면…… 그렇다면…… 혹시 사랑의 행위 도중 한 말은 거짓이 아닐까? 그땐 흥분해서 아무 말이나 나오는 걸까? 이런 걸 누구에게 물어보지?

그렇다면, 진짜 사랑은 어떻게 다를까?

"언니, 빨리 들어와. 뭘 그렇게 생각하고 섰어?"

미조는 문득 깨어나 살구나무집으로 들어간다.

어찌됐건—하느님이 주신 이 운을 절대로 놓치고 싶지 않다. 지금은 절대로. 나중에 어떤 폭풍이 몰아친다 해도 지금은 절대로 이것을 놓치지 않겠다고 미조는 다짐한다. 아주머니의 말은 끝까지 서로 사랑하기 위해서는 남다른 각오가 필요하다는 뜻이 아닐까. 서로의 관계가 반듯하게 자리잡혀가도록 비굴해지지 말고 자신을 당당히 내세우라는 뜻으로도 들렸다. 그동안 내가 너무 위축되어 있어서 그런 말을 한 걸까. 아주머니도 자기 주장을 당당히 하는 사람이 아닌 것 같으니까. 공정한 관계일 때에 오히려 애정이 오래간다는 말을 아주머니는 자기 경험을 통해서 하고 싶으셨으리라. 그래서 이혼할 자신을 물어보신 것이겠지. 이혼할 자신…… 이혼할 자신…… 이혼할 자신이 정말 있는지 없는지를 마음 밑바닥에서 한번 따져보아야 하는 게 아닐까. 지금은 아니지만 언젠가 납득할 수 없는 상황이 온다면…… 해결할 성질의 것이 아니라면…… 도저히 내 임의로 되는 일이 아니라면…… 나는 어떻게 할 것인가.

다른 무엇보다도, 이 세상을 살아갈 수 있는 능력을 길러야 한다는 자각이 두려움으로 엄습한다. 무엇을 해서 돈을 버나……무엇을 해서 나를 성취하나…….

조개를 넣은 칼국수가 나왔다.

테이블을 여러 개 붙여놓아서 둥그레진 좌석 가운데에 어린 코치 선생님이 앉아 있고, 번들번들하고 하얗게 화장한 얼굴에 일제히 빨간 루즈를 칠한 아주머니들이 뼁 둘러앉아 있다. 저렇게 어리고 아들 같은 코치 선생님한테 잘 보이려고 화장들을 했을까? 미조는 웃음이 난다. 상관도 없는 남자가 아닌가. 아니면, 스스로의 만족을 위해서 화장했나? 남 앞에 설 때 늘 하는 버릇인가?

후루룩 후루룩 칼국수를 먹기 시작했을 때 다른 반의 여자들이 자기 반의 코치와 함께 들어왔다. 두 팀이었다. 그들도 좌석을 마련해 미조네처럼 삥 둘러앉았다. 이상한 생각이 들었다. 한 마리의 수컷이 많은 암컷들을 데리고 노니는 것 같았다. 동물원의 홍학 떼나 사자 무리가 순간적으로 떠올랐다. 미조는 발칙한 생각을 얼른 지워버린다.

예희가 뒤늦게 옆에 와서 앉는다. 이리저리 심부름을 하느라고 국수가 불어 있다. 식은 칼국수를 예희는 순식간에 먹는다.

"언니, 형부가 아무 말 안 해?"

"응. 곧 너한테 전화한다고 그러더라. 그때 말한 대론가봐. 그건 그렇고…… 너 디자이너 같은 거 돼보는 건 어때?"

"디자이너?"

"응, 순전히 내 생각인데…… 그런 게 앞길이 더 낫지 않을까? 에어로빅 선생보다."

"무슨 디자이너?"

"뭐 넥타이 디자이너, 가방 디자이너, 속옷 디자이너, 또 장신구 디자이너……많겠지 뭐. 여자들이 할 만한 것들이 많은가 보던데. 나도 늘 그런 생각을 하거든. 그런 게 낫지 않을까? 소질만 있으면. 부모님도 좋아하실 거고."

"아냐, 아냐, 언니. 난 에어로빅 선생 할 거야. 그걸로 성공해 볼래. 지금까지 공부 못해서 받은 푸대접 다 갚아줄 거야. 내가 우리 성북구에서 최고 인기 있는 에어로빅 선생이 될지 어떻게 알아? 그걸로 보란 듯이 성공한다니까."

"그래, 그게 너한테 맞을지도 몰라."

"잘하면 형부가 스포츠 센터말고도 다른 회사들에 생활체육 강사로 추천해 준댔어. 형부네 회사에도 그런 게 있대. 많은 회사들이 아침에, 또 낮에 그런 시간들을 갖는대. 그리고 구청 같은 데서도 각 동네마다 그런 프로그램들이 있대. 나도 우리 성북구청에 찾아가볼 거야. 나중엔 백화점 문화 센터에 가서도 가르칠 거야."

"넌 잘할 거야. 성격이 활달하고 붙임성이 있으니까. 에어로빅 선생 되면 아마 굉장히 인기 있을 거다."

"에이, 언니는 대학에 가면서 뭘 그래?"

예희는 자기 친구 경희 얘기를 했다. 대구에서 전문대에 같이 다녔던 친구라고 했다. 그 애가 상계동 미도파 앞에서 손수레에 머리핀 장사를 시작했는데, 몇 달 만에 벌써 그 뒤편 가게에 엉덩이를 붙이고 조그맣게 좌판을 벌였다는 것이다. 예희는 그 일이 충격인 듯했다. 경희는 얼마 안 가 반드시 그런 점포를 살 것이며, 아마 돈 버는 일에서는 대단히 성공할 거라고 침을 튀기며 얘기했다. 경희를 바라보며, 자기도 그냥 있어서는 안 될 것 같은 생각이 드는 모양이었다.

"나중에, 공부 잘해 월급쟁이 된 애들보다 훨씬 낫게 살 거야."

경희가 그럴 거라는 얘긴지, 자기가 그렇게 되겠다는 각오인지 예희는 힘주어 말했다.

그래놓고는 조금 분한지 뒷말에 감정을 싣는다.

"물론 매일 글씨 들여다보고 사는 생활과 다를지도 모르지. 그러나 왜 글씨를 들여다보고 사는 생활만 좋은 거야?"

"누가 그렇게 생각해? 요새 아무도 그렇게 생각 안 해."

"언니나 그렇지."

"정확하게 말하면 아마 돈 잘 버는 순서대로 우열을 정할 거다. 사람들은."

"그러겠지?"

예희가 눈을 반짝이며 결의를 다진다.

식사들이 거의 끝났다.

어린 코치가 입을 열었다.

"이제 자유형은 어느 정도 다 하실 줄 알게 된 것 같아요. 평영과 배영도 조금씩 하실 수 있을 거구요. 그러나 접영은 맛도 제대로 못 봤죠. 중급반으로 올라오세요. 거기서는 이제 초보를 벗어난 영법으로 좀더 멋있는 자유형, 평영, 배영을 숙련할 겁니다. 접영도 제대로 배우게 되죠."

"중급반에 올라가면 거기서도 선생님이 가르쳐요?"

"그건 모르죠. 아직 안 정했으니까요."

"에이……."

"선생님이 가르쳐야 갈 텐데……."

"난 우리 코치 선생님처럼 미남 선생님 아니면 안 가."

아줌마들은 저마다 애교를 떤다. 필요없는 상대한테도 교태를 부리는 것이 습관이 된 걸까.

"이것으로 그만두시는 분들도…… 적어도 이제 물에 빠져 죽는 일은 없을 겁니다. 성수대교 사건 같은 것이 또 일어나서 타고 가던 승용차가 물 아래로 떨어진다 해도 헤엄을 못 쳐서 한강 물에 빠져 죽는 일은 없을 거예요. 여기까지 따라오시느라고 애들 쓰셨어요. 그동안 정말 수고들 많이 하셨습니다."

코치가 엉덩이를 들며 상체를 기울여 인사하고, 자리에서 일어나 나갔다. 모두들 박수를 쳤다.

"자, 초급반 끝났다, 끝났어!"

아주머니들이 우왕좌왕 일어서서 서로 손바닥을 마주치며 북새통을 떨었다. 꼭 육군사관학교 졸업식장 같았다.

아비뇽의 여자들, 현대 한국의 여인들

김경수 문학평론가

미술에 관심 있는 사람들이라면 누구나 알고 있듯이, 〈아비뇽의 여자들〉은 1907년 피카소가 그린 미술사적 걸작이다. 아프리카의 원시미술에 영향을 받아, 다섯 명의 벌거벗은 여인들을 마치 분해하듯 그려놓은 그 그림은, 큐비즘의 시초 운운하는 미술사적 위상을 논외로 하고라도, 비너스로 대표되는 풍만한 육체성을 강조해 온 서구의 전통에서부터 벗어나 길거리로 내몰린 창부들의 몸을 통해 현대 사회를 증언한 작품으로 해석되기도 한다. 이청해의 신작소설 《아비뇽의 여자들》은 바로 피카소의 이 작품과 맞닿아져 있다.

제목 자체에서도 알 수 있듯이, 이청해의 소설은 피카소의 〈아비뇽의 여자들〉의 소설적 패러디다. 패러디란 이미 존재하고 있는 모종의 텍스트(원작)를 뒷사람이 새롭게 각색하거나 변형하는 행위를 말한다. 따라서 패러디는 작가 자신이 해당 원작에서 어떤 감흥을 받았다는 사실을 암시함과 동시에, 모종의 불만을 느끼고 자신만의 시각으로 새롭게 보거나 그리고 싶은 욕구를 느꼈다는 사실을 우리에게 알려준다. 그림과 소설 사이의 장르적 차이를 염두에 두면 이러한 패러디가 다소 낯설게 느껴질 법도 한 것이 사실이다. 하지만, 기왕에 피카소가 한국전쟁의 상처를 소재로 하여 〈한국에서의 대학살〉과 같은 작품을 남겼다는 사실을 상기하면, 거꾸로 그의 그림에서 한국적 상황을 연역해 내는 이런 작업이 이상할 것은 전혀 없다. 오히려 그의 그림과 우리의 현실을 연관짓는 이런 방식의 작업은, 문학과 미술의 상호소통의 실례를 보여주는 좋은 시도라고 할 수 있다.

그렇다면 이 작품에서 작가가 해석한 〈아비뇽의 여자들〉은 어떤 의미이며, 그것은 또 어떤 각도로 우리의 현실 이야기와 연결되는가. 작가는 작중 인물 가운데 예술사를 공부한 한 여성 인물의 입을 통해 이 연관의 고리를 설명한다. 다섯 명의 여자가 우연찮게 수영장에서 만나 가까워지게 된다. 그러던 어느 날 그들 가운데 한 여인이 다른 여인들을 자신의 집으로 초청하고, 그 집의 정원에서 그들은 함께 한 장의 사진을 찍는다. 그렇게 해서 인화되어 나온 사진의 구도를 보면서 그들 중 어느 누군가가 피카소의 〈아비뇽의 여자들〉을 언급하자, 미술사를 공부했다는 나이 많은 한 여성이 거기에 동조하는 가운데 그 사진의 구도와 피카소의 그림 〈아비뇽의 여자들〉의 의미를 한 꿰미로 엮어 설명하는 것이다. 그 부분은 아래와 같이 서술되어 있다.

"우리가 꼭 '아비뇽의 여자들' 같은가 보지, 뭐."
"형님도!"
"아, 유곽의 여자들이랑 다를 게 뭐 있어? 이만하면 도전적이고 난폭하고 거칠지. 또 매일같이 수영장에 와서 벌거벗고 나대잖아. 위로, 위로 모두들 손을 들어올리고 뭔가 되려고 하고 있는 것도 똑같지. 권태에 절어,

몸을 비틀고서 말이야."

　우연히 찍게 된 한 장의 사진의 구도를 두고 그것을 피카소의 그림과 비교하고, 그로부터 한 걸음 더 나아가 자신들 모두를 '유곽의 여자'와 동일시하는 이런 진술이 가능한 것은, 작가 자신이 피카소의 그 그림이 현대를 살아가는 한국 여성들의 평균적인 삶의 모양을 시대를 앞서서 증언하고 있는 것이라고 생각했기 때문이다. 이런 인식이 어떻게 해서 가능할까. 그것은 물어보나마나 오늘날 한국 사회에서 살게끔 운명지워진 여성들의 삶이 사실상, 산업화의 와중에서 길거리로 내몰린, 피카소의 그림 속의 창녀들과 별반 다를 것이 없다고, 작중 인물들에게, 그리고 더 근원을 따져 올라가면 작가 자신에 의해 인식되었기 때문이다. 이 작품에서 그려지는 다섯 명 여성들의 각각의 삶은, 그리고 그들의 삶을 포괄하고 있는 보편적인 한국 여성들의 삶은, 바로 그렇게 내몰린 여성들의 운명을 반복적으로 증언하고 있다. 그리고 그것이 이 소설의 주된 줄거리를 이룬다.

　이 소설에 등장하는 다섯 명의 여인은 성적으로 여성이라는 공통점을 빼놓고는 저마다 놓여 있는 상황이 다르다. 제일 나이가 어린 예희는 지방 전문대에 진학했으나 딸의 사생활에 마음을 놓지 못하는 부모들에게 이끌려 거의 갇혀 지내다시피 하는 인물이고, 그 바로 위인 미조라는 여인은 어릴 적 부모의 불화로 인한 육체적 상처와 정신적 상처를 동시에 안고 힘겹게 세상에 나서려는 노력을 하고 있는 여성이다. 이들 외에 다른 세 명의 여인은 모두 유부녀인데, 그들이 처한 상황도 앞서 말한 두 명의 미혼녀와 크게 다르지 않다. 화서는 남편의 외도로 심한 상처를 받고 살아가는 여성이며 두자는 남편을 잃은 후 자식들마저 자신의 품을 떠나버린데다가 이제는 폐경을 겪으면서 혼란을 겪는 처지의 여성이며, 그나마 외견상 버젓한 가정을 유지하고 있는 보인은 아이를 못 가짐으로 해서 비롯된 정신적 공허를 물질적 향락에서 구하고 있는 여성이다.

거칠게 요약된 이 다섯 여성의 삶의 처지만으로도 우리는 하나의 중요한 의미를 쉽게 읽어낼 수가 있다. 그것은 20대 초반에서부터 50대에까지 걸쳐 있는 이들 여성들의 삶의 단계가 실제로 우리 사회에서 여성이라면 성장하거나 살아가면서 경험하거나 닥치게 되는 여성적 삶의 각 단계를 모두 포괄하고 있다는 사실이다. 여성이 여성으로 태어나는 것이 아니라 길러진다는 명제는 이미 정설처럼 되어버린 감이 있거니와, 우리 사회에서 초경과 더불어 여성으로 길러지기 시작해서 부모들의 인준하에 결혼에 이르는, 혹은 남편에게 인계되는 과정, 그리고 자식을 낳고 아이들 교육에 허덕이다가 급기야는 자신의 폐경기로서 여성의 삶을 마감하는 패턴은 거의 어쩔 수 없는, 자명하면서도 당연한 것으로 받아들여지고 있다. 거기에 가끔은 남편의 외도며 출산을 둘러싼 갈등이 그럴듯한 선택 사양처럼 끼어들기도 하는 것, 그것이 바로 여성의 삶의 전과정이라고 할 수 있는 것이다. 이런 문제는 작중 인물의 말을 통해서도 정확하게 요약되고 있다.

난 요즘 여자의 성에 대해 두루두루 생각해 보고 있는데, 왠지 여자들이 딱하고 가엾어져. 십대엔 초조가 시작되지. 얼마나 큰 변화야. 이십대엔 결혼을 하고. 결혼 전후의 그 갈등을 생각해 봐. 신체적, 정신적으로 얼마나 긴장하며 모든 걸 갈무리해야 하는지. 게다가 엄청난 인간관계들이 시작되잖아. 어떻게 섹스를 즐겨? 잠깐은 그럴지도 모르지. 그러나 삼십대가 되고 곧 아기를 낳아 키우잖아. 출산과 육아만큼 에너지를 요구하는 일이 어디 있어? 곧 심신은 녹초가 되고 모든 신경은 털끝까지 아이들한테로 가지. 육체적으로만 보면 섹스를 즐길 한창때인지 몰라도 경황이 없다구. 사십대엔 대부분 권태기에 도달하거나, 결혼생활의 위기가 오는 것 같애. 또 아이를 대학에 넣느라고 수삼 년 정신이 없고. 그리고 오십대가 되면…… 폐경이 오는 거야. 폐경은 받아들이기 쉬운 줄 알아? 어느 것 하나 적응하기 쉬운 게 없다구. 여자의 성은 충격과 수난의 연속이야.

〈씨받이〉라든가 〈자녀목〉 등의 영화를 떠올리면 알 수 있는 것이지만, 우리에게 지나간 시대의 여성 잔혹사는 이제 그리 낯선 것이 아니다. 그러나 이런 잔혹사의 복원은 지나간 시대의 성차별 이데올로기의 정황을 일깨워주는 순기능을 갖는 것이 사실이지만, 그와 동시에 지금 우리가 사는 현실에서는 그런 잔혹사가 되풀이되지 않는다는 하나의 환상을 심어주는 것이 또한 사실이다. 하지만 민감한 여성 작가들에게 있어서 이런 환상은 여지없이 까발려져 왔으며, 최근 원로 여성 작가인 박완서가 발표한 《아주 오래된 농담》은 가부장제가 자본주의 체제와 얼마나 교묘하게 결탁하고 있는가 하는 현실을 해부함으로써 여성의 삶을 둘러싼 가정적 · 사회적 환경의 본질을 고발하고 있기까지 하다.

이 작품에서 작가 이청해가 다섯 명의 여성의 삶에 대한 자각과 반성을 통해 말하고자 하는 바로 어느 모로는 박완서의 그것과 흡사하면서도 다르다. 박완서의 작품이 여성 잔혹사의 현존하는 실태에 대한 냉혹한 분석이라면, 이청해의 그것은 박완서와 궤를 같이하면서도 여성의 잔혹사가 일종의 사회적 제도처럼 굳건하게 뿌리를 내려 더 이상 어찌 해볼 수 없을 만큼 고착화되어 있는 것은 아닐까 하는 의구심으로 뻗어나갔기 때문이다. 인류학의 한 성과에 의하면, 원시 시대에는 여성들이 생리를 전후한 며칠 동안은 멀리 떨어진 동굴이나 일종의 성소에서 가족들과 떨어져 홀로 지낼 수 있도록 하는 제도가 존재했었다고 한다. 생리와 결부된 여성들의 육체적·정신적 질병의 존재와 그 정도가 얼마나 심각한가 하는 것도 우리는 알고 있다. 그러나 현대 사회, 특히 한국 사회는 그러한 기회를 더 이상 제공하지 않는다. 뿐만 아니라 결혼의 주도권이며 출산에 있어서의 주도권은 온통 부모와 남편에게 이양되어 있으며, 결혼 이후의 성적인 일탈에 대한 사회의 가치 평가 또한 어처구니없을 정도로 판이하다. 그리고 과문하긴 하지만, 폐경을 바라보는 우리 사회의 시각 또한 그다지 곱지는 않을 것이다.

한 사회의 영속이 남녀 구성원들의 성적인 정체성 자각과 그것을 토대로 한 남녀의 균형 있는 결합에 의해서 가능하다고 할 때, 우리 사회의 성 정체성 확립의 과정이 남녀 모두에게 공평하지 않다는 것은 주지의 사실이다. 뿐만 아니라 여성 삶의 전과정이 정신적 위기의 그것으로서 각각의 단계에 걸맞은 최소한의 제도적 혹은 제의적 위기 극복의 기회가 제공되어야 하는 것임에도 불구하고 우리 사회는 그런 제도를 마련하고 있지 못하다. 아니 그런 생각을 여툴 겨를조차 없는 실정이다. 그러니 작품에서 두자라는 여성이 자신의 폐경을 전후한 시점에서 스스로의 정체성에 대해 오히려 뒤늦은 의문을 품게 되는 것 또한 아주 당연한 현상이다. 그리고 이런 위기는 역시 사회적 차원의 어떤 배려가 있지 않는 한 지속적으로 여성들의 삶을 황폐화시킬 공산이 아주 크다. 여성이면서도 스스로 여성임을 자각하지 않는 것이 덕목으로 강조되는 사회, 여성으로서의 존재는 괄호 쳐진 채 가부장제하에서의 역할만이 강요되는 삶의 공간에서 이들이 일종의 의식의 분열을 경험하는 것도 어찌 생각하면 거의 필연적인 것처럼 생각된다.

이런 의식의 분열은 개인적으로 정신과 치료(상담)를 받지 않으면 지극히 위험한 것이다. 그런 위기를 혼자서 감당할 능력이 없다면, 우연을 가장해서라도 여성들만의 사회적 의사소통의 장이 반드시 필요하다. 다른 여성들과 만나 이야기를 나누고(여성들의 '수다'의 순기능을 생각해 보라), 자신의 삶을 다른 여성들의 삶과 비교함으로써 스스로의 치유의 가능성을 타진하는 가능성마저 없다면, 여성의 존재는 여성 자신들에게도 물론이거니와 그 짝이 되는 남성들에게도 아주 위험할 수 있고, 그것은 나아가 사회의 건강과도 직결될 것이기 때문이다. 그것이 이 작품의 주요한 무대이자 여성 인물들을 만나게 하는 집점(集點)으로서 '수영장'이라는 공간이 채택된 하나의 이유이기도 하다. 소설에서도 그러했듯이, 지금 이 순간에도 많은 여성들이 수영장으로 몰려들고 있을 것이다. 물론 목적은 저마다 다를 것이다. 하지만 왜 수영장인가? 대답은 간단하다. 가부장제가 굳건한 우리 사회가 미혼, 기혼 가릴 것 없이 여성들에게 제한적으로 마련해 준 성별 공간이란 고작해야 신문사의 문화 센터 아니면 수영장 정도밖에 없기 때문이다. 물론 백화점도 있기는 하지만, 그곳의 출입은 이 작품에 그려지는 댄스 교습소가 그런 것처럼 사회 분위기상 일정한 사회적 검열의 시선이 항시 떠나지 않는 곳이어서 약간 제한적이다(그리고 여담이지만, 아마도 이런 사회적 공간의 확장 가능성은 댄스 교습소가 그 속에 포함되는 과정에서 우리 사회가 겪게 될 충돌의 정도와 비례할 것이다).

그런 의미에서라면 수영장은 지난날 여성들끼리만 만나서 삶과 세상에 대한 온갖 정보와 태도를 나누고 교환하던 우물가 내지는 빨래터의 기능을 고스란히 이어받고 있는 사회적·문화적 공간이라고 할 수 있다. 뿐만 아니라 그런 만큼 수영장은 아무런 필연성 없는 만남이 이루어지는, 소설의 우연성을 가능케 하는 현대소설의 주된 서사적 공간이기도 하다. 그곳에서 여성들은 철저하게 이성(異性)을 배제한 자신들만의 모임을 갖고 자신들을 내보임으로써 서로에 대한 이해를 넓혀나간다. 그리고 작품 속의 미조나 화서가 그렇듯이 여성으로서 간직하거나 숨겨왔던 저마다의 상처를 치유하기도 한다. 그런 의미에서라면 수영장은 여성들로 하여금 자신들의 성에 대해 비로소 다양한 의견들을 나누고 그것에 기대 자신의 여성으로서의 삶을 되돌아볼 수 있는, 더 나아가서 여성들을 하나의 의식으로 수렴시켜 자신들을 둘러싼 사회적 위기의 뿌리를 자각하게 하는 각성의 장(場)이 될 수도 있다. 그리고 이런 문화적 기능은 앞으로도 꾸준히 강화되거나 확장될 것이다. 오늘날 여성들의 삶에서 수영장이 차지하는 긍정적인 의미는 작중 인물인 화서에게도 분명하게 인식되고 있다. 그녀의 눈에 비친 탈의실 장면을 보라.

여러 여자들이 여러 형태로 몸치장을 하고 있다. 어쩐지 달큰하고 야한 냄새가 난다. 성호르몬의 냄새일까. 이제까지는 맑은 햇빛 속의 세계만 눈에 보였었다. 그러나 이제는 음지의 냄새들이 물씬 맡아진다. 검정이나 자주, 핑크빛 속옷들이 봄날의 꽃가루처럼 눈을 어지럽힌다. 분홍색 꽃무늬 브래지어를 두르고 나비처럼 눈썹을 그리는 여자, 엉덩이를 요리조리 돌려대며 보디로션을 두드리는 여자. 머리를 거꾸로 내려뜨리고 유방을 덜렁대며 물기를 닦는 여자, 덜 마른 몸통에 억지로 슈미즈를 끼워넣는 여자, C컵 브래지어를 빙 돌려 훅을 채우는 여자, 앞이 훤히 비치는 검정 레이스팬티를 입고 드라이기로 앞머리를 세우는 여자, 부시맨처럼 엉덩이가 완전히 드러난 밴드팬티를 입은 여자, 타월로 머리를 싸매고 톡톡톡톡 파운데이션을 바르는 여자, 편하게 앉아 양말을 신는 여자, 퍼질러 누워버린 여자…… 겉옷을 벗어버린 여자들의 모습은 그녀들의 적나라한 삶을 환기시켜준다. 여기가 에로 영화의 촬영장이 아닌가 하는 착각이 든다. 나 예뻐요? 나 섹시해요? 나 마음에 들어요? 애처롭고 슬프다. 동물의 암컷들이 힘센 수놈을 골라 그놈 휘하에서 새끼를 낳다 키우는 것처럼, 인간의 여자들도 암내 나는 몸치장으로 남자들을 꼬여들이고 있었다. 이제는 수천 년간 속 안에 감추어 봉해 두었던 관능까지 꺼내어 제 마음대로 어루만지며.

위 인용문이 보여주는 것처럼, 남편의 결혼 약속 위반에 상심하던 화서가 뒤늦게 찾아온 순정한 사랑에 기꺼이 응하게 되는 계기가 되었던 것은 동시대 여성들의 삶에 대한 집단적 반추, 그리고 그들의 운명과 한 가지로 묶여버린 여성으로서의 자신의 삶에 대한 인식이 있었기 때문이다. 그리고 두말할 것 없이 그 계기가 되어준 곳은 수영장이라는, 아니 보다 정확히 말하면 여성들만으로 구성된 수영 강습반이라는 여성들만의 모임인 것이다. 위와 같은 수영장의 탈의실 장면이 예사롭게 다가오지 않는 것은 바로 이런 이유 때문이다.

또한 위 장면에서의 화서의 인식은 다른 각도로도 살펴질 수 있다. 그것은 우리 사회가 마련하고 있는 여성적 정치성의 본질에 관한 질문이다. 화서의 눈에 다른 여성들은 자신의 몸을 여성의 시각이 아닌 남성의 시각으로 보는 것처럼 비쳐진다. 그것은 문화론적으로도 어느 정도 입증된 것이다. 스스로가 여성이면서도 남성적 시선에 기대어 자신과 사회를 바라보는 여성의 존재는 과연 무엇인가? 그런 시선이 한몸에 교차하고 있는 여성의 존재는 건강한 것인가? 이런 질문들은 한 걸음 더 나아가 최근 두 차례나 터진 연예인들의 성행위 비디오에 대한 여론의 시선은 남성의 시선인가, 여성의 시선인가 하는 질문과도 닿아 있는 것이다. 이런 책임은 여성에게 있는가 아니면 올바른 성 정체성 확립의 제도를 마련하지 못한 사회에 있는 것인가? 이청해의 《아비뇽의 여자들》은 독자들로 하여금 이런 숱한 질문들을 끝없이 퍼붓도록 만든다. 그 답을 찾는 몫이 이제 독자들에게 주어진 셈이다.

소설읽기는 그림읽기보다는 쉬울지 모르지만 그 답을 찾는 것은 그림만큼 어렵다.